Unterwegs in die Welt von morgen

Unterwegs in die Welt von morgen

Utopische Geschichten
und Science-fiction-Romane

Verlag Das Beste
Stuttgart · Zürich · Wien

Die Texte in diesem Buch
erscheinen mit Genehmigung der Verleger

125

Printed in Germany
ISBN 3 87070 401 2

Lichtjahre von der Erde entfernt entdeckt eine Gruppe Siedler einen fast paradiesisch anmutenden Planeten. Doch inmitten der fruchtbaren Felder und idyllischen Flußlandschaft lauert eine schreckliche Gefahr: ein Ungeheuer aus grauer Vorzeit.

Der jungen Jean Parlier winkt eine fürstliche Entlohnung – eine Million Dollar! Dafür soll sie Earl Abercrombie heiraten, den todkranken Besitzer einer Raumstation. Als Jean zu ihm ins All fliegt, entdeckt sie, daß sie in ein teuflisches Komplott verwickelt wurde.

D. Rottermund 1991

Der Held von AVALON

von Larry Niven,
Jerry Pournelle und Steven Barnes

Ins Deutsche übertragen von Heiko Langhans
Illustrationen: Dieter Rottermund

1

„Cadzie! Warte auf mich!“

Cadmann Weyland stemmte die Absätze in den Hang und blieb stehen.

Aus Höflichkeit tat er geschäftig und stellte den Entfernungsmesser an seiner Kamera nach. Nach all den Monaten auf Avalon waren ihm die Schatten immer noch zu scharf und das Sonnenlicht zu blau: Kleinigkeiten, die ihm nur dann auffielen, wenn er vertraute Ausrüstungsgegenstände wie seine Kamera benutzte.

Der Aufzeichner in seinem Rucksack vibrierte lautlos, während er eine Holobandaufnahme von den Gebäuden, den gepflügten Feldern und Tierpferchen erstellte, die vor ihm im Tal lagen. Die Kolonie war zehn Kilometer entfernt, aber die elektronisch unterstützten Linsen brachten die Gebäude zum Greifen nahe heran.

Sylvia schlitterte in ihn hinein und stützte sich an seinem Rücken ab.

„Da.“ Er gab ihr die Kamera. „Schau, was wir gebaut haben.“ Dankbar nahm sie die Gelegenheit zu einer Rast wahr. Ihr kurzes braunes Haar war an der Stirn schweißverklebt, und ihre sommersprossigen Wangen waren gerötet.

Zehn Kilometer Abstieg, und Sylvia wurde müde. Während der letzten Stunde hatte sie ein Dutzend Gründe zum Anhalten gefunden: Steine in ihren Wanderstiefeln, Kletten in der Bluse . . .

Cadmann lachte innerlich. Die Biologin der Kolonie war zäh und genausowenig bereit wie er, die eigene Erschöpfung einzugestehen. *Außerdem ist sie im dritten Monat schwanger. Gibt einfach nicht zu, daß die Geschlechter nun mal unterschiedlich sind.*

Ernst trottete den Hang herunter. Eine Trageklammer mit jenen großen, silbrigen, fischähnlichen Geschöpfen, die von der Kolonie als „Lachse“ bezeichnet wurden, klatschte gegen seinen muskulösen

Rücken. Sein Grinsen teilte sein breites Gesicht von einem Ohr zum anderen. „Wirst schlapp, Sylvia! Du solltest mal trainieren! Kann's dir zeigen!"

Armes Schwein. Ernst Cohen war die führende Autorität im gesamten Sonnensystem auf dem Gebiet der Fortpflanzungsbiologie und ein verdammt kluger Bursche gewesen. Das war zehn Lichtjahre her. Ernst war aus dem Kälteschlaf mit dem Geist eines Kindes erwacht.

Sylvia spähte ins Tal hinunter und gab einen zufriedenen Seufzer von sich.

„Herrliche Aufnahme, nicht wahr?" meinte Cadmann. „*National Geographic* wird hingerissen sein." Er hockte sich neben sie. „Alles klar bei dir?"

„Alles in Ordnung", murmelte sie. Sie wandte sich ihm zu, und ihr Lächeln erwärmte ihn. „Ich werde dennoch froh sein, wenn wir wieder zu Hause sind."

Sie war fast zwanzig Jahre jünger als er. Sylvia hatte einen schnellen Verstand und leuchtende Augen, die über einer Galaxis aus Sommersprossen glühten. Ihre Schwangerschaft änderte daran nichts. Es war wunderbar, es war frustrierend: In ihrer Gesellschaft konnte er die Jahre und die Schmerzen vergessen.

Der Paß, den sie überschritten, befand sich an der Flanke des höchsten Berges der Insel. Der höhere seiner beiden in Nebel gehüllten Gipfel erreichte eine Höhe von neunhundertsechzig Metern. Die zarten Fledermausumrisse der Pterodons glitten mit kaum wahrnehmbaren Schlägen ihrer dünnhäutigen Flügel in die Wolken hinein und wieder heraus. Ernst sah angestrengt zu ihnen hoch; sein Gesicht war eine Maske verwirrter Konzentration. *Was hätte Dr. Ernst Cohen über sie herausgefunden?*

„Sie weckten ihn zweimal auf", sagte Sylvia. „Wenn er in der Kälte geblieben wäre . . ."

„Wir brauchten ihn dringend", sagte Cadmann. Ernst hätte die gesamte Reise schlafen können, aber es gab ein Problem mit einer Bank gefrorener Embryos, und man weckte ihn, und er hatte das Problem gelöst, und sie hatten ihn wieder eingefroren, und dann gab es ein weiteres Problem . . .

Auf den Hügeln oberhalb der Kolonie funkelte ein Quadratkilometer plastikverschweißter Solarzellen silbern in der Sonne. Der heutige Sonnenschein bedeutete Unabhängigkeit von den Fissionskraftwerken der Landefähren. Innerhalb der nächsten vier Monate würde eine richtige Fusionsanlage erbaut werden. Dann konnte die Besiedlung von Tau Ceti Vier wirklich beginnen.

Jedenfalls die Besiedlung von Camelot. Die Insel war durch achtzig Kilometer stürmischen Meeres vom Festland getrennt.

„Oben ist Schnee", sagte Cadmann und beschattete seine Augen, als er auf die Wolken am Gipfel starrte. *Leider haben wir keine Ski mitgebracht. Wir haben Plastikmaterial. Carlos kann mir ein Paar Ski machen.*

Sylvia gab ihm seine Kamera zurück. „Du mußt nicht zum Kontinent, Cadmann. Um das Lager gibt es für dich eine Menge zu tun."

„Nichts, was nicht jeder andere tun könnte."

„Du bist kein Geologe. Du würdest sowieso nur Dreckarbeit machen. Willst du einfach nur Dinosaurier jagen?"

„Sicher. Welcher Junge möchte keinen Brontosaurus nach Hause bringen?" Er steckte die Kamera wieder in die Seitenhalterung. „Manchmal wünsche ich mir, wir hätten Embryos von Kodiakbären oder ein paar Berglöwen mitgebracht . . ." Cadmann fuhr sich durch sein dichtes schwarzes Haar. Noch war kein Grau darin, aber sein Gesicht wirkte wie sonnengegerbtes Leder. Sein Körper war so geschmeidig, wie eine Stunde intensiven täglichen Trainings ihn halten konnte.

Er konnte sich an die Zeit erinnern, als er noch keine täglichen Übungen brauchte, um in Form zu bleiben. Jetzt, im Alter von zweiundvierzig Jahren, zog er eine Erhöhung auf anderthalb Stunden ernstlich in Betracht. Ich werde langsamer, dachte er. Sie trägt das Kind eines anderen Mannes, und ich wäre lieber mit ihr zusammen als mit . . . Mary Ann Eisenhower? Er dachte an vier oder fünf Frauen, die ihre Absichten deutlich zu erkennen gegeben hatten.

Sylvia zeigte mit dem Daumen über die Schulter auf die zwei frisch gefangenen Lachse, die über Ernsts Rücken hingen. „Ich weiß was. Ich mache heute abend das Essen. Alle zum Strand für Lachs vom Rost."

Sie hakte sich bei Cadmann unter, als sie den Hügel hinabmarschierten. Er grinste boshaft. „Bist du sicher, daß das Terry nichts ausmacht?"

„Nun komm schon. Ich bin doch nur eine arme schwangere Biologin, die sich an der Gegenwart eines starken Mannes freut – und Terry kennt dich schon seit Jahren."

„Vielleicht bin ich gar nicht so harmlos, wie du denkst."

Sie schnaubte. „Na klar. Wenn ich die Gewißheit habe, daß du meinen Körper und nicht meinen Verstand willst, falle ich in Ohnmacht."

Er sah sie beifällig an. „In welche Richtung kippst du denn?"

„Still jetzt."

Der Bach floß am Lager vorbei und über das Steilufer oberhalb des Miskatonic-Flusses, des größten fließenden Gewässers auf der Insel. Acht Kilometer weiter südlich endete das Grasland in einer geschwärzten halbkreisförmigen Feuerschneise, und dahinter begann der mit riesigen Dornenbüschen bewachsene Bergkamm. Die Kolonisten hatten sich einen schönen Platz ausgesucht, um eine neue Welt aufzubauen, schön genug, daß sich Cadmann beinahe . . . zufrieden fühlte. Zeiten wie diese verwirrten ihn. Für ihn stellte es eine Anstrengung dar, nicht mit dem Denken aufzuhören und sich in eine Aufgabe zu stürzen, die ihn vollkommen in Anspruch nahm und, falls möglich, ein wenig gefährlich war.

Schlanke Finger umklammerten seinen Arm. „He, Cad. Hör auf zu grübeln, heute ist unser Wandertag. Tau Ceti Vier. Avalon." Sie sprach die Worte genießerisch aus.

„Ein guter Name."

„Aber?"

„Weiß nicht." Cadmann zuckte die Schultern.

„Nicht poetisch genug? Sicher, da gibt es auch andere schöne Orte aus der Geschichte oder den Legenden. Shangri-La, Babylon. Pellinore."

Er schüttelte den Kopf. „Du meinst sicher Pellucidar. Pellinore war ein König. Ein Ritter von Arthurs Tafelrunde."

„Gut . . ., mag sein. Aber Pellucidar meine ich auch nicht. Auf der Insel gibt es eigentlich keine Raubtiere. Mit Ausnahme der Truthähne und des anderen Viehzeugs, das wir gezüchtet haben, gibt es hier einfach nichts, was größer als ein Insekt wäre. Sogar das Pflanzenleben. Kurzes Gras und Dornenbäume. Wie eine blanke Schiefertafel. Oder ein Park."

„Stört es dich?" fragte er.

„Nun, schlimmstenfalls versauen wir damit eine einzige Insel. Wir haben diese irdischen Geschöpfe ja nicht auf dem Festland losgelassen."

Ernst kam herangelaufen und zeigte nach oben. „Vögel. Große Vögel." Zwei fächerförmige Umrisse fegten vorbei. Cadmann sah ihnen zu, wie sie über der Ebene kreisten und dann im Nebel verschwanden, der die obere Hälfte des Großen Schmuddelberges bedeckte. „Nest da?" fragte Ernst. „Warum da?" Er runzelte wieder die Stirn.

„Siehst du? Wir haben Gesellschaft."

„Die Pterodons?" sagte Sylvia. „Die haben vor uns viel mehr Angst als wir vor ihnen. Und selbst die größten sind kaum stark genug, um einen anständigen Lachs davonzutragen, geschweige denn ein Schaf."

„Und ein Baby?" fragte er.

Sie nahm die Frage ernst. „Glaube ich nicht. Ehrlich gesagt habe ich hier nichts gesehen, das viel größer als eine Möwe gewesen wäre, und das stört mich. Die Ökologie ist mir einfach zu simpel. Zieh die Pterodons ab, und alles, was dann noch übrigbleibt, sind kleine Insekten und diese großen Fische."

„Die Lachse."

„Natürlich sind es keine richtigen Fische. Mit den Forellen, den Welsen und den Truthähnen haben wir mehr Tiere hinzugefügt, als wir angetroffen haben. Seltsam. Und mit den Pterodons ist es eine komische Sache."

„Wieso?"

„Erinnerst du dich an den einen, der im See nach Lachsen jagte?"

„Sicher. Er erinnerte mich an einen Albatros im Südpazifik."

„Kam dir das nicht komisch vor? Ich komm nicht ganz darauf, aber es erinnerte mich an einen alten Tierfilm von Walt Disney, dort liefen die Aufnahmen rückwärts, um einen lustigen Effekt zu erzielen."

„Rückwärts?“

„Ein Vogel fliegt sehr schnell auf das Wasser zu, packt zu und geht dann langsam wieder hoch. Der Vogel ging langsam hinunter und ging schnell wieder hoch, fast, als ob . . .“ Sie runzelte die Stirn und schüttelte den Kopf. „Vergiß es, ich versuche da etwas hineinzulesen.“

„Oder etwas zu sehen, das nicht da ist. Du würdest gerne etwas Geheimnisvolles in das Ökosystem hineinbringen.“

„Woher kennst du mich eigentlich so gut?“

„Die Frauen von anderen Männern verstehe ich immer.“

Ohne Warnung begann Cadmann loszulaufen und zog Sylvia mit sich. Sie war verblüfft, aber erheitert wegen seines plötzlichen Stimmungswandels.

Er warf einen Blick über die Schulter und erkannte, daß Ernst auch rannte. Ernsts Gesicht wirkte ängstlich. „Halt an“, sagte Cadmann zu Sylvia. Er rief: „Alles klar, Ernst? Wir laufen nur zum Spaß. Lust auf einen Wettlauf?“

Ernsts Gesicht hellte sich auf. „Wettlauf. Sicher, Cadmann. Gleicher Start?“

Sie stellten sich auf, gaben Sylvia hundert Meter Vorsprung und rannten los.

Selbst in dieser Entfernung vom Lager konnten sie einem schwarzen Straßenstreifen folgen. Er war brüchig und schimmerte gläsern.

„Deine Straße“, rief Ernst. „Deine.“

„Ja.“ Das war sie. *Das letzte Mal, als sie mich wirklich brauchten.* Ernst war mit dem Unkrautbrenner, einem umgebauten Armeeflammenwerfer, vorangegangen. Cadmann hatte den Bulldozer gefahren. Jetzt empfand er Stolz, als er die Kilometer des dunklen Bandes überschaute, die er mit seinem eigenen Schweiß, seiner eigenen Geschicklichkeit geschaffen hatte. Er beugte sich vor, um die Straßenoberfläche näher in Augenschein zu nehmen. Einige winzige blaue Triebe ragten aus dem Boden heraus.

Sylvia schloß keuchend auf. „Vielleicht sollten wir den Boden mit Salz bestreuen, bevor du das nächste Mal rübergehst.“

„Ich glaube nicht, daß es etwas ausmacht. Von den schweren Maschinen kommen nur wenige so weit heraus.“

Die von den Traktoren aufgewirbelten Staubwolken wirkten wie kleine Feuerzeichen in den weiten Feldern. Das Getreide war angelegt. Jetzt mußte der Anbau ausgeweitet werden. Der Boden mußte für neue Probefelder vorbereitet werden, Getreide und Saat mußten gelagert werden, damit man für ein mögliches schlechtes Jahr gewappnet war.

Die Kolonie war ein Erfolg. Ihr Anführer Zack Moscowitz – Verwalter, Spaßvogel, Mädchen für alles – hatte es geschafft. Die Kolonie war ein Erfolg, und außer einer Katastrophe konnte nichts ihre Ausbreitung über die Insel und schließlich über ganz Tau Ceti Vier verhindern.

Landwirtschaft. Nahrung, Vitamine, ein wenig Behaglichkeit. Das alles haben wir, und jetzt kommt das Schürfen. Auf der Insel selbst war Eisenerz gefunden worden, und das Orbitallabor hatte etwas entdeckt, was sehr nach einem Pechblendelager aussah. Es befand sich im Inneren des Kontinents, Tausende Kilometer entfernt – durch Meer und Karstland getrennt – aber es war da. Eisen und Uran. Die Grundlagen einer neuen Zivilisation.

Der heutige Tag schien leichter erträglich zu sein, den ersten Tagen ähnlicher, als Cadmann und Sylvia und die anderen in ihrem geflügelten Landefahrzeug vom Himmel hinabdonnerten. *Hundertfünfzig Kolonisten warteten kalt wie Leichen und genauso munter in der Umlaufbahn, während wir einen fremden Planeten von einem Ende zum anderen absuchten und diesen Ort wählten, um unsere Stadt zu erbauen.*

Die Sonden der National Geographic Society sagten ihnen eine Menge. Tau Ceti Vier verfügte über Sauerstoff, Wasser und Stickstoff. Der Planet war kälter als die Erde, die Temperaturzonen waren daher kleiner, aber ein Großteil des Planeten war fähig, Leben zu tragen. Sie wußten, daß es Pflanzen und vermutlich auch Tiere geben würde. Menschen konnten dort leben – oder? Wahrscheinlich, aber Gewißheit würde sich erst dann ergeben, wenn man es tatsächlich versuchte.

Die Zivilisation auf der Erde war reich, bequem – und eng und langweilig. Vierzig Millionen Hochschulabsolventen hatten sich für diese Expedition gemeldet. Die erste Vorauswahl hatte Zwangsfreiwillige ausgesondert, Verrückte, deren Horoskope ihnen geraten hatten, einen neuen Himmel zu finden, Bewerber mit Allergien und anderen Behinderungen, Genies, die enge Lebensbedingungen oder Leute, die Anordnungen gaben, nicht ertragen konnten . . . Vielleicht hunderttausend waren ernsthaft in Betracht gezogen worden; und zweihundert waren ausgezogen, um Tau Ceti Vier zu erobern. Acht waren auf dem Weg hierher gestorben.

Keine Welt konnte je durch Roboter gezähmt werden. Dazu brauchte man Menschen, die durch den Weltraum reisten. Die frühen Tage waren gute Tage. Wir waren Gefährten in einem ungezähmten Land. Dann fanden wir das Paradies, und sie brauchten mich gar nicht. Sie brauchen Sylvia. Sie brauchen die Ingenieure und die Traktorfahrer, aber niemals einen Soldaten.

Jetzt streiften Schafe und Kälber über die Weiden. Fohlen grasten. Bald würde das Lager voll von Kindern sein; und wozu brauchten sie den Oberst im Ruhestand Cadmann Weyland von der Friedenstruppe der Vereinten Nationen?

Tiere . . . Ein fernes Muhen riß Cadmann aus seinen Gedanken. Sie näherten sich den Reihen feuchter, gepflügter Erde. Weitere Gruppen hatten den Boden verbrannt und aus tragbaren Flammenwerfern geliertes Benzin versprüht, um den Boden von Unkraut zu befreien, ohne ihn zu Schlacke zu brennen. Die geschwärzte Erde war schon vor langer Zeit in Vorbereitung der Aussaat untergepflügt worden. Der Boden war sehr fruchtbar und benötigte nur eine geringfügige Nitratzufuhr.

Ein Farmer verlangsamte in der Ferne seinen Traktor, um ihnen zuzuwinken. Cadmann wußte, daß sie weiter voraus Fohlen und Kälber antreffen würden, die noch zu jung waren, um die Pflüge ziehen zu können, die für sie hergestellt werden würden. Es war eine ungewöhnliche Zusammenstellung – eine Mischung aus Hochtechnologie und muskelfordernder Landwirtschaft. Im Notfall konnte die Kolonie auf die ältesten und verläßlichsten Werkzeuge zurückgreifen.

Vor ihnen standen Reihen von Spargel, Spinat und Sojabohnen. Unterhalb der Reihen verliefen Bewässerungsgräben, die aus dem Bach gespeist wurden, der am Lager vorbei und über den Rand des Steilufers in den Miskatonic floß. Der Lärm aus dem Hauptlager wurde zu ihnen getragen. Schallendes Gelächter und das Geräusch von Sägen und Drehbänken, die Holz und Metall verarbeiteten.

Die Tierpferche befanden sich am Rande des Hauptlagers. Die Hunde und Schweine hatten eigene Pferche, die Pferde einen sorgfältig abgezäunten Auslauf. Die Hühner waren in der Nähe des Maschinenparks untergebracht. Cadmann blieb stehen, um die Drähte um die Pferche zu untersuchen. Sein Gesicht verzog sich. Ihr „heißer Draht" war noch nicht einmal warm; die Energie war schon vor Monaten abgeschaltet worden. Dahinter war der Stacheldraht an drei Stellen heruntergetreten. Mit seinem Daumennagel kratzte er an einem braunen Rostfleck.

„Laß doch", sagte Sylvia lachend.

„Sieh dir das an." Seine Stimme klang verärgert. „Die Drähte hängen schlaff, und die Energiezufuhr ist kaputt. Schert sich denn überhaupt noch jemand um irgend etwas?"

„Cad . . ." Sylvias helle, schlanke Finger legten sich auf seine und zogen ihn vom Drahtzaun fort.

„Ich weiß, daß ich ständig überstimmt werde, und damit kann ich leben." Er schämte sich, als er merkte, daß seine Stimme seine Gereiztheit verriet. „Hör zu. Du sagst mir dauernd, daß es auf dieser Insel Dinge gibt, die dich beunruhigen. Wir haben nur die eine Chance. Keiner geht nach Hause, und keiner schickt Verstärkung. Ein bißchen Paranoia ist doch nur logisch."

Sie drückte seinen Arm. „Ich kann deine Meinung nicht ändern, also werde ich versuchen, es auch nicht zu wollen. Warum reparierst du eigentlich den Zaun nicht selbst?"

„Klingt gut."

„Fein. Ich laß dir Bescheid geben, wenn wir mit dem Grillfest anfangen."

Kurz vor der letzten Straßenbiegung in das Dorf sah Cadmann zu den Farmern zurück. Indem sie dem Land ihren Willen aufzwangen, waren sie die wahren Jäger und die wahren Krieger. Letzten Endes würden ihre Anstrengungen die Zukunft der jungen Kolonie bestimmen.

DIE Gemeinde war auf seltsam organische Weise gewachsen; die ersten Mannschaftsmitglieder, die sich ihre eigenen Fertighütten erbaut hatten, hatten sie dicht beieinander innerhalb der Verteidigungszone errichtet.

Zonen. Drei Ringe. Elektrischer Zaun, Minenfeld, Stacheldraht. Damals erschien es sinnvoll. Cadmanns fixe Idee.

Und irgendwann werden sie mich die Minen wieder ausgraben lassen, dachte Cadmann. Keine Feinde. Keine Gefahren. Nichts. Und die ganze verdammte Arbeit, um die Zäune hochzuziehen.

Die meisten Kolonisten waren erst seit acht Monaten wach, und schon fingen sie an, nachlässig zu werden. Als sie aufgeweckt und mit dem Shuttle heruntergebracht worden waren, erweiterte sich das Lager über die Verteidigungszonen hinaus. Von oben sah die Kolonie wie ein Spiralnebel oder eine seitwärts aufgeschnittene Schneckenmuschel aus. Cadmanns Haus stand in der Mitte.

Die Kolonisten außerhalb des Zaunes hatten größere Grundstücke zur Verfügung und mehr Platz – aber ihr Standort zeigte auch ihre Stellung an. Kolonisten. Sie gehörten nicht zu den Ersten. Auf Avalon waren alle gleich, aber einige waren gleicher als die anderen. Die Ersten waren vier Monate früher gelandet und hatten ein gewisses gesellschaftliches Prestige.

Als Cadmann durch die schmalen Straßen ging, die die Flachdachhäuser und die mit Schaum auf vorgefertigte Strukturen aufgesprühten Kuppeln voneinander trennten, wurde das gedämpfte Geräusch einer elektrischen Säge lauter. Einige Kuppeln waren bemalt worden, manche mit einem wahren Farbenkaleidoskop. Die Säge veränderte ihre Tonlage, als Carlos Martinez Cadmann entdeckte und eine Hand zum Gruß erhob.

Carlos' dunkelhäutiger, hagerer Körper glänzte vor Schweiß. Die Dornenbäume am Rande der Lichtung lieferten reichliche Vorräte an Holz, das jedoch knorrig und grob gemasert war. Nur ein Meister seines Faches wie Carlos konnte etwas anderes als Feuerholz daraus machen, und der Zimmermann war sich seiner besonderen Stellung bewußt. Fast alle Kolonisten besaßen einen von Carlos angefertigten Tisch oder ein Bett. Es war fraglich, ob er jemals seinen Anteil an der Feldarbeit leisten mußte, um seinen Getreideanteil zu bekommen.

„Cadmann! *Mi amigo.*" Carlos wischte sich über die Stirn und streckte eine verschwitzte Hand aus, die Cadmann mit festem Griff schüttelte. Carlos stammte aus Argentinien, seine Ahnen waren zumeist Farbige gewesen. Sein Spanisch war gräßlich, nichtsdestoweniger flocht er es in seine Gespräche mit ein. „Ich hörte, daß du dich mit der lieblichen Señorita Faulkner davongemacht hättest."

„Señora", berichtigte Cadmann.

„Señora." Carlos lächelte boshaft. „Es trifft zu, daß ich das manchmal vergesse."

„Man wird sich immer besser daran erinnern können." Cadmann klopfte sich auf den Bauch. „Sie hat jetzt einen Passagier an Bord."

„Sie setzt gutes Fleisch an, no? Bei meinem Volk schätzt man eine" – er schürzte die Lippen auf der Suche nach dem richtigen Ausdruck – „handfeste Frau. Eine Hilfe auf dem Feld, eine Gefährtin am Feuer. Ah, die alten Zeiten . . ."

„Hör auf mit dem Unsinn", sagte Cadmann gelassen. „Deine Familie kam niemals näher als eine Peitschenlänge an die Felder heran. Die hatten Seide am Körper und seit sechs Generationen Diplome in den Taschen." Er drehte sich um und fummelte am Riegel seines eigenen Schaumiglus.

Hinter ihm seufzte Carlos. „Wer wundert sich noch bei Männern wie dir, daß die Romantik ausstirbt in der Welt?"

Cadmann tastete nach der Vorhangschnur und zog daran, um einen Hauch Sonnenschein einzulassen. Ein Monat mochte vergehen, ehe Tau Ceti Vier wieder einen so schönen Tag erlebte, und er wollte ihn nicht verschwenden. Schon stand die Sonne niedrig am Himmel. Mit dem Einbruch der Dämmerung würden die Vorbereitungen für das Grillfest beginnen. Die in der Tagesschicht tätigen Kolonisten würden ihre Arbeiten auf den Feldern, beim Hausbau und bei Reparaturen beenden und sich am Strand versammeln.

Plötzlich spürte er bleierne Müdigkeit in sich. Ich werde mich nur ein wenig hinsetzen, sagte er sich. Die Wassermatratze gluckerte, als er sich setzte. Bis er ermüdete, bemerkte er es selten, aber Avalons Schwerkraft erlegte ihm in jeder Sekunde seines Lebens zusätzlich zehn Pfund Gewicht auf.

Das schwächer werdende Sonnenlicht warf lange Schatten in den

Raum und funkelte hier und da auf den Regalen und Kisten, die die letzten Andenken seines früheren Lebens enthielten. Alles, was er gewesen war, befand sich in diesem Raum. Die einhundertsechzig Menschen, die die Mannschaft und die Passagiere der *Geographic* ausmachten, waren seine einzige Familie, seine einzigen Freunde.

Seine Welt. Die versilberten Collegetrophäen, die ihn an Siege bei Debatten und Rennen und Ringkämpfen erinnerten, waren Hologramme. Hologrammbilder von lächelnden Frauen, deren warme Lippen und weiche Körper enttäuschend wenige Eindrücke in seiner Erinnerung hinterlassen hatten. Wie lange waren sie wohl schon tot? Dreißig Jahre? Vierzig?

Dort standen Disks von Lieblingsfilmen – seine persönliche Sammlung. Dort ein sich veränderndes Hologramm seines Kommandos in Zentralafrika. Eine Friedenstruppe, sonst nichts, bis die Revolutionen kamen.

Wir wurden gebraucht. Damals.

Seine Kleidung bestand aus Naturstoffen, die vielleicht eine Generation lang nicht ersetzt werden konnten. Wann würden sie die Seidenwürmer und die Maulbeerbüsche auftauen, die diesen zur Nahrung dienten? Nicht unbedingt eine Angelegenheit von hoher Priorität . . .

Er erinnerte sich nicht, die Augen geschlossen zu haben, aber als er sie wieder öffnete, lag er auf dem Bett, und die Sonne war untergegangen. Cadmann schnappte sich seinen Werkzeugkasten und einen Klappstuhl und hastete aus dem Raum, um mit der Reparatur des Zaunes zu beginnen.

EIN Jeep raste vorbei, gefüllt mit angetrunkenen Kolonisten. „Greif dir 'n Untersatz, und wir machen eine Wettfahrt zum Strand!" Cadmann winkte und zeigte auf seinen Werkzeugkasten. Sie lachten spöttisch und fuhren singend weiter.

Die Feierstimmung war ansteckend. Die kleinen Zwillingsmonde von Avalon würden auf einen Strand voller ausgelassener Sternenfahrer hinablächeln.

Avalons Monde warfen bläuliche, sich überlappende Schatten, und die Sterne leuchteten hell und klar.

Cadmann wickelte zwei Meter Draht ab. Dann knipste er den alten Draht ab und befestigte den neuen. Er entzündete die Lötlampe. Schließlich befestigte er die Anschlüsse des Spannungsmessers. Die Nadel sprang in den roten Bereich. Fertig.

Der Nebel war vom Meer aufgestiegen. Die Sterne waren verschwunden, die Monde zwei helle Flecken. Cadmann fühlte feuchte feine Tropfen auf seinem Gesicht.

Auf der anderen Seite des Zaunes schnaubte sehnsüchtig ein Kalb; es trottete näher und sah ihn mit großen Augen an. Cadmann langte durch den Zaun, klopfte ihm auf den Rücken, und es leckte seine Hand. Die Zunge war rauh und warm. Cadmann lachte und zog seine Hand zurück.

Das Kalb erzitterte, und dann sah er die Angst in seinen Augen. Der Kopf des Kalbes ruckte hin und her und wurde dann plötzlich starr, als es auf den Bach glotzte.

Die anderen Tiere rückten näher heran. Ein Füllen wieherte ängstlich, und Cadmann stand auf. „Was ist los mit dir, Mädchen?"

Die Ställe waren von den elektrischen Zäunen und den schmalen Gehwegen eingeschlossen. Cadmann verstaute sorgfältig seine Werkzeuge. *Was stört sie?* Das Fohlen stand rechts von ihm. Cadmann öffnete das Tor zu dem Pferch. „Heidi. Komm, Mädchen." Es kam vorsichtig näher. „Jaaa." Er strich ihm durch die Mähne. „Ruhig, Mädchen."

Im Hundezwinger befanden sich zehn junge Schäferhunde. Ihre Ohren lagen flach an den Schädeln an, ihre Zähne schimmerten im Mondlicht, und tief in ihren Kehlen knurrten sie.

„Hallo?" Keine Antwort. „Wer ist dort, verdammt?" Nichts. Die Tiere wurden immer unruhiger. Cadmann stand unbeweglich und lauschte. Nichts. Vorsichtig zog er die Pistole und überprüfte die Munition. *Blödsinn. Hier ist nichts. Wenn mich Zack Moscowitz damit sieht, nimmt er mir die Waffe ab.* Er entsicherte sie, steckte sie in die Tasche und behielt sie in der Hand.

Die Schäferhunde, intelligente Tiere, auf Gehorsam gedrillt, gerieten außer sich. Sheena, die Älteste, begann wütend nach dem elektrischen Zaun zu schnappen, sie zuckte zurück und versuchte es immer wieder.

Cadmann rannte zum Tor und pfiff leise. „Sheena. Komm, Mädchen. Was ist da draußen? Was ist?“ Langsam kam sie zu ihm. Er öffnete das Tor, wobei er auf die anderen Hunde achtete. „Zurück. Komm, Sheena.“

Er ließ das Tor lange genug geöffnet, damit Sheena herauskam, dann packte er sie am Nackenfell, als sie vorwärts stürmen wollte. Sie gab ein leises, kehliges Knurren von sich und zerrte nach vorn.

Jetzt lärmten sämtliche Tiere. Hinter ihm sprang in den Fenstern Licht an.

„Welcher Idiot macht denn jetzt mit den Hunden herum?“

Ein weiteres Licht flammte auf. Eine Männerstimme schimpfte: „He, du da! Ich bin gerade ins Bett gekommen. Könntest du verdammt noch mal – oh, Cadmann. Cadmann, eine ganze Menge von uns ist in der Nachtschicht. Kannst du das zügig beenden, ja?“

„Klar, Neal. Tut mir leid.“

Das Fenster schlug zu. Die Hündin stemmte sich gegen den Griff an ihrem Fell. „Ruhig, Mädchen . . .“ *Nach Einbruch der Dunkelheit niemals ohne Taschenlampe unterwegs sein. Regel Nummer eins. Und ich vergaß es.*

„Cadmann!“

Cadmann zuckte zusammen. In dem Moment zerrte Sheena erneut, und er verlor den Halt. Mit dumpfem Bellen raste die Schäferhündin in die Nacht.

„Na prima, Weyland!“

Verdammter Idiot. Cadmann erkannte die nörgelnde Stimme: Terry Faulkner, Sylvias Mann.

„Hör mal, Sylvia schickt mich, um dich zu holen“, sagte Terry. „Wenn du zur Strandfeier mitkommen willst, wird es Zeit. Wir haben den letzten Jeep, und wir fahren jetzt.“

Die Hunde waren wieder ruhig. Und Sheena würde schon zurückkommen, wenn sie Hunger bekam. „In Ordnung, ich bin gleich soweit“, erwiderte Cadmann.

DER Jeep schwenkte in einem engen Halbkreis so schnell herum, daß nur das Gewicht etlicher glücklich betrunkener Kolonisten verhinderte, daß er auf zwei Rädern abkippte. Zack Moscowitz beugte sich aus dem Fahrersitz. Über einem zottigen schwarzen Schnurrbart trug er eine Rennfahrerbrille. „Alle Mann an Bord! Würde bitte jeder seinen Fahrschein überprüfen?"

Cadmann grinste erheitert. „Hallo, Boß."

Zack wischte an seinen Gläsern herum, schaffte es aber nur, den Dreck gleichmäßiger zu verteilen. „Schön, dich zu sehen, Cadmann. Wie war der Ausflug?"

„Großartig."

„Setz dich hierher, Cad." George Merriot rutschte zur Seite, um Platz zu machen.

„Danke, Major." Cadmann kletterte über Barney Carr und Carolyn, eine der McAndrews-Zwillingsschwestern, hinüber. Er zwängte sich in die Mitte.

„Alles angeschnallt? Alles klar?"

Jeder schrie ja, und Zack brachte den Jeep auf Touren und donnerte aus dem Lager. Die Straße zum Strand war nicht so holprig wie jene, die ins Gebirge führte, und wurde häufiger benutzt. Sie war für den Zugang zum Orbitalshuttle vorgesehen, das im Wasser landete.

„Schwierigkeiten, Cadmann?" rief der Leiter der Kolonie.

„Äh – nichts, Zack." Cadmann war kurzfristig durch einen Hauch Parfüm abgelenkt. Carolyn hatte ein Schlagloch zum Vorwand genommen, sich enger an ihn zu lehnen. Wenn es nur Phyllis gewesen wäre . . . aber Phyllis war mit Hendrick Sills zusammen, und die Zwillinge waren ziemlich verschieden. Carolyn war blaß an Hautfarbe und Persönlichkeit. Er lächelte ihr trotzdem zu.

„Was war mit dem Zaun?"

„Nichts Ernstes. Draht war gerissen. Hab ihn repariert."

Zack umkurvte elegant ein Schlagloch. „Es ist noch nie passiert. Sieh dir den Zaun morgen einmal bei Tageslicht an, ja, Cad?"

„Es reicht!" rief Zacks Frau Rachel Moscowitz. „Heute nacht hat sich's mit den Pflichten. Die Nachtschicht ist dran, habt ihr das vergessen?"

„Da war etwas", sagte Cadmann.

Zack wurde langsamer, hatte den Blick immer noch auf die Straße gerichtet. „Ja?"

„Die Tiere waren unruhig. Benahmen sich ängstlich und wild."

Der Jeep schwankte, und Cadmann entfernte sanft einen Ellbogen von seinem Nacken. „Vielleicht war es gar nichts, aber man weiß nie. Ich holte einen Hund raus. Sheena. Sie ist abgehauen."

„Was soll's?" meinte George. „Letzte Woche waren alle Hunde draußen. Sie kommen schon wieder."

Zack fuhr den Jeep wieder mit Höchstgeschwindigkeit, und als sie über eine Bodenwelle auf Höhe des Dornbuschrings rasten, kam er auf ein anderes Thema zu sprechen. „Ich nehme nicht an, Cad, daß es auch auf dich zutrifft", sagte er, „aber ich bin die meiste Zeit meines Lebens ein Bürohengst gewesen. Verwaltungstyp."

„Du bist immer noch der einzige, den ich kenne, der von den Stiften Hornhäute unter den Ohren bekommen hat."

„Ja, aber es ist nicht mehr dasselbe. Ich hämmere immer noch auf der Tastatur herum, aber ich tue es Lichtjahre von zu Hause weg auf einem Planeten, der bloß zwei Schritte aus der Juraepoche heraus ist."

„Und?" Jetzt konnte Cadmann die Wellen hören, die in stetem Rhythmus gegen die Küste brandeten.

„Auf der Erde traf ich also Entscheidungen und war vielleicht für ein Fünfmilliardstel dessen verantwortlich, was dort auf dem Planeten passierte. Hier stelle ich ein Hundertsechzigstel der planetaren Geschichte dar. Nach mir werden Städte, Staaten benannt werden. Wir werden in den Geschichtsbüchern stehen, Cadmann, und die Schulkinder werden unsere Namen kennen."

Als die Straße am Strand endete, bremste der Jeep. Die Lagerfeuer waren schon angezündet worden. Grüßend winkten Kolonisten.

Minerva eins lag heckwärts auf dem Strand. Eine Gruppe hatte im Felsen eine Winde verankert, so daß der Shuttle nach der Landung hochgezogen werden konnte. Wie eine große Kiste schwamm die Entsalzungsanlage daneben, die darin befindlichen Membranen filterten das Seewasser. Morgen würde der Shuttle wieder im Zuge von Sylvias monatlichen Flügen zum Mutterschiff aufsteigen. Im nächsten Monat würde sie allerdings nicht mitfliegen können. Man würde einer schwangeren Biologin nicht gestatten, unnötige G-Belastungen auf sich zu nehmen.

Als der Jeep zum Halten kam, sprangen Cadmann und die anderen heraus. Eine offene Kühltasche stand im Sand. Cadmann fischte ein kaltes Bier zutage. „Zack! Ich wußte, daß du der Richtige bist, um diesen Ausflug zu leiten."

„Worauf du wetten kannst. Du hast keine Ahnung, welche Kämpfe ich wegen dieses Bieres auszustehen hatte." Er griff in die Kühltasche und zog einen Beutel heraus. „Im nächsten Jahr haben wir unsere eigene Brauerei."

„In dreißig Monaten?" rief Hendrick Sills, der den Arm fest um die bewundernswert schlanke Taille von Phyllis gelegt hatte.

„Ich spreche von einem Erdenjahr", antwortete Zack. Das Jahr Avalons war 2,6mal so lang wie das der Erde.

Cadmann griff sich einen Beutel aus der Kühltasche und faßte eine junge Frau an der Schulter. „Mary Ann. Wacholderbeeren."

„Wie?" Mary Ann Eisenhower sah ihn aufmerksam an.

„Wacholderbeeren. Du bist doch in der Landwirtschaft. Haben wir die Samen dabei?"

Mary Ann zog sich ihr Handtuch enger um die Schultern. „Cadmann, ich weiß nicht! Wieso denn?"

„Ich will den ersten trinkbaren Martini auf Tau Ceti Vier herstellen. Das wird mir eine Statue einbringen."

Sie runzelte die Stirn und grinste dann breit. „Ich schau nach." Schüchtern berührte sie ihn. „Äh, willst du baden?" Wie viele andere hatte sie nur noch Shorts an.

„Sieht ziemlich kalt aus, nicht?"

„Sicher! Aber wenn du rauskommst, ist es herrlich!"

„Mary Ann! Komm schon!" rief Joe Sikes. Cadmann mochte ihn nicht. Seine Frau hatte erst vor einer Woche ein Baby bekommen, und er lief bereits anderen Frauen hinterher.

Mary Ann wandte sich um. „Wenn du es so eilig hast, warum suchst du nicht nach Evvie?"

Joe wußte nichts zu sagen und schlich zurück zum Meer.

„Cad?"

Das war Sylvia. Cadmann drehte sich um. „Hier." Aus dem Augenwinkel sah er Mary Ann zum Wasser hin verschwinden, wo Sikes auf sie wartete. Es störte ihn, und er fragte sich, warum es ihm etwas ausmachte.

Sylvia stand am Feuer. Sie trug einen zweiteiligen Badeanzug, den ein irdischer Designer entworfen hatte, der etwas davon verstand, was man zu verhüllen und zu enthüllen hatte.

„Äh – Cad, hast du den Zaun repariert?“ fragte Sylvia.

Hinter Cadmann lachte jemand. „Ich bin nicht der einzige Verehrer der Señorita Faulkner, *sí?*“

„*Señora* Faulkner. Komm, spring in einen Dornbusch, Carlos. Hier.“ Er warf seinen zweiten Bierbeutel über die Schulter.

Von einer Gitarre kamen unzusammenhängende Töne, dann erklang ein Lied, das Cadmann seit seiner Jugend nicht mehr gehört hatte. Marnie McInnes spielte, Barney Carr und ihr Mann Jerry stimmten laut und falsch mit ein. Von der anderen Seite des Feuers wurde der Gesang von zwei weit besseren Stimmen beherrscht: Ernst und La Donna Stewart.

Phyllis tanzte zu ihrem eigenen Vergnügen, für die Kolonisten und vor allem für Hendrick, der sie mit Stolz ansah.

Cadmann schlenderte zum Grillfeuer hinüber. Würzige Fleischdüfte stiegen vom Grill auf. Das meiste Essen war wiederaufbereitet, in Beuteln verpackt, gefriergetrocknet und in Wasser oder Wein eingelegt – aber es gab auch zwei Hühner und einen Truthahn . . .

Die Moral muß schlechter sein, als ich dachte, wenn Zack dieses Brandopfer genehmigt. Getreideverluste und zuviel Arbeit.

Dornholzscheite ergaben bei hinreichender Hitze ausgezeichnete Kohle. Das ölige glühende Holz verströmte einen irritierenden Hikkoryduft.

Sylvia stocherte mit einem Fleischspieß im Grill herum. „Fast fertig, Cad.“ Sie wendete das Lachssteak. Das Fleisch wies die gleiche rosige Färbung wie Lachsfleisch auf, aber entlang des dicken Rückgrats verliefen zwei große Arterien – wegen der stärkeren Schwerkraft –, und der flache Bauch und die starken Knochen waren zu erkennen.

„Reicht für zwei, Cad. Einen Augenblick noch.“

„Gut.“ Er setzte sich neben sie.

Sie spießte einen Lachs auf. „Genau richtig. Teilen wir?“

„Liebend gerne.“

Sie hob es an und knabberte daran und prustete, als sie sich den Mund verbrannte. Cadmann konnte sich das Lachen nicht verkneifen. Sie zeigte zu den Sternen, und als er hochsah, stopfte sie ihm eines der heißesten Stücke in den Mund. „Lach doch, na los!"

„Schmeckt wie Lava."

Sie streckte ihm ein zweites Stück entgegen, und er warf mit Sand danach. „Nimm das arme tote Ding von mir weg, bevor du Dresche kriegst."

Ihre Augen funkelten. „Du . . ." Terry war dicht hinter ihr, dicht genug, daß sie in Schweigen verfiel und sich wieder um das Grillfleisch kümmerte. Terry setzte sich mit seinem Teller Dosengemüse neben sie. Er starrte auf das Meer.

Cadmann stand auf und ging langsam zum Meer. Wie große dunkle Schatten rollten die Wellen heran und zerschlugen sich auf dem Sand zu Schaum. Von den Kolonisten, die sich im Wasser vergnügten, kamen entzückte Kreischlaute. Eine wohlgeformte Gestalt lief aus der Dunkelheit in das Licht.

„Wir haben sie."

„Haben was?"

„Wacholderbeeren, Dummkopf. Fiel mir wieder ein." Mary Ann reichte ihm ein Handtuch. „Trocknest du mich ab?" Ihr Haar war aschblond, es schimmerte im doppelten Mondlicht, und ihre Haut war so weich und rein wie die eines Kindes. Ihr Körper war makellos.

Sie kicherte und lehnte sich an ihn. Sorgfältig trocknete er ihre nassen Haarspitzen und arbeitete sich rasch ihren Körper herunter.

Sie erschauerte leicht. „Du hast ungeahnte Talente."

„Gehört zum Service. Wo steckt Joe?" Er bewegte seine Hände unter dem Handtuch.

Ihre Augenlider zuckten unter einem kurzen, unterdrückten Schmerz. „Wir verfolgen uns nicht dauernd." Ihr Gesichtsausdruck veränderte sich. „Ahh. Ich schulde dir jetzt eine Abreibung."

Unter seinen Händen war ihre Haut kühl, wurde jedoch wärmer. *Sie ist willig, ist hübsch . . . hat eine gute Figur . . . ist sie nicht klug genug? Ist sie nicht Sylvia?* „Wir kommen später noch darauf zurück."

„Feigling. Den Tag erlebe ich nicht mehr."

Er blinzelte ihr zu. „Du könntest eine Überraschung erleben."

„Ha!" sagte sie und lief zu einem anderen Lagerfeuer davon.

„Sie ist schon eine Augenweide", sagte Terry Faulkner.

„Ja, Sylvia mochte ich immer schon", antwortete Cadmann.

Terry rümpfte die Nase. „Mary Ann. Sie mag dich. Sie hat es mir erzählt."

„Deswegen bin ich nicht hier, Terry."

„Stimmt . . ." Terrys Blick schweifte von Mary Ann zu Sylvia. „Da gibt es aber eine Dame, mit der du eine Menge Zeit verbringst, weißt du."

„Sylvia und ich sind bloß Freunde."

„Ich weiß." Ein scharfer Unterton schwang in Terrys Stimme. „In den ersten drei Monaten, als ihr unten wart, warst du sehr freundlich, während wir anderen oben im Schiff schliefen."

„Worauf willst du hinaus?"

„Mir wäre einfach viel wohler, wenn du ein gesundes Interesse für eine der anderen Damen hegtest, das ist alles."

Carlos lungerte in der Nähe herum. Cadmann räusperte sich laut. „Mann, könnte ich jetzt ein Bier gebrauchen."

„Con gusto, amigo." Pfeifend ging Carlos davon.

„Terry, du solltest wissen, daß zwischen mir und deiner Frau nichts ist. Wir unterhalten uns . . ."

„Ziemlich häufig."

Betont sah Cadmann auf das Bier in Terrys Hand. „Ja. Wir reden miteinander. Und wenn du mehr mit Sylvia reden würdest, würde sie nicht so sehr einen Freund brauchen."

Terry erstarrte. „Meine Beziehung zu Sylvia geht dich überhaupt nichts an."

„Du hast damit angefangen. Wir reden miteinander, und wenn du dir Sorgen machst, daß sie nach mehr als nur Gespräch sucht, ist da vielleicht etwas anderes, das du ihr nicht genügend gibst."

Terry wandte sich ab, machte zwei Schritte und drehte sich wieder um. „Du bist wirklich ein Dreckskerl, Weyland." Er machte wieder kehrt.

„Dachtest du eigentlich, Terry, daß du, indem du ihr ein Kind machtest, Sylvia ein großes Stoppschild um den Hals gehängt hättest?"

Um sie herum herrschte plötzlich Stille. Cadmann stieg das Blut in den Kopf.

Terrys Hände verkrümmten sich zu Klauen, und seine Lippen bewegten sich stumm. Der dünne Mann trat in das Feuer, Funken stoben empor. „Weißt du, Weyland, eigentlich ist mir egal, was passierte, bevor ich aufwachte. Weil du nicht mehr der große Mann bist. Du bist kein Farmer, du bist kein Konstrukteur. Du bist nicht einmal Ingenieur. Du bist nur ein Navigationsassistent und ein außerordentlich entbehrlicher Sicherheitsmann." Er beugte sich näher zu Cadmann. „Wie ich höre, willst du an der Festlandexpedition teilnehmen, die ich zusammenstelle. Achte sehr darauf, daß du nicht plötzlich überflüssig wirst. Es täte mir in der Seele weh zu sehen, wie Colonel Weyland Unkraut rupft oder die Ställe ausmistet, um sich sein Brot zu verdienen." Er wandte sich um und schritt davon.

Schweigend warf Carlos Cadmann einen Beutel Bier zu.

Cadmann riß ihn mit den Zähnen auf und nahm einen Schluck. Terry packte Sylvia am Arm, zog sie beiseite und redete auf sie ein. Seine Bewegungen waren wild und ungelenk. Sylvia blieb ruhig, und endlich beruhigte auch er sich.

Der gesamte Strand schien erleichtert aufzuatmen, und bald erhoben sich aus einem undeutlichen Gemurmel wieder Musik und Gelächter.

Carlos stieß Cadmann an. „Er irrt sich in dir, nicht wahr, *amigo?* Du hast die schöne Dame nie angefaßt."

„Noch nicht."

„Das heißt?" Carlos' dunkles Gesicht wurde von einem vielsagenden Grinsen geteilt.

„Das heißt, daß ich einen Spaziergang mache."

„Ich werde mich inzwischen näher mit Carolyn befassen."

„Sie ist ein Quälgeist."

„Außerdem ist sie deprimiert. Dafür habe ich gerade das Richtige."

„Deine Großmut erstaunt mich immer wieder." Cadmann ging zum Strand, auf den großen Shuttle zu und daran vorbei. Als Marnies Gitarrenklänge nur noch ein gebrochener Rhythmus gegen die Brandung waren, drehte er sich um, sah zum flackernden Licht und hörte den Geräuschen zu. Die Nachtluft trug einen Hauch Seetang und Salz und gerösteten Lachs und den Klang der Fröhlichkeit mit sich.

Ein Finger strich leicht über sein Rückgrat, und erschrocken drehte er sich um. Mary Ann lächelte ihn an. Sie atmete schwer, an ihren Waden klebte Sand vom Lauf durch die Brandung. „Du bist seltsam", sagte sie. „Weißt du, wie ich dich immer finden kann?"

„Na, wie?" Er hob die Hände und faltete sie hinter ihrem Nacken.

„Ich schaue einfach nach, wo Leute Spaß haben, sich vergnügen. Dort stehst du immer am Rand und schaust zu."

Er zog sie dichter an sich. Sie erschauerte, als er einen Kreis unter ihr Ohr zeichnete. „Ich schaue nicht immer nur zu." Auf einmal hatte er das sehr starke Verlangen, ihre Worte Lügen zu strafen.

Als sie wieder etwas sagte, klang ihre Stimme rauh. „Warum zeigst du mir nicht, was du tust, wenn du nicht nur zuschaust?"

Er wußte nicht, wen er mehr überzeugen mußte: sich oder Mary Ann. Aber manchmal haben zwei Ziele einen gemeinsamen Zweck.

Sie nahm seine Hand und führte ihn fort von den Lagerfeuern, in die Wärme.

ETWAS war vor ihr. Sheena versuchte angestrengt aufzuholen. Ein Schatten, der größer als sie war, der sich in Sprüngen zu bewegen schien, wartete, bis sie fast über ihm war, und schoß dann in die Dunkelheit davon.

Sheena japste verwirrt. Maschinen bewegten sich so schnell, aber nicht Tiere. Sie beschnupperte den Boden. Der neue Geruch war schon schwach geworden, so schnell hatte das Wesen sich bewegt. Naß und warm: Sein Gestank war eine tödliche Beleidigung! Sie fegte hinterher, zischte durch das eiskalte Wasser, schüttelte ihr Fell aus, bevor sie weiter in die Dunkelheit rannte.

Sie befand sich hinter dem Anbaugebiet, zwischen verbrannten Baumstümpfen und groben Grasbüscheln. Wolken zogen über den kleineren Mond, und Sheena nahm wieder am Boden Witterung auf, knurrte leise in der Kehle.

Einen Augenblick teilte sich die Wolkendecke. Dort auf dem Hügel, schwarz in den Mondstrahlen, saß das geheimnisvolle Etwas. Groß. Kein Mensch. Kein Vorfahr hatte dieses Ding gejagt, war davor geflohen und am Leben geblieben, um sich zu erinnern. Sheena wußte, was es nicht war, aber nicht, was es war.

Das Wesen legte den Kopf an die Seite und gurrte.

Das Geräusch war beunruhigend. Was hatte je so geklungen? Wo waren die Menschen? Sheenas Ohren legten sich an ihren Kopf. Sie ging zum Angriff über.

Das Wesen stand vor ihr, und Sheenas Zähne schnappten nach seinem Hals, doch der Biß ging ins Leere. Wie ein Wolkenschatten vor dem Mond huschte das Wesen davon und kam ebensoschnell wieder zurück, und jetzt war es auf Sheenas Rücken. Seine kalten, breiten Pranken klammerten sich mit plötzlicher, furchterregender Kraft um ihren Körper. Sheenas Rippen brachen. Sie knurrte ihren Schmerz heraus und rollte sich herum, um das Ungeheuer von ihrem Rücken zu fegen.

Während sie herumrollte, entfernte es sich wieder von ihr. Wie liebevoll gurrte es Sheena zu, zeigte dolchähnliche Zähne.

Jetzt hatte Sheena Angst, aber sie sprang. Sie war noch in der Luft, als sich das Geschöpf herumwarf. Seine Zähne blitzten auf und schlossen sich um ihre Kehle, machten aus ihrem Todesschrei nicht mehr als ein angstvolles Zischen. Bevor sie auf dem Boden auftraf, war es wieder in den Schatten.

Sie lag auf der Seite, rang schwach nach Atem und winselte schwach.

Das Wesen gurrte ihr zu, und als Sheenas Flanken zu zittern aufhörten, kam es näher und leckte sanft das Blut, das aus ihrer Kehle strömte. Das Geschöpf war heiß wie Feuer. Es drehte ihr seinen Rücken zu. Sheena fühlte, wie Messer in ihren Körper drangen, und dann nichts mehr.

2

DIE *Geographic* zählte zu den größten beweglichen Objekten, die menschliche Ingenieurskunst je erschaffen hatte. Von unten sah das Schiff wie eine riesige Taschenlampe mit einem silbernen Türknauf am Ende aus, als der Shuttle zum Rendezvous aufstieg. Das hintere Ende bestand aus einem Ring aus Laserfusionsreaktoren, einem Brennabschnitt, der den doppelten Durchmesser des Rumpfes aufwies. Der Rumpf war über hundertfünfzig Meter lang, ein Zylinder, in dem die Lebenserhaltungssysteme und die kryogenen Schlafeinrichtungen untergebracht waren. Minerva zwei näherte sich dem vorderen Ende: den Laboratorien und Mannschaftsquartieren, in denen Cadmann fünf wache Jahre seines Lebens verbracht hatte.

Der Shuttle wurde langsamer, als er den Treibstoffballon umflog. Bobbi Kanagawa war eine vorsichtige Pilotin.

Der Treibstoffballon der *Geographic* war geschrumpft, verbraucht und wies die Hälfte seiner ursprünglichen Größe auf. Von einer Deuteriumeiskugel von einem halben Kilometer Durchmesser war nur noch ein Hauch von Gas geblieben. Die Kolonie konnte noch kein Deuterium gewinnen.

Teile der Außenverkleidung der *Geographic* waren abmontiert und mit dem Shuttle als Baumaterial nach Tau Ceti Vier hinuntergebracht worden. Der Shuttle steuerte an einer treibenden Masse vorbei. Der eng aufgewickelte Zylinder aus -zig Kilometer langem, supraleitfähigem Draht wartete darauf, durch robotische Haftmotoren in den Laderaum von Minerva zwei verbracht zu werden. Er sollte in die Fusionsanlage eingebaut werden. Ihre Vollendung bedeutete unbegrenzte Energie. Irgendwann würde das Orionfahrzeug ein Skelett sein, ein Lichtsplitter am Himmel. Vielleicht würde es in verkleinerter Form überleben, wenn der Großteil des Lebenserhaltungszylinders abgebaut worden war: ein interplanetares Fahrzeug, ein Geschenk des Weltraums an Enkel, die noch nicht geboren waren.

„Beinahe zu Hause“, sagte Bobbi Kanagawa, ohne sich zu ihren Passagieren umzuwenden.

Sylvia kniff Cadmann in den Arm. „Alles klar?“

„Andocken habe ich nie gemocht“, brummte Cadmann.

Der Shuttle glitt am Geflecht entlang und rastete im Scharnier am Ende ein: Cadmann seufzte erleichtert und löste seine Schultergurte. Bobbi nahm letzte Kontrollen vor und schwang sich dann mit eingeübter Lässigkeit aus ihrem Sitz. „Okay, Leute, wir haben eine Zweistundendrehung. Ich hoffe, ihr braucht nicht länger.“

„Zwei sollten reichen.“ Sylvia schnallte ihren Rucksack um.

Die Hintertür des Shuttles öffnete sich zischend, und Stu Ellington lachte ihnen aus dem Kontrollmodul entgegen. „Wird aber auch Zeit. Schon wieder zwei Zehntelsekunden zu spät.“

Bobbi funkelte den Sprecher an und wandte sich dann an Sylvia: „Ich seh euch dann in einem Monat, ja?"

Sie verschwand in einem Verbindungsgang, als Sylvia Cadmann den Mittelkorridor entlang zum Biolaborabschnitt führte.

„Nach all der Zeit werde ich hier immer noch ein wenig klaustrophobisch", meinte Sylvia und lachte verlegen.

„Du bist nicht die einzige. Für uns alle war dieser Ort eine lange Zeit Heimat und Gefängnis. Einige Kolonisten wollen hier gar nicht mehr heraufkommen. Es ist das Zurück-in-den-Schoß-Syndrom. Wir alle haben mindestens hundertfünf Jahre in einer kleinen, sargförmigen Kiste verbracht und wurden durch ein wenig Elektrizität von den Toten erweckt."

„Nett. Du übernimmst die Gutenachtgeschichten. Ich kümmere mich um die Beruhigungsmittel."

Die Tür zum Biolabor war versiegelt, um das Leben darin und die Mannschaft draußen zu schützen. Sylvia gab ihren vierstelligen persönlichen Code ein, und die Tür öffnete sich. Falls der Hauptabschnitt des Schiffes Atmosphäre verlieren sollte, würde schon der Luftdruck allein die Tür versiegelt halten. „Wir programmieren das neu, damit du auch Zutritt hast."

Als sich die Tür hinter ihnen schloß, gingen die Lichter automatisch an. Dieser Raum war vollgestopft mit medizinischen und analytischen Geräten, an den Wänden ragten Hunderte kryogene Kammern auf, und darin befand sich die Zukunft von Tau Ceti Vier.

Sylvia seufzte, hängte ihren Rucksack an einen Wandhaken und zog sich zu einem Regal mit Velcroslippern hinüber. Sie reichte Cadmann ein Paar. „Eine Größe für alle."

„Ich hatte auf etwas mit Flügeln gehofft."

Sie führte ihn zu den nächstliegenden Behältern und schaltete bei einem dunklen Verdeck die Beleuchtung ein. Darin befanden sich Dutzende von Hundeembryos, die kaum als solche zu erkennen waren. Ihre dunklen Augen waren mit durchsichtigen Lidern verschlossen, die winzigen nackten Pfoten waren in friedlichem Kryoschlaf an die hauchdünnen Körper gezogen. Jedes hing in einem eigenen Beutel und war über die Nabelschnur mit einer künstlichen Plazenta verbunden.

Sylvia studierte die Temperatur- und Druckanzeigen an der Tür einer verschlossenen Vitrine, nickte und öffnete sie. „Luzernesamen. Okay. Schweizer Mangold. Okay. Tomaten. In Ordnung." Sie schloß die Vitrine. „Nun zu den Embryos. Die Träger sind dort im Behälter. Blas mir drei auf, ja?" Sie betätigte sich an der Kryoschlafträgerkonsole.

„Traust du dem Computer nicht?" fragte Cadmann.

„Nicht mehr. Nicht mehr seit der Sache mit Ernst. Nicht mehr, seit acht von uns nicht mehr aufwachten. Barney sagt, er sei in Ordnung, aber zur Zeit bin ich eine Frau mit wenig Glauben." Sie gab die letzten Befehle ein. „Da. Wir haben einen Hund verloren. Wir haben noch über hundert."

„Und mehrere tausend Hühner, nehme ich an?" Seine Stimme war tonlos.

„Hör mal, Cad – es ist nicht deine Schuld. Sheena ist vor einer Woche verschwunden. Nun ist sie in der letzten Nacht wiedergekommen und in einen Hühnerschlag eingebrochen. Gut. Entweder wir fangen oder wir töten sie. Kein Grund zur Besorgnis."

Er war immer noch im Geist beim Hühnerkäfig, wie sie ihn heute morgen entdeckt hatten, das Drahtgeflecht herausgerissen und zerstört, der hölzerne Verschlag geborsten, Blut und Federn und kleine Stücke blutigen Hühnerfleischs auf dem Boden verstreut.

„Du machst dir deswegen Sorgen, nicht wahr?"

„Sicher", erwiderte er kurz.

Obwohl er schon vorher im Biolabor gearbeitet hatte, führte sie ihn noch einmal herum. Es gab eine komplette Auswahl an Milch- und Arbeitstieren sowie Millionen Regenwürmer, Marienkäfer und Eier „gutartiger" Insekten. „Wir werden von jeder Spezies die vierfache Anzahl benötigen. Es wird Versager geben", sagte Sylvia schlicht. „Zum Beispiel die Luzerne. Noch wissen wir nicht, warum." Ihre Augen funkelten. „Aber ich garantiere dir, daß wir es herausfinden. Wir werden weitere Tiere verlieren, und auch darauf müssen wir vorbereitet sein. Dann kommst du ins Spiel, Cad – bei Notfällen setzen wir Marnie oder ihren Mann Jerry in Bewegung. Wir müssen auf alles vorbereitet sein."

Sie verdunkelte die Blenden, nahm ihn an der Hand und führte ihn zur anderen Seite des Raumes. „Schau", flüsterte sie und schaltete die Beleuchtung ein. „Unsere Kinder."

In Reihen hingen sie, verloren in endlosen Träumen.

Unbewußt bewegte Sylvia eine Hand über ihren Bauch, dessen Rundung unter ihrem Overall kaum zu erkennen war.

Hunderte Embryos, die in einem Alter von zehn Wochen eingefroren waren, daumengroß und milchigblaß, die Köpfe so groß wie die Körper.

„Sie sind allesamt perfekt", sagte Sylvia. „Jedes einzelne genetisch und körperlich vollkommen."

Cadmann berührte ihren Bauch. „Nicht so wie Jumbo hier."

Sylvia zog sich zurück und schaltete das Licht aus. „Cad . . . wenn du versuchtest, ein wenig netter zu Jumbos Vater zu sein, wäre es für uns alle leichter."

Seine Hand kribbelte immer noch von der Berührung. „Ich hab's gewußt. Ein hübscher Ausflug für den alten Weyland. Suche ihm eine nützliche Aufgabe. Versuche dann, ihn ein wenig zu zivilisieren, bevor er in die Wüste geschickt wird, wo er hingehört."

Sie schüttelte den Kopf und umarmte ihn. „Es ist nicht leicht für dich, aber wenigstens weißt du, warum du Probleme hast. Terry weiß nur, daß er nicht mehr ganz derselbe ist, seit man ihn aufgetaut hat. Terry und Ernst . . . Carolyn . . . Alicia . . . Mary Ann . . ."

„Was? Mary Ann Eisenhower? Sie kommt mir –"

„Sicher, sie ist normal; sie hat im Kälteschlaf ein paar Gehirnzellen verloren. Sie ist nicht dumm, aber sie war früher genial, und das weiß sie noch, Cad. Sie und Hendrick Sills waren die besten Bridgespieler, und bevor wir die Kolonisten schlafen schickten, teilten sie auch das Bett. Tom Eisenhower wurde tot wieder aufgetaut, und Hendrick fühlt sich sehr unwohl, wenn er mit ihr im gleichen Raum ist. Deshalb ist Hendrick jetzt mit Phyllis zusammen, und Mary Ann weint auf Rachels Sofa. Aber sie ist eine normale, gesunde, anziehende Frau, wenn man sie nicht vorher kannte. Carolyn McAndrews war Zacks Stellvertreterin. Jetzt will keiner mehr mit ihr arbeiten. Sie wurde nicht dumm, aber sie wird hysterisch."

„Und vielleicht gibt es auch im Gehirn vom alten Cadmann eine tote Stelle."

„Nichts, was wir feststellen können. Wie ich schon sagte, hast du Gründe, dich fehl am Platze zu fühlen“, meinte Sylvia. „Die anderen wissen nur, daß die Kryogenik nicht einwandfrei funktionierte. Vielleicht ist es nicht mehr so einfach, sich an ein Lieblingsgedicht zu erinnern oder eine Kubikwurzel zu ziehen.“ Sie stockte, und ihre Stimme wurde leise. „Oder zu lieben. Wir wissen noch nicht, was es ist. Bis wir Antwort von der Erde bekommen, werden zwanzig Jahre vergehen. Unsere Gene sind gut. Wir werden alles tun, um dich dabeizubehalten. Kannst du es uns verübeln?“

„Was heißt wir? Was ist mit . . .?“

Das Sprechfunkgerät knisterte, und Stu Ellington sagte: „Wir haben eine Nachricht für dich, Weyland. Unten ist was im Gange. Irgend etwas mit Hühnern.“

Sylvia machte sich sanft von ihm los und drückte den Knopf der nächsten Sprechanlage. „K-keine Sorge. Wir bringen weitere Embryos mit nach unten.“

„Darum geht es nicht.“ Diesmal war es Bobbi, und sie klang erregt. „Mits Kokubun hat Spuren gefunden. Jedenfalls könnten es Spuren sein.“

„Fährten?“ Sylvia runzelte die Stirn.

„Weiß nicht. Zack meinte, so etwas hätte er noch nie gesehen. Er will, daß Cadmann Weyland sich das ansieht. So schnell wie möglich.“

„Schick's durch.“

„Sie haben keine Bilder gesendet.“

„Meinst du, ihr könnt eure Kuschelsitzung abbrechen, damit Stu uns nach Hause bringt?“

Stu gab ein lautes Stöhnen von sich. „Na, wenn es sein muß . . .“ Er schaltete ab.

Cadmann räusperte sich, trat einen halben Schritt zurück. „Gab es sonst noch etwas, das du mir zeigen wolltest?“

Sie förderte eine Handvoll dunkler Plastikkarten aus ihrem Rucksack hervor. „Du hast schon am Computer gearbeitet. Du kannst mir ein paar Programme durchlaufen lassen, und ich . . . Ach verdammt, Cad. Ich weiß nicht, was ich wollte. Wir . . . ich möchte, daß bei dir alles gutgeht. Wir wollen nicht, daß du dich abkapselst. Ich will dich nicht verlieren." Plötzlich sah sie sehr klein und unbeholfen aus. „Ich liebe dich. Du bist mein Freund."

Die Stille war lang und schmerzlich. Dann verzog sich Cadmanns Mund zu einem Lächeln. „Weißt du, was? Wir bringen Stu auf Trab, damit er uns wieder hinunterbringt. In Ordnung?"

„Prima."

Die Hühnerverschläge lagen neben dem einstöckigen Blechaufbau des Maschinenlagers, und der Boden war festgetreten.

Als Cadmann eintraf, war ein fünfzehn mal dreißig Meter großes Stück mit Seilen abgesperrt worden, um die Fährten zu erhalten. Am Rand hielten sich immer noch etwa zwanzig Kolonisten auf. Joe Sikes' Frau Evvie hielt ihr Baby fest an ihre Brust gedrückt. Das Kind plapperte unbekümmert vor sich hin, aber die Frau sah niedergeschlagen aus. Ihr Kind war das zweite der Kolonie. Das erste, April Clifton, war immer noch in Intensivbehandlung.

Zack fuhr sich mit der Hand durch schwarzes Haar, das vor Monaten noch merklich dichter gewesen war. Als sich Cadmann durch den Ring der Zuschauer drängte und in die Hocke ging, um sich die Spuren näher anzusehen, klopfte ihm Zack leicht auf die Schulter. „Ich bin froh, daß du da bist. Was hältst du davon?"

Cadmann zog die Hosenbeine hoch, bückte sich und besah sich die Abdrücke. Die Spur war etwas breiter als seine Hand und wies vier unterscheidbare, annähernd dreieckige Zehenabdrücke auf. Er fuhr mit dem Finger darüber.

„Haben wir davon einen Abdruck gemacht?" fragte er.

„Marnie. Wir verstärken die Zäune, und nötigenfalls können wir sie wieder unter Strom setzen."

Es gab acht Fährten, einige schwach, andere deutlich. Eine war verwischt, sie befand sich vor dem Hühnerverschlag. Cadmann stand auf und sah in die Richtung, aus der sie gekommen waren – sie führten ins Gebirge, verschwanden aber schon lange vor dem bebauten Feld. Ein Verdacht beunruhigte ihn.

„Ich hätte schwören können", sagte Cadmann schließlich, „daß hier noch keine Spuren waren, als ich mich heute morgen auf den Weg machte."

Zack schüttelte den Kopf. „Mir unverständlich. Die ganze Zeit war jemand hier. Vielleicht mußte die Sonne erst so hoch stehen, bevor wir sie entdeckten."

„*Hola, amigo.* Fällt dir irgendwas ein?"

Cadmann betrachtete den Boden, dann Carlos' allzu beflissenes Lächeln. Der kleingewachsene Rick Erin neben Carlos hatte Schwierigkeiten, seine Gesichtszüge unter Kontrolle zu halten.

Cadmann ging langsam auf ihn zu. „Ja. Das da wurde von etwas verursacht, das sehr geschickt war, nicht sonderlich intelligent und etwa . . .", er betrachtete Carlos von oben bis unten, „. . . siebzig Kilo wog. Vorläufig können wir es *illegitimus estúpido* nennen. Ich bringe die Sprachen durcheinander, aber du weißt sicher, was ich meine."

Er drehte sich auf dem Absatz um. Hinter sich hörte er Gekicher. Idioten. Er unterdrückte den aufsteigenden Zorn.

„Was glaubst du, Cadmann?" Zack sah verwirrt aus.

„Das war ein Streich. Das hier jedenfalls." Cadmanns Gesicht brannte immer noch. „Die Zäune nachzusehen ist eine gute Idee. Mach es." Er sah zu den Bergen hinüber. „Hör zu, Zack, diese Fußstapfen waren vielleicht ein Streich, aber die Hühner sind immer noch tot. Ich glaube nicht, daß einer von uns so dumm wäre, um eines Witzes willen ein paar unserer Hühner umzubringen. Mir ist es egal, wer über mich lacht – eine Zeitlang sollten wir aber lächerlich vorsichtig sein, okay?"

Cadmann ging zur Fährte, die ihm am nächsten war. Wenn er zum Beispiel an seinem Schuh eine Gummisohle befestigte, könnte er vorsichtig vor und zurück gehen, ihnen die verdammten Abdrücke vor die Nase setzen und sich dann den Spaß ansehen . . .

Hinter ihm kläffte jemand. Er wandte sich nicht um.

SECHS Wochen nach dem Zwischenfall bei den Verschlägen ließ eine leichte Eruption auf der Nordwestseite der Insel den Boden erzittern. Drei Tage später wehten immer noch fadengleiche Aschefahnen durch die Luft. Die Nebel um die Berggipfel hatten sich wie ein graues Laken gesenkt und zerstreuten das Licht von Tau Ceti.

In den Wolken blitzte es, und in der Ferne rollte der Donner. Cadmann hielt seinen Traktor an und blickte empor.

„Keine Sorge!" rief Mary Ann. „Das ist nur ein kleines Gebirgsgewitter. Hat nichts mit uns zu tun." Sie ging durch kniehohe Pflanzenreihen und überprüfte die Feuchtigkeits- und pH-Werte.

Die Neuanpflanzung der Luzerne wurde mit Vorsicht als Erfolg gefeiert. Das Versagen der ersten Aussaat wurde den Dornenbäumen zugeschrieben. Als die Bäume weggebrannt worden waren, blieben ihre Wurzeln im Boden am Leben und entzogen dem Grund die Feuchtigkeit.

Luzerne kann einen Ertrag von zehn Tonnen pro Hektar aufweisen, erfordert aber ungeheure Wassermengen. Zwei Ingenieure aus der Kolonie, Omar Isfahan und Jon van Don, hatten ein umfassendes Bewässerungssystem entworfen und gebaut.

„Wir können das Wasser brauchen. Aber wenn es zu regnen anfängt, verschwende ich hier meine Zeit."

„Übung, nichts als Übung. Jeder von uns ist mit der Feldarbeit dran." Mary Anns strahlendes Lächeln erfüllte ihn mit Wärme. Seit seinem Gespräch mit Sylvia waren sie sich nähergekommen.

Die elektrischen Zäune waren erweitert und verstärkt worden. Wenn es keine zusätzliche Belastung bedeutete, wurden die Tiere zur Nordweide geführt. Einige ältere Lämmer und Kälber grasten bereits zufrieden.

Cadmann war zweimal zur *Geographic* zurückgekehrt. Die Embryos zu überprüfen war reine Routine; aber eine Seite des Mannschaftsaufenthaltsraumes bestand aus einem breiten Fenster. Cadmann konnte dort ausgiebig Avalon betrachten und Frieden empfinden.

Zack hatte recht gehabt. Ihre Enkel würden diese Welt erobern, und an die ersten hundertsechzig Kolonisten würde man sich für alle Zeit erinnern. Unsterblichkeit. Für welchen Preis? Ein jahrhundertlanger Schlaf? Für einige Gehirnschäden: Ernst, Mary Ann, Carolyn und, ja, auch Terry bezahlten für sie alle den Preis. Für den Rest: Schrammen und Zerrungen und vielleicht einige böse Träume? Er mußte lachen. Die Pilger, die den amerikanischen Kontinent besiedelt hatten, zahlten viel mehr und erreichten weniger.

Plötzlich war es kalt. Regentropfen sprühten gegen seine Hände und die Abdeckung des Traktors.

„Mist“, Mary Ann sah zu den Wolken auf. Wie ein großer Kohlenhaufen ballten sie sich drohend am Himmel zusammen: schwarz an den Rändern, im Inneren leckten Flammen. Die Blitze waren heller und näher, und der Donner war nicht mehr nur eine ferne Explosion.

„Soviel zum Wetterbericht, Mary Ann.“ Der Wind peitschte den Regen zu Fahnen, und Cadmann schlug seinen Kragen hoch. „Komm, hoch mit dir – ich fahre dich zum Schuppen zurück.“

Sie schnitt eine Handvoll grüner Triebe ab, stopfte sie in ihre Blusentasche, kletterte hinter ihm auf den Traktor und legte die Arme um ihn. Er fühlte ihr Erschauern, als ihre Brüste sich gegen seinen Rücken preßten.

„Wir müssen die Gemeindeversammlung vorverlegen. Ich will den verdammten Strom wieder eingeschaltet haben. Ich habe es satt, zu hören, wie sehr ich überreagiere.“ Er hob die Fräse an und fuhr zum Verwaltungstrakt zurück.

Sie drückte ihn an sich. Das besänftigte ihn, aber er brummte weiter. „An der Energie liegt es jedenfalls nicht. Wir haben bei Regen oder Sonnenschein alle Energie, die wir brauchen.“

„Alle finden, daß es zuviel Aufwand ist für das Aufhalten eines Hundes.“

„Na gut. Sie haben ihre Meinung. Ich habe meine.“

„Du bist nicht allein. Du hast auch mich. Aber wir sind nur zwei.“

Der Regen war noch erträglich, als er den Traktor in den Schuppen fuhr. Die restliche landwirtschaftliche Ausrüstung wurde eingebracht, und die Kolonisten begannen sich zu versammeln. Cadmann schaltete den Traktor ab.

„In einer Minute bin ich da“, rief Mary Ann und sprang vom Traktor herunter. Sie hielt an der Tür an, um ihren Kragen hochzuschlagen, dann rannte sie in Richtung der Umzäunung davon.

Vielleicht hatte Mary Ann recht. Er befand sich in der Minderheit. Cadmann Weyland sieht in jeder Ecke Gespenster – während das Getreide wächst, die Tiere gedeihen und friedliche Regenwürmer den Boden mit ihren Ausscheidungen anreichern. Er hätte an das Leben denken sollen statt an einen Hund, der niemals wiederkam, und einen verwüsteten Hühnerkäfig . . .

ES LIEBTE Regennächte.

Es konnte sich an Land langsam und träge bewegen und die Hitze für Stunden ertragen, aber Jagdgeschwindigkeit und schnelles Töten erforderten einen rasenden Lauf zum Fluß, um die schreckliche Hitze abzuleiten. Nacht und Regen verlängerten seine Zeit auf dem Trockenen.

Als es erwachsen geworden war, paßten sich sein Verstand und seine Sinne an ein Leben außerhalb des Wassers an; aber von Geburt an war es sehr neugierig gewesen. Leider hatte es nichts gegeben, um seine Neugier zu stillen. Seine Welt bestand aus Schwimmern und Vögeln, ein Gefängnis für seine hungernden Sinne, bis die Eindringlinge es in die Welt hinter der Felsmauer einführten.

Sie waren so seltsam! Sie bauten eckige Nester. Sie stolzierten auf ihren Hinterbeinen oder ritten auf Geschöpfen mit harten, komisch riechenden, geschmacklosen Schalen. Manchmal ließen sie sich von ihnen verschlucken, beinahe so, wie Schwimmer es taten. Sie lebten mit Geschöpfen, die seltsamer als sie selbst waren.

In der ersten Nacht hatte es ein vierbeiniges Wesen getötet, das ihm gefolgt war, anstatt zu fliehen. Es hatte mit dem Wesen gespielt, war um es herumgetanzt und hatte seine Possen beobachtet. Als das Spiel langweilig wurde, riß es dem Tier die Kehle heraus. Das Blut war dick und heiß und schmeckte.

Danach fühlte es sich überhitzt. Es hatte seine Schwanzstacheln in die Kehle des Hundes versenkt und den Kadaver zum Fluß gezogen, wo es sich abkühlen und fressen konnte.

Spiel! Schwimmer machten niemals soviel Spaß. Die fliegenden Dinger, die sich manchmal von ihnen ernährten, waren zu schnell. Es dachte an jene Nacht und war von Vergnügen erfüllt.

In einer anderen Nacht war es durch stachelige Sperren durchgebrochen und einem lockenden Geruch gefolgt.

Das Nest hatte nur einen Augenblick widerstanden, und dann war es unter ihnen gewesen. Was für einen Krach sie gemacht hatten. Sie hatten fliegen wollen. Keines war schnell, keines konnte kämpfen. Es war nicht einmal ein Spiel, sondern nur Nahrung . . ., aber Nahrung war Belohnung an sich.

Das war vor Tagen gewesen. Jetzt beobachtete es etwas, das nach einem guten Spiel aussah. Ein einzelnes Fremdes wanderte an einer Reihe dorniger Ranken entlang, die eine Anzahl vierbeiniger Grasfresser beschützte. Das Fremde sah häufig zu den Wolken auf, erfreute sich am Regen und schüttelte Wasser aus dem dunklen Pelz auf seinem Kopf.

Das Fremde blickte nie hinter den neben dem Grasland geparkten Jeep. Das Menschenwesen ging drei Meter an ihm vorbei, lehnte sich an den Zaun und sprach zu einem Grasfresser.

Der Grasfresser ging unbeholfen zum Zaun und leckte etwas aus der Hand des Menschenwesens. Das Menschenwesen drehte sich um und machte einen Schritt auf den Jeep zu.

Die Glieder des Geschöpfes zitterten, kitzelten; sein Blut sang vor Erwartung. *Komm. Nur noch einen Schritt . . .*

Es war enttäuscht, als sich das Menschenwesen auf den Ruf eines anderen seiner Art abwandte und zu den Lichtern lief.

Nun gut. Blieb immer noch der Grasfresser.

Er war in der Nähe des Drahtes und kaute an etwas auf der Erde. Er war schwerfällig – mehr als zweimal so groß wie der Hund, fast so groß wie das Geschöpf selbst –, aber das war kein Anlaß zur Besorgnis. Es fühlte, daß der Grasfresser kein Kämpfer war.

Das Geschöpf kroch vor, bis sein flacher, annähernd dreieckiger Kopf hinter dem Jeep hervorsah. Ein Regentropfen zerplatzte direkt auf seinem Auge, und seine Nickhaut verdickte sich für einen Moment.

DAS Kalb kaute an der Handvoll Luzernesprossen, die Mary Ann ihm mitgebracht hatte. Der Regen kühlte seine Haut, und es würde sich bald zum Unterschlupf in der Ecke der Weide aufmachen, um sich mit seinen Geschwistern auf der Suche nach Wärme zusammenzudrängen.

Dann erklang hinter dem Zaun ein leises gurrendes Geräusch, und das Kalb preßte sich gegen den Draht. Es fürchtete sich vor dem Vorwärtsgehen, wollte sich aber auch nicht zurückziehen.

Die Gestalt floß wie ein massiger Schatten hinter dem Jeep hervor. Ein breiter, flacher Schatten mit scheibenähnlichen Augen, die nicht blinzelten, und dem Lächeln eines Delphins.

Das Kalb zog sich zurück. Plötzliche Furcht ließ es stolpernd zum Unterschlupf zurückweichen. Das Geschöpf watschelte mit beinahe komischer Schwerfälligkeit zum Zaun, schnupperte am Draht, biß probehalber hinein, zog sich zurück.

Die anderen Kälber hatten den Angstgeruch aufgenommen, und zwei steckten die Köpfe aus dem Unterschlupf und brüllten. Sie riefen nach dem Schutz durch die Herde, durch die Stiere! Aber es gab nur Kälber.

Der Regen hatte sich jetzt in einen Wolkenbruch verwandelt, und Tau Ceti war hinter dichten Wolken verschwunden. Das junge Gras lag am Boden und versank nach und nach im Schlamm. Im Lager flackerte ein Licht, wurde schwächer, dann wieder stärker.

Ohne es zu verstehen, sah das Kalb, daß der Draht kaputt war und im Wind schwankte.

Einige Meter vor dem Durchbruch hockte ein dicker Schatten im Gras. Er hatte funkelnde, hypnotisch große Augen.

Als das Kalb auf den Unterschlupf zustolperte, kroch er langsam vorwärts. Unter dem Blech waren acht weitere, die sich jetzt zusammendrängten.

Nun war der Schatten näher, viel näher, direkt vor dem Unterstand. Mit dem Ballen zuerst landeten Klauen mit Schwimmhäuten auf dem Boden, dann griffen krumme Krallen in den Grund und zogen das Wesen über das Gras. Der Regen prasselte auf seine Haut und die Augen, die nicht blinzelten.

Die Kälber brüllten ihre Angst in den Wind und die Nacht. Zwei begannen am Draht am hinteren Ende der Umzäunung zu kauen, achteten nicht auf den Schmerz in Lippen und Kiefern, dachten nur an das Ding, das im Dunkeln kroch mit weiten Augen und breitem, grinsendem Maul, das jetzt aufklaffte, um spitze Zähne zu enthüllen. Es gurrte ihnen zu, sprang und landete zwischen ihnen.

In der Enge des Unterstandes schnappte und riß es an ihnen. Trotz ihres Gewichtes schmetterte es sie beiseite, schlug mit seinem Schwanz mit zermalmender Wucht, riß nasse Fleischstreifen von Knochen. Endlich schloß es seine Zähne fest um einen warmen Nacken, bis sich die Haut und der Knorpel teilten und warmes Blut in seinen Mund sprudelte.

Das Kalb erzitterte. Sein letzter Laut war verzweifeltes Blöken.

Die anderen flohen aus dem Unterstand, entkamen durch die Lücke im Draht, stoben in alle Richtungen auseinander.

Das Wesen schlug seine Stacheln in den Nacken des Grasfressers und zog ihn aus der Umzäunung. Die Anstrengung ließ die Hitze in seinem Körper stärker werden. Ohne den kühlenden Regen hätte es zum Fluß rennen müssen. Doch der Regen stillte das Feuer im Inneren, und das Fleisch des Kalbes linderte die Müdigkeit.

DER Duft gebratenen Truthahns vermischte sich mit dem frischer grüner Pflanzen, selbstgezogener Zwiebeln und Gewürze.

Die Wände des gemeinsamen Speisesaales waren bunt: Nachrichten, technische Anweisungen und Dokumentationen, persönliche Botschaften und Auflistungen des Materials, das in komprimierter Form abgefragt werden konnte. Trotzdem sah fast niemand hin. Das Abendessen war weit interessanter.

Zum ersten Mal seit Jahren war das Essen nicht gefriergetrocknet. Mary Ann kaute an frischem grünem Salat und genoß die verschiedenen Geschmacksnuancen. Der Kopfsalat, die Tomaten und die Pilze waren frisch und knackig. Die Insekten von Tau Ceti Vier schienen an Erdenpflanzen kein Interesse zu haben; Spritzmittel waren nicht eingesetzt worden.

Die Milch, das Salatdressing, die Käsewürfel und die Schinkenstücke waren wiederaufbereitet worden. Aber schon bald . . .

Neben Mary Ann goß Cadmann Bratensaft über den zerlegten Truthahn; sie lehnte zufrieden den Kopf an seine Schulter.

Er lächelte geistesabwesend. Der Geschmack, die Gerüche, die Kameradschaft hatten seine Sorgen zurückgedrängt.

Dröhnendes Klopfen erklang, und Zack erhob sich kauend.

„Meine lieben Mitbür–" So weit kam er, bis er sich verschluckte und seine Frau Rachel ihm herzhaft auf den Rücken schlug. Er kniff sie ebenso herzhaft in die Wange. „Einen Augenblick! Mir scheint, jetzt ist ein geeigneter Zeitpunkt für einen allgemeinen Zwischenbericht."

Rachel überreichte ihm ein Klemmbrett, und Zack überflog es. „Wie die meisten wissen, ist April, das Baby der Cliftons, aus der Intensivstation heraus und fühlt sich in der Kindertagesstätte wohl . . ."

„Falsch, Zack!" Gregory Clifton stupste seine Frau Alicia, die aufstand. Avalons erstes Baby schlief in ihren Armen. Die Kolonisten applaudierten begeistert. April wachte verwirrt auf.

Sehnsüchtig betrachtete Mary Ann Mutter und Kind. Das Baby wirkte so friedlich, die Mutter so glücklich. Dabei war Alicia infolge eines Schlaftraumas und einiger Erinnerungslücken einer der heiklen Fälle der Kolonie. Gott sei Dank war sie eine gesunde Mutter. Die Gene waren gut, und das Kind würde klüger sein als seine Mutter.

Unbewußt lehnte sie sich enger an Cadmann.

Zack fuhr fort. „Im nächsten Monat erwarten wir drei weitere Babys, also sollte jeder den Frauen zur Hand gehen. Wir haben keine Fehlgeburt und keinen Unfall gehabt, und so soll es bleiben.

Landwirtschaft . . . Mary Ann? Hast du etwas zu berichten?"

Sie stand auf. „Mit den, äh, Luzernen gibt es keine Schwierigkeiten mehr. Die Sojabohnen und der Reis machen gute Fortschritte. Den Bienen geht es gut. Wir warten auf eine junge Königin, bevor wir sie auf einheimische Pflanzen loslassen. Und für die Leute von der Hydrokultur ist ein Applaus fällig – heute abend essen wir ihre Tomaten."

Weiteres Klatschen setzte ein, und Mary Ann wollte sich hinsetzen, stand aber wieder auf. „Mit den Fischen klappt es gut, sowohl in den Zuchtteichen als auch in den Flüssen – die Welse sind ein wenig besser dran als die Forellen, aber das war zu erwarten. Die Nachricht des Tages ist jedoch, daß man in einer Entfernung von hundert Kilometern Truthähne gesichtet hat!"

Zack grinste. „Anscheinend können wir die Aussaatexpedition vergessen. Stimmen wir ab – sind alle dafür, die Sache fallenzulassen?"

Er überschaute den Wald aus Armen, der vor ihm aufsproß. „Das ist keine Mehrheit. Ihr wollt wohl denen von der Landwirtschaft nur einen freien Tag verpassen, aber ich glaube, den haben sie sich auch verdient. Gut – gibt es noch etwas, bevor wir weitermachen?"

Es gab noch etwas. Beschwerden über Wohnräume, Arbeitszuweisungen für Mütter nach der Geburt, Fertigstellungstermine für die

Fusionsanlage. Dann stand Cadmann auf, und im Raum waren Stöhnlaute zu vernehmen.

Er wartete, bis sie verklungen waren. „Ich weiß, daß ich in Sachen Sicherheit immer wieder überstimmt werde, daher möchte ich etwas anderes vorschlagen. Mir ist klar, daß alle bis zum Hals in Arbeit stecken, aber einige in Schicht arbeitende Freiwillige könnten unser Sicherheitsaufgebot verstärken."

Terry Faulkner stand auf, und Mary Ann sah prüfend in Sylvias Gesicht. Sylvia war eine nette Frau – klug, fleißig, freundlich –, aber sie und Cadmann teilten etwas, das ihr ein Gefühl des Ausgeschlossenseins gab. Kein Sex; dessen war sie sicher. Aber sie wußte, daß Cadmann mit Sylvia Geheimnisse teilte, die er mit niemand anderem, nicht einmal mit seiner Geliebten, teilen würde.

„Hör mal, Cadmann", sagte Terry. „Wir sind nun schon einen Monat immer und immer wieder damit zugange gewesen; du solltest es endlich lassen." Es gab Zustimmung, und Cadmann knirschte mit den Zähnen.

Mary Ann legte ihre Hand auf die von Ernst, der so aussah, als wolle er Terry den Hals umdrehen.

„Blut, Plackerei und Tränen will ich nicht", sagte Cadmann. „Ich möchte nur ein wenig mehr Sicherheitsmaßnahmen, und einer allein kann es nicht schaffen . . ."

„Stimmt das wirklich?" fragte Terry provozierend. „Du suchst doch eine Gelegenheit, den Helden zu spielen!"

Cadmann umklammerte die Tischkante. Er versuchte, seine Stimme zu beherrschen. „Terry, darauf bin ich nicht aus. Hier tut sich etwas, und ich denke . . ."

„Ich denke, daß es den Hühnern prächtig geht . . ."

Carolyn rief etwas zu laut: „Halt den Mund, Terry!"

Zack hob die Hand. „Das reicht, Leute. Ich denke, daß Cadmanns Sorge unbegründet ist, aber von Herzen kommt. Sie verdient euren Respekt, wenn schon nicht eure Zustimmung. Wenn jemand Zeit für eine freiwillige Miliz aufbringen will, soll er Cadmann nach dem Treffen ansprechen." Er klatschte mit der Handfläche auf den Tisch. „Und wenn es jetzt nichts mehr zu besprechen gibt, können wir die Lichter ausmachen und mit den Videobändern anfangen."

Cadmann setzte sich und starrte seine Hände an, als der Saal umgebaut wurde und die Stühle zur Wand gedreht wurden.

Mary Ann schüttelte ihn sanft an der Schulter. „Cadmann?"

Er murmelte etwas, das sie nicht verstehen konnte, aber es klang wie „Idioten".

Mary Ann rückte ihren Stuhl an ihn heran, streichelte seinen Nacken, versuchte, ihm so nahe zu sein, wie er es zuließ. Er ergriff ihre Hand, hielt sie zu fest. Seine Finger waren kalt.

Die Wand war einen Augenblick lang weiß. Dann brüllte der MGM-Löwe, und zur Freude der Kolonisten begann eine Videokopie des zweihundert Jahre alten „Wizard of Oz" abzulaufen.

Cadmann drückte ihre Hand und stand auf.

„Wohin gehst du?" flüsterte Mary Ann. „Kann ich . . .?"

Er schüttelte den Kopf.

Ernst war auf den Beinen. Cadmann drückte ihn wieder in den Stuhl und flüsterte in sein Ohr. Dann war er in der Mahlpresse am Ende des Speisesaales verschwunden.

Mary Ann verfluchte sich. Du hättest etwas sagen können. Er ist kein Farmer, und er kommt sich wie das fünfte Rad am Wagen vor . . .

Dieser Gedanke war niederschmetternd. Wenn sie ihm in den sechs Wochen, in denen sie miteinander geschlafen hatten, nicht das Gefühl hatte geben können, gebraucht zu werden, wußte sie nicht, was sie tun sollte.

Auf den Bildern an der Wand gingen Dorothy und ihre Freunde in einer Flut gelben irdischen Sonnenlichts über das Mohnfeld. „Verdammt!" Der Fluch der Tierärztin schreckte plötzlich alle auf. Jemand schaltete eine Taschenlampe ein, und ein anderer brüllte: „Macht doch das verdammte Licht an! Wir haben ein Problem!"

Mary Ann war aufgesprungen und arbeitete sich in den hinteren Saal durch.

Ein Kreis von Leuten hatte sich um eines der Kälber gebildet, und als das Licht heller wurde, sahen sie, daß das arme Ding kaum stehen konnte. Blut lief an seinen Beinen hinunter, und von seinen Rippen hing die Haut in Fetzen. Es brach beinahe in ihren Armen zusammen, beschmierte sie mit Wasser und Blut.

Ein Schrei übertönte das Geräusch des Regens: „Der Zaun ist nicht eingeschaltet!“ Im Lager gingen Lichter an.

Mary Ann rannte hinaus und zog sich im Laufen ihren Mantel über. Alle liefen nach Norden zu den Weiden. Zu ihrer Linken erklang ein Schrei: „Ich habe noch eins gefunden!“ Sie sah, wie Jean Patterson mit einem schwachen, verängstigten Kalb kämpfte und es zu Boden rang.

Mary Ann rannte keuchend auf den Schwarm von Taschenlampen zu, der um den Zaun herumwimmelte. Der Draht war von den Pfosten gerissen, als ob ein Jeep durchgefahren wäre. Der Wellblechunterstand war zerstört und der Pferch leer.

Verzweifelt und verwirrt begann sie nach Fährten zu suchen, nach Spuren, nach irgend etwas. Aber in diesem Regen konnte eine Herde Büffel durchgetrampelt sein, und es würde überhaupt keine Spuren geben.

Cadmann war bereits am Unterstand und untersuchte den Boden. Ein Blitz enthüllte eine Masse aus Blut und Fleisch zwischen seinen Fingern. Er zog eine Grimasse. „Das war kein Hund.“

Weitere Rufe erklangen, als noch mehr Kälber gefunden wurden, die in der Dunkelheit herumstolperten.

Zack keuchte schwer, als er herangelaufen kam. „Was war hier los, Weyland?“

„Ich will verdammt sein, wenn ich das weiß, und ich glaube auch nicht, daß wir das vor morgen herausfinden.“

„Führt die Kälber zu den Pferdeweiden. Die sind groß genug.“ Zack untersuchte das Metall. Das Blech sah aus, als wäre es mit einer Fräse auseinandergenommen worden. „Mein Gott. Was bringt so etwas fertig?“

Cadmann sah zu Mary Ann. In seinem Gesicht standen Sorge und Genugtuung, und ihr wurde unbehaglich zumute.

„Was war hier los?“ flüsterte Zack erneut.

„Ich kann dir sagen, was hier los war“, meinte Terry gehässig. „Jemand hat Ärger vorhergesagt, und jetzt haben wir ihn. Bist du glücklich, Weyland?“

Mary Ann wollte ihm ins Gesicht spucken. Statt dessen ballte sie die Fäuste und rief: „Geh doch zur Hölle, Terry!“

„Deinem Freund zufolge sind wir schon dort."

Damit wandte er sich ab und ging durch den Regen davon. Mary Ann kniete neben Cadmann und legte ihm den Arm um die Schultern. Er zitterte.

3

DER Autogiro-Skeeter glitt die Uferböschung des Miskatonic hinauf, schwebte am Rand der Schlucht und drehte sich langsam auf der Stelle. Die abgeschirmten Heckrotoren wirbelten einen Staubvorhang vom Boden hoch.

Tau Ceti kauerte als kleiner Leuchtpunkt über den westlichen Bergen und wurde einen Augenblick lang von dem in eine Plane gehüllten Körper verdeckt, der unter dem Giro pendelte. Zack Moscowitz schirmte seine Augen mit der Hand ab und hielt mit der anderen die Tür der Veterinärklinik auf. Sylvia Faulkner und Jerry Bryce kamen herausgerannt. Der Arzt lief vor der Staubwolke her. Er winkte den Skeeter durch die Auffahrt zwischen den Tierpferchen und den Arbeitsräumen durch.

Jerry mußte gerade aus dem Bett gekommen sein. Seine Augen waren verschwollen; sein zerzaustes braunes Haar sah wie die Dornensträucher um das Plateau aus. Sylvia fragte sich, ob er die heutige Nachtarbeit durchstehen würde.

„Wo haben sie das Kalb gefunden?" fragte Zack.

„Einen halben Kilometer flußaufwärts. Barney hat es im dritten Vorbeiflug entdeckt."

Der Motor des Skeeters heulte auf. Der Zweimann-Flieger konnte eine Tonne Fracht heben. Der Kadaver des Kalbs erzitterte im Nylongurt, als er heruntergelassen wurde, bis er auf einer Aluminiumbahre lag.

Sylvia und Jerry rollten die Bahre in die Klinik. Der Umriß unter der Plane erinnerte nicht mehr an ein Kalb.

In den Pferdepferchen donnerten Hufe, als die Kälber und Fohlen sich so weit zurückzogen, wie es nur ging. Zack konnte es ihnen nachempfinden. „Das riecht nicht besonders schön, nicht wahr?" Er trat zurück, als der Wagen die Rampe in die Klinik hochgefahren wurde. Sylvia führte, Jerry schob. „Ich glaube es immer noch nicht." Er schob hinter ihnen die Tür zu.

„Auf dem Infrarot haben wir gar nichts gefunden?" fragte Sylvia.

„Nichts außer Truthähnen und Pterodons", sagte Zack ruhig. „Ich habe alle halbe Stunde nachgefragt. Nichts über Visuell, nichts über Audio, nichts auf Infrarot oder Radar. Auf hundert Quadratkilometern nichts." Angewidert schüttelte er den Kopf. „Ich weiß nicht, was ich davon halten soll. Wenn etwas da draußen ist, bedeutet das Ärger. Aber wenn da draußen nichts ist . . . Wer, sagtest du, hat es gefunden?"

„Carr."

„Ja, stimmt. Darf ich mal?" Sie gab ihm das Klemmbrett, und er machte sich eine Notiz. Seine Handschrift, zu jeder anderen Zeit sauber und akkurat, sah aus wie ein Maschinenausdruck.

Sylvia ergriff voller Mitgefühl seinen Arm. „Zack – versuch doch nicht, überall zugleich zu sein. Wir kümmern uns darum." Er wollte aufbegehren, aber sie faßte ihn am Kinn und untersuchte seine blutunterlaufenen Augen. „Kriegst du eigentlich Schlaf?"

„Normalerweise zähle ich Schäfchen. Du glaubst nicht, was in der letzten Nacht über die Zäune hüpfte . . ."

Jerry schlug die obere Plane zurück.

„Mein Gott!" Vor dem plötzlichen Gestank schreckte Sylvia zurück. Es roch naß und verfault; man dachte an Fliegen, an eine Hinterhofmetzgerei an einem warmen Sommernachmittag.

Ein Bein des Kalbs war abgerissen. Das andere war gebrochen, nahezu vollständig durchbissen und hing verdreht herunter. In der Mitte des Körpers klaffte eine häßliche rohe Wunde. Haut und Muskeln waren herausgerissen, die Rippen glatt durchgetrennt oder geborsten, Splitter ragten aus dem Fleisch. Die Knochen waren zermalmt, als hätte jemand versucht, das Kalb seitwärts in einen Mähdrescher zu stopfen.

Marnie hakte eine Gazemaske hinter den Ohren fest. „Okay, Jerry, laß die Kamera laufen." Sie lispelte ein wenig.

Jerry sah zur Decke hoch. „Cassandra. Programm. Autopsiehilfe. Ausführung."

Aus der Decke schob sich ein glühender Kristall an einem biegsamen Fortsatz herunter. Die Videokamera wartete geduldig, als Jerry kurz vor dem Ende einen Kragen befestigte. Ihr rotes Auge blinkte. „Okay. Programm läuft. Aufzeichner laufen. Fang an, Marnie."

Marnie zog sich Gummihandschuhe über. Ihre Arme versanken bis zum Ellbogen in der Bauchwunde.

„Ich mache Einstichstellen am Hals aus, ohne daß dort weitere Beschädigungen vorgenommen wurden. Die Schenkel und Bauchmuskeln wurden entfernt. Ich vermute, daß der Tod durch die Durchtrennung der Kehl- und Halsschlagadern eintrat, daß aber der Angreifer seine Beute an einen sicheren Ort schleppte und dort das, äh, fehlende Fleisch und die inneren Organe verzehrte. Die Knochen sind sauber durchtrennt – beinahe zu sauber, denke ich. Jerry, schau dir das mal an."

Ihr Mann trat an ihre Seite und zog sich ein Paar Plastikhandschuhe über. „Sylvia", sagte er hastig. „Geh an die Konsole und folge uns mit der Kamera." Der glühende Kristall wandte sich zu Marnies Schulter und starrte von dort herunter. „Was hast du?"

„Einen Moment." Sylvia schaltete an den Kontrollen: Plötzlich schwebte die Bauchwunde in naturgetreuen Farben vor ihr. Ihr Magen drehte sich um, und sie nahm ein wenig Farbe aus dem Video.

Jerrys Hand kam in das Bild und wies auf eine Rippe, die nicht herausgerissen worden war. „Hier haben wir Bißspuren . . ." Seine Finger zeichneten mehrere Abdrücke nach. „Ich möchte ein Schaubild anhand des Bißumfangs, des Kieferdrucks und der Gesamtstärke erstellt haben. Das, was das Kalb umbrachte, war stark."

„Hier kann ich nichts mehr tun", sagte Zack. „Ich gehe wieder in den Kontrollraum und schaue die Infrarotbilder durch. Ich hoffe nur, daß irgend etwas aufgetaucht ist."

Sobald er den Raum verlassen hatte, sah Marnie auf. „Immer noch nichts?"

Sylvia schüttelte den Kopf. „Nichts. Nicht einer der Skeeter hat etwas Größeres als einen Truthahn eingefangen."

„Und Cadmann ist immer noch auf der Suche?"

„Der ist draußen, der letzte, der wiederkommt. Du kennst doch Cadmann Weyland." Der Kadaver verschwand vom Video und wurde von einer zweidimensionalen Zahlenreihe ersetzt. Sylvia wandte sich zum Computerschirm. „Cassandra. Bilderstellung." Während sie sprach, wurden ihre Worte und Zahlen in farbige Linien umgeformt. Sie veränderte sie mit einem optischen Stift, bis aus ihnen Zähne und grobe Kinnladen wurden.

Marnie wechselte einige knappe Worte mit ihrem Mann. Sie blickten auf die Wunden und den leuchtenden Umriß und versuchten, ihre Vorstellungskraft zu unterdrücken. Es gelang ihnen nicht ganz.

Der Operationsraum roch nach Desinfektionsmitteln und starkem Kaffee. Sie schlürften die heiße Flüssigkeit, während sie das Videobild betrachteten. Ein körperloses Gebiß schwebte in der Luft, grinste sie an, spottete ihrer Verwirrung.

„Ich komme auf etwas, das wie ein Hyänenkiefer aussieht, mehr Zähne, breitere Knochen." Sylvias Finger zeichneten den Kieferumriß nach.

„Nicht stark genug", seufzte Jerry. „Denk daran, wie die Rippen durchtrennt wurden. Sauber. Ich kann mir nicht vorstellen, was stark genug wäre . . ."

„. . . um diese Knochen zu durchschneiden?" Marnie schüttelte den Kopf. „Stärke ist nicht das Problem. Es gibt viele Tiere, die stark genug sind. Den Druck finde ich unglaublich. Diese Kraft, konzentriert in einem so kleinen Bereich. Du redest von einem Fleischfresser, der wie ein Stegosaurus gebaut ist – der Körper wie der eines Leviathans, der Kopf von der Größe einer Erdnuß." Sie leerte ihre Tasse. „Und daran glaube ich auch nicht."

„Woran glaubst du nicht?" Sylvia starrte auf die Kiefer und erschauerte.

„Ich glaube nicht an einen nashorngroßen Fleischfresser, der so schnell wie ein Leopard ist. Tut mir leid! Etwas von der Größe gibt es auf der Insel nicht."

„Vielleicht schwamm es hierher", sagte Sylvia leise.

„Aber hier ist nichts mehr."

„Vielleicht schwamm es wieder zurück."

Jerry starrte lange auf das Bild und schüttelte dann unbehaglich den Kopf. „Wir sollten hoffen, daß es genau das getan hat."

Das Pterodon schlug langsam mit seinen braunen, lederigen Flügeln, beugte seinen Krummhammerkopf und krächzte mißbilligend den schwebenden Eindringling in seinem Reich an. Zuerst hatte es Angst gehabt, dann hatte es seine natürliche Vorsicht ein wenig aufgegeben, schraubte sich immer näher an das Wesen heran und versuchte sich zu entscheiden, ob es eine Bedrohung darstellte. Plötzlich brach aus dem Kopf des Eindringlings eine Lichtflut hervor, die heller als Tau Ceti zur Mittagszeit brannte. Das geblendete Pterodon strebte krächzend der Sicherheit seines Nestes hoch in den Felsen des Großen Schlammberges zu.

Cadmann lachte leise und schwenkte den Suchscheinwerfer des Skeeters um den Teich am Fuß des Berges. In letzter Zeit war nichts Größeres dort gewesen: Das Infrarot hätte die Hitzespur eines Menschen noch eine halbe Stunde später aufgenommen.

Der Teich war das größte stehende Gewässer innerhalb von fünfzig Quadratkilometern. Wenn es einen großen Fleischfresser in der Nähe gab, kannte auch er dieses Wasserloch. Vielleicht fischte er hier auch nach Lachsen . . .

In diesem Augenblick summten Cadmanns Kopfhörer. Er räusperte sich in das Mikrofon. „Hier Weyland. Schon was gefunden?"

Am anderen Ende war Zack. „Nichts. Und du?"

„Noch nicht, aber . . ."

„Heute abend müssen wir eine Versammlung abhalten. Komm zurück."

„Ich habe noch einen Quadranten abzusuchen."

„Cadmann – du hast dein gesamtes Gebiet zweimal abgesucht. Wir müssen darüber reden; keiner will mehr warten."

„Aber . . ."

„Ich bin zu müde, um den Leuteschinder zu spielen, Cad. Tu mir den Gefallen und komm einfach zurück."

Der Teich starrte zu ihm herauf, und Cadmanns Magen kribbelte. Er wendete den Skeeter, um sich das Plateau anzusehen. Die Dornenbüsche versuchten, auf dem Quadratkilometer nackten Felsens Fuß zu fassen, und Cadmann sah, daß sich hier eine Falle aufbauen ließe.

Er lächelte, als er den Skeeter herumschwang und auf die Lichter der Kolonie zuschoß.

Leises, verängstigtes Gemurmel erfüllte den Speisesaal, als die Kolonisten die Projektion des toten Kalbs betrachteten, dessen Wunden mit blitzenden grünen Zeichen versehen waren.

Mary Ann packte Cadmanns Hand: Jedesmal, wenn die Kamera zu einer Wunde schwenkte, gruben sich ihre Nägel in seine Handfläche, bis er sich vorsichtig losmachte.

Zack hielt in seinen Ausführungen inne und nahm einen Schluck. Es schien ihm Halt zu geben. „Das ist unsere beste Nachbildung", sagte er entschuldigend. „Sylvia hat dies aus der Breite und Tiefe der Bißwunden abgeleitet. Wir haben einen achtzehn Zentimeter breiten Kiefer und einen annähernd keilförmigen Kopf. Es sieht aus, als hätte jemand eine Klapperschlange mit einem Bären gekreuzt." Keiner lachte. „Ähm . . . schwere, starke Kieferknochen und entsprechende Muskulatur. Wir können nicht abschätzen, wieviel ein solches Tier wiegen mag. Sicherlich genug, um die Fährten bei den Hühnerkäfigen ad absurdum zu führen. Bei jenem Zwischenfall hat es sich offenbar um einen besonders dummen Streich gehandelt."

Gregory Clifton übergab seiner Frau die schläfrige April und stand auf. „Zack, hören wir damit auf. Ich habe an der Computerkarte gearbeitet. Die halbe Kolonie hat die eintreffenden Informationen gesehen. Wie wäre es mit der Eröffnung der Rednerliste?"

Zack zuckte die Achseln und breitete die Arme aus. „In Ordnung, Gregory – was schlägst du vor?"

„Die Pterodons kennen wir. Keines davon wird allzu groß. Aber vielleicht gibt es eine andere fliegende Fleischfresserspezies. Etwa von der Größe eines kalifornischen Kondors . . ."

Spöttisches Gelächter wurde laut. „Verhältnis von Flügelspanne und Gewicht, Greg", rief Stu. „Es müßte riesig sein, um ein Kalb zu heben. Viel größer als ein Bodenfleischfresser. Und wie könnte es den Skeetern ausweichen?"

Greg hob die Hand. „Hört mich zu Ende an. Es müßte mit dem Kalb nicht fortfliegen. Es könnte auf dem Luftweg kommen und danach sein schweres Opfer zu einem sicheren Platz ziehen. Und vielleicht nistet es oben im Großen Schlammberg . . ."

Ein Ruf erscholl aus dem hinteren Teil des Publikums, und Andy Washington, der große schwarze Mann der Ingenieurscrew, stand auf. „Ich glaube, unser Fehler liegt in der Annahme, daß es groß ist. Vielleicht handelt es sich nicht um nur ein Tier. Vielleicht ist es so etwas wie eine Horde von Ratten . . ."

„Eine Art Glasfisch", fügte Jean Patterson hinzu. „Ein Superchamäleon . . ."

„Es müßte ein Kaltblüter sein, um dem Infrarot zu entgehen . . ."

„Von wegen! Wo man auch hinschaut, sind heiße Quellen!" Zack lehnte sich zurück; er war wegen der gesunden kreativen Energie, die hier sichtbar wurde, erfreut und erleichtert.

La Donna Stewart stand auf und stemmte ihre kleinen Fäuste in die Hüften. „Hat jemand schon mal an Wühlmäuse gedacht?"

„Ich glaube, hier spricht gerade eine – aua!" Das Geräusch einer zärtlich deftigen Ohrfeige erklang, als sie ihrem Verlobten Elliott eine klebte. „Ich meine wie eine Art Maulwurf oder Ameisen oder Termiten. Der ganze Platz könnte untertunnelt sein. Es könnte einer Falltürenspinne ähneln. Die Ingenieure könnten einen seismischen Detektor zusammenbauen, Zack . . ."

Zack Moscowitz ergriff die Gelegenheit, um wieder die Diskussionsleitung zu übernehmen. „Ein guter Vorschlag, La Donna. Alles gute Vorschläge . . ."

Er legte einen Schalter um, und der groteske Schädel verschwand von der Wand. „Ich weiß, daß einige von euch nicht an dieses Ding glauben. Es gibt eine Möglichkeit, die mir Rachel darlegte. Als Lagerpsychologin war sie der Meinung, daß wir sie offen diskutieren sollten." Er nahm einen weiteren Schluck aus der Thermoskanne und kam zur Sache. „Wir wissen alle über Tiefschlafinstabilität Bescheid. Für uns ist es kein Spaß. Ich habe bemerkt, daß meine Grammatik nicht mehr so gut ist wie früher. Daß ich einen Taschenrechner für Berechnungen benötige, die ich sonst im Kopf erledigte. Und ich frage mich, ob das am Alter liegt? Oder vielleicht doch an diesen kleinen Eiskristallen, die sich gar nicht bilden sollten? Wir haben schwerwiegende Erinnerungsverluste erfahren, Beeinträchtigungen motorischer Fähigkeiten, Stimmungsumschwünge und krankhafte Persönlichkeitsverwirrungen – das alles haben wir durch verteilte Arbeitspflichten und -termine auffangen können. Einige Fälle benötigten medikamentöse Hilfen. Vielleicht ist alles zu friedlich verlaufen. Die Ernte wird gut, wir haben keine Todesfälle gehabt –, noch nicht einmal richtige Verletzungen . . ."

„Vielleicht gibt es unter uns welche, die uns zu unserem Besten . . .", er suchte nach den richtigen Worten, „. . . zu unserem Besten wachsam halten wollen, indem sie einen Buhmann erfinden. Vielleicht ein harmloser Scherz, der aber entschieden zu weit geht."

Er räusperte sich unbehaglich. „Hat einer etwas dazu zu sagen? Carlos?"

Ihr Zimmermann und Geschichtsschreiber schüttelte den Kopf. „Ich nicht, *amigo*. Ich, äh . . . ich habe gehört, daß es sich bei den Spuren am Hühnerkäfig um einen Streich gehandelt haben könnte. Cadmann hat das gesagt, und ich halte es für möglich."

Einen Moment herrschte Schweigen, dann stand Cadmann auf und stützte sich auf den Tisch vor ihm. „Ich denke, daß wir unsere Zeit verschwenden, wenn wir über Tiefschlafinstabilität reden. Ich habe eine ziemlich genaue Vorstellung davon, was gegen uns steht: etwas, das schnell, stark und schlauer als ein Wolf ist. Schlau genug, um die Flüsse und Bäche zur Überlistung anderer Jäger zu nutzen. Jedenfalls wird es auf diese Weise die Hitze los, und deswegen bekommen wir es nicht auf die Schirme."

Zustimmendes Gemurmel kam auf, und Cadmann fuhr fort. „Dieses Wesen erkundet nach und nach unser Gebiet, und es ist offensichtlich, daß unsere Verteidigungspläne unzureichend sind."

Terry stand auf. „Wir wenden die üblichen Maßnahmen an, Weyland. Unsere Patrouillen sind stärker besetzt, als es die Situation erfordert. Wir ziehen von anderen Projekten Kräfte ab."

„Ganz meiner Meinung, Terry. Daher sollten wir sie nicht für unbestimmte Zeit abziehen. Meiner Ansicht nach könnte eine aggressive Verteidigung die Lage innerhalb einer Woche bereinigen."

„Eine aggressive Verteidigung?" fragte Terry sarkastisch.

„Wir warten nicht, bis das Ding ein Loch in unserer Verteidigung findet. Wir stellen Fallen. Wir jagen es. Das ist unsere Welt. Wir sind die Herren dieser Insel, verdammt, und ich habe keine Lust, mich hinter einem Zaun zu verkriechen."

„Wir können uns denken, wer gerne den großen weißen Jäger

spielen würde." Terry wandte sich Zack zu, aber er sprach immer noch zu Cadmann, ruhig und gelassen, als ob er mit einem Kind redete. „Wir müssen nicht zur Waffe greifen, sondern die Lage sorgfältig abschätzen. Wir warten ab, wie sie sich entwickelt. Dann können wir, falls notwendig, die Insel koordiniert durchkämmen. Daraus eine Safari zu machen ist nicht notwendig." Er setzte sich wieder, und Cadmann blieb als einziger stehen.

Cadmann schloß die Augen und befahl seinen verkrampften Bauchmuskeln, sich zu entspannen. „Das einzige, worauf wir uns einigen können, ist, daß hier irgend etwas vor sich geht. Ohne gegenteilige Beweise müssen wir von der einfachsten Annahme ausgehen – daß es eine unbekannte Lebensform gibt und daß wir in ihr Gebiet eingedrungen sind. Wenn ihr mir jetzt einen kleinen Jägertrupp zuteilt, kann ich . . ."

Zack schüttelte den Kopf. „Das geht zu schnell, Cadmann. Für den Moment sollten wir uns auf unseren eigenen Boden beschränken. Schließlich ist dieses Lager unser Gebiet. Das Wesen soll zu uns kommen, oder nicht?"

„Verdammt noch mal!" Cadmann brüllte jetzt und war wütend auf sich, weil er brüllte. „Ich verlange die Einrichtung einer Miliz, und ich werde sie organisieren. Für diese Stellung bin ich besser als jeder andere geeignet . . ."

„Cadmann, wir sollten damit warten . . ."

„Warten? In Ordnung. Seht ihr zu, daß ihr wartet. Keiner von euch versteht . . ." Cadmann biß sich auf die Lippen. Er wandte sich um und stapfte aus dem Saal.

Hinter ihm stand Ernst auf. Ruhig und unbewegt betrachtete er ihre Gesichter, dann sagte er: „Ihr solltet Cadmann nicht so behandeln. Er weiß Bescheid. Er ist klug. Ihr solltet auf Cadmann hören." Dann folgte er Cadmann nach draußen.

Als die Türen sich hinter ihnen geschlossen hatten, sagte Terry leise: „Jemand sollte auf ihn aufpassen. Auf beide aufpassen."

Mary Ann stand auf. Ihr Gesicht war voller Zorn, aber ihre Stimme war die eines verletzlichen, kleinen Mädchens. „Er will doch nur helfen." Bei dem letzten Wort brach ihre Stimme, und sie rannte aus dem Raum.

Es war überhaupt nicht wichtig, daß die Sterne, die über Carlos' Kopf im ewigen Nebel funkelten, nicht die der Erde waren. Hinter dem lächelnden Gesicht eines Heiratsschwindlers, den schnellen und geschickten Fingern eines Tischlers und dem Verstand eines hervorragenden Historikers verbarg sich die Seele eines Farmers. Carlos befand sich auf absurde Weise mit sich im Einklang.

Ohne ihn zu berühren, führte er seine behandschuhten Finger über den Zaun. Der Draht war an elektrische Leitungen und Drucksensoren angeschlossen. Jeder Versuch, ihn zu überklettern, hochzuheben oder zu durchbrechen, würde einen Stromstoß auslösen: Je größer der Druck war, desto stärker wurde die Spannung und grillte letztlich alles, was kleiner als ein Nashorn war. Huckleberry, der einjährige graubraune deutsche Schäferhund an Carlos' Leine, hatte gelernt, den Draht zu respektieren. Er blieb einen halben Meter davor stehen und kam nicht näher heran.

Der Draht zog sich um drei Seiten des Lagers, fing im Norden bei den Unterkünften an, verlief westlich in der Nähe der Hauptstraße, bog nach Süden ab, lief an der Tierklinik, dem Maschinenlager und dem Landefeld entlang auf die Klippen zu und hörte kurz vor den Feldern auf.

Auf der anderen Seite der Hauptstraße befanden sich weitere Kälberpferche; jeder war von einem elektrischen Zaun eingeschlossen.

Huckleberry schnupperte an den Käfigen, als sie sich nach Westen zum Rand der Klippe wandten, dem fünfzig Meter tiefen Steilufer hinter dem Lager, das zu dem Miskatonic führte.

„Hey!" Carlos hob sich schützend einen Arm vor das Gesicht, als ein Scheinwerfer ihn kurzfristig blendete.

Der Scheinwerferstrahl glitt weiter. Auf dem Speisesaal, dem Dach des Maschinenlagers und einer Ecke der Tierverschläge waren Scheinwerfer und Videokameras befestigt worden. Fast jeder Zentimeter des Lagers wurde von ihnen taghell beleuchtet. Über die Straße strichen Untertassen aus Licht, kreisten, schwankten, kreuzten sich.

Carlos zog seine Jacke fester zusammen; er fröstelte, und die hitzereflektierende Windjacke half ihm überhaupt nicht. Diese Kälte kam von innen. In der Funkbaracke gab es Kaffee und warmes

Gebäck, etwas, das er nicht vor Ablauf der nächsten vierzig Minuten erwarten konnte.

Huckleberry winselte, als sich Schritte näherten, und sofort erstarb Carlos' Hungergefühl. Er straffte seine Schultern und legte etwas mehr Schwung in seinen Gang. Ich muß wenigstens aussehen wie ein Wachposten, dachte er.

„Terry!" Er lächelte.

Terry klaubte eine Packung Zigaretten aus seiner Weste und bot Carlos eine an. „Genau das Richtige, amigo." Eine Zeitlang standen sie da und genossen den Tabak.

Terry blies eine lange weiße Rauchfahne in die Finsternis. „Es wird noch lange dauern, bevor jemand zum Tabakpflanzen kommt."

„Du hast wahrscheinlich schon erraten, warum ich nach Avalon gekommen bin", sagte Carlos fröhlich. „Die einzige Art und Weise, auf die ich die verdammten Dinger aufgeben konnte, bestand darin, zehn Trillionen Meilen vom nächsten Tabakladen wegzukommen."

„Ja." Terry versuchte zu lächeln. „Glaubst du, daß wir hier auf Patrouille unsere Zeit verschwenden?" fragte er Carlos.

Ein Achselzucken. „Vielleicht. In zwei Nächten sollte es sich herausstellen. Deine Frau wird hier ihre Kinder bekommen. Wärst du nicht lieber sicher? Ich meine wirklich sicher?"

Terry inhalierte tief. „In einer Nacht wie dieser ist es schön, einen Grund zu haben, sich draußen aufzuhalten. Du hast recht. Danke, Carlos." Er rückte sein Gewehr über der Schulter zurecht.

Der Scheinwerferstrahl kam wieder zurück. Als er an den Pferchen vorbeistrich, erstarrten die Fohlen und Kälber. Huckleberry knurrte, verstummte dann wieder.

„Morgen nacht haben wir das Infrarot fertig", sagte Carlos ruhig. „Der Südzaun wackelte, es reichte allerdings nicht, um die Elektrizität einzuschalten. Es muß nichts gewesen sein, aber . . ."

„Könnte ein Truthahn gewesen sein", meinte Terry.

„Sí . . ."

Das Gekreisch einer Katze hätte nicht plötzlicher oder durchdringender sein können. Der Zaunalarm dröhnte durch die Nacht. Daneben war ein weiteres Geräusch zu vernehmen: ein Tiergeräusch, naß und zornig.

Huckleberry wirbelte herum und rannte in nördliche Richtung auf die Waffenkammer zu, Carlos hinter sich herziehend.

„Mein Gott!" schrie Terry und rannte hinter ihnen her. Die Scheinwerfer wischten über den Zaun, der heftig zitterte. Lautes Kläffen erfüllte die Nacht, als die anderen Hunde am Draht zusammenliefen.

Carlos keuchte, die plötzliche Anstrengung brannte in seinen Lungen. Er betete still: Dios mio, laß es einen Truthahn sein. Er stolperte, Huckleberrys Leine rutschte ihm aus den Fingern. Bevor er sie erneut packen konnte, fegte das Tier auf den Zaun zu.

Bis auf das schreckliche Kreischen war nichts zu hören, nichts zu sehen. Huckleberry jagte direkt auf den Zaun zu – und Carlos erkannte mit schrecklicher Gewißheit, daß der Hund nicht rechtzeitig anhalten würde.

„Strom aauuus!" schrie er, aber es war zu spät, und in der Finsternis sprang Huckleberry direkt in die dreifachen Drähte des Zaunes. Sein Pelz sträubte sich wie die Nadeln an einem Kaktus. Sein erschrecktes, schmerzliches Kläffen wurde von dem häßlichen Geräusch und Geruch sengenden Fleisches abgeschnitten. Funken sprühten aus dem Relais, als der Abschnitt kurzschloß.

Huckleberrys Körper zuckte und hüpfte wie ein Frosch, dann lag er reglos da.

Carlos wandte sich ab.

Jon van Don schaltete die Energie aus. Elliott Falkland machte den geschwärzten, rauchenden Kadaver mit einer Schaufel los. Der Geruch war so stark, daß er einem den Magen umdrehte, und einige Kolonisten hatten sich abgewandt. Überall im Lager gingen die Lichter an, und überall war das Geräusch laufender Menschen zu vernehmen.

Zack kam angerannt, stoppte scharf und hielt sich dann die Nase zu. „Was war hier los, Carlos?"

„Alarm. Huckleberry drehte durch. Ich glaube, er hatte etwas gerochen. Er riß sich los – verdammt, ich ließ ihn los. Er rannte genau in den Zaun. Es tut mir leid, Zack."

„Hast du etwas gesehen?"

Jetzt erklang das Geräusch eines Motors, der hustend zum Leben erwachte und dann sanft schnurrte. Hinter der Tierklinik wirbelte eine Staubwolke auf, als sich ein Skeeter mit blitzenden orange Landelampen vom Startplatz erhob.

Der Skeeter schwankte ein wenig. Unter ihm baumelte ein Kalb am Ende einer vier Meter langen Leine in einer Schlinge. Das Tier strampelte schwach. Seine Beine und sein Kopf hingen mitleiderregend verwundbar hinunter, als sich der Skeeter wieder fing und nach Norden davonsurrte.

Carlos blickte dem Skeeter nach. „Ich frage mich, wer das ist . . .“

Terry stand hinter ihnen. „Zweimal darfst du raten! Weyland und sein zahmer Affe Ernst, wer sonst?“

„Was ist hier eigentlich los?“ schrie Zack und rannte auf die Funkbaracke zu. „Könnte mir mal einer sagen, was hier gespielt wird?“

„Da bin ich mir sicher“, sagte Terry angewidert.

Carlos hatte den deutlichen Eindruck, daß Terry nichts lieber getan hätte, als auf den Flieger zu schießen, der jetzt in der Nebelwand verschwand. „Ich bin mir verdammt sicher, daß jemand ganz genau weiß, was hier läuft.“

DAS Geschöpf war neugierig und hungrig, wobei die Neugierde überwog. Es gab oft genug zu essen, aber nie genug zu lernen, seit die Eindringlinge gekommen waren.

Fremdes übte Faszination aus. Für die Vorfahren seiner Rasse hatte es Herausforderungen gegeben, die so lange tödlich waren, bis man sie verstand. Die Bedrohungen waren lange überwunden, aber die Neugier war geblieben.

Die Eindringlinge hatten anscheinend kleine Stücke von der Sonne und den Monden eingefangen und konnten sie nach Belieben leuchten lassen.

Es konnte dieses Phänomen nicht begreifen, konnte noch nicht einmal die richtigen Fragen stellen, und so erstarb die Überlegung, bevor sie recht geboren war. Nur eine Spur davon verblieb in Form gesunder Vorsicht und des drängenden Triebs, mehr zu lernen.

Ihre Schwächen kannte es: Sie waren langsam, wie andere Tiere bewegten sie sich in Herden. Sie waren nur interessantes Fleisch. Dennoch war da etwas . . .

Es kroch am Rande des Lagers entlang, umrundete den Hügel im Südwesten, der mit leuchtenden Quadraten bedeckt war.

Das Geschöpf wandte sich nach Westen und gelangte schließlich an den Rand des Kalbpferches. Während des Regens war es schon einmal hier gewesen und für seine Mühe reichlich belohnt worden.

Es wollte gerade den Zaun probieren, als ein Lichtkreis in seine Richtung glitt. Es huschte zur Seite, landete beinahe in einem zweiten leuchtenden Oval, huschte ein paar Schritte zurück, blieb im Dunkeln, spielte mit ihm Verstecken, während Geschwindigkeit in seinen Adern kribbelte. Es gab immer einen Korridor der Dunkelheit, durch den man sich zwängen konnte, und das Spiel wurde unwiderstehlich. Es huschte über die Straße auf das Hauptlager zu, blieb immer im Dunkeln, bis es vor dem Zaun der Pferdekoppel stand.

Es beobachtete die Tiere, achtete jetzt kaum noch auf die Lichter, die Bewegungsmuster waren eingebrannt, so daß es sich automatisch gerade genug bewegte, um ihnen fernzubleiben.

Die Pferde wurden unruhig, starrten hinaus in die Dunkelheit, als sie rochen, was ihre Augen nicht sehen konnten.

Es strich herum und beobachtete die Pferde. Sie bewegten sich schnell. Ihre Haut schimmerte verlockend. Es winselte, sein Hunger wurde zur Lust, und es beschnüffelte den Zaun. Etwas stimmte hier nicht. Seine Nüstern brannten ein wenig vom Schnüffeln, aber mit jedem verstreichenden Augenblick bedeutete die Gefahr weniger. Es wollte ein Pferd, wollte es niederwerfen, sein Genick brechen, im Augenblick des Todes in seine Augen starren . . .

Seine Zähne trafen auf den Draht. Jeder Muskel seines Körpers verkrampfte sich, als die Elektrizität einsetzte. Der Draht riß. Es schüttelte sich frei und schrie seine Angst in die Nacht hinaus.

Die eingefangene Sonne fegte hinter ihm her. Es rannte davon, hatte Angst vor dem Draht, der zurückbiß, vor dem Licht, vor Dingen, die es nicht verstand, nicht verstehen konnte. Und in seinem Körper erwachte etwas zum Leben.

Aus einem Beutel hinter seinen eigenartig flachen Lungen wurde eine komplizierte Chemikalie in seinen Kreislauf geleitet. Seine Blutgefäße schwollen an. Geschwindigkeit schwemmte durch seinen

Körper. Die jetzt schon schnellen Bewegungen beschleunigten sich, als ob ein Turbolader dazugeschaltet worden wäre. Seine kurzen Beine flitzten so schnell, daß sie verschwammen, als sich sein Herzschlag auf das Dreifache beschleunigte.

Die wild hinter ihm her schwenkenden Scheinwerfer hatten überhaupt keine Chance.

Es erhitzte sich, brannte während des Laufes, und als es in das Wasser des Miskatonic tauchte, schlug seine Haut nahezu Blasen. Es lag im Schlamm, streckte seinen Schnorchel an die Oberfläche. Sein Herzschlag wurde langsamer, stetiger, ruhiger. Das chemische Feuer in seinem Körper wurde allmählich zu Asche.

Angst und Schmerz verschwanden und hinterließen nichts als Wut. Zorn auf die Eindringlinge, die Rivalen und Betrüger. Sie waren etwas, das es überhaupt nicht verstand, etwas, das verletzen und eine Furcht erzeugen konnte, die ihm neu war.

Es arbeitete sich flußaufwärts; sein dicker, echsenhafter Körper wand sich hinauf.

In seinem Mund war Blut, in seinem Hirn waren Mordgelüste. Mord, nicht bloß Töten. Töten geschah um der Nahrung willen, aber es wollte verletzen um des Verletzens willen. Nicht um ihre Zahl zu verringern, sondern um sie in Furcht zu versetzen. Um den Eindringlingen ihr Geschenk aus Schmerz zu vergelten.

Aber wie? Wie konnte es eindringen? Überall hatte es nachgesehen, und überall hatte es dort die harten, geschmacklosen Feuerranken gegeben, die zurückbissen. Überall bis auf . . .

Über dem Fluß, über dem Steilhang gab es keinen Zaun. Dort würde es geschehen. Es würde die Klippe hinaufkriechen und sie lehren . . .

Kurze Beine hoben es aus dem Schlamm des Flusses, und es begann das Steilufer hochzukriechen. Die ersten paar Meter waren einfach, aber je höher es kletterte, desto steiler wurde die Wand, bis seine Füße den Halt verloren und es wieder ins Wasser schlitterte.

Es überlegte, marschierte dann einige Meter nach rechts und versuchte es noch einmal.

Ein Fuß fand Halt, dann der andere. Hier kam es ein wenig besser voran: Schroffes Felsgestein bot genügend Halt. Dieses Mal kletterte es höher, und als es zu rutschen begann, fiel es ganze zweieinhalb Meter, bevor seine Klauen Halt fanden. In einem Steinschauer traf es wieder auf das Wasser auf.

Jetzt brodelte es vor Zorn. Die Muskeln schwollen an, rote Schleier legten sich über die Augen. Sein Körper begann zu kochen. Jeder Gedanke, jede Überlegung verschwand in einem Ausbruch chemischer Geschwindigkeit.

Es fegte aus dem Wasser heraus, sein Herz donnerte, die Beine wirbelten in einem wahnsinnigen Tempo. Erst kam Schotter, dann nackter, geborstener Felsen, dann eine glatte Steinplatte. Sein Schwung war so groß, daß es die Steilküste hinaufschlitterte, über Stellen getragen wurde, an denen es keinen Halt gab.

Seine Geschwindigkeit trug es über den Felsrand. Die Füße griffen nach Halt, der nicht mehr da war. Voll Panik erkannte es, daß es in hohem Bogen über den Rand der Klippe hinaussegelte.

Keine Sonne wandte sich ihm zu. Das schräge Dach einer Hütte kam ihm entgegen: Sein dicker, schuppiger Körper schlug auf, rutschte über die Keramikschindeln und fiel würdelos zu Boden.

Eine Sekunde blieb es benommen liegen. Als es wieder zu sich kam, lief es auf die nächsten Schatten zu und kauerte sich zusammen; sein Atem rasselte in seiner Kehle.

Nach einigen Minuten verebbten die Panik und die Überraschung. Es war drinnen und konnte tun, was es wollte.

Aus den Schatten beobachtete es die umherwimmelnden Eindringlinge, die schimmernde Stöcke in der Hand hielten und in komischer Verwirrung mal hierhin, mal dorthin rannten. Die Lippen des Geschöpfes verzogen sich zu einem Delphingrinsen.

Der schimmernde Kreis eines Scheinwerfers zog einige Male an ihm vorbei. Einmal wurde er von einem metallenen Turm reflektiert und erfaßte es direkt. Aber keiner sah hin.

Es lauschte sorgsam, hörte nichts, das sich im Dunkeln näherte, kroch hervor, sah sich um und kroch weiter. Es verharrte im Schatten; es konnte in das Innere eines Gebäudes sehen. Es gab nichts Interessantes, bis sich eine Tür öffnete und ein Eindringling hereinkam, der in seinen Vorderbeinen etwas kleines Rosiges trug.

Mit offenkundiger Zärtlichkeit legte der Eindringling seine winzige

Last in ein Nest aus steifen Zweigen und beugte sich hinunter, um sehr sanft das Gesicht des kleinen Dinges zu lecken. Das Vorderbein des Eindringlings strich über die Wand, und die falsche Sonne ging aus. Der Eindringling verließ den Raum.

Das Geschöpf wartete eine Minute, dann kroch es auf den Raum zu, um sich den strampelnden Leckerbissen zu holen.

Zu seiner Überraschung war der freie Raum versperrt. Es versuchte es vorsichtig erneut, und . . .

Es kam immer noch nicht durch, aber jetzt erkannte es, daß das, was seinen Weg versperrte, dem kalten, harten Wasser glich, das manchmal den Berg hinab in den See rutschte. Die durchsichtige Sperre gab leicht unter seinem Gewicht nach, und das Geschöpf konnte Geräusche vernehmen.

„. . . schon wieder Nachtschicht, Alicia? Nun, wenigstens schläft April."

Es drückte erneut gegen die Sperre, warf sich dann herum und schlug darauf ein. Die Sperre zersplitterte, scharfe Bruchstücke drangen in seine Nase und über einem Auge ein.

Es zwängte sich hindurch und machte einen Schritt auf das kleine Nest zu, als der größere Eindringling die Tür aufriß und durchdringend schrie.

Ihre Augen trafen sich, und das Geschöpf dachte, daß es noch nie etwas Appetitlicheres gesehen hatte, doch leider blieb für das Große keine Zeit. Ein Zucken seines Unterkörpers ließ seinen großen, stacheligen Schwanz herumschnellen, der den Eindringling in die Körpermitte traf. Der Eindringling krümmte sich zusammen, der Laut erstarb.

Das Geschöpf ließ seinen Schwanz erneut zucken. Der Eindringling flog durch die Luft, krachte gegen die Wand und rutschte zu Boden.

Keine Zeit mehr. Nur Augenblicke waren verstrichen, aber es konnte die Gefahr spüren. Mit einem Ruck war es wieder bei dem Nest, in dem der kleine Eindringling immer noch seine Angst hinauskrähte. Das Geschöpf griff hinein und nahm es hoch. Es war so klein, so hilflos. Beinahe wie ein Schwimmer.

Eindringlinge töteten Schwimmer.

4

DER Schatten des Großen Schlammberges ragte wie ein steinerner Urmensch empor, eine riesenhafte, in einem steinzeitlichen Ritual aufgetürmte Masse ungeglätteten Felsens.

Auf dem Berg gab es fast keinen Pflanzenwuchs außer Moos und etwas Gebüsch. Irgendwo dort oben lebten Pterodons, aber in dieser Nacht huschten sie unsichtbar durch den Nebel oder kauerten in ihren Nestern und schützten die lederigen Eier ihrer Jungen mit rauhen grauen Flügeln.

Das Plateau war nur wenige hundert Meter breit und wurde am nördlichen Ende von Dornbuschbäumen abgegrenzt. Am Südende bildeten ein paar tote Bäume die Grenze: Der Boden war nie besonders fruchtbar gewesen, und die Bäume waren sehr bald abgestorben, sie waren zu schwach gewesen, um den ersten Ansturm natürlicher Parasiten zu überstehen. Jetzt nährte sich das Dorngebüsch von den verfilzten Überresten. Einige zähe, gummiartige Pflanzen umgaben den artesischen Brunnen am Fuß des Berges, aber es gab nicht genügend Moos oder Flechten, und der Großteil des Plateaus war öde.

Wüst und leer – bis auf zwei Menschen und ein verängstigtes Kalb.

Cadmann Weyland zog an dem Seil, an dem das Kalb angebunden war, um seine Verankerung zu überprüfen: Sie hielt. Das Kalb leckte an seiner Hand. Schuldbewußt zog Cadmann die Hand zurück. Das Kalb ließ den Kopf hängen und muhte unglücklich.

„Tut mir leid, Joshua." Er kratzte es hinter dem gefleckten Ohr.

Er zog seine Jacke fester um sich und starrte in den Nebel hinaus. In den letzten zwei Stunden hatte er sich noch verdichtet, verhüllte das Sternenlicht, verdeckte die Zwillingsmonde.

Dreißig Meter entfernt, an der Ostseite des Plateaus, befand sich das Versteck, das er und Ernst aufgebaut hatten. Der große Deutsche war seit drei Stunden rastlos bei der Arbeit, trieb mit heftigen Hammerschlägen Pfähle in den Felsen, kappte und zerrte Dornbüsche herbei, die er festzurrte und zusammenfügte.

Nadelspitze Dornen stachen durch Cadmanns Handschuh, als er Ernst bei dem letzten großen Ast half. „Autsch!"

Ernst drehte sich um. „Dornen spitz, heh? Ich hab viele Pflaster dabei."

„Sylvia schwört, daß die Dinger harmlos sind." Er zog den Handschuh aus. Die Dornenspitze war unter seiner Haut abgebrochen und mußte mit einer Pinzette entfernt werden. Aber dafür war jetzt keine Zeit.

Er überschaute den Dornwall, der sie auf drei Seiten einschloß. Der Skeeter war in der Felsnische hinter ihnen verborgen und von oben oder den Seiten her nicht auszumachen. Der Hinterhalt war nicht vollkommen, aber er mußte reichen.

Cadmann hockte sich vor ihr Heizgerät. Die Nacht war kälter, als er gedacht hatte: Die Hitzewellen lösten die Spannungen in seinem Rücken und den Schultern.

Er öffnete seine Gewehrtasche und hob seinen wertvollsten Besitz heraus. Ein halbautomatisches Webley-Schnellfeuergewehr. Seine doppelkegeligen Hochgeschwindigkeitsgeschosse Kaliber 44 lösten einen extrem starken hydrostatischen Schock aus. Die Webley war bereits im Lager gründlich überprüft worden, aber er prüfte sie noch einmal. Cadmann hatte einen einfachen Grundsatz: Wenn das Wild mit gesenktem Schädel auf dich zurast, hast du keine Zeit, dich mit dem Abzug herumzuschlagen.

Er setzte seine Infrarotgläser auf, schaltete sie ein und sah Ernst an. Der große Deutsche war ein orangefarbener Lichtfleck inmitten eines blauen Feldes. Wenn er sich bewegte, zog die ihn umgebende warme Luft eine ockerfarbene Spur.

Cadmann setzte sein Gewehr zusammen und überprüfte Ernsts Waffe, während sein Freund den letzten Busch an Scharnierschlingen festband und die Beweglichkeit testete. Zufrieden zurrte er ihn fest.

„Wir sind fertig", sagte Cadmann scharf. „Hier." Er gab Ernst das zweite Gewehr: Ernsts Gesicht veränderte sich, als seine Hände das Gewehr berührten. Es war wie das Einschalten einer kleinen Lampe, als aktiviere die Berührung des hölzernen Kolbens Nervenverbindungen, die vom Kryoschlaf nicht betroffen waren.

Muskelgedächtnis. Mit seinen Händen kann er gut arbeiten. Er erinnert sich. Sicherlich kann Rachel für Ernst eine Beschäftigungstherapie ausarbeiten, die auf handwerklichem Geschick beruht . . .

Ihr Heizgerät ging aus. Ernst lehnte sein Gewehr an den Dornwall und suchte in seinem Rucksack nach einer weiteren Patrone mit Benzin. Er steckte sie in das Heizgerät, und kleine blaue Flammen erwachten zum Leben. Das von den Gläsern aufgenommene Leuchtbild war eine Spur zu hell. Cadmann stellte die Auflösung nach und spähte erneut auf das Plateau. Es gab wenig zu sehen: nur die geisterhaften Felsenumrisse und die glühend rote Silhouette des Kalbes, das verloren auf die Barriere starrte und dann am Wasserloch trank.

Sie konnten nur warten.

Es gibt eine Beziehung zwischen Jägern, zwischen Jäger und Beute, zwischen einem Jäger und seinem Körper, seinen Schmerzen und Ängsten. Zwischen einem Jäger und der Zeit.

Dieses komplexe Beziehungsgeflecht ist in jedem Einzelfall anders, und jede Jagd wandelt sich von Augenblick zu Augenblick.

Wie viele Variablen es jedoch geben mag, so hat doch eine Sache Bestand.

Es kommt ein Augenblick, in dem die Zeit keine Bedeutung mehr hat, wenn Schmerzen und Ängste sich in Bedeutungslosigkeit auflösen. Wenn Freundschaft oder Feindschaft, Zögern oder Bereitschaft sich zusammenschließen, um in einem Augenblick des reinen Gefühls, der klaren Absicht miteinander zu verschmelzen, wenn der Beobachter und der Gegenstand der Beobachtung eins werden.

Cadmann und Ernst, die hinaus in die Finsternis starrten, befanden sich in diesem Zustand. Die Geräusche der Nacht, das ständige Scharren des Kalbes und seine gelegentlichen Laute wurden in das Drehbuch der Erfahrung absorbiert.

Das Kalb Joshua zerrte an seiner Leine, starrte in die Dunkelheit im Süden, die großen Augen schimmerten, jedes Geräusch steckte wie ein Klumpen gefrorenen Grases in seiner Kehle. Es erinnerte Cadmann an ein Reh, das von den Scheinwerfern eines herankommenden Jeeps auf den Fleck gebannt wird.

Dann versuchte das Kalb auszubrechen. Es zerrte an der Leine, zog, bis das Plastikseil straff wie eine Bogensehne war.

„Seh nichts . . .", flüsterte Cadmann. „Wo . . .?"

Ernst zeigte nach Süden. Cadmanns Gläser vibrierten geräuschlos, als sie sich auf die Entfernung umstellten. Allmählich rückte es in den Fokus: ein schwach orangefarbener Klecks hinter dem Gewirr aus toten Bäumen und Dornbüschen.

Langsam nahm es Gestalt an: länglich, Hinterteil näher am Boden, Oberkörper in aufrechterer Stellung. „Komodo-Drache", sagte Cadmann zu dem kleinen Kassettenrekorder in seiner Tasche, „Komodo-Drache, aber mit einem dickeren Schwanz. Der Kopf ist rundlicher. Es kann auf zwei Beinen laufen, macht es aber nicht häufig. Benutzt die kurzen Vorderbeine, um über das Gebüsch zu kommen. Verdammt! Das Biest wiegt mit Sicherheit zweihundert Kilo."

Das Kalb zerrte an der Schlinge, bis es würgte. Die geschwollene Zunge hing ihm aus dem Maul.

Das Wesen kam aus dem Süden herangestapft. Es watschelte auf sie zu, auf das zitternde Kalb, verharrte, um das Plateau zu überschauen, hielt sogar inne, um den Hinterhalt zu betrachten.

„Es weiß, daß wir hier sind", diktierte Cadmann, „und schert sich den Teufel darum. Es sieht aus, als ob es uns zulächelt. Es gibt nicht viel Hitze ab. Einzelheiten sind schwer auszumachen." Cadmann fluchte und stellte seine Gläser höher. Die Kreatur hielt inne, um einen weiteren trägen Blick auf den Hinterhalt zu werfen. Sein infrarotes Leuchten glitt über den Boden.

Cadmann grinste. *Ich kriege dich. Ich weiß nicht, was du bist, aber wir finden es heraus.* „Schieß nicht, bevor ich es tue", flüsterte er.

„Aye, aye, Colonel."

Die Kreatur kam näher. *Komm schon, komm schon . . .*

Das Geschöpf war jetzt fünfzehn Meter vom Kalb entfernt. Es kam langsam näher, hielt häufig inne, drehte den Kopf. „Ich glaube, es sieht uns im IR-Bereich", diktierte Cadmann. „Sieht uns wahrscheinlich besser als wir es."

Das Kalb blutete jetzt am Hals, da die Nylonschnur scheuerte.

Das Wesen bewegte sich wie ein knochenloses Krokodil, jeder Schritt wirkte schwerfällig, wogte jedoch durch seinen Körper wie durch den eines Tausendfüßlers. Ein hypnotisierender Anblick, und jetzt spürte Cadmann seine rohe tierische Kraft. „Es ist schlau. Vielleicht so schlau wie ein Delphin. Wenn man ihm genug Zeit läßt, entwickelt es vielleicht Intelligenz."

Dann riß die Leine, und das Kalb rannte los. Das Geschöpf schoß hinter ihm her.

Ernst feuerte zuerst. Cadmann schwang das Gewehr herum, um das Geschöpf im Ziel zu behalten, und gab einen Schuß ab. In diesem Augenblick bewegte sich das Geschöpf erneut. Cadmanns Schuß verfehlte sein Ziel. „Mein Gott, bewegt es sich schnell!" schrie Cadmann. Ernst feuerte erneut. Der Körper des Geschöpfes wurde vom ersten Geschoß getroffen, und plötzlich legte es los. Es wirbelte herum und raste mit unglaublicher Geschwindigkeit über das steinige Plateau auf den Unterstand zu.

Die Infrarotgläser leuchteten auf, als hätte sich in den Gedärmen des Geschöpfes eine Brandbombe entzündet. Die Entfernungsmesser konnten sich nicht schnell genug umstellen, als das Geschöpf auf sie zuraste. Sein Abbild blieb außerhalb des Fokus, leuchtete jedoch, bis Cadmann nichts mehr außer einem hellen Schein sah. Ernst feuerte drei weitere Schüsse ab. Unmöglich festzustellen, ob er das Geschöpf getroffen hatte. Vor Schmerz oder Trotz oder aus schierer Kampfeslust schrie es auf und zischte wie eine Dampfmaschine. Plötzlich war es über ihnen.

Ernst stand auf. Er hatte seine Gläser abgerissen und feuerte blindlings in die blutdurchzogene Finsternis. Der Drache raste in den Dornwall. Zweige bogen sich, knickten, splitterten. Das Monster schlug mit dem Schwanz zu, und der Wall brach und traf Cadmann. Er stürzte. Stacheln durchbohrten seine Hände und Beine. Ein heranfliegender Zweig schlug gegen seine linke Kopfseite und ließ die Gläser verrutschen.

Cadmann versuchte aufzustehen, aber ein Knie schmerzte zu sehr. An seiner linken Hand hing ein Dornenzweig. Er mußte das Gewehr absetzen, um ihn freizuzerren.

Seit dem ersten Schuß waren weniger als fünf Sekunden vergangen.

Das Geschöpf schrie wieder. Es schlug mit dem Schwanz, und

erneut flogen die Dornenzweige. Cadmann riß sich die nutzlosen Gläser herunter. Blut war in seinen Augen, und er tastete nach seinem Gewehr. Zu seiner Rechten feuerte Ernst wild auf etwas, das mühelos durch den Dornwall brach. Nylonseile zerrissen. Weitere Dornenzweige flogen wie tödliche Geschosse durch die Luft.

Cadmanns linke Hand war wie taub. Das Gewehr zu heben war ein einziger Schmerz. Ernst feuerte erneut. Das Geschöpf schrie: ob aus Schmerz oder Wut vermochte Cadmann nicht zu entscheiden. Es schien eine Ewigkeit zu dauern, das Gewehr herumzureißen, und dann stand Ernst davor. Immer mehr Blut aus der Kopfwunde floß in Cadmanns Augen.

„Zurück!" schrie Cadmann. „Weg!"

Alles schien sich wie in Zeitlupe zu bewegen – bis auf das Monster. In dem vergeblichen Versuch, den Rhythmus des Wesens zu erfassen, hatte Cadmanns Geist die Wirklichkeit verlangsamt. Seine Gedanken krochen dahin wie ein Holo, das mit Zehntelgeschwindigkeit abgespielt wird. Zu viele Eindrücke pro Sekunde, zu viele Gefühle, zu viele Überraschungen. Zuviel von allem und jedem, bis er nichts mehr wirklich wahrnahm und nur noch entsetzlichen Schrecken spürte.

Das Monster hatte den Wall in Fetzen gerissen. Der große Schwanz schoß vor und zurück. Jedesmal, wenn es zuschlug, flogen Zweige und Splitter auf sie zu.

Die Welt wirkte verschwommen. Sein linkes Auge war blind vor Blut, und auch mit dem rechten Auge konnte er kaum etwas erkennen.

Einige Augenblicke nach dem Abfeuern des ersten Schusses war die Dornenbarriere zerstört. Schneller als ein Gepard schlängelte sich etwas, das nur aus dunklem Maul und funkelnden Zähnen zu bestehen schien, auf sie zu. Ernst schrie.

Es war ein Geräusch, das Cadmann niemals vergessen würde – die gesamte Hoffnung eines Mannes verschwand in einem einzigen überwältigenden Augenblick der Agonie.

Der Kopf des Monsters zuckte vor, und die Kiefer schlossen sich um Ernsts Oberschenkel. Ernst schlug um sich und ruderte mit den Armen. Er schlug mit dem Gewehr auf den Kopf des Geschöpfes ein, dann mit großen Hammerfäusten, die nicht mehr bewirkten als Schneeflocken auf einem Amboß.

Die Kiefer schnappten erneut zu, drangen tiefer ein. Der Schrei wurde höher, zitterte, begann zu ersterben. Das Monster zog sich zurück und zerrte Ernst mit sich.

Cadmann schien sich selbst zu beobachten; die Entfernung zwischen Gedanke und Handlung wurde immer weiter, bis er das Gefühl hatte, in einen Brunnen zu fallen. Mit übermenschlicher Anstrengung zwang er sich zum Handeln.

Draußen wimmerte Ernst immer noch, als das Wesen auf seinen Körper kroch und ihm in die Augen sah. Seine Füße lagen auf seinen Schultern, das große Gesicht so nah, daß es aussah, als wollte es ihn küssen.

Ernst drehte den Kopf zu Cadmann, in seinem Gesicht stand weder Furcht noch Schmerz, nur ein bittendes Schweigen, das von einem einzigen Wort durchbrochen wurde. „Bitte . . ."

Cadmann legte das Gewehr an und feuerte: auf das Geschöpf, auf Ernst, auf die Nacht.

Und Ernst explodierte.

Die Benzinpatronen!

Heller Flammenschein umspielte die beiden Körper, und Cadmann beschirmte seine Augen. Das Geschöpf heulte vor Zorn und Schmerz, als ein Feuerball das rauhe, nasse Leder seiner dicken Amphibienform umfing. Es zuckte zurück, wandte sich um und rannte davon.

Für Cadmann schien es wie ein Meteor oder eine Rakete den Hügel hinabzufliegen: ein langer Feuerstreifen, der am See endete. Es schlitterte über die Oberfläche des Sees und versank dann in dessen Mitte. Sein Heulen erstarb. Die Flamme erlosch. Der See rauchte und dampfte. Eine Fährte aus feurigen Fußstapfen flackerte noch einige Augenblicke und erlosch.

Cadmann zog seine Jacke aus und schlug damit auf Ernsts brennende Leiche ein. Das schwere Nylon schmolz und verbrannte ihm die Hände, aber mechanisch fuhr er fort, auf die Leiche einzuschlagen, und ignorierte den aufsteigenden Schmerz, bis die letzte flakkernde Flammenzunge erstickt war.

Ernsts Körper war kaum noch als etwas Menschliches zu erkennen.

Cadmann kniete nieder, atmete heftig, um den Schock zu bekämpfen. Seine linke Körperseite fühlte sich wie rohes Fleisch an. Ernst starrte ihn an, durch ihn hindurch.

Cadmann wandte sich ab und mußte sich plötzlich heftig übergeben.

„Skeeter drei, hier Heimatbasis. Hört ihr mich?" Zack lauschte dem antwortenden statischen Krachen und fluchte unterdrückt.

Sylvia Faulkner stand dicht hinter ihm und hatte die Arme vor der Brust verschränkt. Der Streß hatte sie erschöpft. Die gesamte Kolonie befand sich am Rande der Panik. In dieser Nacht würde es wenig Schlaf geben.

Sylvias Körper schrie nach einem warmen, dunklen Ort, wo sie schlafen, den Alptraum vergessen konnte. Aber sie hatte sich beherrscht, während sie Alicias Leiche und die Blutflecken in der Wiege untersuchte.

Das abgebrochene Rettungsunternehmen hatte die Situation nur noch verschlimmert. Zu viele Männer hatten jetzt Familie, Frauen und Kinder, die sie nicht verlassen wollten. Warum sollten sie in den Nebel hinausgehen und nach etwas suchen, das niemand wirklich finden wollte?

Sylvia sah immer noch Gregory Cliftons hageres Gesicht vor sich, hörte seine Stimme, die verzweifelt bat. *Bitte – ich brauche eure Hilfe. Helft mir, mein Kind zu finden. Bitte . . . ich . . .* Seine Worte wurden leiser, als das Beruhigungsmittel zu wirken begann.

„Skeeter drei, hier Heimatbasis. Hört ihr mich? Wir haben euch jetzt auf dem Radar. Melde dich doch, Cadmann. Ist Ernst bei dir? Habt ihr das Kalb?" Wieder Pause.

Sylvia faltete die Hände. „Vielleicht ist ihr Sender kaputt", erklärte sie.

„Ich hoffe es", sagte Zack unglücklich. „Ich will nicht am Morgen nach den beiden suchen müssen."

Die Tür schlug auf, und die Luft wurde kälter, als Terry die Funkbaracke betrat. „Greg ist jetzt ruhig", berichtete er. „Man kann es nicht als Schlaf bezeichnen, es stellt aber eine Verbesserung dar. Wir wollen ihn nicht hier haben, wenn Weyland wiederkommt." Gedankenvoll hielt er inne. „Er kommt doch wieder, oder?"

Sylvia starrte ihn böse an.

„Okay, okay – ich will ihn nicht lynchen. Niemand nennt Weyland einen Babymörder. Ich will nur die Wahrheit wissen."

Zack rieb sich die Augen. „Dieser Idiot. Er mußte natürlich losziehen und die Sache selbst erledigen."

„Sicher ist er ein Idiot", sagte Terry. „Aber verdammt noch mal, dieses eine Mal hoffe ich, daß er ein erfolgreicher Idiot war."

Sylvia zog ihren Mann zu sich. Zwei Tote. Zwei Tote bei einer Bevölkerung von weniger als zweihundert.

Ein Prozent ihres Mikrokosmos ohne Erklärung, ohne Antwort ausgelöscht. Vielleicht eine Reihe Warnungen, die sie alle in den Wind geschlagen hatten. Alle außer . . .

„Cadmann. Kannst du mich hören?" Zack drehte am Einstellknopf des Mikrofons. „Melde dich bitte."

Draußen war Unruhe, Geschrei, und durch den Nebel konnten sie das Geräusch der Rotorblätter des Skeeters vernehmen.

„Gott sei Dank", seufzte Zack. „Weyland."

Sylvia erhob sich. „Ich will hinaus."

Sie wartete auf Terrys Protest, aber er nickte nur. „Komm", sagte er. „Ich glaube, wir alle sollten dort sein."

Das Landefeld lag direkt hinter der Funkbude, ein asphaltiertes Viereck mit einem weißen aufgemalten Landekreis in der Mitte und einem Ring aus Lichtern.

Rick Erin und Omar Isfahan versuchten, Cadmann herunterzuwinken, schwenkten Taschenlampen, sprachen besorgt in die flachen rechteckigen Komkarten an ihren Hemdkragen, aber der Sender des Skeeters blieb stumm.

Die meisten Kolonisten waren jetzt draußen – verängstigte, müde Gesichter, in die unbeantwortete Fragen geschrieben standen.

„Cadmann, kannst du mich hören? Komm herunter. Komm herunter und lande, Cadmann. Wir wollen nur mit dir reden."

Nach einer langen Pause kam Cadmanns Stimme leise und schwach. „Es tut mir leid", sagte er. Der Skeeter wackelte, als hätte Cadmann Schwierigkeiten, gleichzeitig zu fliegen und zu sprechen.

„Ich wollte nicht, daß etwas schiefgeht. Ihr müßt es verstehen. Ich konnte unmöglich wissen, wie schnell dieses Wesen ist. Ich konnte es unmöglich wissen."

„Komm runter, Cad. Wir reden darüber", sagte Terry.

Der Skeeter glitt herunter, schwebte wie eine blaßblaue Feder zu Boden.

Langsam ging die Tür auf, und Cadmann fiel heraus. Er war verbrannt, zerkratzt und blutig.

Sein Gesicht war kalkweiß, seine Bewegungen waren ruckartig, als ob er unter Schock stünde.

Carlos rannte zu ihm, versuchte ihm zu helfen, aber Cadmann wehrte ihn ab und richtete sich allein auf. „Nein", keuchte er. „Holt Ernst. Ihr müßt es jetzt glauben."

Die andere Tür des Skeeters wurde bereits geöffnet. Jemand keuchte, ein anderer fluchte; einige Kolonisten wichen zurück. Der Gestank verbrannten Fleisches traf Sylvia.

„Laß mich das halten." Zack griff nach dem Gewehr.

Cadmann riß es weg. „Nein!" schrie er. „Niemand nimmt mir das weg. Ihr habt Angst, nicht wahr? Das wird auch Zeit! Vielleicht bleiben einige von euch am Leben. Ich bin noch nicht einmal sicher, daß wir die Bestie aufhalten können."

Eine andere Hand berührte ihn von hinten, und er wirbelte mit erhobenem Gewehrkolben zum Schlag herum. Mary Ann riß die Augen auf, als der Kolben knapp vor ihrer Brust innehielt. „Cadmann . . .?"

Er wischte sich mit der Hand über die Stirn. Mary Ann streckte die Hand aus, und als er sie nicht ergriff, umfaßte sie ihn.

„Cadmann, bitte . . . gib mir das Gewehr."

„Nein."

Das klägliche Bündel vom Passagiersitz wurde geöffnet. Jean Patterson wandte sich ab und erbrach sich.

Cadmann machte einige Schritte, taumelte, fing sich wieder. Diesmal suchte seine Hand nach Mary Ann. Sie wankte unter seinem Gewicht, dann stemmte sie sich gegen ihn, bis er sich an die Wand der Krankenstation lehnen konnte. „Es war . . . es war das Monster. Es ist groß. Schneller als ein Skeeter!"

Sylvia kniete nieder, um sich die Leiche anzusehen. Terry stand hinter ihr und blickte ihr über die Schulter.

Cadmanns Blick traf Sylvias, und er schien zu flehen: Bitte. Du glaubst mir jetzt, oder?

„Du bist verletzt. Du hast eine Menge Blut verloren“, sagte sie leise. „Wir müssen uns um deine Verbrennungen kümmern.“

„Noch nicht. Keine Beruhigungsmittel, bis ihr mir glaubt. Auf dem Boden des Skeeters liegt eine Plane. Darin findet ihr ein Stück dieses gottverdammten Dings. Geht schon – holt es. Bringt es ins Labor und analysiert es.“

Zwei Labortechniker entluden den Hubschrauber. Das Paket wog etwa zwei Kilo. Sylvia wollte es nicht öffnen.

„In Ordnung, Cad“, sagte sie. „Wir sehen es uns an – aber du kommst mit und setzt dich. Wir können es uns nicht leisten, dich zu verlieren.“

Carlos drängte sich durch und stellte sich neben Sylvia.

„Carlos“, sagte Cadmann schwach und versuchte zu lächeln.

„Amigo.“ In Carlos' Augen mischten sich Verwirrung und Mißtrauen. „Wir hatten hier eine Menge Ärger.“

Einige Kolonisten kamen näher, und Sylvia spürte die Spannung. Sie räusperte sich und brach dadurch den Bann. „Ich nehme das hier mit ins Labor. Zack, Terry, Mary Ann und Carlos, kommt bitte mit. Ich möchte alle bis auf das Laborpersonal bitten, ins Bett zu gehen. Heute nacht kann nichts mehr getan werden, und morgen früh brauchen wir alle einen frischen, ausgeruhten Verstand.“

Damit drehte sie sich um und betrat das Labor. Ganz gleich, was hier geschah und was sie herausfand, sie mußten Cadmann das Gewehr abnehmen.

Cadmann murmelte vor sich hin, als Carlos und Mary Ann ihm durch die Tür halfen. „Hab es erwischt, als Ernsts Benzinvorrat explodierte.“ Er schüttelte den Kopf. „Ich wünschte mir, daß ich ihm seinen Schädel heruntergeblasen hätte . . .“

„Cadmann“, sagte Zack ruhig. „Alicia ist tot. Und ihr Baby ist verschwunden.“

Cadmann schwieg, schluckte hart. „Wie . . . nein . . . wann?“

„Als ihr abflogt. Etwas durchbrach unsere Verteidigungen. Kam durch ihr Fenster. Wir brauchen deine Hilfe. Aber zuerst mußt du das Gewehr hergeben."

Sylvia warf einen Blick auf Cadmann. Er starrte sie aus Augen an, die vor Erschöpfung dunkel waren, und auf einmal hatte sie Angst.

„Mir ist kalt", murmelte Cadmann.

„Cadmann . . ." Sylvia und Mary Ann wechselten einen Blick. „Du brauchst Ruhe."

„Nicht, bevor ihr euch dieses Stück angesehen habt, verdammt! Aber . . . ich werde in den Tierklinikraum gehen. Ich werde mich hinsetzen."

Mary Ann und Carlos halfen ihm in die Veterinärklinik zu einem Untersuchungstisch. Er setzte sich und umklammerte das Gewehr.

Sylvia wandte sich vom Magnaskopschirm ab. „Du brauchst Blutplasma, Cadmann. Ich mache weiter, wenn du dich versorgen läßt. Du willst kein Beruhigungs- oder Schmerzmittel, in Ordnung – spiel nur den harten Mann. Aber ich will verdammt sein, wenn du mir hier stirbst."

„Schon gut, schon gut."

Jerry brummte erleichtert und bereitete eine Plasmaflasche vor. Carlos krempelte den rechten Ärmel von Cadmanns geschwärztem Hemd hoch.

Cadmann zuckte zusammen. „Ihr hättet es sehen sollen. Wenn ihr es sehen könntet, würdet ihr begreifen. Es ist schnell, schneller als jedes irdische Tier."

„Komm schon, Cad", sagte Mary Ann sanft. „Stell das Gewehr eine Minute weg, damit wir . . ."

„Ich lasse es erst aus den Händen, wenn das Ungeheuer tot ist", krächzte er.

Jerry steckte die Nadel in Cadmanns Arm und schaltete die Plasmapumpe ein.

„Seht mich nicht so an . . ." Cadmanns Stimme klang flehend. Er wollte den Kopf heben, aber er fiel schwer auf den Tisch zurück. Das Gewehr rutschte ihm ein Stück weit aus den Fingern, und stöhnend packte er es fester.

„Ernst ist von einer Kugel getroffen worden, Cad. Wir hofften, du könntest uns dazu etwas sagen."

Cadmann glitt immer weiter in die Bewußtlosigkeit. „Das Monster hat ihn gefressen." Er gähnte heftig. „Ich muß Ernst getroffen haben. Hab es vielleicht sogar versucht. Er schrie, Zack. Er wollte sterben . . ."

Zack griff nach dem Gewehr. Cadmann drehte die Waffe und trieb den Kolben mit einer kurzen Bewegung in Zacks Bauch. Zack taumelte ächzend zurück.

Cadmann versuchte, sich vom Tisch zu rollen und aufzustehen, aber er stürzte und riß dabei die Infusionsnadel aus seinem Arm. Dunkle Flüssigkeit tropfte aus der Nadel auf die weißen Klinikkacheln.

Er versuchte aufzustehen und schaffte es bis auf die Knie, dann landete Carlos auf seinen Schultern und drückte ihn auf den Boden. Zack rang ihm das Gewehr ab.

„Bitte . . . nicht . . ." Er verlor das Bewußtsein.

Carlos und Terry hoben Cad auf den Tisch und schnallten ihn fest. Terry zog den Gurt zu, bis Cadmanns Haut Falten schlug.

„Warum so fest, Terry?"

„Du hast es uns noch nicht erzählt", sagte er gehässig. „Ist das nun ein Stück von Ernst oder nicht?"

„Nein. Ich habe menschliche Antigene getestet. Kein Kalbfleisch, kein Hundefleisch. Es reagiert auf alle. Kein Truthahn, kein Huhn und kein Wels. Also etwas Fremdes."

„Also hat er ein Pterodon umgebracht. Na und?"

„Ich bin müde, Terry. Laß es." Ihre Stimme war tonlos. „Jerry, hol mir den flüssigen Stickstoff, ja?"

Mit der Pinzette legte sie ein Stück Fleisch auf ein Seziertablett und schnitt ein fünf Millimeter großes Stück ab. Jerry brachte eine Thermosflasche und schraubte den Deckel ab. Der flüssige Stickstoff kochte in der warmen Luft und bildete weiße Schwaden. Sylvia hielt die Probe in die Kanne.

„Wir werden es gründlich machen. Cassandra verfügt über vollständige Analysen jeder Lebensform, die wir auf dem Planeten gefunden haben. Ich werde eine Genanalyse ansetzen. Das wird etwa neunzig Minuten dauern, und dann haben wir unsere Antwort. Bist du damit einverstanden, Terry?"

„Ich bin kein Schurke", entrüstete sich Terry. „Hier ist etwas Schreckliches passiert, und ich will die Wahrheit wissen."

Sylvia holte das gefrorene Fleischstück wieder heraus, und Jerry schaltete den Automaten ein. Ein Transportband wanderte auf einen rechteckigen Kasten zu.

Sie legte das gefrorene Fleischstück vorsichtig darauf, und es verschwand in dem Gerät.

Cassandra würde ein holographisches Modell erstellen und es dann mit den anderen in ihrem Speicher vergleichen. Dann würden sie Bescheid wissen.

Sylvia sah angewidert und unglücklich aus. „Es könnte alles mögliche sein. Pterodon. Lachs. Oder etwas, das wir uns nie haben träumen lassen." Vielleicht war es nur die schreckliche Müdigkeit, aber eine Träne kullerte ihr über die Wange, und sie wischte sie wütend weg.

„Wir sind alle müde", sagte Zack. „Zwei Stunden dauert es noch, bis wir eine Antwort erhalten?"

„So ungefähr", nickte Jerry.

„Dann sollten wir uns ausruhen. In Ordnung?"

Carlos sah auf die Wand, auf die reglose Gestalt seines Freundes, der auf dem Tisch festgeschnallt war. „Was ist mit Cadmann?"

„Ich weiß es nicht", sagte Zack. „Ich weiß nur, daß ich zu müde bin, als daß ich darüber nachdenken könnte."

„Alle außer Jerry gehen", sagte Sylvia. Sie wartete, bis sich die Tür hinter ihnen schloß.

Dann zogen sie und Jerry Cadmann aus, desinfizierten die Verbrennungen und die kleineren Verletzungen und überzogen sie mit Gel. Als sie die Blutungen gestillt und die Wunden genäht und verbunden hatten, zogen sie ihm einen sauberen Kittel über und schnallten ihn wieder auf dem Tisch fest. Dann löschten sie die Lichter und gingen.

Sylvia erschauerte im Nebel. Jerry wandte sich ihr zu. „Was, glaubst du, ist dort draußen passiert? Du denkst doch nicht, daß Cadmann das sich selbst angetan hat?"

„Im Augenblick weiß ich gar nichts. In etwas über einer Stunde wissen wir Bescheid. Jetzt möchte ich nur für ein paar Minuten die

Augen zumachen. Aber eins kann ich dir sagen, Jerry. Egal, was wir herausfinden werden, es wird uns nicht gefallen. Ich kann dir versprechen, daß es keine angenehmen Antworten geben wird."

ETWAS lauerte in den Schatten hinter dem Zaun. Etwas Lebendiges, fast Bewegungsloses, wenn man vom Heben und Senken seiner zerrissenen, blutenden Flanken absah.

Das Geschöpf war schwer verletzt. Auf unbestimmte Weise verstand es sogar, daß es starb. Aber zuerst mußte es eine Aufgabe erfüllen.

Es versteckte sich außerhalb der Reichweite der Scheinwerfer. Wenn es sich konzentrierte, konnte es den Mann riechen, der es verletzt hatte. Und alle Instinkte schrien ihm zu, ihn zu finden und zu töten.

Es lag in einem Maisfeld, südwestlich der Kolonie. Die Scheinwerfer zogen immer noch ihre Kreise, und die Menschen liefen immer noch herum.

Wie konnte es an den Feuerdrähten vorbeikommen? Im nächsten Augenblick bot sich die Lösung von selbst. Ein Mensch fuhr mit seiner Vorderpfote über einen Drahtabschnitt, berührte ihn – lehnte sich dagegen. Das war der gleiche Feuerdraht, der es zuvor gebissen hatte. Vielleicht konnten Feuerdrähte nur einmal beißen . . .

Der Mensch war allein und sah nicht in seine Richtung.

Es bewegte sich so schnell, daß der Mann am Zaun keine Zeit zum Schreien hatte, bevor es mit Wucht auf den Zaun auftraf. Die Drähte rissen, und der Mann wurde an die Wand der Tierklinik geschmettert.

Er prallte zurück gegen den Stachelschwanz des Geschöpfes.

Das Monster schüttelte ihn von den Stacheln, ließ die Leiche zu Boden rutschen und huschte weiter.

Es stieß die Tür auf. Zuerst schnüffelte es prüfend, dann ging es hinein. Im Inneren war es dunkel. An den Wänden standen Käfige mit Tieren. Die Neugier des Wesens war beinahe so stark wie der Schmerz und seine Entschlossenheit; es hielt einen Moment inne, um in einen Käfig zu starren. Ein kleines weißes Etwas kauerte sich in der Ecke zusammen, verbarg sich in einer Masse Holzwolle.

Doch das Geschöpf roch den Mann, und es wandte sich dem Geruch zu. Der Mann lag auf einem Tisch. Er stöhnte leise und bewegte seine Glieder, die in kurzen Ranken verstrickt zu sein schienen.

Es legte die Füße auf den Tisch, streckte sich, fühlte die Verletzungen in seinem Körper, den Schmerz in den Seiten, wo es verbrannt und aufgerissen worden war. Es nahm all seine Kräfte zusammen und versuchte, auf den Tisch zu springen. Der Tisch kippte. Die Bremsen der Räder sprangen auf, und der Tisch schlitterte durch den Raum, Kanülen wurden aus den Armen des Mannes gerissen, als sie an die Wand krachten und der Tisch umstürzte.

Der Mann schlug die Augen auf. Ihre Blicke trafen sich.

Dies war der Moment, den es ersehnt hatte. Das Geschöpf kam näher. Das war der Mann, der es verletzt hatte. Seine Haut war so weich, so zart. Leicht und ohne Kraft schlug es zu, riß Fleisch auf, und Blut strömte. Der Mann verzog das Gesicht, bleckte die Zähne.

Der Mann war so schwach! Und doch hatte er es verletzt wie nichts zuvor in seinem kurzen Leben. Der Mann war so gut wie tot; obwohl gefesselt, versuchte er, sich zurückzuziehen, drückte sich gegen den Tisch, aber seine Augen zeigten keine Unterwerfung. Seine schwachen Muskeln kämpften gegen die Fesseln.

Draußen erklang ein Schrei, dann waren eilige Schritte zu hören. Das Wesen war verwirrt. Es wandte sich wieder dem Mann zu, sah den Triumph in seinen Augen und wußte, daß er gewonnen hatte und daß sein eigenes Leben zu Ende war.

Heftige Schmerzen fuhren in seinen Kopf, und es wirbelte herum, als ein zweites Geschoß es um Haaresbreite verfehlte. Das Ungeheuer raste auf den Mann zu, der einen langen Stock in der Hand hielt, der Feuer spuckte.

Noch einmal der schreckliche Schmerz, dann war es bei ihm, hatte seinen Kopf im Maul. Einen Augenblick leisteten die Knochen Widerstand, dann barsten sie splitternd. Es ließ ihn liegen und rannte zur Tür.

Wenn es den Fluß erreichen konnte . . .

Aber vor der Tür standen Männer mit Feuerstöcken. Es heulte seinen Schmerz hinaus, drehte sich um, schlug mit dem Schwanz nach ihnen, fühlte, wie sich der Schmerz tief hineinwühlte, bis sich das Ding in seinem Körper aktivierte und die ganze Welt aus Blut zu sein schien.

Es rannte in die andere Richtung. Seltsame Gerüche erfüllten den Raum, als Flüssigkeiten verschüttet wurden. Die Wände dieser Höhle gaben nach, als sein Schwanz sie traf. Sofort wirbelte es herum. Sein Kopf krachte in die dünnen Wände. Etwas riß auf. Eine ganze Wand stürzte um. Draußen gab es die Nacht und die Chance, den Fluß zu finden und die Hitze abzuleiten, die in ihm kochte.

Ein Mann stellte sich ihm in den Weg, und es schlug mit dem Schwanz auf ihn ein, durchbohrte sein Bein mit den Stacheln.

Es konnte ihn nicht abschütteln! Er schrie und schrie, verwirrte es, machte es langsam trotz der Geschwindigkeit, die in seinem Körper raste, und des Feuers, das in seinem Hirn wütete.

Ein weiterer Schwanzschlag schmetterte ihn an die Ecke eines Gebäudes. Es zerrte seine Stacheln los und ließ ihn blutend und stöhnend liegen. Doch jetzt waren die Männer überall, und es rannte hin und her, fegte sie auseinander, sein Körper zuckte, war außer Kontrolle, das Blut in seinen Augen machte es blind.

GERÄUSCHE . . . Ein Schrei. Ein Schuß? Sylvia tauchte aus einem Traum auf. Terry lag bei ihr. Sie spürte seinen Bauch weich an ihrem Rücken.

Ihre Augen irrten durch den Raum, um die Uhr zu finden. Wie lange hatte sie geschlafen? Mußte sie schon wieder aufstehen?

Ein weiteres scharfes Krachen, zweifellos ein Schuß. Ein Scheinwerfer erleuchtete kurz die Vorhänge. Im Lager wurden Stimmen laut, zuerst verschlafen, dann alarmiert.

Sie setzte sich auf; tastete nach ihrer Kleidung. „Terry. Terry . . ."

Terry rollte sich auf den Bauch. „Sylvia?"

Sie zog sich bereits ihre Hosen über. Als sie ihre Schuhe anzog, war Terry völlig wach.

„Welcher Idiot macht denn jetzt die Pferde scheu?"

„Ich weiß nicht. Es ist bei den Tierpferchen und . . ." *Und der Veterinärklinik.*

Ein Schuß. Terry fuhr auf. „Was zur Hölle . . .?"

Jetzt erklangen Schreie. „Beeil dich." Sie lief auf den Platz hinaus und erstarrte vor Schreck. Aus der Klinik rannten Gestalten – vier Gewehrschützen. Sie feuerten in den Eingang. Drinnen schrie etwas, das das Gebäude erschütterte, schrie in wütender Gehässigkeit, so daß die Schützen einen Augenblick erstarrten.

Sie zwang sich zum Weitergehen. An einer Hütte war eine Reihe Gartengeräte aufgestellt, und Sylvia packte eins davon. Sie versuchte, einen Blick in den Bungalow zu werfen.

Sie erkannte einen Schützen. „Carolyn! Was ist los?"

Keine Antwort. Carolyn McAndrews und die anderen feuerten weiter, schossen ohne Ziele. *Sie sind verrückt!* Gewehrkugeln fetzten durch die metallenen Wände der Veterinärklinik.

Kolonisten strömten auf den Hauptweg vor der Klinik. Hinter ihr erklangen Schritte. Terry packte sie am Arm. „Was . . .?"

Das Metall der Klinikbaracke riß auf. Sie sind nicht verrückt, dachte sie, es ist da. Die Menge stürmte auseinander, als etwas Schwarzes durch die Öffnung raste.

Terrys Griff war wie ein Schraubstock. „Er hatte recht . . .!"

„Cadmann!" Sylvia riß sich los. Terry packte sie wieder und zerrte sie zurück, als das Geschöpf in die Menge sprang. Es bewegte sich zu schnell, als daß Sylvia es deutlich hätte sehen können. Und die Scheinwerfer, die wie wild hin- und herschwenkten, um es einzufangen, reichten nicht aus; sie zuckten hektisch über das Feld.

Einen Augenblick lang war das Monster in einem Kreis aus Kolonisten mit Stöcken und Gewehren eingeschlossen. Erst wurde es von Taschenlampen, dann vom Strahl eines Scheinwerfers erfaßt. Sylvia erblickte orangengroße Augen mit großen schwarzen Pupillen. Es zischte. Helles Blut troff aus einem Dutzend Wunden. Der schwere Schwanz schlug auf das Wellblech. Die Schreie schmerzten in den Ohren.

Plötzlich schüttelte sich das Geschöpf das Blut aus den Augen und setzte sich in Bewegung. Sylvia keuchte vor Schreck. Terry riß heftig an ihrem Arm, und sie stürzten nach hinten, als das Monster mit ungeheurer Geschwindigkeit vorpreschte. Zwei Männer flogen wie trockene Blätter im herbstlichen Wirbelwind durch die Luft.

Sylvia fiel zu Boden und kroch hinter eine große Rolle Isolierdraht.

Der große Schwanz schwang durch die Luft. An seinem Ende waren Stacheln – und Barney Carr wurde hilflos über den Boden gezerrt, die Stacheln hatten sein Bein durchbohrt, und das Monster schlug mit dem Schwanz hin und her. Das Geschöpf schüttelte Barney ab, und er lag nun reglos.

Terry murmelte: „Es bringt uns alle um!" Wild starrte er um sich. Dann riß er eine Eisenstange aus einem Haufen von Zaunpfählen, die an einem Schuppen lehnten. Er warf einen kurzen Blick auf Sylvia und drehte sich um, um sich zwischen das Ungeheuer und seine Frau zu stellen.

„Terry!"

Er war schon mitten im Getümmel.

Das Geschöpf war größer als ein Krokodil und gebaut wie ein Panzer: kompakt, unverwundbar. Es war verletzt und blutete und bewegte sich doch schneller als irgend etwas, das auf der Erde aufgewachsen war. Es sprang aus dem Kreis. Bewaffnete Kolonisten stürmten heran, um es zu umstellen. Andere feuerten, wenn sie niemanden dahinter sehen konnten. Noch während sie rannten, bewegte es sich erneut und immer wieder, und sie konnten es nicht umzingeln.

Sylvia hatte noch nie etwas gesehen, das sich so bewegen konnte: Es wirbelte herum, verlor das Gleichgewicht, schlitterte, bis es zum Stehen kam, und hastete dann unter einer Kugelsalve davon. Gott sei Dank schien es eher an Flucht als an Zerstörung zu denken, doch auch das blinde Um-sich-Schlagen brachte den Tod.

Jon van Don stellte sich ihm mit dem Mut der Verzweiflung in den Weg. Doch das Ungeheuer stürmte über ihn hinweg; seine Klauen durchbohrten ihn, brachen seine Knochen. Seine Schreie wollten nicht aufhören.

Sylvia drückte sich die Hände auf die Ohren und preßte die Augen zusammen. Doch sie konnte den Schüssen, den Schreien, den tappenden Füßen und schließlich der Hitzewelle nicht entkommen. Sie lugte durch ihre Finger . . .

Greg. Irgendwie hatte er sich aus dem Drogenschlaf gekämpft. Er taumelte auf Gummibeinen, aber sein Gesicht war eine Maske der Wut, als er sich dem Geschöpf näherte. Auf seinem Rücken hing ein

Flammenwerfer, der zum Abbrennen der Dornenbüsche verwendet worden war. Aus der Mündung sprühte ein sechs Meter langer Feuerstrahl wie flüssige Lava. Die Flamme leckte über die blutende Haut des Monsters, und es zog sich erschrocken zurück.

„Terry?" Sie konnte ihn nicht ausmachen, aber überall lagen Körper, krochen und schluchzten Leute, und das Ungeheuer suchte einen Weg in die Finsternis – den Fluß? Als Greg näher kam, zischte es, und dann sprang es Greg an.

Greg zuckte nicht einmal zusammen; er war zu sehr von Wut und Trauer erfüllt. Eine Feuerlanze traf das Monster mitten im Sprung, verwandelte es in einen Feuerball, und brennend, regungslos fiel es zu Boden.

Es war tot. Es mußte tot sein – nichts konnte das Feuer und die Kugeln überlebt haben –, und Greg überschüttete es mit einem ständigen Feuerstrom. Flammen prallten vom Körper des Ungeheuers, explodierten an der Baracke hinter ihm.

Dann bewegte es sich erneut! George Merriot sprang zu langsam beiseite: Das Geschöpf streifte ihn, und er stand in Flammen. Der brennende Mann stürzte mit umherrudernden Armen zu Boden. Rachel Moscowitz schlug mit einer Decke auf ihn ein.

Das Monster war zwanzig Meter näher an die Klippen am Fluß herangekommen und verharrte erneut.

Greg schloß auf; er feuerte den Flammenwerfer nicht in einzelnen Stößen ab, sondern in einem einzigen Strom. Dabei lachte und weinte er hysterisch. „Du – bleib stehen – Alicia – du –"

Um sie herum standen Gebäude in Flammen. Stu Ellingtons Mondgesicht war verzerrt vor Angst, und er schrie: „Um Gottes willen, Greg, stell's ab! Das Biest ist tot!"

Noch einmal rührte sich das Wesen, und ein letzter Satz trug es über den Rand des Steilhangs. Als es stürzte, schrie es nicht mehr.

„Schnappt es!" brüllte Zack. „Laßt es nicht entwischen." Kolonisten rannten auf die Verletzten zu. Zack griff sich wahllos Leute heraus. „Jill. Harry. Ricky. Fangt den Kadaver dieses Ungeheuers mit einem Stahlnetz ein. Laßt euch auf nichts ein, und laßt nicht zu, daß der Körper davontreibt!"

Sylvia richtete sich auf. Etwas hatte sie am Knöchel verletzt. Sie zog den Mantel über ihrem gewölbten Bauch zusammen. *Ich sollte etwas tun . . .*

Ein Dutzend Kolonisten lagen zerschunden und blutend da. Szenen aus Wochenschauen, aus längst vergangenen Kriegen auf der Erde. Blindlings ging Sylvia durch die Hölle. „Terry!"

Überall schlugen Flammen in die Höhe. Aus Löschdüsen spritzte weißer Schaum auf die Feuersbrunst.

Sylvia vermochte kaum mehr einen klaren Gedanken zu fassen. *Wir hatten Zeit. Wir hätten bereit sein sollen. Wir hätten es wissen sollen. Cadmann warnte . . . Cadmann. Cadmann ist immer noch in der Klinik.*

Bevor es ihr bewußt wurde, rannte sie los. Niemand war am Eingang der Krankenstation, und zuerst dachte sie, daß sie leer wäre. Dann sah sie Mary Ann und Carlos, die sich über Cadmann beugten.

Cadmann bewegte sich nicht. Aus einem Dutzend Wunden floß Blut.

Sie drängte sich zu ihm. Mary Ann wandte sich um und funkelte sie an. „Das übernehmen wir schon", sagte sie mit eiskalter Stimme. „Er warnte euch, verflucht noch mal. Er vertraute euch. Und ihr versuchtet, ihn umzubringen. Geh! Ich bin sicher, daß dich dein Mann braucht."

Carlos' dunkles Gesicht wies eine Schnittwunde am Kinn auf; aus der Wunde tropfte Blut auf sein grünes, ärmelloses Hemd. Sie hob die Hand, um ihm zu helfen. Er sprach, ohne sich umzudrehen. „Nein. Ist schon gut. Nimm dir einen Erste-Hilfe-Kasten, und sieh nach, wer Hilfe braucht." In seinem Gesicht stand keine Feindseligkeit. „Geh, Señora Faulkner."

Cadmann stöhnte, als Mary Ann vorsichtig seine Wunden untersuchte. Sylvia verließ den Raum, griff im Gehen nach dem Erste-Hilfe-Kasten, murmelte: „Es tut mir leid. Es tut mir so leid. Ich habe versucht . . ." Aber niemand hörte ihr zu.

SYLVIA zählte die unter Decken liegenden Gestalten. Mindestens vier Leichen. Dreimal so viele Verletzte, von denen einige am Morgen tot sein würden. Sie wanderte umher und suchte verzweifelt nach etwas, bei dem sie sich nützlich machen konnte.

Terry. Sie hörte links von sich seine Stimme, die Befehle hervorstieß. Mit drei anderen Männern versuchte er, einen Brand zu löschen, der in einem Vorratsschuppen wütete. Sie dachte nicht mehr klar. Was wurde in diesem Schuppen aufbewahrt? Was . . .?

Die plötzliche Erkenntnis traf sie mit voller Wucht, und sie schrie auf: „Terry!"

Er wandte sich um. „Sylvia! Zurück!" Die Wildheit und Angespanntheit in seiner Stimme überraschte sie derart, daß sie zurückwich, und dann verlor sie den Halt, spürte die Mauer aus Luft, bevor sie das Licht sah oder das Geräusch hörte.

Der Schuppen hinter Terry erglühte in einem Feuerball, und die Männer neben ihm schrien und zuckten krampfhaft. Der Rand des Feuerballs hob Terry empor und schleuderte ihn in einen Werkzeughaufen, wo er mit glimmenden Kleidern liegenblieb.

GESCHWÄRZTE Gesichter, Verbände. Rauchfäden, die von verbogenen Aluminiumstreben aufstiegen. So müssen Kriege aussehen, dachte Sylvia.

Der Speisesaal war rauchgeschwärzt, aber ansonsten unbeschädigt. Jetzt beherbergte er die meisten Kolonisten bis auf diejenigen, die für eine Verlegung zu schwer verwundet waren.

Im Raum war es still, nur einige wenige schluchzten leise. Sylvia spürte die Erleichterung jener, die mit heiler Haut davongekommen waren. Die Unverletzten. Es gibt keine Unverletzten. Uns allen wurde Schmerz zugefügt, dachte Sylvia.

„Mary Ann . . ."

Mary Ann blieb stehen.

„Ist Cadmann . . .?"

„Er lebt."

„Geh nicht! Terry. Wo ist Terry?"

„Er wird am Leben bleiben. Glaube ich."

„Am Leben . . ."

„Vielleicht. Ich muß gehen. Du bist unverletzt. Dir geht es gut. Deinem Baby auch."

Zack wanderte ziellos mit einem Megaphon durch den Raum, zählte die Verwundeten, versuchte, den Schaden einzuschätzen.

Seine Augen waren rot und geschwollen. Carolyn McAndrews folgte ihm auf den Fersen.

Zack kletterte auf den Tisch und hob sein Megaphon. „Ich weiß nicht, was ich sagen soll. Wir haben mehr als genügend Medikamente und Verbände. Wenn es Opfer gibt, von denen ich nichts weiß, bitte . . ." Er schwankte, wußte nicht mehr weiter, und Rachel stützte ihn.

Sylvia hob unsicher die Hand. „Zack – was machen wir jetzt? Was machen wir mit den Verteidigungsstellungen?"

„Natürlich auf volle Bereitschaft, wir aktivieren das Minenfeld. Die elektrischen Zäune. Aber – verdammt noch mal, Sylvia, du weißt, daß das Wesen ein Ungeheuer war! Das war nicht vorherzusehen. Etwas von dieser Größe kann nicht auf der Insel leben, es paßt nicht in die Ökologie. Es gibt keine Nahrungskette. Das hast du selbst gesagt! Es schwamm vom Festland hierher, es muß hierhergeschwommen sein, und woher hätte ich wissen sollen, daß es dazu in der Lage war?" Mit einer schmutzigen Hand wischte er sich über die Stirn. „Es gibt nicht genug Nahrung, um es bestehen zu lassen."

„Es ist hierhergekommen, oder nicht?" schrie Ida van Don. Bis auf das verschmierte Blut auf ihrer linken Wange war ihr Gesicht kalkweiß. „Es kam . . ." Sie konnte nicht weitersprechen.

„Nicht genug Nahrung", wiederholte Sylvia. „Ja, das habe ich gesagt. Gut, Zack, es war nicht deine Schuld! Es konnte nicht sein, es sollte nicht sein, aber es ist hier, und was zum Teufel machen wir jetzt?"

„Mary Ann hätte einen Vorschlag." Carlos' Stimme klang beherrscht.

Zacks Hände zitterten. Rachel nahm das Megaphon. Ihre Stimme war ebenso rauh wie die ihres Mannes. „Ist das ein Vorschlag oder eine Forderung, Carlos?"

„Keines davon. Jedenfalls noch nicht."

„Dann brauchen wir uns damit jetzt auch noch nicht zu befassen. Sylvia, jeder ernsthafte Vorschlag ist willkommen. Bitte, glaubt mir, daß alles Notwendige geschehen wird. Aber irgendwo müssen wir anfangen – mit einer vollständigen Bestandsaufnahme der Schäden und Verluste, und wir müssen alle Verletzten versorgen. Ja – Andy?"

Der Ingenieur stand auf. Sein rechter Arm war an seiner Brust festgebunden. „So etwas hätte nie passieren dürfen. Ich . . . Wir können nicht nach Hause!"

Jill Ralston stand auf. Beide Hände waren mit Mullbinden umwikkelt. „Verdammt. ich habe gesehen, wie dieses Untier über einhundert Schüsse und einen halben Tank gelierten Treibstoff wegsteckte. Es war im Wasser, und das Wasser rauchte. Wir hatten ein Netz darum, und der Schwanz zuckte immer noch. Wenn es fünf von der Sorte gegeben hätte, wäre das gesamte Lager umgekommen."

„Fünf – wenn überhaupt fünf nötig gewesen wären!" rief Ricky.

Rachel versuchte etwas zu sagen, aber trotz des Megaphons ging ihre Stimme in dem Gewirr unter.

„Cadmann hat die ganze Zeit recht gehabt, verdammt, warum haben wir nicht auf den Colonel gehört?"

„Die Kraftanlage ist kaputt . . ."

„Das Biologische Labor ist zerstört . . ."

Zack nahm das Megaphon. „Schluß! Hört zu, verdammt!" Das Stimmengewirr erstarb. „Wir müssen zuallererst das Lager wieder aufbauen, und das können wir erst, wenn wir uns alle beruhigt haben."

„Na klar, entspannen", rief La Donna. „Guter alter Zack. Alles gaaaanz ruhig."

„Hör auf damit. Natürlich werden wir Vorkehrungen treffen, aber, verdammt noch mal, Wissenschaft ist Wissenschaft. Hier gibt es nichts, wovon es leben könnte. Weitere wird es nicht geben . . ."

„Woher zum Teufel willst du das wissen? Dieses eine konnte es schon nicht geben . . ."

„Schluß! Ihr seid Wissenschaftler und Ingenieure und die besten Leute, die aus einer halben Milliarde Anwärter ausgewählt worden sind, also benehmt euch auch so! Okay. Wir werden eine Forschungsgruppe auf dieses Problem ansetzen. Auf der Stelle. Was müssen wir tun, um diese . . . Monster zu töten . . ., und wie tun wir es gründlich? Wir werden es herausfinden!"

„Ich glaube, wir brauchen Atombomben", sagte Andy.

Zack sprach unter Schmerzen. „Wir waren nicht vorbereitet. Egal, ob wir wieder auf so etwas treffen oder nicht, wir werden bald wissen, was es umbringt. Wir werden es herausfinden. Ich schwöre es. Das hier ist unsere Insel, und ich überlasse sie nicht einem Ungeheuer."

Carolyn McAndrews stand auf und klatschte Beifall. Einige andere begannen ebenfalls zu klatschen.

Sylvia erhob sich und verließ den Raum. Sie ging in das Lager hinaus, wo immer noch Rauch aufstieg. Drei Gebäude waren völlig vernichtet worden.

Die Kraftanlage sah schlimm aus. In den Trümmern gruben Leute nach Wertgegenständen.

Die normalen fünf Betten des Krankenhauses waren auf zwanzig erweitert worden. Gott sei Dank würden die meisten Wunden heilen, aber einige . . .

Terry zum Beispiel. Er lag bewußtlos in einem Wasserbett.

Jerry untersuchte gerade seine Verletzungen, als Sylvia eintrat. „Möglicherweise müssen wir das rechte Bein amputieren. Die Knochen sind zerschmettert. Er hat Glück, daß er noch lebt."

„Wir haben alle Glück", sagte Sylvia nüchtern. „Aber das macht es auch nicht leichter."

Sie sah sich um, suchte nach Cadmann. Jerry erriet, was sie bewegte. „Wir haben Cadmann in seine Hütte verlegt", sagte er. „Er hat darauf bestanden. Er ist sehr schwach, aber es gibt andere, die dringender Hilfe benötigen. Er wird wieder gesund . . ."

Sylvia stand halb auf, aber Jerrys Hand zog sie zurück. „Du bist nicht die einzige, der es leid tut, Sylvia. Wir haben Mist gebaut, und wir zahlen dafür. Aber du kannst nichts tun. Was denkst du denn, wie Terry sich fühlen wird, wenn er aufwacht und du nicht hier bist? Laß es sein."

„Es gibt nichts zu tun."

„Gar nichts. Wir haben den Kadaver aus dem Fluß gefischt, und sobald es den Verletzten bessergeht, können wir dich entbehren. Bis dahin . . . du bist Ärztin, kein liebeskrankes Schulmädchen. Das hier ist dein Mann."

Eine Ohrfeige hätte sie nicht schlimmer treffen können. „Es . . . es tut mir leid, Jerry."

„Daß es dir leid tut, ist mir scheißegal. Gebrochene Knochen scheren sich nicht darum, wie du dich fühlst. Sie müssen eingerichtet werden."

Wie spät war es? Wie lange hatte Jerry gearbeitet, während sie in ihrer Trauer schwelgte? Seit dem Angriff waren zwanzig Stunden vergangen, wahrscheinlich hatte Jerry seit zwei Tagen nicht mehr geschlafen, und er war immer noch hier. Sie schämte sich, aber dann erwachten ihre Entschlossenheit und Energie wieder. Sie stand auf. „Danke, Jerry. Für Selbstmitleid haben wir jetzt keine Zeit, du hast recht. Wie lange hast du nicht mehr geschlafen?"

Jerry grinste und fuhr sich mit der Hand durch das Haar. „Schlaf. Das Wort kommt mir bekannt vor. Klingt nach etwas, wovon ich einmal gelesen habe."

„Hau ab und laß dich nach frühestens sechs Stunden wieder sehen. Befehl vom Doktor."

„Bist du in Ordnung?"

„Vollkommen. Geh jetzt und schlaf."

Jerry schlurfte davon.

Sylvia krempelte die Ärmel hoch und berührte sanft ihren Bauch. Dem Baby ging es gut, sie spürte es.

Aber jetzt galt es, sich an die Arbeit zu machen.

5

In den folgenden drei Tagen verloren sie drei weitere Kolonisten, was die Anzahl der Toten auf zwölf erhöhte. Es schien, als ob während dieser Tage niemand schlief. Es gab nicht genug schmerzstillende Medikamente, um den Verletzten Ruhe zu bescheren.

Sylvia war schwanger, und daher wurde sie jede Nacht, wenn andere nach dem Essen wieder in das Hospital gingen, ins Bett geschickt, und man sagte ihr, daß man sie vor morgen nicht sehen wollte.

Aber Schuld, Schmerz und Verzweiflung trieben sie weiter an.

Ihre ganze Kraft wurde von den Verletzten in Anspruch genommen.

Die Ingenieure nahmen den Schaden auf. Das Biologische Labor war nahezu völlig zerstört. Das Kraftwerk sah nicht so schlimm aus, funktionierte aber nicht mehr. Die einzigen Ersatzteile im Umkreis von zehn Lichtjahren befanden sich in den Motoren der Minerva-Fahrzeuge.

Und nach drei Tagen, nachdem das Schlimmste vorbei war – nachdem alle Zäune gerichtet waren, die erste Bestandsaufnahme vorgenommen war und alle Krankenfälle stabilisiert waren –, war es Zack, der die Gedenkrede bei dem Massenbegräbnis hielt.

Hundertvierundsiebzig Überlebende hatten sich zur Zeremonie versammelt, alle, die aus den Betten hatten gebracht werden können.

Sylvia hielt Terrys Hand, der im Rollstuhl neben ihr saß. Über den Wirbelsäulenschaden gab es noch keinen endgültigen Befund, aber die Ironie war niederschmetternd: Wir haben eine gute und eine schlechte Nachricht für Sie. Die gute Nachricht ist, daß wir sein rechtes Bein nicht amputieren müssen! Die schlechte Nachricht ist, daß er sowieso nicht mehr gehen kann.

Es gab zwölf Gräber und einen dreizehnten Grabstein. April, Alicias Baby, das erste Kind, das auf dieser neuen Welt geboren worden war, war nie gefunden worden.

Cadmann stand allein bei Mary Ann.

Terry hielt Sylvias Hand, und Zacks Stimme rief sie aus ihrer Versunkenheit.

„Sie starben, damit wir leben. Wir alle kannten die Risiken, aber diese wenigen zahlten den Preis für unseren Fehler. Im Laufe der Zeit werden wir alle unter dieser Erde liegen. Laßt diese . . . dreizehn . . . die letzten sein, die durch Gewalt starben. Laßt diesen Verlust unsere Entschlossenheit stärken, unsere Hingabe vertiefen."

Er räusperte sich. Er sah alt, müde und verängstigt aus. „Möchte jemand etwas sagen?"

Einen Augenblick herrschte Schweigen, dann sprach Greg. „Warum hörten wir nicht? Warum haben wir nicht hören können? Hat Cadmann denn so viel verlangt?"

„Greg . . ." Zacks Stimme war sanft. „Das ist nicht der richtige Zeitpunkt."

„Für mich schon. Wir haben diese verdammte Insel von einem Ende zum anderen durchkämmt und haben nicht eines dieser Biester gefunden, und schon sagen die Leute, daß dies das einzige Monster gewesen sein muß. Daß es vom Festland hierhergeschwommen ist. So ein Unsinn . . ."

„Greg . . ."

„Laß mich in Frieden, Zack. Ich habe dir vertraut. Wir alle haben dir vertraut. Du solltest der Mann mit dem großen Überblick sein. Alicia hat dir vertraut. Und jetzt ist sie . . . ist sie . . ."

Tränen strömten aus seinen Augen, er fiel vor Alicias Grab auf die Knie, seine Finger verkrallten sich in der Erde, alle angestauten Gefühle brachen mit einem Mal aus ihm hervor. Andere weinten ebenfalls, leise oder laut schluchzend.

Sylvia ging in der Arbeit auf, und nach und nach nahmen die Anforderungen ab. Niemand war von der Trauer unberührt, und in gewisser Weise verwandelte sie sich in ein Band, das stärker war als die Gründerväter-Hurrastimmung.

Sie arbeiteten rund um die Uhr. Innerhalb einer Woche war der elektrische Draht um das Lager verstärkt worden. Die Wachgruppen wurden verdoppelt. In jeder Nacht erwachte Sylvia mehrere Male aus unruhigem Schlaf und wurde durch das Kreisen der Scheinwerfer wieder beruhigt.

Das Minenfeld war wieder eingeschaltet worden und sorgte für den ersten Augenblick grimmigen Humors seit der Tragödie.

Kurz nach drei Uhr morgens hatte eine Explosion das Lager erschüttert. Verängstigte, hastig angekleidete Kolonisten hatten sich den Wachen angeschlossen und gesehen, wie eine Wolke aus Federn herunterschwebte: Ein verlorener Truthahn war zurückgekehrt. Scherze über Truthahnbomben hatten in den folgenden zwei Tagen die Runde gemacht und geholfen, die furchtbaren Ereignisse zu verdrängen.

Sylvia gab gerade Cassandra ein neues Stimmerfassungsprogramm ein, als eine vertraute Gestalt an ihrem Fenster vorbeihinkte.

Cadmann. Eine Krücke unter dem rechten Arm, die Seite verbunden, eine schlecht verheilte Narbe quer über das Gesicht. Ein stummer Riese mit dunklen, anklagenden Augen.

Er sprach mit niemandem und nahm seine Mahlzeiten und Medikamente in seiner Hütte ein. Niemand sprach ihn an. Sylvia sah im Geist, wie dieses Ungeheuer auf Cadmann hockte, ihm langsam das Fleisch vom Körper riß.

Daß ein Kämpfer wie Cadmann entwaffnet, unter Drogen gesetzt, gebunden und dann als Köder zurückgelassen worden war, stellte eine derart ungeheuerliche Beleidigung dar, daß nichts dazu gesagt werden konnte. Und daher wurde zu ihrer gemeinsamen Schande auch nichts gesagt.

Zwei Wochen später kam Zack Moscowitz unangemeldet in Sylvias Labor.

„Er ist fort", berichtete er. „Der Skeeter. Cadmann hat ihn gestohlen."

„Gestohlen . . ."

„Oder ausgeborgt. Wir haben über Funk versucht, ihn zu erreichen. Er antwortet nicht, und er hat den Peilsender abgeklemmt. Wir wissen nicht, wo er hin will oder warum er fort ist."

„Du weißt, warum", sagte Sylvia. „Er sagt uns damit, daß wir uns zum Teufel scheren sollen. Und wir verdienen das auch."

Zack seufzte schwer. „Ja, ich weiß. Irgendein Idiot schlug vor, hinterherzufliegen und uns den Skeeter wiederzuholen. Ich fragte gar nicht erst nach Freiwilligen."

„Also ist er weg."

„Ja, und seine Hütte hat er nahezu auseinandergenommen. Außerdem hat er zwei Hunde dabei, ein Gewehr, Munition und eine Kiste Schnaps."

„Das Gewehr gehört ihm. Werkzeuge wird er auch haben", sagte Sylvia nachdenklich. „Und wenn man es alles zusammenzählt, wird es nicht mehr als seinen Anteil ausmachen."

„Der Skeeter ist weit mehr als sein Anteil."

„Er wird ihn wiederbringen."

„Hat er dir das gesagt?"

Sylvia lachte. „Nein, aber das wird er. Für einen Skeeter hat er keine Verwendung, Zack. Er will der Kolonie nicht schaden. Er will nur – jedenfalls wirst du sehen, daß er sich nicht mehr als seinen Anteil nimmt."

„Das wußte ich schon immer. Verdammt!" Zack wurde wütend.

„Sylvia, es geht nicht um das Zeug, das er mitgenommen hat. Es geht um ihn. Wir brauchen ihn."

„Und wenn du . . ."

„Und wenn ich es laut genug und rechtzeitig genug gesagt hätte, wäre er noch hier. Ja. Danke, ich hätte es fast vergessen."

Acht Stunden später kam der Skeeter zurück. Er landete zwei Kilometer vor dem Lager. Alle traten ins Freie, aber keiner wollte näher herangehen. Kurz darauf kletterte Cadmann steifbeinig aus dem Cockpit. Hinter ihm sprang ein Hund aus der Kabine. Gemeinsam gingen sie nach Norden.

Das letzte, was Sylvia von ihm ausmachen konnte, war eine winzige, einsame Gestalt, die den Paß hinaufkletterte und in der Ferne und dem Nebel verschwand.

„ABSPEICHERN!" schrie Sylvia, als das Licht flackerte. Jerrys Hände flogen über die Tastatur. Cassandras Datenbänke hatten eben mit dem Speichervorgang begonnen, als das gesamte Lager in Dunkelheit getaucht wurde. Dann erzeugten elektrische Schweißgeräte hinter dem Speisesaal ein kurzes Wetterleuchten in Avalons Nacht.

Jerry brüllte aus dem Fenster. „Verdammt noch mal, sagt wenigstens Bescheid!" Keine Antwort. Er seufzte. „Was haben wir diesmal verloren?"

„Vielleicht nichts." Sylvia warf einen Blick auf ihre Uhr. „In einer Minute wissen wir mehr. Ich bin froh, wenn sie mit dem Kraftwerk fertig sind."

Es war eine schlechte Zeit, in der nichts klappte. Wenn Cassandra nicht von dem Monster beschädigt worden wäre, hätten sie den Verarbeitungsprozeß der Satellitendaten fortsetzen können, und ihre Daten wären automatisch nachkopiert worden. Und wenn das Kraftwerk noch funktioniert hätte, wäre es auch nicht nötig gewesen, Kabel von einem Minerva-Shuttle zu verlegen. Es hätte immer Elektrizität gegeben.

Sie hatten Glück, daß sie überhaupt über Energie verfügten. Die Solarkollektoren auf dem Hügel bekamen nicht genug Energie zusammen, und die Speicherkapazität war gering. Doch sie hatten Dynamit. Wie erhält man aus zweihundert Kilogramm Dynamit Energie? Darauf hatten sie eine Antwort gefunden: Sie hatten einen Fels in die Luft gejagt, um den Fluß zu stauen. Jetzt verfügte der Fluß über einen langen, schmalen See stromabwärts, ein Landefeld für Minerva, und somit konnte der Motor der Minerva in Reichweite der Kabel des zur Hälfte wieder aufgebauten Kraftwerks gebracht werden.

„Da haben wir es ja", meinte Jerry, als die Lichter wieder angingen.

Cassandra druckte das Gespeicherte beinahe sofort aus, und sie atmeten erleichtert auf: Von den Daten war nichts verlorengegangen.

„Cassandra. Korrelieren und auswerten: optische und infrarote Abtastung, Nordmeer!" befahl Sylvia.

„Bestätigt." Der Computer stellte unbeeindruckt Querverbindungen her zwischen den Daten, die er vom geostationären Satelliten über dem Lager empfangen hatte, und den Daten, die von der tiefer fliegenden *Geographic* durchgegeben worden waren.

„Nordland ist dicht bevölkert." Jerrys Stimme verriet seine Gereiztheit. „Definitive Anzeichen von Wasserlebewesen. Wie zum Teufel sollen wir uns auf etwas wie unser herüberschwimmendes Monster einpeilen?"

„Daten, Jerry. Für alles, was geschehen ist, gibt es eine Antwort, aber im Augenblick müssen wir nur Daten zueinander in Beziehung bringen. Wir können nicht einmal genau sagen, wonach wir eigentlich suchen. Wenn das Eiweißspektrophotometer repariert werden kann, schauen wir uns die DNS des Wesens an. Bis dahin nehmen wir eine Autopsie an dem verkohlten Kadaver vor."

„Es muß eine Erklärung geben. Die Insel ist unterbevölkert. Lachs, Pflanzen und diese blöden Pterodons oben im Gebirge. Es ist . . ."

„Und Insekten."

„Okay, Insekten. Alle winzig klein. Alle fliegen, keine Kriechtiere und jede Menge leerer ökologischer Nischen. Es ist, als ob . . . Wie es auf der Erde gewesen sein muß, nachdem die Dinosaurier starben. Nichts Großes. Die meisten Spezies ausradiert. Laß uns mal nach Iridium im Boden suchen. Eine Schicht verdampften Asteroidenmaterials unter der Erde, aber nicht allzu tief. Und vielleicht finden die Satelliten einen frischen Krater."

„Ein Dinosaurier-Killer – Jerry, könnte es das sein? Ein großer

Asteroidenaufschlag, ein langer Winter, ein planetares Aussterben – wann? Vor tausend Jahren? Fünftausend? Die Pflanzen sind alle wieder da, aber nicht die Tiere?"

„Selbst eine halbe Million Jahre wäre nicht zu lang." Er runzelte die Stirn. „Es gibt auch andere Möglichkeiten. Etwas Periodisches, ein neuer Fortpflanzungszyklus. Vielleicht zeigt es sich zwei oder drei Generationen lang nicht . . ."

„Unangenehmer Gedanke, aber nein. Wir haben drei Hühnergenerationen gehabt und vier von Mäusen. Suche nach dem Dinosaurier-Killer."

Ihre Finger flogen über die Tastatur und ließen die endlosen biologischen Tabellen auf dem Schirm erscheinen, die sie erarbeitet hatten.

Die Antworten waren immer die gleichen. Keine feindseligen Lebensformen auf der Insel. Eine einfache, nahezu idyllische Ökologie. *Irgend etwas übersehen wir. Etwas, an das ich mich erinnern sollte. Etwas ist da, was ich wissen sollte, und ich weiß es nicht.* Plötzlich lachte sie.

„Was ist?" fragte Jerry.

„Nichts. Jerry, das mit dem Dinosaurier-Killer gefällt mir. Ich glaube, du hast etwas gefunden."

„Glaubst du, daß tatsächlich eine Expedition aufbrechen wird?"

„Nein. Zack wird es nicht genehmigen."

„Er hat Glück, wenn nach diesem Mist noch irgend jemand auf irgend etwas von ihm hört."

Sie hielt inne. „Ich glaube, daß Zack einen Fehler begangen hat, den jeder von uns hätte machen können, und die meisten von uns haben ihn auch gemacht! Zack ist ein Sündenbock. Die Tatsache, daß Cadmann recht hatte, besagt nicht, daß er aus den richtigen Gründen recht gehabt hat."

Das Programm surrte vor sich hin. „Cadmann. Was machen wir bloß mit ihm?" Die Lichter im Raum wurden wieder schwächer. „Mist! Cassandra, speichern!"

Fünfzehn Minuten später hatten sie immer noch keinen Strom. Es reicht, dachte Sylvia. „Ich mach Schluß, Jerry. Solltest du auch tun. Tschüs." Sie wartete nicht auf seine Antwort.

Das Lager war ein geschäftiger Bienenstock. In Zehnstundenschichten hielten drei Arbeitsmannschaften die Arbeiten in Gang. Jeder erhielt genug Zeit zum Schlafen, aber nicht genug, um sich zu beschweren.

Dinosaurier-Killer. Es könnte sein. Sie war zu müde, um sich zu entspannen, und entschloß sich zu einem Umweg. Vom Raumhafensee kam ein kühler Hauch, und sie zog ihre Jacke fester zu, als sie sich dem Kraftwerk näherte. Die Ingenieure erbauten es neu, ohne das Gebäude abzureißen.

Das Kraftwerk war mit einem kleinen Frachtfahrzeug eingeflogen worden. Der Motor war mit dem der Minerva kompatibel; das Ding sah sehr nach einem Shuttle mit Minervaflügeln und -rumpf aus. Motor, Flügel, Hülle waren Ersatzteile für die Shuttles.

Ein Skeeter schwebte über dem Kraftwerk. Ein dünner Träger baumelte von seinem Rumpf. Omar Isfahan winkte mit einer Taschenlampe, wies den Piloten ein, bis der Träger aufsetzte, angepaßt und festgeschweißt wurde.

Irgendwo in der Baustelle verlegten Männer elektrische Kabel. Als der Skeeter wieder aufstieg, brüllte jemand: „Jetzt!", und überall im Lager flammten die Lichter wieder auf.

Sylvia fühlte sich ganz plötzlich unerklärlich einsam. Sie wollte zu ihrer Hütte zurückgehen und sich an ihren Mann kuscheln. Terry würde auf sie eingehen, sie mit aller ihm verbliebenen Kraft festhalten und sie trösten.

Wenn nur sein neues Verständnis nicht mit dem vollständigen Versagen seiner unteren Körperhälfte gekoppelt wäre.

Sie war schwanger, und er war krank, gelähmt, und ihr Bedürfnis nach Sex erschien sowohl selbstsüchtig wie auch unwürdig. Dabei half es nichts, daß sie immer noch an Cadmann dachte.

Zack tauchte aus den Schatten auf. „Sylvia, wie geht es dir?"

„Ich bin müde, aber ich komme voran, glaube ich."

Schweigend nickte er. Sie mußte ihn nicht fragen, woran er dachte. Wenn am Tag nach der Katastrophe eine Lagerabstimmung durchgeführt worden wäre, wäre Zack mit Sicherheit gefeuert und Cadmann auf seinen Posten gewählt worden. Jetzt nicht mehr. Jetzt würde er kämpfen.

„Wir überleben es“, sagte er. „Wir haben den Preis für diesen verdammten Planeten bezahlt. Mehr werden wir nicht zahlen.“

„Ich hoffe, daß du recht hast. Wir wissen aber nicht, ob es noch mehr Ungeheuer auf der Insel gibt“, sagte sie. „Wir brauchen Zeit.“

„Wir haben Zeit, im Gegensatz zu diesen Monstern.“ Er schlug seinen Mantelkragen hoch. „Sie sagen, daß ich zu weich bin. Daß dies nicht passiert wäre, wenn . . . ein anderer die Zügel in der Hand gehabt hätte. Dazu kann ich nur sagen: Es passiert nicht wieder, ob ich nun am Ruder sitze oder nicht. Im Moment erarbeite ich ein neues Sicherheitsprogramm. Jeder Meter der Insel wird neu fotografiert werden . . . Hast du die neuesten Bilder gesehen?“

„Nein. Du hast etwas gefunden?“

„Nicht, was du denkst, keines der verdammten Ungeheuer. Wir haben Cadmann gefunden.“

Darauf hatte sie gewartet. „Gott sei Dank. Wo?“

„Auf halber Höhe des Großen Schmuddelberges. Auf Funksignale antwortet er nicht, aber er ist es.“

„Gehen wir zu ihm?“

„Warum? Offensichtlich will er mit uns nichts zu tun haben. Er hat nichts mitgenommen, was ihm nicht gehört.“

„Was willst du machen?“

Zack stieß seine Hände tief in die Taschen. „Ich habe nicht das Gefühl, daß eine offizielle Abordnung willkommen wäre. Andererseits wären einige Freunde sicherlich angebracht. Fällt dir jemand ein, auf den diese Beschreibung paßt?“

Sie nickte schweigend.

„Gut. Das habe ich gehofft. Gute Nacht, Sylvia.“

Zack ging in die Richtung davon, aus der er gekommen war.

Es gibt hier keine Helden, rief sie sich ins Gedächtnis. Nur Überlebende. Die Helden starben vor zwei Wochen. Oder wurden verkrüppelt. Bis auf einen Mann, den wir gedemütigt und verraten haben. Wir schulden ihm etwas.

TERRY war wach, als sie ins Bett kam. Er mußte sich nicht mehr in der Krankenstation aufhalten – die Hütte war wie ein persönliches Krankenzimmer. „Sylvia“, sagte er schläfrig und legte den Arm um sie. Sie half ihm beim Umdrehen: Er hatte noch nicht ganz herausbekommen, wie er es nur mit seinen Armen bewerkstelligen konnte. Er trainierte in der gemeinsamen Sporthalle, um die Kraft seines Oberkörpers zu stärken. Sie konnte bereits die neue Festigkeit in seinen Schultern fühlen. Ab der Hüfte würde er muskulöser sein, als er es jemals gewesen war. Ein kräftiger Mann, dessen muskelbepackte Arme den gummibereiften Rollstuhl schwungvoll durch das Lager stießen.

Er zog sie an sich und küßte ihre geschlossenen Augen, während seine schlanken Finger über ihren Rücken strichen. „Wie lief es bei der Arbeit?"

„Wir haben vier verschiedene Lebensformen auf dem Hauptkontinent klassifiziert. Zwei sind einfach nur groß, etwa wie ein Brontosaurier. Die anderen wandern in Rudeln. Unser Monster mag ein Ausreißer von einem solchen Rudel gewesen sein."

„Was ist mit der Expedition?"

„Noch nichts. Du könntest sie immer noch leiten. Es gibt aber Probleme. Wir haben nur eine völlig freie Minerva. Wenn wir beide Minervas woanders benötigen, hat das Lager keinen Strom. Es wird keine Forschungsreisen geben, wenn die Satelliten und das Teleskop an Bord der *Geographic* es tun können."

„Ich halte das für sinnvoll."

Eine Zeitlang lauschte sie nur seinem Atem im Dunkeln. Dann küßte sie ihren Mann, küßte den Vater ihres ungeborenen Kindes. Er zog sich ein wenig aus ihrer Umarmung zurück. „Was gibt es Neues von Cadmann?"

„Er ist irgendwo auf dem Großen Schmuddelberg."

Sie spürte, wie er in der Finsternis nickte. „Geh hin", sagte er schließlich. „Rede mit ihm. Er muß wieder zu uns ins Lager zurückkommen."

Selbst in der Dunkelheit konnte sie die Tränen in seinen Augen glitzern sehen.

„Terry . . . warum?"

Er fuhr mit der Hand über ihren Körper zur sanften Schwellung ihres Bauches. „Deshalb. Wir werden bald ein Kind haben, und dieser Planet wird ihm gehören. Ich kann es nicht beschützen.

Cadmann kann die Insel sicher machen. Ich habe mitgeholfen, ihn zu vertreiben. Du kannst ihn zurückholen."

Sie sagte nichts, küßte ihn nur erneut.

„Eins noch, Sylvia. Ich habe mit Jerry gesprochen. Es wird ... Dinge geben, die ich nie wieder tun kann."

Sie zog seinen Kopf an ihre Brust, hatte Angst, daß sie bereits wußte, was er sagen würde. „Pst."

„Nein", flüsterte er. „Laß mich ausreden. Ich möchte nicht, daß du dich schuldig fühlst. Früher oder später wirst du es tun. Die Instinkte sind einfach zu stark. Wir kamen hierher, um die Kinder zu zeugen, die diese Welt beherrschen werden." Seine Stimme zitterte leicht. „In Ordnung. Tu, was du tun mußt. Und begreife, daß ich es verstehe. Aber – bitte nicht mit Cadmann. Ich weiß, daß es lächerlich ist, und doch bitte ich dich nur darum."

Während sie einander umarmten, erkannte sie zum ersten Mal seit der Landung, wie sehr sie ihn liebte und wie sehr er sie liebte.

SYLVIAS Magen hob sich, als der Skeeter in ein Luftloch absackte. Sie rutschte zur Seite, zu Mary Ann hin.

Mary Ann starrte geradeaus. Peinliches Schweigen herrschte, und fast wünschte sich Sylvia, daß sie und Mary Ann zurückgeblieben wären.

Aber es war nicht zu bestreiten, daß Mary Ann und der Pilot Carlos zu Cadmanns engsten Freunden gehört hatten. Zudem war Carlos ein guter Pilot. Bobbi Kanagawa hatte genügend Zeit damit verbracht, ihn zu trainieren.

„Da ist es", sagte Mary Ann plötzlich.

Der Nebel hatte sich gelichtet, und sie hielten jetzt auf ein großes Plateau zu. Hier oben gab es kräftiges Avalongras, allerhand Sträucher und blühende Pflanzen. Neben einem Zelt sprang ein Schäferhund herum und bellte.

Cadmann kam aus dem Zelt. Noch war er eine winzige undeutliche Gestalt, aber selbst auf diese Entfernung konnte Sylvia seinen unsicheren Gang erkennen.

Carlos brachte den Skeeter hinunter.

Sie befanden sich vierzig Meter von Cadmanns Lager entfernt, und

Sylvia mußte die Wahl seiner Umgebung bewundern. Hier oben war der Nebel dünner, und es gab viel mehr Pflanzenwuchs als im Tiefland. In der Nähe befand sich ein murmelnder Bach aus Schneeschmelzwasser.

„Wenigstens hat er das Gewehr im Zelt gelassen", sagte Carlos erleichtert.

„Achte auf den Hund."

„Hier Carlos an Zentrale. Wir haben das Lager gefunden. Cadmann scheint unverletzt zu sein; weitere Berichte folgen." Er schnallte sich los und sprang hinaus.

Cadmann betrachtete sie, dann setzte er sich vor sein Lagerfeuer, rührte in einem Topf und beachtete sie nicht weiter. Ein Bart verdunkelte sein Gesicht.

Er bewegte sich etwas steif. Die gebrochenen Rippen, dachte Sylvia. Ob er ihr erlauben würde, die Verletzung zu untersuchen oder eine Blutprobe zu nehmen?

„Cadmann", sagte Carlos und streckte seine dunkle Hand aus.

Cadmann sah auf die Hand, zog eine Flasche aus seiner Tasche und nahm einen tiefen Schluck. „Was zum Teufel wollt ihr?" fragte er endlich. Der Lagerplatz sah verkommen aus. Der Cadmann, den sie gekannt hatten, wäre niemals so nachlässig gewesen.

„Wir wollten nur sichergehen, daß du in Ordnung bist, amigo", antwortete Carlos. „Du warst ziemlich schwer verletzt."

Cadmann funkelte sie böse an, nahm einen weiteren Zug und ließ die Flasche neben sich fallen. Er war betrunken. „Bleibt mir vom Hals", knurrte er. „Ihr alle. Keiner von euch stand auf und hielt seinen Kopf hin, als es wichtig war."

„Zu mir kannst du das sagen", erwiderte Sylvia. „Aber nicht zu Mary Ann. Die ganze Zeit hat sie zu dir gehalten."

„Wo war sie denn?" Jetzt schrie er. „Jede Nacht habe ich Alpträume und wache auf, weil mir dieses Monster Ernsts Blut ins Gesicht bläst. Ich weiß nicht, warum es mir nicht den Kopf abgerissen hat."

Der Schäferhund spürte Angst und Zorn und stand mit gefletschten Zähnen leise knurrend neben ihm. „Sie sorgt sich", nuschelte Cadmann. Er nahm ein Stück Fleisch aus dem Topf und warf es der

Hündin vor. „Ist schon in Ordnung, Dideldei. Das sind Freunde." Sein Lachen erstarb in einem leisen Kichern.

„Das Fleisch sieht frisch aus", sagte Sylvia behutsam.

„Da oben . . . im Felsen lebt irgendein Vieh", erklärte er. „Eine Art Murmeltier. Die Hunde spüren es auf." Er stockte. „Es wäre sicher höflich, euch zum Essen einzuladen, aber im Moment bin ich nicht in so schrecklich höflicher Stimmung. Warum sagt ihr nicht, was ihr zu sagen habt, und verschwindet wieder?"

„Ich vermisse dich . . .", begann Mary Ann. Cadmann starrte sie giftig an, machte den Mund auf, und für einen Augenblick war Sylvia sicher, daß er etwas sagen würde, das sie unter Tränen in das Lager zurücktreiben würde. Statt dessen schloß er den Mund und schien auf seinen Gedanken herumzubrüten.

Ein weiterer Schäferhund kam herangesprungen. Wedelnd lief er zu Carlos, beschnüffelte ihn und ließ Mary Ann und Sylvia die gleiche Behandlung zuteil werden. Zufrieden trottete er zu Cadmann hinüber, der ihn nicht beachtete.

„Cadmann", sagte Sylvia endlich. „Ich will dir nichts vormachen. Wir brauchen dich. Wir versuchen, die Kolonie wieder zusammenzukriegen. Gegen die Programme, von denen du geredet hast, würde es keinen Widerstand geben."

„Das ist mir jetzt egal." Er zuckte die Achseln. „Sagt mir bloß nichts von euren Problemen. Hier oben geht's mir prächtig. Wußtest du, daß Hunde Instinkte haben? Sie handeln gefühlsmäßig, und das ist mir nur recht. Warum haut ihr nicht ab und laßt mich in Frieden?"

„Cadmann . . ."

„Verpißt euch!"

Carlos zog Sylvia am Arm zurück. „Ist dein Funkgerät in Ordnung? Wenn du Probleme hast, wenn wir dir helfen können . . .?"

Cadmann nickte müde. „Ja. Ich sag dir als erstem Bescheid. Vergeßt solange das Atmen nicht."

Sylvia drehte sich um. „Sylvia!" rief Cadmann.

„Ja?"

„Paß auf dich auf." Mary Ann starrte ihn immer noch an, und einen Augenblick lang tauschten sie etwas aus: Bedauern, Einsamkeit, Abneigung? Es war eine Botschaft, die nur sie beide betraf.

„Geht", wiederholte er. Er bückte sich, hob die Flasche auf, schüttelte sie und warf sie weg. „Ich werde betrunken bleiben, bis es nichts mehr zum Trinken gibt."

Die drei kehrten zum Skeeter zurück, dort drehte sich Mary Ann um und sah sie trotzig an. „Ich gehe nicht zurück. Er kann es nicht sagen, aber er will, daß ich bleibe."

„Mary Ann . . ."

„Kannst du es nicht erkennen? Hier oben bringt er sich um. Eigentlich will er dich, Sylvia . . ."

Wohlweislich gab Carlos keinen Kommentar ab. Sylvia wollte protestieren, als Mary Ann ihr das Wort abschnitt.

„Sag's nicht, Sylvia. Lüge nicht. Er will das, was er nicht haben kann." Sie war intelligent genug, um zu wissen, was sie verloren hatte, und sensibel genug, um zu wissen, was zwischen Sylvia und Cadmann vor sich ging.

„Er kann nicht sagen, daß ich bleiben soll, aber was soll er machen? Mich rauswerfen? Allein kann ich nicht hinunterklettern, und er weiß das. Laßt mich hier."

Einen langen Augenblick standen sie sich gegenüber, dann sagte Carlos: „In Ordnung. Ich erwarte von dir oder von Cadmann eine Nachricht über Funk innerhalb der nächsten vierundzwanzig Stunden. Andernfalls komme ich wieder."

„Gut."

Carlos bestieg den Skeeter. „Es hat uns alle verändert", sagte Sylvia. „Vielleicht hast du recht. Vielleicht bist du jetzt die einzige, die ihn kennt."

Sie umarmte Mary Ann und küßte sie auf die Wange. Dann kletterte sie in den Skeeter. Die Rotoren erwachten zum Leben; Carlos stieg höher und höher und flog dann nach Osten, bis Mary Anns Gestalt ein winziger Fleck war, der langsam und zögernd auf Cadmanns Lager zuging.

TROCKENEI, Trockenmilch und gefriergetrockneter Speck waren kein vielversprechender Anfang für ein Frühstück. Aber in Verbindung mit Mary Anns Geschick und dem letzten Lachsfleisch erzeugten sie einen köstlichen Duft.

Dideldum und Dideldei, die beiden Schäferhunde, trotteten um das Lager und blickten hoffnungsvoll auf das Feuer. Sie witterten den Duft. Wenn sie sehr brav waren, würde Cadmann sie die Teller ablecken lassen.

Ein Hauch bewegte das Laub und das trockene Gras auf dem Tafelland. Avalons ewiger Nebel wurde für Minuten fortgeweht, und sie konnte hinunter in das Flachland sehen, wo in der Ferne die Kolonie aufblinkte. Langgezogenes Stöhnen drang aus dem Zelt. Cadmann arbeitete sich schwerfällig hinter den Planen hervor.

Er funkelte Mary Ann an, rieb sich die Augen und grunzte: „Was zur Hölle machst du hier?"

„Ich mache Frühstück." Sie rührte die Eier um und gab eine Portion getrockneten Speck hinein. Dideldum, das Männchen, kroch bis auf einen Meter an das Feuer heran. Cadmann scheuchte ihn weg und stieß Mary Ann sanft beiseite. Dann fuhr er sich über den Kopf. „Gott, das tut weh."

„Du hast es verdient. Gestern nacht hast du den Wodka leer gemacht."

„Nein", krächzte er; in seiner Stimme lag echtes Bedauern. Er ging wieder in sein Zelt und kehrte mit der Feldflasche in der Hand zurück. „Katzengesöff." Er warf die Flasche beiseite, und scheppernd landete sie auf einem Felshaufen.

Mary Ann hörte mit dem Umrühren der Eier auf, als der erste Rauchfaden von der Pfanne aufstieg.

„Was zum Teufel ist diese Pampe?"

„Du kannst es Omelett Avalon nennen. Es ist unser Frühstück."

Er stieß eine Gabel in die Pfanne, kostete und sagte: „Wieviel davon ist Gift?"

Sie nahm die Gabel, schaufelte sich einen Bissen in den Mund und starrte böse zurück.

„Die Hälfte etwa? Na gut, ich bin zäh. Ich halte das aus." Er schaufelte sich die Hälfte des Pfanneninhalts auf einen Teller. Der Argwohn in seinen Augen verschwand nach dem ersten Bissen. „Verdammt, das ist gar nicht . . ."

Mary Ann holte sich eine wiederaufbereitete fettarme Milch und trank zufrieden.

Über das Feuer hinweg blinzelte sie Cadmann zu. „Daß ich zur Kolonie zurückgehe, kannst du vergessen. Ich bleibe hier. Du kannst mich runtertragen, aber ich werde wieder hochklettern. Wenn du mir beide Beine brichst, könnte mich das aufhalten, aber darauf würde ich nicht wetten."

„Du gehst", sagte er. Er aß den letzten Bissen und blinzelte ihr zu. „Gleich nach dem Mittagessen."

„Bleib unten." Cadmann packte sie mit einer Hand am Nacken, als sie sich hinter einem Felsvorsprung am Ostrand des Tafellandes zusammenkauerten. „Verdammte Spätzünder . . ."

Das Geräusch war nicht so laut wie erwartet, aber Mary Ann fuhr dennoch heftig zusammen. Die Sprengladung explodierte im Berg. Felssplitter und Dreckklumpen flogen in alle Richtungen. Cadmann grinste. „Macht Spaß, nicht wahr?"

Vorsichtig half er ihr auf die Füße, schirmte die Augen gegen den Staub ab und betrachtete sein Werk.

Die dritte Sprengung des Tages hatte das Loch im Granitgestein zwanzig Meter über der Ebene vollendet. Es sah dem Eingang zu einem Bergwerk sehr ähnlich.

„Ich begreife nicht, warum du nicht auf der Ebene baust."

„Warst du denn nicht im Lager?" Er sah sie an, und seine Stimme wurde weicher. „Hier gibt es Ungeheuer."

„Ich weiß."

„Also wollen wir – will ich nicht auf der Ebene bauen. Außerdem will ich das Flachland für Anbau verwenden – wenn ich mich zum Bleiben entschließe, wird alles Farmland seine Hektarfläche in Blattgold wert sein. Zweitens Abflüsse – wenn ich in den Hügel hineinbaue, werden Regen und Schmelzwasser direkt abfließen, sofern ich das Dach richtig baue. Drittens Aussicht. Von unserem – meinem Standort aus werde ich den besten Ausblick haben, den es je gab. Viertens will ich, daß wir unerreichbar sind. Ein einziger Pfad, und ich werde ihn bewachen. Ich werde nicht auf einem Berg sitzen und zusehen, wie eins von diesen Ungeheuern mit hundertfünfzig Sachen auf mich zugerast kommt. Und noch eins: Niemand verlangt von dir, daß du hierbleibst."

„Ich bleibe." Sie stellte sich auf die Zehenspitzen und verschränkte die Arme hinter seinem Hals. „Ich liebe dich, Cadmann. Als ich nach Avalon kam, habe ich zuviel verloren. Ich will dich nicht auch noch verlieren."

„Wir machen es auf meine Weise", sagte er. „Wenn es dir nicht gefällt, geh nach Hause. Das hier ist keine Demokratie. Hier oben habe ich das Sagen."

„Alter Chauvinist."

„Ich bin ein Egoist. Ich möchte das nur klarstellen, bevor wir . . . irgend etwas anfangen."

„Ich liebe dich", wiederholte sie.

Er umarmte sie kurz. „Dann laß uns anfangen."

„Womit?"

„Verteidigungsanlagen. Fällt dir etwas an – unserem – Bauplatz auf?"

„Der große Felsen dort."

„Wenn ich ihn ausgrabe, wird er rollen. Also grabe ich. Zuerst Keile darunter. An die Keile setze ich Hebel. Jeder, der ohne Erlaubnis den Pfad raufgeht . . ."

„Jeder?"

„Oder etwas. Wenn es hochkommt und uns nicht gefällt, rollen wir den Felsen runter."

„Einverstanden. Was dann?"

„Terrassen den Hügel herunter. Gemüsegärten. Dann leiten wir Wasser aus dem Bach ab, um das Gemüse und uns bei Laune zu halten. Danach machen wir das Haus fertig."

Mary Ann lächelte unsicher. „Wie lange willst du eigentlich hierbleiben?"

Sofort erkannte sie, daß diese Frage falsch gewesen war. „Bis ich fertig bin. Bis mir wieder danach ist, nach unten zu gehen. Und du kannst sofort gehen, wenn es dir hier nicht mehr gefällt."

Er öffnete ohne ein weiteres Wort die Kiste mit den Werkzeugen und Baugeräten, die er mit dem Skeeter aus dem Lager mitgebracht hatte. Er hinkte immer noch.

6

TROTZ seiner Verletzungen arbeitete Cadmann immer noch, wenn sie schon erschöpft war.

Er arbeitete acht Stunden am Tag, grub, stützte ab, häufte auf . . . errichtete Erdkämme, die später Gartenfläche oder Innenhof werden würden. Keine Anstrengung war vergeblich. Er schaffte niemals Steine oder Erde bergauf. Er baute am Hügel und plante sorgfältig, und jeder Schubkarren aus Erde und Felsen wurde zur wachsenden Gartenanlage nach unten befördert.

Die Ausgrabung begann wie ein kleiner Swimmingpool auszusehen. Er schnitt tiefe Stufen in den Hügel über der Ausgrabung, so daß sie fünf Meter am unteren Rand und zwölf Meter an den Seiten maß.

Wenn Cadmann mit der Morgenarbeit fertig war, streckte er sich und nahm Dideldei mit, um die Fallen zu überprüfen.

Mary Ann begleitete ihn manchmal; sie lernte, die Spanndrahtfallen aufzustellen, die Cadmann für die langsamen, beinahe freundlichen Säugetiere vorbereitete, die er „Dopey Joes" nannte.

Sie lernte auch das Auslegen anderer Fallen: Netze in den Bach, der vom Großen Schmuddelberg herunterfloß, ein schmales Schmelzgewässer, das Cadmann Amazonas getauft hatte. Mit einem großen Korb in der einen und Dideldeis Leine in der anderen Hand erforschte sie den Berg, und dabei fand sie Missy.

Die Fallen waren jedesmal neben den Büschen und Pflanzen aufgestellt, an denen die charakteristischen Nagespuren zu sehen waren. Ein paar Pflanzen erweckten ihre Aufmerksamkeit. Sie waren grün, hatten breite Blätter und wiesen dicke gelbe Adern auf. Die Blüten waren zartrosa, und in ihrer Mitte wuchsen winzige rote Beeren. Keine Blume war zerkaut oder angenagt, aber die Wurzeln und Blätter schienen die Lieblingsspeise eines einheimischen Tieres zu sein.

Als sie sich die Blumen näher besah, bemerkte sie staubige Insektensegmente und weitere tote Tiere auf dem Boden unter den Blüten. Das Wort Gift schoß ihr durch den Kopf.

Hinter dem Gebüsch raschelte etwas, und vorsichtig bog sie die Zweige beiseite. Ein sonderbares pelziges Wesen lag in der Falle; sein Hals war in der festen Nylonschlinge gefangen. Der Joe hatte große orange Augen, die für sein Gesicht fast zu groß waren. Die Augen waren fragend, erschreckt, verwirrt.

Das Geschöpf wand sich und fauchte. Dideldei bellte, und der kleine Joe brach sich beinahe den Hals.

Sie stieß ihn in den Korb und schnitt ihn dann von der Falle los. Er schnatterte sie böse an. „Deine Aufregung kann ich verstehen, Missy", sagte Mary Ann.

Lemure. Er erinnerte sie an einen Äquatorprimaten, der die größten Augen aller Säugetiere hatte.

Sie hielt den Käfig dicht vor ihr Gesicht. „Bist du ein Glücksbringer, Missy?"

Missy fauchte sie an und versuchte, sich in einer Ecke des Korbs zu verstecken. Sie war schlanker als ein Lemure, fast wie eine dicke, pelzige Eidechse.

Auf dem Rückweg zerrte Dideldei plötzlich so hart an der Leine, daß Mary beinahe den Korb fallen ließ. Die Hündin kläffte aufgeregt und versuchte, die Felsen zu erklettern. Missy drehte völlig durch, kreischte und kratzte am Drahtkäfig.

„Dideldei, zurück!" schrie Mary Ann. Widerwillig gehorchte die Schäferhündin. Mary Ann verknotete die Leine fest an einem Stein und kletterte dann hinauf. Missy schnatterte noch lauter.

Plötzlich vernahm Mary Ann einen dünnen, miauenden Klang, der sie an junge Katzen, die nach Milch hungerten, erinnerte. Es waren sechs Babys, die kaum zu strampeln in der Lage waren. Eines rührte sich nicht; es war offenbar tot. Die anderen sahen neugierig zu ihr auf.

Missy kletterte an den Korbwänden hoch, und Mary Ann stupste sie wieder hinunter, dann warf sie büschelweise Avalongras und Blätter in den Käfig, bis der Boden vollständig ausgelegt war.

Schließlich trug sie den Korb zu den Felsen hoch. Sie stützte sich an den Felsen ab, griff in die Vertiefung und zog vorsichtig eines der Jungen hervor. Es biß sie in die Hand – ein Kratzer, der kaum die Haut durchdrang. Mary Ann setzte den Pelzball ab und zog sich einen

Jackenärmel als behelfsmäßigen Handschuh herunter. Dieses Mal fühlte sie die Zähne nicht, als sie den zweiten Joe in den Korb beförderte.

Mary Ann mußte Missy wieder von der Käfigwand hinunterstoßen und dann ein drittes Mal, als sie zu beißen versuchte. Als das erste Junge in den Käfig gelegt wurde, raste Missy im Käfig umher, bevor sie sich endlich beruhigte. Sie beschnüffelte ihr Junges, leckte es und wand sich dann schließlich um das Junge.

Nacheinander setzte Mary Ann die Joes im Käfig ab, dann kletterte sie hinunter. Die Mutter schnatterte sie bösartig an und fuhr dann fort, ihre Kinder zu einem warmen Ball zusammenzurollen.

Mary Ann besah sich den letzten traurigen kleinen Körper und schüttelte den Kopf. „Es wird Zeit, daß wir wieder ins Lager gehen, Dei." Sie band die Hündin los und sah sich um. Was aßen diese Tiere? Die Joes sahen wie Säugetiere aus; das Muttertier würde Milchdrüsen für die Jungen haben.

Es gab mehrere Pflanzenarten, aber was würde die Joe-Familie bevorzugen? Sie entschloß sich für die breitblättrige Pflanze, hinter der die Schlinge verborgen gewesen war. Sie riß eine Beerentraube ab und warf sie in den Käfig.

Mama Joe ignorierte sie.

Jetzt riß sie einige Blätter ab, suchte sie nach den zartesten durch und ließ sie hineinfallen.

Missy beschnüffelte sie und begann zu kauen.

Von absurdem Stolz erfüllt trug Mary Ann den Käfig in das Lager.

Etwas . . . etwas beunruhigte sie an dieser Enklave. Was war es? Eine größere Vielfalt von Pflanzen und Tieren. Das bedeutete etwas, aber was? Warum nur arbeitete ihr Verstand nicht richtig?

Tiefschlafinstabilität. Sag's doch. Akzeptiere es. Versuche nicht länger vorzugeben, daß du über Fähigkeiten verfügst, die dir abhanden gekommen sind. Arbeite innerhalb deiner Grenzen, und lerne langsam hinzu. In Ordnung. Hier stimmte etwas nicht. Aber wenn sie sich genug Zeit und Geduld nahm, konnte sie die Gedankenabläufe, die ihr einst so leichtgefallen waren, wieder rekonstruieren. Und das war wichtig.

Mit dem Korb in der Hand ging sie den Hügel hinab.

INNERHALB von drei Wochen hatte Cadmann den Innenhof und die Stützen errichtet und den Boden seines neuen Hauses festgestampft. Er hatte die Eckpfosten unter Verwendung der leichtgewichtigen Schaumstahlstreben gesetzt und die Wände mit Polyäthylen ausgekleidet.

Die Dachstreben und die zusätzlichen Stützstreben waren jetzt ebenfalls fertig. Cadmann nahm ihr Zelt auseinander und legte es darüber; auf diese Weise bekamen sie ein Notdach und verbrachten die erste Nacht im neuen Heim. Die Nordwand bestand aus Erde, aber die Südseite öffnete sich zu den breiten, hohen Stufen, die Cadmann in den Berghang gegraben hatte.

Ihr Kochherd verlieh dem Gebäude behagliche Wärme. Im Schneidersitz saßen sie in ihrer Zuflucht.

Der Herd und die Körperwärme der beiden Hunde reichten aus, um Mary Ann während des Schreibens zu wärmen. Sie erstellte eine Liste der Pflanzen, die Missy als Nahrung akzeptiert hatte. Bisher waren es sechs Arten.

In der Ferne hörte sie Missys zorniges Schnattern. Mit ihr hatten vier Junge überlebt, die jetzt alt genug waren, um im Käfig herumzulaufen. Wenn man sie züchten konnte . . .

„Dort kommt ein Garten hin", sagte Cadmann zufrieden und zeigte auf die ansteigenden Stufen hinter dem Haus. „Durch die Mitte wird ein Laufweg geführt. Oben können wir Spiegel aufstellen. Wir kriegen die volle Sonne ab – aber das können wir noch besser haben. Wenn wir wollen, können wir unser Dach bepflanzen."

„Ein wenig mehr natürliches Licht wäre schön." Mary Ann faltete das Blatt Papier und steckte es in ihren Rucksack.

In der ersten Woche hatten sie nicht miteinander geschlafen, und als er sie endlich in seinen Schlafsack geholt und geliebt hatte, war es ein wütender, fordernder, selbstsüchtiger Akt gewesen – und sie hatte nichts zurückgefordert. Sie war glücklich. Allmählich nahm das Haus Gestalt an, und das Land wurde mehr und mehr zu Cadmanns und ihrem Land.

In den Wochen, die seit dem Angriff auf das Lager verstrichen waren, schien Cadmann seinen Zorn nach und nach verloren zu haben. Dazu hatte es einer sinnvollen Aufgabe bedurft.

„Morgen werde ich den Kanal ausheben. Ich brauche den Kanal vor der Sprengung. Ich glaube, ich kann den Kanal durch das Haus verlaufen lassen, durch das Wohnzimmer."

„Wozu? Oh, der Amazonas", entsann sie sich. Er wollte Wasser für den Gemüsegarten ableiten.

Es war etwas Eigenartiges daran, dem Mann nahe zu sein, der seine Behausung mit der Kraft seiner Hände und seines Verstandes erbaut hatte.

Cadmann und auch sie fanden wieder zu sich selbst, und sie fühlte sich beschützt.

Cadmann war mit dem Ausgraben der Regendrainage fertig – ein mit Steinen ausgelegter, dreißig Zentimeter breiter Spalt, ein Meter fünfzig lang, neunzig Zentimeter tief, am Hügeleingang ihres Heims. Darin würde der Regen ablaufen, und das war nur ein weiteres der tausend kleinen Dinge, die Cadmann für ihr Haus gebaut hatte, um es sicher und warm zu machen. Für sie beide.

Ihr Heim war jetzt überdacht und mit Gras bepflanzt. Über das Tafelland zogen sich Reihen von Erdbeeren und Kopfsalat, Mohrrüben und Mais.

Vieles davon würde verlorengehen. Sie erwartete am meisten von den Erdbeeren und den Kaktusmelonen. Zwei Truthahnpferche und ein Joekäfig waren errichtet, und als sie die Joes fütterte, freute sie sich bei dem Anblick. Die Jungen hatten sich zu dreißig Zentimeter langen Schönheiten entwickelt, die nur etwas weniger hübsch als junge Füchse und weit besser gelaunt waren. Die Pelze würden nützlich sein, und das Fleisch ...

Eine plötzliche Welle der Übelkeit durchfuhr sie, und sie krümmte sich keuchend und schluckte die saure Flüssigkeit hinunter. Das war schon der dritte Morgen, an dem ...

Morgen? Sie grinste und sah Cadmann an, der am Drainagegraben herumwerkelte.

Mary Ann warf die restlichen Blätter in den Käfig und klopfte sich den Staub von den Händen. „Ich glaube, ich habe Neuigkeiten für Cadmann Weyland, Missy."

NENNT sie Mama.

Mit den Jahreszeiten veränderte sich der Geschmack des Flusses. Eine Zeitlang würde das Wasser träge und kalt dahinfließen. Dann war der Geschmack nach Leben karg; die fliegenden Dinger waren selten; die schwimmenden Dinger waren tot.

Später würde das Wasser schnell fließen und mit sich den Geschmack vergangener Zeiten tragen. Mama hatte Dutzende von Jahreswechseln gesehen. Sie beachtete die uralten Geschmäcker nicht: Blut, Körper oder Ausscheidungen von Lebensformen, die ihre Art schon lange ausgerottet hatte.

Während der heißen Jahreszeit würde das Wasser wieder klar sein und nur die Spuren von Fliegern, Schwimmern und anderen ihrer eigenen Art tragen. Eine ihrer Art lebte flußaufwärts. Eine andere lebte noch weiter oben und war ein Schwächling. Sie lebte dort, wo das Wild so selten war, daß Mama Hunger in ihrer Fährte schmecken konnte. Sie war es nicht wert, getötet zu werden, sonst hätte ihre nähere Rivalin ihr Gebiet übernommen.

Die Welt wurde wieder warm . . . und auf der Insel war etwas Neues. Etwas noch nie Geschmecktes, etwas sonderbar anderes hinterließ Fährten im Wasser. Wenn sie diesen Fährten folgte, würde sie kämpfen müssen, und das war kein Schritt, den man leichtfertig tat.

Ihre Rivalin war jung (Mama konnte das schmecken) und groß. Ihr schwacher Geruch bedeutete viele Tagesreisen flußaufwärts. Wenn Mama ankam, würde die andere gut genährt und ausgeruht sein . . . und Mama ließ sich wieder in ihren Teich sinken. Sie hatte nicht vierzig Jahreswechsel durch Tollkühnheit überlebt.

Wenn ihre Rivalin schwächer wurde, würde sie es schmecken. Ihre Neugier schlief . . . erwachte aber dann, denn Lebendes hinterließ selbst mitten im Winter seine Fährten, und ab und zu rann Blut den Fluß hinab.

Oh, diese Vielfalt! Hier war Blut von etwas, das schwach einem Flieger ähnelte. Das hier mußte ein großer Pflanzenfresser gewesen sein; sie mußte tief in ihrer Erinnerung graben, um etwas Vergleichbares zu finden. Jener schreckliche chemische Gestank war vollkommen unerklärlich: heißes Metall und Magensäure und gründlich verrottetes Gras. Dieser unvertraute Geruch war seinen Bestandteilen nach der Urin eines Fleischfressers, der nicht von ihrer Art war.

Einmal war etwas Lebendiges im Wasser. Sie schnappte danach und kaute nachdenklich darauf herum, versuchte, etwas daraus zu lernen. Ein primitives schwimmendes Wesen, das ein wenig wie ein Schwimmer gebaut war . . .

Die Welt wurde wärmer, als der Fluß sie mit zwei Angehörigen der gleichen Art beschenkte. Sie waren Grundfresser und schmeckten nach Schlamm; trotz der Gegenwart ihrer Rivalin flußaufwärts vermehrten sie sich.

Und das hier war das verbrannte Blut ihrer eigenen Art! Der Geschmack nach Angst und Geschwindigkeit und mörderischer Wut, der Geschmack nach Chemikalien, der Geschmack nach Verbranntem. Wenn Blitze oder ein Waldbrand ihre Rivalin getötet hatte, lag ein leeres Gebiet für sie flußaufwärts bereit. Wenn es eine andere Rivalin gewesen war, dann würde sich Mama einem ansehnlichen Gegner gegenübersehen.

Die Schwimmer waren erschrocken, als Mama hervorschoß. Schwimmer waren nichts: Ihr Geschmack erregte keinerlei Neugier. Aber Mamas Rivalin würde jetzt fett und von vielen Sinneseindrükken aufgeregt sein, und Mama wagte es nicht, sich ihr als hungernde Verzweifelte entgegenzustellen. Seit vielen Jahren hatte sie mit keiner ernsthaften Rivalin mehr gekämpft.

Sie marschierten singend den Berg hinunter.

Dideldei sprang um Cadmann herum. Sie war schlanker und stärker geworden, schien sich aber dennoch auf die Kolonie zu freuen.

Schon einige Meter hinter der Feuerschneise hörte Cadmann Maschinengeräusch. Eine Staubfahne hüllte einen Traktor ein, der das Land bearbeitete.

Die Kolonie hatte sich verändert. Die Felder waren größer geworden, die Gebäude zahlreicher. Trümmer waren keine mehr zu sehen. Jetzt hatte Cadmann sein Heim . . . gemeinsam mit dem einzigen Menschen im Lager, der an ihn geglaubt hatte. Er legte den Arm um Mary Ann. Sie hatte etwas abgenommen, aber ihre Kurven waren immer noch rund, und jetzt . . .

Bald würde ihr Bauch wachsen. Und dann . . . Er warf ihr einen verstohlenen Blick zu. Der lange Marsch hatte sie nicht müde gemacht. Stetig abwärts, rund achthundert Meter Höhenunterschied – wenn ihnen jemand anbot, sie zurückzubringen, würde er es nicht abschlagen. Er war ausgesprochen zufrieden.

Als Cadmann aufsah, rumpelte der Traktor über die kleine Straße auf sie zu.

Er legte die Hand an den Mund. „Heee!"

In seinem Rucksack führte er Häute, getrocknetes Fleisch und sorgfältig gebündelte und beschriftete Proben sämtlicher Pflanzen in der Nähe ihres Lagers mit sich. Cadmann Weyland, der erste Mann in den Bergen!

Der Traktor war so nahe, daß man den Fahrer erkennen konnte – Stu Ellington. „Wenn du noch zwei Tage gewartet hättest, hätte ich den Einsatz gewonnen", rief er.

Cadmann lachte und brüllte zurück: „Wenn du mit mir teilst, verschwinde ich für achtundvierzig Stunden. Wer kriegt ihn?"

Stu brachte den Traktor vor ihnen zum Stehen.

„Eine von den Zwillingen. Phyllis, glaube ich. Schön, dich zu sehen, Cad. Mary Ann. Bleibt ihr ganz?"

„Fürchte, nein. Erste Verhandlungen. Jemand mußte als erster aus der Kolonie gehen."

Stu schüttelte den Kopf. „Ich freue mich, daß ihr wieder da seid, Mann." Er wurde ernst. „Was geschehen ist, tut mir sehr leid."

Mary Ann mischte sich ein: „Stu! Ich glaube, ich habe ein Schweinchen im Pferch!"

„Das ist doch ein Grund zum Feiern!" Stu schwang sich vom Traktor und hielt Mary Ann die Hand hin. Sie sah zu Cadmann, der sie einfach unter den Armen packte und auf den Traktor hob.

„Ich glaube, du weißt, wie man diese Dinger fährt?"

„Kannst drauf wetten", sagte sie glücklich und schaltete. Der Traktor beschrieb einen großen trägen Kreis. Die beiden Männer folgten ihm.

Eine Weile herrschte freundschaftliches Schweigen, dann sagte Stu: „Seit du weg bist, haben wir hier eine Menge neu aufgebaut. Die Verteidigungsstellungen sind wieder einsatzbereit und wurden noch verstärkt. Früher trugen wir Scheuklappen, aber das wird nicht wieder geschehen, dafür garantiere ich."

Vor ihnen erklang Begrüßungsgeschrei, als Mary Ann auf dem Traktor den ersten Pferch passierte. Innerhalb weniger Augenblicke war auch Cadmann von den Kolonisten umringt.

„Cad! Willkommen!"

Stimmen redeten auf sie ein, überlappten sich, verwirrten und taten doch so gut.

Mary Ann hielt den Traktor bei den Maschinenparks an und stieg mit Cadmanns Hilfe ab. Sie glitt mit einer berechnet sinnlichen Grazie in seine Hände, die ihn wachsam machte.

Was machte sie? Sie bewegte sich so betont grazil, wie unsichere Frauen es tun, wenn sie sich . . . einer Rivalin präsentieren, überlegte er.

Sylvia.

Sie trug einen frisch gewaschenen und gebügelten Laborkittel, der einem Umstandskleid ähnelte. Einem Umstandskleid, das sie nicht mehr lange tragen würde.

Sie reichte ihm die Hand und wandte sich dann Mary Ann zu. „Du siehst wunderbar aus."

„Du auch. Ich hoffe, ich mache es dir bald nach."

„Meinst du . . .?" Sylvia umarmte sie fest und streckte dann Cadmann die Hände entgegen. Er nahm sie, sträubte sich, auf sie einzugehen, wollte die Distanz wahren. Im Augenblick der Berührung ihrer Haut zerschmolz etwas in ihm. Er sehnte sich schmerzhaft nach ihr.

„Hat Mary Ann recht? Du hast nicht nur Platzpatronen verfeuert?" fragte sie.

„Nein, jemand hat eine echte dazwischengepackt. Zumindest hoffen wir es." Er zögerte. „Würdest du dich um Mary Ann kümmern?"

„Das weißt du doch." Sie drückte seine Hand. „He, großer Mann – sehen wir jetzt mehr von dir? In einem Monat verliere ich einen Passagier."

Es mußte an seiner Einbildung liegen, aber ihre Hände schienen auf einmal zu glühen, er ließ sie los. „Ich werde es nicht verpassen.

Sobald die Wehen kommen, mache ich mich auf den Weg. Versprochen. Ansonsten . . . habe ich jetzt Vieh und Felder."

„Ich nehme Mary Ann zur Untersuchung mit. Bleibst du zum Abendessen?"

„Aber sicher."

Dann gingen Sylvia und Mary Ann Arm in Arm davon.

Cadmann verlagerte seinen Rucksack und schritt weiter in das Lager. Ein grün gestrichener Gehweg führte durch das Minenfeld. Er folgte ihm und nickte beifällig beim Anblick der Gewehre, die den Pfad schützen sollten.

Er grinste, als ein kleines rosiges Gesicht in einem Tragegestell an ihm vorbeischwebte. Er mußte nicht hier leben, um diese kleinen Gesichter zu lieben. Die Kinder hatten keine Schuld daran, daß ihre Eltern Idioten waren.

Das Veterinärlaboratorium war repariert worden. In der Mitte des Platzes entdeckte Cadmann eine Metallplatte, die im Morgenlicht schimmerte.

Er beugte sich vor und las: „295. TAG, 1. JAHR. ERINNERT EUCH." Diesen Worten folgten dreizehn eingravierte Namen. Er fuhr mit den Fingern darüber.

„Ich wußte nicht, was ich sonst tun sollte", erklärte Zack hinter ihm, und Cad wandte sich um und begrüßte ihn mit einem kräftigen Handschlag.

Zack wirkte hart, drahtig und ernst. „Wir irrten uns – du hattest recht. Es tut mir mehr leid, als ich sagen kann."

„Vergiß es. Laß es einfach nicht wieder passieren."

Zack nahm Cadmann am Arm. „Komm. Ich will dir zeigen, wie wir uns schützen."

„Das Minenfeld."

„Nachts schalten wir es an."

„Und neue Zäune entlang des Abgrunds. Gefällt mir."

„Es wird dir noch besser gefallen." Er führte ihn in die Funkbaracke. Cadmann nahm seinen Rucksack ab. Der Schmerz in Rippen und Hüfte ließ augenblicklich nach.

Im Raum waren zwei weitere Videoschirme aufgestellt worden, und in der Ecke stand ein Feldbett, das vor kurzem noch benutzt worden war. Andy saß in einem Drehsessel und hob grüßend die Hand.

Einer der sechs flachen Videoschirme war dunkel, aber drei andere zeigten die Kolonie aus verschiedenen Winkeln, und zwei überschauten die Insel über die geostationären Satelliten.

„Wir haben das Meeresbeobachtungsprogramm laufen – das ist langfristig. Zudem analysieren wir die Wettermuster, um daraus ein Modell abzuleiten. Eigentlich sollten wir alles von Menschengröße erfassen können, das sich dicht unter der Oberfläche bewegt. Wenn der Computer ein Objekt erfaßt, das sich in unsere Richtung bewegt, wird er uns darauf aufmerksam machen."

Das Bild verwandelte sich zu einer Höhenaufnahme des Meeres. Endlose weiße Wellen rollten vom Westen heran.

Das Meer wirkte ruhig und friedlich, scheinbar ganz ohne Geheimnisse.

„Ich frage mich, ob schon etwas aufgetaucht ist."

„Bisher nichts Bemerkenswertes." Der Schirm flackerte, und ein annähernd fischförmiger Umriß huschte über das Bild. Aus dem Umriß wurde ein Modell. Am Rand spulte eine Tafel ihre Schätzungen ab.

Aufmerksam betrachtete Andy die Zahlen und entspannte sich dann. „Zwanzig Meter lang. Auftauchort liegt fünfzig Kilometer östlich von Landing Beach. Reine Meerestiere, Zack – ich habe sie schon vorher gesehen. Die stellen für nichts, was auf dem Land lebt, eine Bedrohung dar."

„Halt mich auf dem laufenden", meinte Zack. „Schaden an einer Minerva können wir nicht brauchen." Zu Cadmann gewandt, fragte er: „Was kannst du aus dem Hochland berichten?"

„Mary Ann und ich haben Aufzeichnungen geführt. Ich habe Häute von sechs verschiedenen Kleintieren und botanische Proben. Ich will mein Wissen über die Insel gegen andere Dienste eintauschen. Ich werde das Innenland kartographieren und halte euch über alles, was ich finde, auf dem laufenden. Im Austausch will ich Medikamente und Vitamine. Mary Ann sagt, daß der Boden von Avalon nicht über die richtige mineralische Zusammensetzung verfügt."

„Wir brauchen dich, Cad. Wir müssen davon ausgehen, daß das Ungeheuer, das wir getötet haben, zu einer Gruppe gehörte. Wenn es mehr als eins gibt, gibt es viele. Wir werden die Ausbreitung nicht einschränken. Aus dieser Kolonie wird eines Tages eine Stadt werden. Aber wir müssen vorsichtiger sein. Du bist am besten dafür qualifiziert, unsere Verteidigungspläne zu überprüfen und Alternativen vorzuschlagen. Wenn du nicht hierbleiben willst, werde ich nicht versuchen, dich umzustimmen. Wir brauchen einen Außenposten. Jemanden, der uns einen Eindruck davon vermittelt, wie eine einzelne Familie im Südland hinter dem Großen Schmuddelberg zurechtkommen würde. Jemand wird es irgendwann tun, und niemand ist dafür besser geeignet als du. Was meinst du – spielst du unser Versuchskaninchen?"

„Das bin ich schon. Aber Versuchskaninchen klingt besser als Eremit."

„Richtig." Eine schwere Last schien von Zack abgefallen zu sein. „Nimmst du ein paar Werkzeuge mit, um Felsproben zu nehmen? Wir hoffen eine Iridiumschicht zu finden."

„Iridium?"

„Nicht unbedingt Iridium, aber etwas von der Zusammensetzung eines Asteroiden. Hinweise auf einen Dinosaurier-Killer."

„Möglich", meinte Cadmann. „Was ist mit dem Ungeheuer? Es hat sich nicht wie ein Aasfresser verhalten, und was hätte sonst einen Asteroideneinschlag überlebt? Habt ihr die Analyse des Kadavers beendet?"

„Greg hat zuviel von dem Monster eingeäschert. Man kann es ihm kaum zum Vorwurf machen, aber wir haben ein Brikett analysiert! Wir haben ein Bild von einer Zellstruktur, die der der Lachse oder der Pterodons ähnlich ist."

Cadmann beobachtete den Schirm noch eine Weile und verließ dann den Raum. Zack folgte ihm.

Arbeiter wimmelten um den Platz. Sie stellten Tische auf und hängten am Westrand eine orangegrüne Fahne auf . . .

„Eine Feier?"

„Der Jahrestag der Erweckung. Hast du es vergessen?"

„Ich rechne die Zeit seit dem Landetag."

„Die meisten waren noch nicht wach, als wir hier unten waren. Sie sind in der Mehrzahl, Cadmann."

„Stimmt." Er ergriff seinen Rucksack, der auf dem Absatz der Funkbaracke lag. „Wo ist Sylvia? Wir sollten uns unterhalten."

DAS Geschöpf schwebte in der Luft über der Holobühne. Es hatte nur ein Viertel seiner tatsächlichen Größe, aber für Cadmanns Geschmack war es immer noch realistisch.

Marnie sagte: „Das Geschöpf ist amphibisch, und die meisten glauben, daß es vom Festland hierhergeschwommen ist."

„Siebzig Kilometer", meinte Cadmann. „Eine lange Strecke. Warum bist du so sicher, daß es nicht von der Insel stammt?"

„Die Nahrung reicht nicht aus. Eine stabile Bevölkerung muß zahlreich sein. Jedes Paar erzeugt im Schnitt ein weiteres Paar, das bis zur Vermehrung überlebt." Sylvia schaltete den Projektor ab.

Marnie untersuchte den Kadaver eines Joes. Sie drehte ihn auf den Rücken, übte Druck auf die Pfoten aus und räusperte sich, als die kleinen, dunklen Krallen hervortraten. „Du sagst, daß du sie zähmst?"

„Zumindest ziehen wir sie auf. Es ist Mary Anns Projekt. Um eine Bettdecke zu machen, brauchst du eine Menge Pelze. Sie sind nicht alle so umgänglich. Mary Ann beunruhigt etwas anderes."

„Das hat sie mir gesagt."

Marnie zog mit einem Skalpell eine Linie über den rosigen, pelzigen Bauch des toten Joes und schob dann vorsichtig die Haut beiseite, um die Fettschicht darunter zu untersuchen.

„Grundsätzlich", fuhr Marnie fort und verschloß die Hautfalte wieder, „wissen wir kaum mehr, als . . . wir schon vorher hätten wissen müssen. Es ist ungeheuer schnell und unglaublich stark. Die dicken Knochen verleihen ihm einen guten Stand. Die Haut ist einer Panzerabdeckung vergleichbar. Wir haben großes Glück gehabt."

Marnie schob das Seziertablett in ein Kühlfach. „Ich habe Jerry gesagt, daß ich ihn am Zuchtteich treffe", sagte sie. „Wir sehen uns später." Sie glitt leise aus dem Zimmer und ließ Cadmann und Sylvia allein.

Er lehnte sich gegen die Wand, verschränkte die Arme und hatte in Gedanken versunken die Augen halb geschlossen. „Oben am Berg wird es so verdammt still. Manchmal, wenn die Luft ganz ruhig ist und die Hunde am Feuer schlafen, kann ich leise Geräusche von der Kolonie hören. Maschinen. Oder Gesänge. Oder Tierlaute. Es klingt warm und verdammt weit weg." Er sah sie an. Sie war nahe genug, daß er sie hätte berühren können, aber er tat es nicht.

„Ich vermisse dich, Cadmann. Ich wußte nicht, wie sehr."

„Wie geht es Mary Ann?"

„Sie ist bei bester Gesundheit. Drei Wochen schwanger, und sie ist stark wie ein Pferd, und ich wette, daß es ein Junge ist."

„Was meinst du mit ‚ich wette'? Gibt es keinen genauen Test?"

„Spielverderber. Das Raten macht doch den meisten Spaß. Sie freut sich sehr, und sie liebt dich, Cadmann . . ."

Cadmann drehte sich um und starrte auf die Wand. „Ich verändere mich, Sylvia. Es ist dieser Planet. Es gibt so wenige von uns, und wir wissen nichts von ihm. Als Mary Ann mir sagte, daß sie schwanger sei, war ich glücklich . . ., aber es war anders. Ich habe eine Tochter – du wußtest das nicht, oder?"

Überrascht sah Sylvia ihn an. „Nein – es steht in keiner deiner Unterlagen."

Er grinste. „Du hast mir nachspioniert."

Sie streckte die Hand aus und ergriff seine. „Ich habe dich auch vermißt, großer Mann."

„Ich war erst achtzehn. Elva war vierundzwanzig und wollte das Kind haben. Sie fand, ich wäre genetisch ganz brauchbar."

„Da hatte sie wohl recht."

„Ich weiß nur, daß sie es bekommen hat. Am dritten Geburtstag des kleinen Mädchens schickte Elva mir ein Holo. Das war's – sie wollte sich nicht mit einem Ehemann abgeben müssen."

„Hättest du sie geheiratet?"

„Nehme ich an. Und hätte sie auf den Tod nicht ausgestanden."

„Na also."

„Aber allein dieses Wissen. Daß man irgendwo ein Kind hat. Das lernt zu gehen und zu reden und zu schwimmen und zu lesen und alles andere, und du bist nicht da."

„Worauf willst du hinaus?" Ihre Hand schloß sich sanft um seine.

„Daß Mary Ann die Mutter meines Kindes ist, hat mich ins Mark getroffen. Dabei ist es überhaupt nicht wichtig, wie sehr oder wie wenig ich sie liebe. Es zählt nur, daß sie die Mutter meines Kindes sein wird."

„Ich verstehe." Sylvia ließ seine Hand los und stand auf. „Das wird sie auf jeden Fall, und wenn die vorläufige Untersuchung nicht völlig falsch liegt, wird sie eine sehr gesunde Mutter. Paß auf sie auf, Cadmann. Du bist ihr wirklich wichtig."

„Ich weiß. Ich liebe dich", sagte er ruhig. „Ich wünschte, daß es etwas bedeutete."

„Wir gehören nicht nur uns selbst, Cadmann. Es ist keine gewöhnliche Situation, und wir sind keine gewöhnlichen Leute. Aber das habe ich mir ausgesucht, als ich hierherkam."

Die Spannung löste sich.

„Übermorgen ist der Erweckungstag. Bleibt ihr solange?"

„Deshalb also hat mir Zack einen Skeeter geliehen. Es ist eine Verschwörung. Wir kommen wieder. Im Augenblick glaube ich, daß ich allein sein muß. Mit Mary Ann."

„Ich verstehe." Sie streckte ihm die Arme entgegen, und er ergriff sie. Sie war so nahe und so schmerzhaft weit fort.

„Auf Wiedersehen, Sylvia."

„Auf Wiedersehen, Cad."

Er beugte sich vor, berührte ihre Lippen und unterdrückte den Drang, sie heftig an sich zu reißen. Er wußte, daß sie sich nur einen Moment lang gesträubt hätte . . .

Langsam drehte er sich um und ging.

MAMA hatte noch nie die Insel bereist. Ihre Artgenossen mochten keine Besucher. Die Karte in Mamas Verstand bestand nicht aus Entfernungen, sondern aus dem wechselnden Geschmack des Flusses.

Der Teich stank nach Lachsblut, als Mama ihn verließ. Drei Tage später war sie hungrig, jedoch voller Hoffnung. Drei fremde Fische waren ihr zum Opfer gefallen. Es würde mehr geben.

Das Wasser war wieder sauber. Diese Lektion verstand Mama. Sie hatte das verbrannte Fleisch ihrer Tochter im Wasser geschmeckt, aber der zerfallene Kadaver war beinahe sofort wieder verschwunden. Was auch immer ihre Tochter getötet hatte, hatte auch die Leiche gefressen.

Einmal konnte sie vom Rand eines niedrigen Steilhangs springen und einen Flieger fangen, der von unten aufgestiegen war. Sie fing einen weiteren, der über dem Wasser schwebte. Die Flieger waren hier nicht vorsichtig genug. Sie fraß, wann sie nur konnte. Wenn sie bei der Begegnung mit ihrer Feindin halb verhungert war, würde sie viel zu langsam sein. Wenn sie nicht genug Nahrung fand, würde sie umkehren.

Vorsichtig zog sie weiter; sie befürchtete einen Hinterhalt. Lange Strecken lief sie am Fluß entlang, blieb zwischen Felsen und Bäumen und kehrte nur zum Fluß zurück, wenn sie mußte.

Nichts davon war geplant. Mama war nicht vernunftbegabt. Gefühle beherrschten sie. Wut auf das Geschöpf, das ihre Tochter getötet hatte. Hunger: das reiche, mit interessanten Wesen bevölkerte Gebiet flußaufwärts. Neugier: der Drang, zu lernen und zu erforschen. Lust: der Drang, sich mit einem anderen Genmuster als dem eigenen zu paaren. Und Angst, stets die Angst.

Sie bewegte sich langsam und merkte sich das Terrain. Felsen, Ebenen, Grasland, ein zu meidender Wasserfall. Bevor sie umkehren mußte, fand sie interessant schmeckende Fische.

Weiter flußaufwärts wurde es unheimlich. Ab und zu erklangen dröhnende Geräusche. Sonderbare Geschmäcker im Wasser und Gerüche in der Luft: Teer und heißes Metall, brennende fremdartige Pflanzen, zermahlenes Holz. Sie kam nur noch langsam vorwärts. Sie hielt sich in felsigem Terrain auf oder kroch über den Grund, wo der Fluß schnell und tief dahinfloß. Ihr Feind mußte kommen. Er würde Mama finden; er konnte sie jetzt beobachten; er würde wie ein Meteor über das Gelände schießen, das er wie das Innere seines Maules kannte. Mamas Leben würde davon abhängen, daß sie das Gelände ebenfalls kannte.

Es gab weichere Felsen mit Höhlen unterhalb der Wasserlinie. Eine Höhle bot ihr Schutz.

Hier gab es viel Leben, Nahrung war einfach zu beschaffen; hier konnte sie eine Zeitlang auf ihren Feind warten.

Sie entdeckte Wesen, die auf trockenem Boden herumpickten. Im

Fleisch waren Knochen, und die Hälfte bestand aus unverdaulichem federigen Zeug.

Dann entdeckte sie eines Tages etwas viel Größeres. Wenn sie es fangen konnte, würde das Fleisch sie ernähren, bis ihre Beute kommen mußte, um sich mit dem Eindringling zu befassen. Am nächsten Tag kam etwas über das Wasser auf sie zu.

7

PASSEND zum Fest bescherte ihnen die Sonne den ersten schönen Tag des Jahres.

Auf dem mit Bändern und Bannern geschmückten Platz waren Getränke- und Essensstände errichtet worden, denen die Düfte internationaler Küchen entströmten. Die Stände waren jetzt verlassen, da die meisten Kolonisten von den Klängen im Speisesaal angelockt worden waren.

Der Frühling war nach Avalon gekommen.

Über einem handgenähten Overall trug Zack ein grellrotes Paar Hosenträger. Unter seinem Kinn steckte eine Geige, und Cadmann hätte schwören können, daß er ihr tatsächlich Musik entlockte. Zack stampfte und sang auf der niedrigen Bühne theatralisch. Seine Stimme war eintönig, aber lebendig; die Kolonisten tanzten mit lautem Gejohle.

Cadmann lehnte an der Wand, seinen halbgeleerten dritten Bierkrug in der Hand. Allmählich gelang es ihm, sich zu entspannen.

Auf der anderen Seite der Menge tanzte Mary Ann, wirbelte herum, warf den Kopf zurück. Sie fing Cadmanns Blick auf und warf ihm einen Kuß zu, bevor Elliot Falkland ihre Hände ergriff.

Cadmann streckte sich. Schmerzende Stellen, Verletzungen, die noch nicht ausgeheilt waren? Ja, wenn er nach einer Entschuldigung suchte, nicht tanzen zu wollen, konnte er die Schmerzen in der Brust und im linken Arm und in Hüfte und Knie ausmachen. Zuschauen machte mehr Spaß.

Carlos zog sich aus dem Tanz zurück und küßte Ida van Don auf die Wange, als er ihre Hände losließ. Er wischte sich den Schweiß von der Stirn. „Ah, amigo. Ich werde alt. Die Señoritas werden mir zu anstrengend."

„Dann solltest du nicht heiraten."

„Vertikales und horizontales Tanzen sind zwei sehr unterschiedliche Dinge." Er grinste.

„Denkst du eigentlich nie an etwas anderes als an Sex?"

„Das Leben ist kurz. Jeder muß seine eigene große Begabung finden und sie – wie heißt es? – fleißig ausüben."

Gemeinsam schlenderten sie um den Tanzboden auf den Platz, wo Bobbi Kanagawa an einem Essensstand arbeitete. Mit einem langen, dünnen Messer schnitt sie vorsichtig Streifen aus einem Lachs und zerteilte diese Streifen in dünnere Stücke, die sie auf geformte und gepreßte Reisblöcke legte.

Obwohl die Reisfelder noch keine Ernte gebracht hatten, waren sie dennoch vielversprechend genug, daß Zack die Herausgabe eines Teils der Körner an Bord der *Geographic* genehmigt hatte.

Carlos lehnte sich über den Tresen und gab Bobbi einen feuchten Kuß.

Zuerst war sie erschrocken, dann rieb sie ihre Nase an seiner. „Laß mich noch fünfzehn Minuten in Ruhe, dann kannst du mit mir machen, was du willst."

„Ich nehme dich beim Wort, chiquita."

Die Polonaise endete, und die Menge strömte auf den Platz.

Mary Ann drängte sich mit einem Krug in der Hand hindurch. Sie atmete schwer. „Cad, du bist ein Faulpelz. Warum tanzt du nicht?"

„Kriegsverletzung. Beide Beine weggesprengt. Die Medizinmänner haben Mist gebaut und zwei linke Füße angenäht."

Sie streckte ihm die Zunge heraus.

Der Tag war einfach herrlich. Seit dem Frühstück waren Wettbewerbe und Ausstellungen abgehalten worden. Cadmann hatte dem Bogenschießen und den Ringkämpfen zugesehen, aber nicht teilgenommen.

Bald würde das dreitägige Bootsrennen der Flitterpaare stattfinden. Dann der Tanzwettbewerb . . ., es war alles ein einziger herrlicher Irrsinn, aber er ließ sich allmählich anstecken.

Er war angenehm beschwipst. Er fühlte sich wohler im Lager, als er es seit Monaten getan hatte. Aber etwas hielt ihn zurück, sich auch in den Trubel zu stürzen.

Die Stände am Nordrand des Platzes zeigten einen Querschnitt durch die Handwerkskunst der Kolonie. Der Umfang der ausgestellten Arbeiten erfüllte Cadmann mit Überraschung. Eine Weile blieb er vor Carlos' skandalösen Dornholzschnitzereien stehen. Sie hätten gut an die Wand eines nepalesischen Tempels gepaßt, und Cadmann war auf einmal froh, daß keines der Kinder alt genug war, um peinliche Fragen zu stellen.

Die Siedler strebten der Versammlungshalle zu. Offenbar war das Essen fertig. Cadmann folgte der Menge. Neben Terrys Rollstuhl besetzte er zwei Plätze.

Mary Ann brachte zwei Teller mit Bobbis Lachssushi, einem Klacks des kostbaren Meerrettichs, frischer Spinatcreme, frischer Tomatensoße, Vollkornweizenbrot. Das meiste Essen entstammte den Feldern und den Netzen. Avalon machte den Schaden wieder gut, der seinen jüngsten, fremdesten Kindern zugefügt worden war.

Terry aß gemächlich. Er war immer dünn gewesen, aber seit seiner Verletzung hatte er einige Pfunde zugelegt, was sein Gesicht weniger ernst aussehen ließ. „Gefällt mir", stellte er fest.

„Das Essen ist sehr gut", pflichtete Cadmann bei.

„Nein. Du und Mary Ann. Paßt gut zusammen." Terry nahm einen weiteren Bissen. „Wie läuft es bei euch oben?"

„Gut." Cadmann warf einen Blick auf Mary Ann. „Wartet, bis Sylvia das Baby hat, und kommt dann zum Essen herauf."

„Gerne, wenn wir diesen verdammten Stuhl in einen Skeeter hineinbekommen."

„Das wird schon klappen. Oder Carlos macht dir eine zusammenklappbare Ausführung."

Der Projektor wurde in die Mitte der Fläche geschoben. Wie eine Luftspiegelung schimmerte ein vergrößertes Holofeld. Die Lichter wurden schwächer. Das Holobild verfestigte sich, und die Lautsprecher übertrugen Geräusche.

Man sah, wie ein Motorboot in den Fluß unterhalb des Damms heruntergelassen wurde. Es war ein schwarzes, drei Meter langes Oval; festes, elastisches Plastik war über ein Metallgerüst gespannt.

Vorne befanden sich zwei niedrige Sitze und ein Steuerrad. Der Heckmotor sah für das Boot zu groß aus. Der plastikversiegelte Knopf eines Holokassettenrecorders war über dem Mast zu sehen.

Es hatte das Wasser erreicht. Ein zweites identisches Boot wurde daneben heruntergelassen.

Sylvia setzte sich zwischen Cadmann und Terry.

„Du siehst aus, als ob es Zeit wird", sagte Mary Ann.

„Allerdings. Jetzt sagt Marnie, daß es nächste Woche kommt! Cadmann, werde bloß nie schwanger."

„Ich werde daran denken", sagte er.

Jemand brüllte: „Ta-ta-ta-daah!", als Elliot Falkland und seine Verlobte La Donna unter rauhen Zurufen auf die Tanzfläche eilten. Falkland bestand aus großen Ohren und einem Körper, der fast doppelt so dick war wie der von La Donna.

Carlos und Bobbi schlossen sich dem ersten Paar an. Mit einer tiefen, galanten Verbeugung schwenkte Carlos einen breitkrempigen Hut. Irgendwie brachte Bobbi, obwohl in Jeans, einen Knicks zustande.

Carlos lief zu Cadmann und Mary Ann herüber. Er trug eine gelbe Schwimmweste und hautenge Gummihosen. In seiner linken Hand trug er einen Schlafsack. Er und Bobbi würden das Boot bis zum Meer führen und auf dem Weg dorthin campen. Drei Tage später würden sie von einem Skeeter wieder aufgenommen werden und offiziell verheiratet sein.

Cadmann stellte sich vor, daß Carlos doppelt und dreifach überprüfen würde, ob der Aufzeichner ausgeschaltet war, bevor er sich am Abend schlafen legte . . .

„Wünsch mir Glück, amigo. Falkland hat mehr Wassererfahrung als wir."

„Es kommt nicht darauf an, wann, sondern wie ihr dort ankommt."

„Der Verlierer streicht das Haus des Gewinners."

„Viel Glück", sagten Terry und Sylvia im Chor.

Carlos gab den Männern die Hand, küßte die Frauen und hastete dann nach draußen, um die Absenkung seines Bootes zu überwachen.

Der Skeeter spielte mit Zoom und Weitwinkel herum, raste dann auf das Verwaltungszentrum herunter. Geklatsche, Jubel und Stöhnen erfüllten den Raum.

Das Holofeld wurde auf die Größe des Raums erweitert. Das dreidimensionale Luftpanorama war atemberaubend, besonders als es nach links über den Miskatonic zog. Dort wanderte ihre neue Gemeinde Camelot bereits aus dem Bild.

Camelot würde Avalons erste wirkliche Stadt werden, eine dauerhafte Heimat, jetzt, da die ersten Feldfrüchte geerntet worden waren. Camelot bedeckte einen Quadratkilometer mit Häusern, Boulevards, Parks, Erholungs- und Entspannungszentren . . .

Alle Grundstücke waren groß, größer, als sie sich einer von ihnen auf der Erde hätte leisten können.

Die Bootsmotoren waren nicht mehr zu hören, und der Skeeter hob ab, um dem Rennen zu folgen. Wetten wurden abgeschlossen. Wer würde die Stromschnellen als erster durchfahren? Sie waren zwanzig Kilometer vom Nordgebirge entfernt, und es würde eine Zeit dauern, bis die richtige Spannung aufkam.

Inzwischen hatte sich die Band lange genug ausgeruht. Zack wischte sich mit einem Taschentuch über die Stirn und brüllte: „Okay – wir haben genug Zeit, um noch ein paar Runden zu drehen. Auf, Leute – Bewegung!"

Er schulterte seine Geige. Seine Finger bewegten sich flink über die Saiten und erzeugten überraschend melodische Töne.

Überall im Saal bildeten sich Vierergruppen zum Square dance. Mary Ann war eine ausgezeichnete Tänzerin, und ihre Stimmung übertrug sich auf Cadmann. Bevor er es begriff, grinste er, schwitzte und war davon überzeugt, daß er besser als alle anderen den Takt zu halten vermochte.

Nach einer Stunde löste sich der Tanz in spontanen Jubel auf, und Cadmann johlte genauso laut wie alle anderen. Zum Teufel – es ist deine Familie. Du brauchst sie – zumindest braucht Mary Ann sie, dachte er.

Der Holofeldprojektor wurde wieder in die Mitte des Platzes gerollt. Erneut schimmerte die Luft und rief Jubel hervor: Carlos' Boot hatte die Stromschnellen erreicht, und für Cadmann war es leicht, sich in der Illusion zu verlieren.

Er war über ihrem Boot und schwebte direkt über Carlos' Schultern, als dieser das Steuer drehte und das Boot durch das dahinschießende Wasser führte. Das Wasser schäumte jetzt weiß, und dann schrammte ein Felsvorsprung über die Seite des Schlauchbootes. Das Boot hüpfte, und Bobbi schrie entzückt.

Elliots Boot war direkt hinter ihnen, und mit einem Ruck wechselte das Holo die Perspektive. La Donna saß am Steuer, und das Paar amüsierte sich bestens. Wenn das Boot auf Wellen stieß, umfaßten sie einander in gespielter Angst und stellten sich für die Kameras in Pose.

Das Wasser wurde unruhiger, und das Rennen ging jetzt wirklich los. Hier war der Fluß enger und schneller. Elliot drehte seinen Motor noch mehr auf. Mit sicherer Hand führte La Donna sie durch die Felsen. Jeder Strudel war für die Zuschauer von atemberaubender Wirklichkeit. Elliots Boot schoß einen kleinen Wasserfall hinunter, landete mit einem Knall auf dem Rumpf.

Das Bild wechselte wieder zu Carlos, der über die Schultern zu dem sich nähernden Boot sah. Jetzt brach allgemein Geschrei los, das tumulthafte Ausmaße annahm, als das Bild von einer Perspektive zur nächsten glitt; der Abstand zwischen den beiden Booten verringerte sich, und schließlich verlief das Rennen Kopf an Kopf. Der Fluß wurde enger, als er durch eine Lücke zwischen zwei aufragenden Felstürmen hindurchschoß, und Carlos konnte seinen Vorsprung knapp halten, wobei Elliot schnell aufschloß.

Dann waren sie hindurch, der Wasserlauf wurde breiter, und Elliot rammte Carlos von hinten. La Donna kreischte auf, als ihr Boot einen Stein traf und schlingerte. Fluchend mußte Elliot mit ansehen, wie Carlos' Boot wieder davonschoß. Das Hologramm wechselte zu Carlos' Boot und einer triumphierenden Bobbi. Carlos drehte den Motor voll auf, und ihr Boot erhob sich aus dem Wasser und raste auf das Meer zu. Weit hinter ihnen gab Elliot Vollgas und fegte über das aufschäumende Wasser. Felsmauern flitzten vorüber.

Aber dann . . .

„Zurück!" schrie jemand, und plötzlich waren sie bei Carlos' Boot, das in Schwierigkeiten geraten war. Etwas war ganz und gar nicht in Ordnung, und das Boot drehte sich . . .

Noch ein Felsen? Aber Carlos' Gesicht war verzerrt, und er griff nach Bobbi und schrie etwas Unverständliches. Das Boot schien zu kippen, das Holobild zuckte und wurde undeutlich. Das letzte Bild zeigte Felsen und Wasser und Gischtschaum und einen Moment lang Bobbi, wie sie auf einen Felsen zustürzte, wild mit den Armen schlug und unter der Wasseroberfläche verschwand.

ZUERST war ein summendes Geräusch zu vernehmen. Mama befand sich in einiger Entfernung vom Fluß, ihr Maul voller Blut und Federn. Sie hielt nach schwärmenden Insekten Ausschau. Wenn sie das Nest fand, würde sie es fressen . . .

Aber das Summen war jetzt lauter und zu gleichförmig, und es gab keine dunkle Wolke aus Insekten. Mama eilte auf das Wasser zu; sie tat es noch nicht schnell, aber wachsam.

Das Summen kam von einer Flußbiegung weiter oben. Sie konnte die Gestalt des Eindringlings noch nicht sehen. Aber er bewegte sich auf dem Wasser, und zwar schnell.

Endlich. Mamas Augen lagen über dem Wasser. Durch den Schnorchel zwischen ihren Augen holte sie Luft; ihre Lungen pumpten. Geschwindigkeit begann in ihr Blut zu sickern, und ihr Körper fing an zu zischen.

Der verletzliche Schnorchel wurde in den Kopf zurückgezogen. Sie sah den Eindringling kommen – nicht direkt auf sie zu, sie war noch nicht entdeckt worden –, warum war der Eindringling dann bereits schnell?

Aber jetzt war Mama schnell, und sie setzte sich in Bewegung. Das war ihr Gebiet. Sie kannte es gut, lange genug war sie hier gewesen. Als sie den Eindringling erreichte, befand sie sich ebenfalls beinahe oberhalb des Wassers. Sie schlug von der Seite zu. Einen Augenblick lang wußte sie, daß sie gewonnen hatte.

Haut mit wenig Geschmack; etwas wie Metall, aber nicht so fest, zerriß bei ihrem Aufprall und wurde zwischen ihren Kiefern zermalmt. Kein Fleischgefühl, kein Blutgeschmack. Nicht gewonnen: verloren! Und wo war ihr Feind?

Die metallische Haut füllte sich mit Wasser und begann zu sinken. Hinter ihr trieben verwirrende Geschmäcker dahin. Langsam schlugen Dinge im Wasser, Tiere, die zwischen Kämpfern gefangen waren. Sie ignorierte sie. Wo war ihr Rivale?

Immer noch unter Geschwindigkeit fegte Mama auf ihre Höhle zu, bevor sie im toten Winkel angegriffen werden konnte. Am Unterwassereingang wandte sie sich um. Jetzt konnte sie nirgends außer von vorne angegriffen werden.

Mama hob ihre Augen über das Wasser und sah zwei um sich schlagende Tiere. Falls plötzlich das Fleisch ergriffen und unter die Oberfläche gezerrt werden würde, würde sie wissen, daß ihr Feind dort unten war. Aber die Beutetiere wurden strampelnd flußabwärts getrieben, versuchten das Flußufer zu erreichen. Unbehelligt gelangten sie an das Ufer, und unbehelligt stolperten sie vom Wasser fort.

Mama war überlistet worden. Sie hatte etwas gebissen, aber es war kein Fleisch, und wo war ihr Feind?

Da! Genau wie das andere fegte es über das Wasser und beinahe auf sie zu. Es drehte ab, als Mama darauf zuschoß. Der Eindringling stand unter voller Geschwindigkeit und war jung . . ., aber seine Drehung war zu langsam. Sie sprang es an, und ihre Zähne schlossen sich mit schrecklicher Kraft . . .

Um dünne, geschmacklose Haut, splitternde Knochen und weiches Fleisch, das kein bißchen nach Geschwindigkeit schmeckte. Keinesfalls das Fleisch ihrer eigenen Art, und sie war wieder überlistet worden! Sie wurde kaum langsamer. Sie blieb in Bewegung, floh vom Ort ihres Tötens, kurvte in Sicherheit, schlitterte über die rauhe Wasseroberfläche. *Wo ist mein Feind? Wo?*

Hinter ihr schlug Fleisch im Wasser um sich und wurde dann still. Weitere Beute erklomm unbehelligt die Klippe, und das überraschte kaum. Mitten in einem Zweikampf ließ man sich nicht zum Essen nieder.

Wie kann ich meinen Feind heranlocken?

Carlos Martinez zitterte vor Kälte, vor Schreck und Schmerzen. Sein Kopf war verletzt worden, Hautabschürfungen und Kieferbruch, als er Bobbis bewußtlosen Körper vor den Felsen beschützt hatte.

Zusammengekrümmt lag sie auf der Seite. Ihr flacher Bauch zuckte, die Augen waren verschleiert, standen jedoch offen und wanderten ziellos umher. Sie stand unter Schock und hatte wahrscheinlich eine Gehirnerschütterung, aber im Augenblick zählte nur, daß sie am Leben war.

Er kämpfte mit den Schmerzen. Nach wenigen Augenblicken ließen sie nach, und während er sich umsah, massierte er Bobbis Brustkasten.

Wenn der Schnee aus den nördlichen Bergen schmolz, würden der Vorsprung, auf den er sich rettete, und weitere dreißig Meter Felsufer unter Wasser stehen. Innerhalb weiterer neunzig Tage hätte es nicht einmal einen Platz gegeben, auf den sie hätten kriechen können. Er und Bobbi wären gegen steile Felswände geschleudert worden. Wenige hundert Meter weiter nördlich und südlich schlug das Wasser gegen unwegsame Klippen. So erbärmlich dieser Vorsprung auch war, er war ihre Rettung gewesen.

Bald würde Hilfe kommen. Dem Himmel sei Dank für die Holoverbindungen: Das Lager mußte gesehen haben, was geschehen war.

Bobbis Augen öffneten sich. „Carlos . . ., was ist passiert?"

„Wir haben einen Felsen gerammt." Das mußte es sein.

Carlos riß sich das Hemd herunter und wischte damit über Bobbis Gesicht. Er ballte das Hemd zusammen und schob es unter ihren Kopf. Es würde nicht lange dauern. Elliot Falkland kämpfte sich in diesem Augenblick flußaufwärts durch. Innerhalb einer Stunde würde Bobbi behandelt werden, und morgen würde sie darüber lachen können.

Die Kolonie würde jetzt schon Skeeter auf den Weg gebracht haben.

Carlos glaubte, das Brummen eines fernen Motors zu hören. „Ich bin gleich wieder da, chiquita." Er küßte sie sanft. Ihre Lippen fühlten sich rauh und heiß an.

Sie griff nach ihm, zerrte am nassen Stoff seines Unterhemdes. „Nein! Laß mich nicht allein! Bitte!"

Am Fluß wartete Hilfe, und er machte ihre Finger los. „Ich liebe dich. Ich bin gleich wieder da, ich verspreche es. In Ordnung?"

Zitternd und ohne Überzeugung nickte sie.

Carlos stolperte über die Felsen nach Süden auf eine höhere Stelle, von der aus er die Flußbiegung erkennen konnte. Er konnte nur das rauschende Wasser sehen. Auf beiden Seiten ragten die steilen Bergwände hoch: mindestens vierzig Meter eisengrauen, verwitterten Felsens.

Von seinem neuen Aussichtspunkt konnte er nichts hören, nichts sehen, und das verwunderte ihn. Wo war Elliot? Dann sah er es.

Er war ebenfalls gestrandet! Großer Gott!

Reglos lag Elliot auf einem Felsenfleck am anderen Ufer. Er mußte weggeschleudert worden sein. Das zweite Boot bestand nur noch aus Trümmern. La Donna war nicht zu sehen.

Unter Elliots Kopf wuchs ein dunkler, sich ausbreitender Fleck und tropfte in das rauschende Wasser.

Dann sah Carlos das Ungeheuer. Der Schaum wallte auf, und das Monster brach aus dem Wasser hervor und griff wie eine zustoßende Schlange nach Elliot. Elliots Körper zuckte, dann verschwand er in den Wellen.

Ein entsetzlicher eisiger Schauer durchfuhr Carlos und betäubte ihn. Aber danach begann sein Verstand wieder zu arbeiten: Wenn er nicht sehr genau überlegte, würde Bobbi sterben. Was sollte er tun? Das Monster würde sie finden.

Tu etwas. Handle! In spätestens einer halben Stunde sind wir gerettet. Das Lager ist jetzt besser vorbereitet. Sie haben das Rennen beobachtet! Sie müssen bereits wissen, womit sie es zu tun haben.

Und Cadmann ist wieder im Lager.

Carlos kletterte zu Bobbi zurück. Erschöpft legte sie ihm die Arme um den Hals. „Carlos? Was ist los?"

„Wir müssen hier weg."

„Warum?" Ihr Kopf fiel zurück. Sie hustete krächzend. „Warum können wir nicht hierbleiben? Es tut weh. Ich bin so müde."

„Wir müssen besser sichtbar sein, damit der Skeeter uns findet." Er hob sie auf die Beine. Sie war leicht wie eine Feder. „Komm schon, Schatz." Er bückte sich, zerrte sein Hemd auseinander und zog es über einen Arm.

Halb zog, halb hob er Bobbi über die erste Felsenreihe, dann orientierte er sich. Sie mußten vom Fluß weg, aber noch fünfundzwanzig Meter über die Felsen, und sie würden sich an der Steilwand befinden.

Über dem Felskamm hatten sich die flaumigen weißen Wolken verdunkelt, als ob sie einen plötzlichen Wolkenbruch ankündigten. Die Luft war kalt geworden. Grimmig dachte er, daß es wie ein verdammt guter Platz zum Sterben aussah.

Es gab eine Möglichkeit. Aber sie mußten sich dazu trennen. Er beobachtete seine Fußspuren, zerrte Bobbi mit sich, zog, schmeichelte, trieb sie vorwärts. Er zerkratzte sich Arme und Beine, schützte sie, so gut er konnte.

Der Weg wurde jetzt steil, und zweimal stürzten sie beinahe. Einmal rutschten sie ab und zerschrammten sich Hände und Knie. Er schob sie wieder hoch.

Seine Muskeln schmerzten, doch unermüdlich half er ihr den steilen Hang hinauf. Sie rutschten erneut aus, und dieses Mal fuhr ihr Oberschenkel über einen spitzen Vorsprung, der eine klaffende Wunde riß.

Verdammt! Er riß das Hemd herunter und wand es um ihr Bein. Plötzlich kam ihm ein Gedanke.

Links über ihnen befand sich ein schmaler Einschnitt, der von unten so gut wie unsichtbar war. Eine einzelne Person konnte sich vielleicht darin verbergen.

„Komm, geh weiter." Sie mußte seine Furcht gespürt haben, denn jetzt sah sie auf den schäumenden Fluß hinunter.

Carlos hob sie in den Einschnitt. Perfekt. Es gab sogar einen leichten Überhang. Wenn sie weiter hineinkroch, würde sie in Sicherheit sein.

Er band den hastig angelegten Verband wieder auf und knotete das Hemd zu einem Druckverband zusammen, den er über die Wunde legte. Blut sickerte in einem trägen Rinnsal hervor.

Er sah zum Fluß zurück. Noch nichts. Jetzt konnte er sich erinnern: das Ungeheuer in der Kolonie, als es in mörderischer Wut durch die Scheinwerfer raste.

Er erschauerte. „Hör mir jetzt zu", sagte er und kniete sich neben Bobbi. „Ich habe dich angelogen. Wir sind nicht hier oben, um einem Skeeter unsere Entdeckung leichter zu machen. Wir sind hier oben, weil ein anderes dieser Geschöpfe im Wasser ist. Ich muß eine Spur legen, die von dir fort führt."

Ihre Augen weiteten sich. Ihre Fingernägel gruben sich in seinen Arm. „Aber, Carlos . . ."

„Hör mir zu", flüsterte er heftig. „Du hast doch gesehen, was diese Monster anrichten können. Ich will nicht die kleine Chance aufgeben, die wir noch haben."

Bobbi bewegte sich schwerfällig und versuchte, sich aufzusetzen.

„Dein Bein ist schlimm dran. Mach es nicht noch schlimmer." Carlos drückte sie wieder hinunter.

„Ich habe eine Chance", sagte er. „Ich glaube nicht, daß diese Wesen gut klettern können. Sie sind zu schwer. Ich kann diesen verdammten Berg hochklettern und es so lange ablenken, bis jemand kommt. Das kann nicht lange dauern. Wenn ich fort bin, geh so weit in die Schatten zurück, wie es nur geht. Halte so lange wie möglich den Druck auf dem Verband aufrecht."

„Carlos . . ."

Er suchte die richtigen Worte. Schließlich hielt er sie einfach fest und sagte: „Ich liebe dich."

Er kletterte hinab und betrachtete ihren Unterschlupf. Sie konnte von unten nicht gesehen werden. Blieb also nur der Geruch.

Er machte an dem Felsen halt, der ihr das Bein aufgerissen hatte. Blutflecken klebten überall. Er suchte, bis er einen faustgroßen Stein gefunden hatte. Damit schlug er auf den Vorsprung ein, bis er barst. Er klaubte die Bruchstücke zusammen und schleuderte sie mit aller Kraft von sich.

Es gab keine Garantie, daß seine List erfolgreich sein würde, aber eines wußte er ganz sicher: Er mußte eine stärkere Geruchsspur legen, der das Monster folgen konnte.

Das tat er auf die einzig mögliche Art und Weise und war froh, daß er noch genug in seiner Blase hatte .

Er begann zu klettern. Wieviel Zeit war seit dem Zusammenstoß verstrichen? Zwanzig Minuten? Es kam ihm wie eine Ewigkeit vor. Aber der Skeeter würde kommen! Er befand sich jetzt oberhalb von Bobbi, und er sah, daß sie weiter zwischen die Felsen gekrochen war. Braves Mädchen.

Jetzt war er hoch genug an der Felswand, daß er zum Fluß hinunter sehen konnte. Dort war der Blutfleck, wo Elliot auf den Felsen aufgetroffen war. An der Flußbiegung hingen die Bootstrümmer in den Felsen. Im Süden gab es nichts als den rauschenden Fluß. Wo blieben die Rettungsskeeter?

Im Wasser erkannte er eine Bewegung; stetig und unerbittlich wie ein Titan kam etwas daraus hervor. Er schrie unwillkürlich auf.

Es glich dem ersten Ungeheuer, war nur viel größer und fleischiger. Es hielt inne, als überlege es, und starrte ihn dann direkt an . . .

Dann verschwamm es, als ob es aus dem Wasser herausgeschossen worden wäre. Es überquerte die Felsen, hielt einen Moment an, raste dann die Wand empor – hielt inne, kam mit Zickzacksprüngen näher und rannte dann beinahe geradewegs auf ihn zu.

Carlos versuchte die Augen zu schließen, im Dunkeln auf einen schnellen, schrecklichen Tod zu warten, aber das Ungeheuer schoß neben ihm vorbei und weiter, bis es auf einem Grat zwischen ihm und dem oberen Rand der Felswand kauerte.

Das Geschöpf ignorierte Carlos vollkommen, als es den Fluß und die Felsen unten absuchte.

Abgesehen vom sich ruckartig bewegenden Kopf stand es völlig reglos, vermittelte aber dennoch wie ein auf Leerlauf geschalteter Motor den Eindruck von Bewegung.

Wonach suchte es? Nach weiteren Booten? Was immer es auch tat, es sah nicht auf Carlos.

Es kann sich schneller bewegen als alles, was ich je gesehen habe. Schneller als alles, wovon ich je gehört habe. Ich kann ihm nicht weglaufen.

Die Felswand war steil. Ein Fall würde ihn töten. Besser das als das Monster, dachte er, aber er konnte nicht springen. Er brachte seine Hände dazu, nicht mehr zu zittern, griff nach unten, fand einen Halt, prüfte ihn. Er ließ sich ein paar Zentimeter hinab, fand einen neuen Halt, und dann . . . knurrte das Geschöpf wie ein Bohrer, der in Metall biß. Carlos sah zu seinen großen Augen auf. Die Botschaft darin war kaum mißzuverstehen: Wo zum Teufel willst du eigentlich hin?

„Oh, nirgends", murmelte er unterdrückt. Das Geschöpf beobachtete ihn noch einige Sekunden lang und wandte sich dann ab.

Carlos preßte sich an die Felswand; er konnte sich zu keinem weiteren Schritt entscheiden. Ist es verrückt? Ein irrsinniger Gedanke. Carlos lachte, und es drehte sich um und sah ihn wieder an, und das Lachen blieb ihm in der Kehle stecken. Es sah wieder zum Fluß hinunter.

Am Ufer lag die Beute im Sterben. Zwei weitere Beutetiere erkletterten die Steilwand. Der Feind mußte sie als sein Eigentum betrachten. Mama überlegte ihren nächsten Zug.

Von den beiden kletternden Beutetieren war eins verschwunden. Das letzte war auf halber Höhe der Felswand. Sie konnte einen Großteil der Wand übersehen, und dort zeigte sich keine Gefahr. Ihr Feind konnte sich im Wasser aufhalten oder auf dem Gipfel des Steilufers. Sie bezweifelte keinen Augenblick, daß er ihr auflauerte.

Entlang der Felswand gab es Halt. Mama stand bewegungslos im weißen Schaum und suchte sich ihren Weg aus. Dann setzte sie sich in Bewegung. Über das brodelnde Wasser, über Felsspalten hinweg, mal schnell, mal langsam tanzte sie hinauf. Innerhalb von Sekunden befand sie sich auf halber Höhe der Wand und hockte auf einem Grat über lebender Beute.

„Aber was könnte denn passiert sein?" fragte Zack verzweifelt.

Cadmann führte Skeeter eins durch den Canyon über dem Fluß. Die Westseite des Canyons wurde jetzt schnell dunkel. Die kleinere Sonne warf schärfere Schatten, als er es von der Erde her gewohnt war. Die Einschätzung von Entfernungen wurde dadurch erschwert. Cadmann führte den Skeeter dichter an die in hellem Tageslicht liegende Ostwand heran. „Weiß nicht. Verdammt schönes Land hier."

Zack holte Luft. „Es war ein Felsen, Cadmann, es muß ein Felsen gewesen sein."

„Ein Felsen, der zwei Boote erwischt?"

„Warum nicht? Und wir wissen nicht, ob Elliots Boot zerstört ist . . ."

„Von wegen." Cadmann machte eine ärgerliche Geste. „Du kannst dir in Sachen Interpretation vielleicht etwas vormachen, aber nicht darüber, was wir gehört haben. Und das letzte, was wir hörten, war La Donnas Schrei. Und das letzte, was wir sahen?"

D. Rottermund 1991

„Was du sahst. Ich habe das Band abgespielt, und ich habe das, was du gesehen hast, nicht gesehen."

„Etwas Dunkles war im Wasser, in der Nähe von Carlos' Boot, und ich schwöre, daß es sich quer zur Strömung bewegte . . . Nun gut, schwören würde ich nicht." Cadmann sprach in seine Komkarte. „Skeeter zwei."

„Hier", antwortete Stu Ellington.

„Wir erreichen jetzt die Flußbiegung. Du fliegst quer durch den Canyon zu den Stromschnellen und wendest. Wir beginnen am oberen Ende mit der Suche."

„Roger. Verdammt, bin ich froh, daß du dabei bist."

„Ich auch", sagte Zack. „Ich hoffe immer noch, daß wir nicht . . ."

„Niemand mußte dich daran erinnern, dein Gewehr mitzunehmen. Und ich will verdammt sein, wenn dieses Ersatzmagazin nicht mit Brandgeschossen geladen ist."

Zack grunzte. „Ich mache in der Beziehung keine Fehler mehr."

Skeeter zwei umrundete die Flußbiegung vor ihnen, als Stus Stimme über Funk erklang. „Ich habe weiter unten Trümmer gesichtet, aber keine Anzeichen von – verdammt! Auf neun Uhr!"

Cadmann blickte nach rechts, und einen Augenblick lang sah er nur die steile Felswand.

Dann blickte er genauer hin und sah das Geschöpf ein paar Meter über Carlos hocken.

„Überrasche es! Schieße bei Zielerfassung!" befahl Cadmann. „Zack, der erste Schuß muß sitzen. Vielleicht vergißt es Carlos und rennt zum Fluß. Stu!" brüllte er in das Funkgerät. „Überprüfe den Fluß und halte nach weiteren Monstern Ausschau!"

„Such auch nach Elliot, La Donna und Bobbi", sagte Zack.

Cadmann zog den Skeeter herum, so daß er zwanzig Meter von der Canyonwand entfernt auf der Stelle schwebte.

„Jetzt!" brüllte er.

Zack riß das Gewehr hoch und feuerte eine Salve ab. Leere Hülsen schwirrten in einem glitzernden Bogen aus der Gewehrkammer.

Das Monster wandte sich dem Skeeter zu, schwenkte weiter, suchte hastig den Fluß und die Felswand ab und kehrte zum Skeeter zurück.

Cadmann sprach in sein Helmmikrofon. „Carlos! Halte durch, amigo!" Seine verstärkte Stimme dröhnte durch den Canyon.

Carlos konnte sich kaum rühren, seine verkrampften Hände und Arme schmerzten. Er sah nach dem Skeeter, dann preßte er seine Wange wieder an den Fels.

„Was macht es da oben?" fragte Zack verzweifelt.

Es achtete mehr auf seine Flanken als auf Skeeter eins. Es leckte an den Einschußstellen.

Zack feuerte erneut eine Salve ab. Das Geschöpf prallte zum Felsen zurück. Sein Blick ruhte einen Augenblick auf ihnen, dann sah es blitzschnell nach links und rechts und sprang. Es rannte die Wand schneller als ein fallender Stein hinab und raste auf den Fluß zu. Cadmann konnte den Skeeter nicht schnell genug drehen, um es zu verfolgen.

Skeeter zwei fegte gerade über den Fluß, als das Geschöpf eintauchte.

Cadmann sprach über den Verstärker. „Okay, amigo, du kannst jetzt herunterkommen." Er wechselte auf Funkverkehr. „Stu. Hast du . . .?"

„Ich habe es, Cad. Nicht deutlich: Das Wasser ist zu aufgewühlt. Aber es sieht so aus, als ob sich da unten ein Höhleneingang befindet. Ich würde sagen, wir haben es in der Falle."

Cadmann frohlockte innerlich. „Bleib drüber. Wenn es sich zeigt, erschieß es!"

„Roger. Cad", meldete sich Stu wieder. „Wir haben die Reste von beiden Booten gefunden. Elliot ist tot. Bobbi und La Donna sind verschwunden."

„Bleib über der Höhle. Wir suchen nach den Frauen."

„Was ist mit Carlos?"

„Er bewegt sich", sagte Cadmann. „Wenn er den Rand erreicht, werden wir sehen, ob er Hilfe braucht. Von hier aus kann ich im Augenblick nichts unternehmen." Er wandte sich zu Zack. „Ich könnte dich unten absetzen, und du wartest auf Carlos . . ."

„Nein", preßte Zack hervor. „Wenn wir warten, wird es dadurch nicht leichter."

Cadmann steuerte den Skeeter flußabwärts. Sie suchten nach etwas, was sie nicht wirklich finden wollten.

CADMANN stand am Ufer und sah zu, wie das Wasser über die Felsen kochte. Irgendwo unter dem Schaum befand sich das Monster, das Elliot und La Donna getötet und Bobbi verletzt hatte. „Du wirst dort unten sterben", flüsterte er.

Hinter ihm erklang plötzlich ein Geräusch, und instinktiv wirbelte Cadmann mit angelegtem Gewehr herum.

Carlos klopfte eine Zigarette aus einer Schachtel. „Rauchen?"

„Nein, danke."

Carlos zuckte die Achseln. „Absurd, daß ich dir etwas geben will. Eine Zigarette . . ., einen Händedruck?"

Cadmann streckte die Hand aus.

„Danke, Cadmann. Ich hatte bis jetzt nie begriffen, was du durchgemacht hast." Er stieß eine lange Rauchfahne aus. Seine Hände zitterten. „Bobbi kommt wieder in Ordnung. Nicht wahr?"

Cadmann schwieg betreten.

Skeeter zwei schwebte immer noch über dem Miskatonic. „Wenn die Höhle keinen zweiten Ausgang hat, dann haben wir das verdammte Ding festgenagelt, stimmt's?"

„Stimmt." Skeeter sechs flog heran, unter ihm schwang das große Frachtnetz. Cadmann sah Carlos an. „Bist du in Ordnung?"

Carlos zertrat die halbgerauchte Zigarette. „Ich zittere. Ich werde damit fertig. Am besten, indem wir dieses Ungeheuer umbringen. Was hast du vor?"

„Wart es ab."

Das Frachtnetz unter dem Skeeter war beladen, und der Pilot senkte es hinab. Als es auflag und ausgeklinkt war, landete der Skeeter, und Jerry stieg aus. Er trug ein Gewehr über der Schulter und einen schweren Werkzeugkasten in der rechten Hand. Skeeter sechs löste Nummer zwei über dem Fluß ab.

Jerry schlug Carlos auf den Rücken und gab Cadmann die Hand. „Das Lager ist in Aufruhr, aber ohne Panik. Wir sind unterwegs."

Sie gingen zum provisorischen Unterstand, wo Stu und Andy Ausrüstungsgegenstände auspackten. Zack flog Bobbi ins Lager zurück.

Es wurde kaum gesprochen, jeder wußte, was er zu tun hatte. Ein weiterer Skeeter brachte Männer und Ausrüstung heran.

Cadmann nickte befriedigt. Die Siedler reagierten schnell und vernünftig. Vielleicht erforderte es erst eine Tragödie, bevor ihr Überlebenswille vollends erwachte.

Sie gingen zu den Passagieren des letzten Skeeters. Cadmann nickte. „Wir müssen uns beeilen. Es ist schwer verletzt . . ."

„Wir könnten es einfangen", warf Jerry ein. „Falls es irgend geht, müssen wir es einfangen, Cadmann."

„In Ordnung, Jerry, aber erwarte nicht, daß ich ein Risiko eingehe. Ich stelle die bestmögliche Falle. Wenn es klappt, bekommen wir es lebend. Wenn etwas schiefgeht, bringen wir es um."

Gemeinsam gingen sie zum Felsrand über den wirbelnden Tiefen des Miskatonic. Sie konnten nur wenig erkennen. Cadmann berührte seinen Kopfhörer. „Irgendwelche Anzeichen, daß sich etwas rührt?"

„Noch nichts. Sobald sich etwas tut, geben wir Bescheid."

„In Ordnung."

Die Flußtiefen waren dunkel und kalt, und irgendwo dort unten lauerte das Ungeheuer. „Du gehörst mir", flüsterte er.

8

Cadmann winkte einem wartenden Harpunier zu, erhielt ein Nicken und tauchte auf. Um ihn schäumte der Miskatonic. Selbst mit Bleigürtel und Halteleine brachte ihn die Strömung aus dem Gleichgewicht. Der Taucheranzug verlangsamte jede Bewegung. Doch dieses Handikap mußte er in Kauf nehmen. Schon mancher hatte durch seinen Taucheranzug einen Haiangriff überstanden. Ein Taucheranzug schmeckte nicht nach Blut; und wenn ihn etwas zerriß, wirkte er wie ein Verband.

Die Verankerung des Netzes war ein Alptraum gewesen: Zwei Männer hämmerten und verschraubten meterlange Pfosten in den Schlamm und den Felsen um die Höhle, ein dritter Mann stand mit Suchlicht und Harpunengewehr bereit. Das Netz war stärker als Stahlkabel, dünn wie Spinnweben und bestand aus einem synthetischen organischen Polymer, das für Jahrhunderte des normalen Gebrauchs vorgesehen war.

Normaler Gebrauch. Cadmann lächelte. Das, was ihnen heute abend bevorstand, konnte kaum als normal bezeichnet werden.

Er griff über seine Schulter, um den Atemapparat zurechtzurücken. Sehr leicht, sehr stabil, für Unterwasserreparaturarbeiten vorgesehen. Er war für eine Stunde tauchen gut und für die Hälfte bei „heftiger Aktivität". *Das wird reichen. Eine halbe Stunde Kampf mit diesem Ungeheuer, und dann wird der eine oder der andere von uns keinen Sauerstoff mehr brauchen.*

„Cadmann, hier ist Sylvia."

„Ja?"

„Ich habe die Aufnahmen analysiert. Das Wesen muß amphibisch sein. Vielleicht verbringt es mehr Zeit unter Wasser als auf dem Land."

„Mhm. Danke. Noch was?"

„Nein – sei nur vorsichtig."

„Ja." Er streckte sich und tauchte hinunter, um sich den anderen anzuschließen, die am Netz arbeiteten. Er spürte den beruhigenden Druck von Zacks „Monsterkiller" an seinem Schenkel . . .

Moscowitz hatte ihnen einen Fänger versprochen. Joe Sikes' Maschinenwerkstatt hatte ihn geliefert. Das Gerät sah wie eine Pistole mit einem gerippten schwarzen Plastikgriff aus. Vor dem Handgriff befand sich eine Munitionskammer, die Spezialgeschosse mit Stahlmantelspitzen enthielt, in denen sich genügend Explosivstoffe befanden, um einen Skeeter abzuschießen.

Das sollte es aufhalten, und das Netz sollte es festhalten. Hoffentlich hält das Netz auch.

Er schwamm zum Höhleneingang und winkte zu den Harpunieren hinüber, die die Arbeiten beobachteten. Einer winkte zurück und schloß sich Carlos auf der anderen Seite der Höhle an.

Cadmann ruckte an den meterlangen Stachelpfosten, die die Ecken des Netzes festhielten. Sie gaben nicht nach. Wenn der Felsen hielt, würde das Netz auch halten.

Sie tauchten auf, stolperten erschöpft aus dem Wasser und rangen nach Luft. Hinter der Westwand war die Sonne untergegangen; bald würde es dunkel werden.

Das provisorische Lager war von bewaffneten Männern und

Frauen umgeben. Verpackungen und Lattenkisten waren auf einen freien Platz aufgetürmt worden; aber sie lagen nicht im Weg und würden dem Monster kein Versteck bieten. Auf einer leeren Lattenkiste standen zwei Maschinengewehre.

Schwacher Brandgeruch hing in der Luft. Die leise, stetige Vibration eines Schweißbrenners ließ den Boden erzittern. Nahe beim Zelt brummte ein Generator. Mehrere Kabel verbanden ihn mit zahlreichen tragbaren Scheinwerfern auf allen Seiten, die den gesamten Platz in helles gelblichgrünes Licht tauchten.

Skeeter flogen über den Fluß. Ihre Scheinwerfer erzeugten gelbe Ovale auf dem Wasser. Mit Explosiv- und Brandgeschossen ausgerüstete Posten machten in Schichten die Runde, während die Techniker ihre Zelte errichteten und ihre Ausrüstung überprüften. Ein Skeeter flog einen zweiten Generator ein.

Eine Zeltklappe hob sich, und Jerry winkte ihnen zu. „Hierher."

Cadmann nickte und ging mit Carlos zum Zelt. Er bückte sich und trat ein. In der Ecke brannte ein Gasheizgerät, und die Luft war stickig warm.

„Was gibt es, Jerry?"

„Alles, was du haben wolltest." Er hielt einen Plastiksack hoch. „Das sollte genügen."

„Prima. Wie sieht es mit den anderen Vorbereitungen aus? Andy?"

Der große Ingenieur breitete ein Blatt auf dem Tisch aus. „Der Tiefenradar zeigt ein Höhlennetz an, das mindestens einen Kilometer in das Gebirge hineinreicht. Es wäre Selbstmord, da hineinzugehen."

„Es gibt keine Möglichkeit, das Monster umzubringen und sich dessen sicher zu sein, wenn wir nicht hineingehen. Das weißt du."

„Das gefällt mir überhaupt nicht." Jerry überlegte. „Okay, du könntest recht haben. Es könnte Junge geben. Oder Eier. Und es ist jetzt verwundet. Es gibt keinen besseren Zeitpunkt, aber es gefällt mir immer noch nicht."

„Mir auch nicht, aber hier oben macht ihr es so gut, wie ihr könnt, und wir müssen nur noch eine Leiche einsammeln."

„Mehrere Leichen, wenn es Junge hat. In Ordnung. Kommt."

Jerry führte sie hinter das Zelt, wo ein Laserbohrer ein Loch in den Boden hineinbrannte. Die Männer, die ihn bedienten, trugen Schutzbrillen gegen das grelle Licht. Aus der Höhlung quoll zischend geschmolzener Felsen, floß wenige Zoll über den Boden, erkaltete dann und erstarrte in Pfützen.

Dreißig Meter weiter sengte ein weiterer Bohrer ein Loch durch den Felsen, und hinter einer Bodenerhebung konnte Cadmann das grelle Licht eines dritten Gerätes ausmachen.

Plötzlich schaltete sich der Laser ab, und jemand schrie: „Wir sind durch!"

„Schiebt den Schlauch durch." Zwölf Meter flexiblen Metallschlauches wurden hindurchgetrieben. Das obere Ende wurde an eine Pumpe und einen großen Kanister angeschlossen.

„Was haben wir denn da?" fragte Cadmann neugierig.

„Eine Art Napalm, nur bösartiger. Brennt länger und heißer. Die obere Schicht wird verdampfen. Wenn wir es hochgehen lassen, gibt es eine Druckwelle, die alles dort unten töten müßte. Die Rückstände sind giftig, es verbraucht den Sauerstoff dort unten."

Andy holte tief Luft. „Seid ihr Jungs fertig?" Cadmann und Carlos nickten. „Dann auf."

Diesmal hielt Carlos die Harpune bereit, während Cadmann mit der Messerspitze in den mit Menschenblut gefüllten Plastiksack stach, den Jerry aus der Klinik mitgebracht hatte. Einen Augenblick leistete der Beutel Widerstand, dann sackte er in sich zusammen. Der Inhalt ergoß sich oberhalb der Höhle in den Fluß. Dunkel strömte das Blut durch das Lampenlicht, wurde dann in die Höhle hineingesaugt und verschwand. Wenn es klappte, würde das Ungeheuer aus der Höhle heraus in das Netz rasen.

Gespannt warteten sie und hielten sich dabei an Ankerhaken fest. Cadmann lauschte dem Seufzen seiner Atemzüge, während er sie durch das Atemgerät preßte. Sie warteten, aber nichts regte sich.

Nach zehn Minuten tauchten sie wieder auf. Cadmann spuckte sein Mundstück aus und fluchte heftig.

Zack half Carlos über eine rutschige Stelle. „Laßt uns Plan zwei versuchen."

Andy stand an der Pumpe und wartete auf ein Handzeichen von Zack, bevor er die explosive Flüssigkeit in den Boden fließen ließ.

„Wenn die Bestie sich da drin aufhält", sagte er mit offensichtlicher

Genugtuung, „wird ihr das hier das Leben reichlich sauer machen."

Cadmann nickte und setzte sich.

„Räumt die Löcher!" brüllte Andy einige Zeit später. Der Schlauch wurde herausgezogen und die Pumpen und Fässer zur Felswand gerollt.

Ein mit einem Sprenghebel verbundener Draht wurde durch die Bohrlöcher hinuntergelassen. Andy setzte sich zu Cadmann und Carlos.

„Bereit?"

„Falls du das gesamte Ufergebiet absacken lassen willst, solltest du uns ein wenig Zeit zum Abhauen lassen."

„Ach was. Unter uns befinden sich mindestens acht Meter soliden Gesteins. Wir haben bereits genügend Löcher ermittelt, die den Druck ablassen werden. Kein Feuerwerk. Aber Erdbeben. Fertig?"

„Ja."

Er schaltete das Funkgerät an. „Zwei und drei?"

„Alles klar."

„Sehr gut. Bei Null. Drei, zwei, eins . . ."

Cadmann kniff die Augen zusammen, als Andy laut „null!" sagte und den Hebel hinunterpreßte. Es gab einen dumpfen Knall, der den Fels unter ihnen erschütterte, und ein flammengesäumter Rauchstrahl entwich aus dem Loch.

Ein zweites, stärkeres Beben erfolgte. Dann herrschte Schweigen bis auf ein stetiges Zischgeräusch. Cadmann nieste, als er den schrecklichen chemischen Gestank auffing.

Andy stand auf. „Falls es da unten war, sollte es jetzt tot sein."

„Wann können wir runter und nachsehen?"

„Sofort, wenn ihr wollt."

„Alles klar. Zack?"

Zack meldete sich über Funk.

„Zack, hier Cad. Ich brauche das Dutzend Männer, das du mir zugesagt hast."

„Du bekommst sie. Wir werden die letzten beiden aus dem Lager einfliegen lassen. Dauert etwa zwanzig Minuten."

„Zwanzig Minuten", überlegte Carlos laut. „Das reicht für ein kurzes Nickerchen oder ein langes Gebet."

9

DAS Wasser war dunkel und kalt, seicht und ruhiger als die rauschenden Strömungen des Miskatonic. Cadmann tauchte auf und hielt seine Taschenlampe hoch. Ihr Strahl durchdrang die Dunkelheit, als er auf das Kalksteinsims kletterte.

Carlos kam aus dem Wasser, und die Strahlen beider Lampen vermittelten Cadmann ein Gefühl für die Ausmaße der Höhle. Die Decke befand sich nur einen Meter über seinem Kopf. Obwohl kein Rauch in der Luft hing, mußte sie immer noch mit Nervengas angereichert sein. Er wagte nicht, seine Maske abzusetzen.

Jetzt waren die restlichen Männer aus dem Wasser heraus, und Cadmann richtete sein Kehlkopfmikrofon. „In Ordnung. Sieht jemand etwas? Jerry?"

„Nichts. Ich denke, es hatte sich weiter zurückgezogen."

„Glaube ich auch."

Ein glatter runder Felsbrocken war das nächste Hindernis. Cadmann kletterte hinauf und richtete den Strahl seiner Lampe in die Dunkelheit. „Andy!"

Der Ingenieur kam mit einem Handabtaster heran. Er erkletterte den Felsen und kauerte sich darauf. Gemeinsam überprüften sie das dunkle Wasser.

„Auf mindestens zwanzig Meter nichts. Nur Felsen und Wasser."

Cadmann, Andy und Carlos hämmerten Steigeisen in den Felsen, brachten dann Kabel und Seile an und kletterten vorsichtig zu einem niedrigeren Gewässer hinunter.

Winzige blinde Wesen huschten zur Seite, als Cadmann durch die Dunkelheit schwamm. Kein Geräusch außer dem schwachen Zischen des Atemgerätes in seinen Ohren. Die Felswände rückten dichter zusammen, und er hatte Mühe, einen Weg hindurch zu finden.

„Andy", krächzte er in sein Mikrofon. „Wie weit, sagtest du, reichen diese Höhlen?"

„Ich habe nichts gesagt. Wir können nur eine Stunde lang suchen und dabei hoffen, daß wir unser Zielobjekt finden. Jedenfalls machen wir uns dann wieder auf den Rückweg."

Sämtliche dreizehn Mitglieder des Teams führten zwei zusätzliche Atemgerätpatronen mit sich. Das verschaffte ihnen ungefähr für zwei Stunden Atemluft – aber Cadmann wollte nicht bis zur letzten Sekunde unten bleiben. Fünfzig Minuten Hinweg, fünfzig Minuten Rückweg. Zwanzig Minuten als Sicherheitsreserve.

Wenn sie die Leiche nicht fanden, mußten sie davon ausgehen, daß das Geschöpf noch am Leben war, und darauf entsprechend reagieren. Das bedeutete Fallen, verstärkte Wachen und ein ständig aktiviertes Minenfeld um das Lager herum.

Die Höhle wurde breiter, und Cadmann tauchte auf.

Er hielt die Taschenlampe hoch und leuchtete die raucherfüllte Kammer aus. Neben ihm tauchte Jerry mit der Harpune im Anschlag auf.

„Friedlich hier drinnen."

„Aber nicht still. Hörst du das?"

Cadmann wollte ihn fragen, was er meinte, dann hörte er ein fernes Gurgeln.

Die anderen zwölf waren jetzt ebenfalls aufgetaucht. Die Strahlen ihrer Lampen durchdrangen die Dunkelheit, bleiche Lichtkegel huschten über nackte Höhlenwände.

„Wir treiben eine Weile mit der Strömung."

Ihre Schwimmflossen bewegten sich kaum, als sie sich von der Strömung tragen ließen. Die Hälfte des Teams hielt unter Wasser Ausschau. Die anderen blieben an der Oberfläche, wobei sich nur die Köpfe und die Lampen über dem Wasser befanden. Sie schwammen in V-Formation und blieben dicht genug beieinander, daß jeder zwei andere im Blickfeld behielt.

Die Strömung wurde stärker. Cadmann tauchte auf. „Ich glaube, es wird lauter."

„Ja", gab Andy zur Antwort.

„Bleibt beieinander und schwimmt zum Ufer!" Cadmanns Arme und Beine teilten kraftvoll das Wasser. Die meisten waren dicht hinter ihm.

Dann erklang ein erschrockener Ausruf, und er sah jemanden über den Rand eines Wasserfalls verschwinden. Augenblicke später hörte Cadmann das klatschende Geräusch des Aufschlags.

„Wer war das?"

Eine kurze Pause, dann: „Hier Kokubun. Herrliche Abfahrt! Ungefährlich – etwa zwölf Meter. Aber es ist einsam hier unten."

„Könntest du herausklettern?"

„Mühelos. Kommt runter."

Cadmann dachte einen Moment nach. „In Ordnung. Zu zweit."

Seine Leute schwammen auf den Rand des Wasserfalls zu. Die ersten beiden Männer purzelten hinab.

Kurze Zeit herrschte Schweigen, dann erklang Gelächter. „Nichts dabei!" rief einer.

Cadmann ließ sein Licht durch die Kammer hinter ihm spielen. Keine Störung, keine Bewegung. Immer noch wogte der gelbliche Rauch, aber der Nebel hatte sich deutlich gelichtet.

„Geht zu zweit hinunter." Cadmann und Carlos schwammen als letzte auf den Rand zu. Als Cadmann sich hinuntertreiben ließ, empfand er einen kurzen Augenblick lang ein Gefühl der Schwerelosigkeit, dann wurde er von einer Rampe aus wassergeschliffenem Gestein abgefangen, auf der er in das Wasser rutschte.

„Okay. Eine nette Abwechslung. Was haben wir hier?"

Der Rauch war hier dichter und wies eine schwefelige Färbung auf. Das Wasser war ein wenig wärmer als in der Vorkammer. Ihre Lampen fraßen sich durch den Rauch zur geschwärzten Decke. Es sah wie eine Szene aus Dantes Inferno aus.

„Wenn das Biest hier war", sagte Andy, „dann ist es jetzt tot."

„Da stimme ich dir zu." Die Kammer war kleiner, als Cadmann angenommen hatte, und sie war leer. Seine Taschenlampe zeigte ihm drei mit zackigen Rändern versehene Ausgänge.

„Was jetzt, Cad?" fragte Jerry.

„Wir haben eigentlich keine Wahl. Teilt euch in drei Gruppen und seht euch die drei Gänge an. Muß jemand auswechseln?"

Alle verneinten.

Jerry, Carlos und Cadmann führten die Gruppen an.

„Wenn sich die Tunnels erneut teilen, machen wir Schluß. Wartet an der Abzweigung, und gebt ein Signal. Teilt unter gar keinen

Umständen das Team auf. Wenn ihr eure zweite Patrone zehn Minuten lang angebrochen habt, dreht um und kommt zurück. Und falls die Funkgeräte versagen, gilt dasselbe. Wir wollen keine Helden. Wenn ihr den Kadaver entdeckt, ruft die anderen. Okay. Paßt auf euch auf."

Jerry und Andy schwammen langsam und gleichmäßig voraus, die anderen Gruppenmitglieder folgten ihnen.

Etwas streifte Jerry, und er folgte dem Wesen nervös mit der Lampe. Es war beinahe einen Meter lang und ähnelte eher einer Schlange als einem Fisch.

„Etwas Lebendiges hier unten ist eine Überraschung", sagte Andy.

„Wasseratmer", erwiderte Jerry. „Wahrscheinlich ist es blind."

„Ich schaue mal oben nach."

Andy strebte zur Oberfäche. „Wir sind in einer weiteren Kammer. Die Luft scheint in Ordnung zu sein."

„Nimm deine Maske trotzdem nicht ab."

Jerry tauchte neben ihm auf und leuchtete mit der Lampe die Höhle aus. Diese Kammer war größer als die letzte, aber immer noch weniger als dreißig Meter lang. Er richtete seine Lampe direkt in die Höhe, und Andy stieß einen leichten Pfiff aus.

Über ihnen öffnete sich die Decke in einem Loch von etwa drei Meter Durchmesser. „Schau dir diesen Kessel an."

„Was ist das?"

„Die Höhlenforscher nennen es einen Trockenkamin. Senkrechte Kanäle, die durch fließendes Wasser gebildet werden. Schau mal dort." Zu ihrer Linken befand sich eine Reihe von Stufen, die so flach wie Fischschuppen waren.

„Die Stufen bilden sich, wenn Kalk aus aufgewühltem Wasser ausgefällt wird. Der Miskatonic muß einmal höher gewesen sein. Komm!" Andy zeigte mit seiner Lampe auf eine Öffnung. „Ich will mal in den Schatten nachsehen. Es hätte zum Sterben hierherkriechen können."

„Oder um sich zu verstecken."

„Komm schon, Jerry. Hast du kein Vertrauen in deine Sprengung? Mann, das Zeug hätte ein Dutzend Monster umgebracht."

Jerry folgte Andy. Die Seitenkammer war größer als die Haupthöhle, aus der sie gekommen waren. Hier herrschte eine beinahe friedliche Stimmung.

Ein Fisch streifte Jerry. Sein Maul war dicht mit nadelspitzen Zähnen besetzt, und er kam näher und schnappte leicht zu.

Jerry schlug ihn mit der Spitze seiner Harpune beiseite.

„Sieht nach einer Sackgasse aus", sagte Andy. „Ich schau mal am anderen Ende nach." Er trieb seine bullige Gestalt mit überraschender Leichtigkeit durch das Dunkel.

Plötzlich schoß er nach oben, als ob er von einer Pumpe angesaugt worden wäre.

„Andy?"

Andys Körper klatschte zurück in das Wasser und beinahe auf Jerry. Nur sein Körper: Der Kopf fehlte.

Jerry erstarrte. Es würde einen tödlichen Augenblick erhöhten Wasserdrucks geben, den einzigen Moment der Warnung, bevor das Monster hervorschießen würde. In diesem einen Moment würde er seine Harpune in das Maul des Ungeheuers abfeuern müssen . . .

Dann hatte er die andere Kammer erreicht, und seine Stimme krächzte in das Kehlkopfmikrofon. „Gefahr! Mayday! Hier ist Jerry. Ich . . . wir haben es gefunden. Andy ist tot. Ich wiederhole. Andy ist tot. Sofort am linken Tunnel sammeln. Ich wiederhole. Wir haben das Monster gefunden. Es lebt und ist gefährlich."

Arnie Donovan und Jill Ralston schlossen zu ihm auf. Die drei zogen sich mit angeschlagenen Harpunen zur Wand zurück.

Carlos tauchte aus dem Wasser auf, und wenige Augenblicke später schlossen sich Kokubun und zwei andere ihnen an. Dann erschien Cadmann.

„Was ist passiert?"

Jerrys Zähne klapperten. „Andy und ich schwammen in d-die Höhle. Er tauchte auf, und da war's um ihn geschehen. Er konnte nicht einmal schreien."

„Freiwillige", sagte Cadmann. Carlos und vier andere hoben die Hände. „Der Rest wartet zehn Sekunden und folgt uns dann. Jerry?"

„Ich komme."

Cadmann nickte und glitt in das Wasser.

Jerry ging als letzter. Angst zog ihm die Brust zusammen, und er bekam kaum Luft.

Ein Lichtblitz zerriß die Dunkelheit. Einen Augenblick später kamen die Schockwelle und donnerndes Brüllen.

Jerry tauchte auf.

Die Höhle war kleiner als die, die er gerade verlassen hatte; ein breiter Absatz befand sich zur Linken. Darauf wirbelte das Geschöpf herum, drehte sich wie ein Kreisel. Das Tier erstarrte für einen Augenblick, dann war es unter ihnen, brachte das Wasser zum Schäumen.

Sie griffen an: Eine Harpune explodierte an der Felswand, eine an der Decke, eine ging mit einem blendenden Blitz im Wasser hoch. Der Schwanz des Monsters drosch auf den Kopf eines Tauchers und trieb ihn in die Tiefe.

Cadmann riß sich den Schnorchel heraus und schrie: „Hier, du Monster! Hier!"

Er pfiff, so laut er konnte, dann legte er rasch wieder seinen Schnorchel an.

Das Ungeheuer richtete sich auf und raste in gerader Linie auf Cadmann zu.

Cadmann feuerte. Die Harpune traf das Monster genau in die Kehle, und die Explosion riß ihm beinahe den Kopf ab. Blut, Knochen und Fleischfetzen schäumten aus dem Wasser und prasselten auf sie herab. Als der zerschmetterte Körper sich zweimal drehte und dann versank, rauchte das Wasser.

Einen langen Augenblick herrschte Schweigen. Jerry richtete die Taschenlampe auf Cadmanns Gesicht. Sein Ausdruck erschreckte ihn: Zufriedenheit und etwas wie primitive Mordlust. Dann erlosch er, und Cadmann war wieder er selbst.

„Wir brauchen ein Netz und medizinische Versorgung", sagte Cadmann langsam. „Wer hat einen Verbandskasten?"

Mits hob den Arm.

„Gut. Machen wir uns auf den Weg."

Cadmann zog sich aus dem Wasser, setzte sich auf den Absatz, holte eine Atemgerätpatrone aus seinem Rucksack und ließ sie einrasten. Er wandte sich um und sah Jerry an.

„Geht es dir gut?" fragte Jerry.

Cadmann lächelte, doch in seinem Gesicht lag eisige Kälte. „Es ging mir nie besser."

DER Kadaver maß beinahe fünf Meter. Seine Masse beanspruchte zwei Veterinärtische: Die graugrüne Haut war an einem Dutzend Stellen aufgerissen. Rippen stachen hervor, die massiver als menschliche Knochen waren und eine rauhere Oberfläche aufwiesen. Die Füße mit den Schwimmhäuten waren gebrochen, und die früher goldenen Augen schimmerten wie trübes Kupfer.

Sylvia bemerkte ein halbes Dutzend neugieriger Kolonisten, die in der Tür standen.

Grendel ist tot! dachte sie. Unwillkürlich erinnerte sie das Monster an jene alte Sage von Beowulfs Kampf gegen das Seeungeheuer Grendel.

Es war komisch. Sogar jetzt, so kurz nach Bobbis Tod, wußte sie, daß es komisch war. Gott, sie wünschte sich, lachen zu können.

Carlos saß zusammengesunken in der Ecke und versuchte verzweifelt, ausreichend betrunken zu werden, um weinen zu können.

„Grendel ist tot", sagte Sylvia mit flacher Stimme. „In der alten Legende nagelte man Grendels Arm über den Eingang von Heorot. Auch wir verstümmeln Leichen . . ."

Jerry zog sich gerade Chirurgenhandschuhe über und hielt inne. „Um Antworten zu erhalten, hoffe ich."

„Allerdings werdet ihr Antworten bekommen", murmelte Cadmann.

Es gibt so viele Fragen. Ist der Alptraum zu Ende? Oder fängt er gerade erst an?

„Ich brauche Platz zum Arbeiten", sagte Jerry. „Cadmann, Carlos, Zack – ich möchte euch dabeihaben. Alle anderen nicht."

Jerry holte tief Luft. „Cassandra, Programm." Der Computer nahm seine Arbeit auf. Alle sahen zu. Dann nahm die Kamera ihren Platz über dem Tisch ein. Dankbar nickte Jerry Carlos zu. Wie alles andere waren auch die Kameras während des ersten Angriffs schwer beschädigt worden. Jetzt war Jerry mit Omar Isfahans Hilfe dabei, das System neu zu entwerfen. Dies war der erste praktische Test für

Cassandras Wiederherstellung. Der Computer zögerte eine weitere Sekunde, dann schwang die Kamera herunter.

Carlos riß einen Trinkbeutel Wodka auf und starrte mit aufgerissenen Augen auf den Kadaver. Er schluckte den halben Beutel leer und hustete. Dann reichte er ihn wortlos Cadmann.

Carlos' Mühe war umsonst gewesen. Bobbi hatte sich nicht mehr vom Schock erholt. Ihr Herz hatte einfach aufgegeben. Carlos hatte nicht geweint; er hatte nur mit der Faust gegen die Wand getrommelt und war dann zur Versorgungsstelle marschiert, um sich Alkohol zu beschaffen. Keiner hatte gewagt, es ihm zu verweigern.

Vorsichtig führte Jerry das Skalpell am Kopf des Geschöpfes entlang, schlitzte die Haut auf und legte den sanften, kaum gerundeten Bogen des Schädels frei. „Ich sehe überhaupt keine Fissuren", bemerkte er für die Aufzeichnung.

Er nahm den Handbohrer und fuhr damit durch die feste Gewebeschicht. Der Geruch von versengten Knochen erfüllte den Raum.

„Hartschädelig", murmelte Jerry. „Die hier ist älter und häßlicher als das erste Biest. Könnte seine Mama sein."

„Grendel und Grendels Mutter", sagte Sylvia.

Jerry hob einen Teil der Schädeldecke ab und legte eine blasse Membran frei. Als sie aufgeschlitzt war, entblößte sie eine geleeartige dunkelrosa Masse.

„Cassandra. Beobachten."

Die Kamera rückte näher. Jerry diktierte seine Beobachtungen.

„Hierbei muß es sich um olfaktorisches Gehirngewebe handeln. Es ist deutlich abgegrenzt und deckt sich mit den Nasendurchgängen. Dieses Vieh hatte einen teuflisch guten Geruchssinn.

Dahinter und darüber befindet sich weiteres Gewebe, das ebenfalls gut abgegrenzt ist und nicht zum olfaktorischen Bereich gehört. Es weist eine Menge Windungen auf.

Wenn ich mit meiner Theorie über die Beschaffenheit und Tätigkeit dieses Bereiches recht habe, ist das Biest mindestens so intelligent wie ein Gorilla. Vielleicht intelligenter. Der Geruchssinn ist besser als der eines Hundes oder einer Katze."

Erneut kreischte die Säge.

„Etwas weiter hinten finden wir eine Reihe vergrößerter Ganglienkomplexe. Vielleicht Untergehirne? Ich weiß, daß es mindestens drei weitere im unteren Bereich der Wirbelsäule gibt. Meine Vermutung lautet, daß es sich dabei um Untergehirne handelt, die Reflexe und Bewegungen koordinieren. Das ist einer der Gründe, warum sich das Biest so schnell bewegen kann. Das Zentralgehirn erteilt die Befehle, aber sie werden von einem ganzen Gehirnsatz ausgeführt."

„So arbeiten auch Computernetze." Sylvia sah vom Monster auf und zu Cadmann, der sich interessiert vorbeugte.

Jerry fuhr mit der Arbeit fort. Seine Hände bewegten sich geschickt, führten die Instrumente in präzisen Bewegungen, legten Organe frei, ohne sie zu beschädigen. Ab und zu ließ er Ultraschall- und Röntgenbilder auf den Computerschirm werfen, zog sie zu Rate und wandte sich dann wieder der Sektion zu.

Schließlich entnahm Jerry einige Gewebeproben. „Das untersuchen wir mikroskopisch. Einfrieren und zerteilen."

„Okay." Sylvia rückte näher heran. „Einen übergroßen Kiefer besaß das andere Wesen auch."

„Stimmt. Artspezifisch, würde ich sagen."

„Die übergroßen Füße mit Schwimmhäuten, aber mit Krallen, für den Kampf angelegt. Allerdings keine Hände. Es war nie als Werkzeugverwender gedacht."

„Stimmt auch."

Carlos nahm einen weiteren tiefen Zug und stellte dann die Feldflasche scheppernd ab. Er stand auf und trat an den Tisch.

„Für den Kampf? Sehr richtig. Guck dir Cadmanns Rippen an. Die verdammten Narben sind immer noch nicht verheilt." Seine Augen waren rotgerändert und glänzten vor Tränen und Abscheu. „Das Biest rannte einfach die Klippe hoch. Es kletterte nicht, es sprintete. Es zerkaute das Boot wie eine Weintraube. Bobbi hat nie die geringste Chance gehabt."

Er zitterte und beruhigte sich erst, als Cadmann ihn von hinten an der Schulter packte.

„Das habe ich auch gesehen", sagte Cadmann. „Diese Biester haben zwei verschiedene Bewegungsarten, schnell und superschnell. Ich will Antworten."

„Du und alle anderen auch, Cad“, meinte Jerry. „Ihr habt euren Teil getan. Überlaßt uns den Rest.“

Säge und Bohrer setzten ihre Arbeit fort und schälten Haut und Fleisch von dem Ungeheuer, während Ultraschallaufzeichner alles beobachteten. Die Sektion würde später per Computer korrigiert werden, um daraus eine holografische Tiefenschablone zu bilden. Dann würde die Analyse beginnen.

Sie schälten die Rippen ab. Zuerst richtete Sylvia ihre Aufmerksamkeit auf die Lungen: flacher als Menschenlungen, ein Netz, durch das Blutgefäße verliefen.

Die Arterien und Venen waren daumendick, übergroß und in der Lage, Blut und damit Sauerstoff in phantastischen Mengen zu den wichtigsten Muskeln zu pumpen.

Sylvia drang in die Drüsensäcke ein, flache Organe, die auf den Lungen auflagen. „Cassandra. Näher heran.“ Sie machte mit ihrem Skalpell einen Schnitt. Die Wände waren elastisch und runzelig und zu einer Größe geschrumpft, die der eines Drittels der Lungen entsprach. „Was auch immer das sein mag, es kann eine Menge mehr aufnehmen als das, was es jetzt enthält.“ Eine hellrote Flüssigkeit gelierte in den Säcken; rasch entnahm sie eine Probe. „Davon mache ich eine Analyse.“

Sylvia legte die Probe in den Ersatz-Biothermographen, der von der *Geographic* heruntergebracht worden war. Zum Glück war wenigstens dieser Apparat in zweifacher Ausfertigung vorhanden gewesen. Soviel an wertvoller Ausrüstung war zerstört worden; sie würden verdammte Mühe haben, die Genstrukturen des Geschöpfes herauszuarbeiten.

Als der Biothermograph mit dem Abpumpen fertig war, löste die Probe sich auf, und ein farbiges Band zuckte über den Bildschirm. Erwartungsvoll sah Jerry auf den Schirm, auf dem die Computeranalyse der Chromatographie erscheinen würde.

Sylvias Stimme klang nachdenklich. „Wie kann dieses Zeug biologischer Herkunft sein? Das sieht wie Raketentreibstoff aus! Sauerstoff in Verbindung mit Kohlenstoff, Eisen, Magnesium, aber vor allem Sauerstoff. Das hätte ich nicht geglaubt. Wie sind diese Beutel aufgebaut?“

„Wabenförmig. Sie waren mit dieser Flüssigkeit gefüllt." Er drang mit dem Skalpell ein und tat einen weiteren Schnitt. „Muskelbänder. Hier und hier – deutlich zu sehen. Damit werden die Säcke zusammengezogen, wodurch sich dieses Zeug in die Blutbahn ergießt. Der Kanal führt direkt zu den Herzkammern . . ."

„Mit Sauerstoff übersättigte Blutversorgung", sagte Sylvia. „Das bedeutet . . ."

„Genau!" rief Jerry. „Das ist es! Ein Vorverdichter! Großer Gott, kein Wunder, daß dieses Biest so verdammt gefährlich ist."

„Wieso freut ihr euch so darüber, daß dieses Biest so stark ist?" fragte Carlos.

„Siehst du es denn nicht?" rief Sylvia.

„Was soll ich sehen?"

Jerry zwang seine Stimme wieder zur Ruhe. „Das Monster ist übermäßig auf Sauerstoff angewiesen. Das heißt, daß es verletzlich ist. Wir können es töten. Cadmann, gab es etwas Ungewöhnliches an der Körperwärme dieses Biests? Du bist näher als jeder andere drangewesen."

Cadmann zögerte einen Augenblick, dann sagte er: „Ja, verdammt, da war etwas. Als das erste Ungeheuer Ernst umbrachte. Es schlich auf das Kalb zu, und alles lief bestens. Aber sobald wir feuerten, sauste die Temperatur nach oben."

„Genügend, um dich über Infrarot zu blenden, nicht wahr?"

„Genau."

Jerry trat einen Schritt zurück. „Diese Wesen werden niemals weit vom Wasser anzutreffen sein. Sie brauchen es zum Ableiten ihrer Körperwärme! Es kann auf dieser Insel nicht viele dieser Ungeheuer geben . . ."

Carlos fluchte. „Dem nächsten Idioten, der das behauptet, schlage ich den Schädel ein." Er stürmte aus dem Zimmer.

„Vorher war es eine Vermutung", sagte Jerry. „Jetzt wissen wir es. Es kann davon nicht viele geben. Damit meine ich nicht mehr als ein Dutzend. Sie haben nicht genug zu fressen! Schau dir die Zähne an. Zwei Mahlzähne. Sie können zwar ab und an Pflanzen fressen, aber eigentlich brauchen sie Fleisch, und das in Mengen, und auf dieser Insel gibt es nicht genug Fleisch."

„Die Pterodons", sagte Sylvia. „Deswegen hatten sie solche Angst vor dem Wasser! Diese Biester verstecken sich im Wasser. Die armen Pterodons! Sie müssen Fische fangen, aber wenn sie nach einem Lachs tauchen, wissen sie nie, ob nicht eins von diesen Ungeheuern auf sie wartet . . ."

„Genau." Jerry trat vom Tisch zurück und nahm seine Maske ab. „Wir hatten einen Wurf von den Biestern. Das hier könnte die Mutter gewesen sein. Stellt euch vor, daß sie hergeschwommen ist und kurz davor stand, Eier zu legen. Sie ist vielleicht vor zehn, zwanzig Jahren gelandet, und dann machte sie sich auf, um die Insel von tierischem Eiweiß zu säubern."

„Alles außer Lachsen", sagte Sylvia.

„Jaa", sagte Jerry nachdenklich. „Da haben wir unser nächstes Rätsel. In ihrem Bauch ist kein Lachsfleisch. Was schützt die Lachse? Vielleicht jagt unser Monster nur an Land. Dabei fällt mir ein – wir brauchen einen Namen für das Wesen. Wir können es nicht immer nur ‚Monster' nennen."

Sylvia zwang sich zu einem Lächeln. „Was hältst du von ‚Grendel', Cadmann?"

„Nennt es, wie ihr wollt", antwortete er. „Du sagtest, daß es verwundbar ist. Wie verwundbar?"

„Kommt gleich", sagte Jerry. „Es ist ein echtes Rätsel. Diese Dinger haben alles gefressen, die Insel ist beinahe kahl – Sylvia! Es paßt! Dopey Joes in den Hügeln, keiner in der Nähe des Wassers. Pterodons, sonst nichts. Alles außer den Lachsen. Was hält die Grendels davon ab, die Lachse aufzufressen?"

„Sind sie giftig?" fragte Sylvia. „Oder – oh, verdammt."

„Was ist?"

„Da ist etwas – ich hatte das Gefühl, als ob ich etwas vergesse."

„Kann nicht wichtig sein."

„Vielleicht. Könnte Lachs für die Grendels giftig sein?"

„Erscheint mir nicht plausibel. Sie fraßen unsere Tiere. Wir essen Lachs."

„Oder die Grendels jagen nur Warmblüter", sagte Jerry.

„Nach Möglichkeit schon", sagte Cadmann. „Das Biest würde seine eigenen Kinder auffressen, wenn es hungrig genug ist."

ALS Sylvia am nächsten Morgen zum Speisesaal ging, waren die Minenfelder um den Außenzaun aktiviert. Strom pulsierte durch den Draht. Sylvias Haut kribbelte, wenn sie ihm zu nahe kam.

Trotz aller düsteren Vorkommnisse empfand sie eine eigenartige Sicherheit: Die Kolonie hatte es nicht mit menschlichen Feinden zu tun. *Es ist nur ein Tier, das so intelligent wie ein Gorilla ist. Vielleicht ebenso intelligent wie ein Primitivmensch. Unwichtig. Es ist nur ein Tier. Cadmann hat es zur Strecke gebracht und ging in seine Höhle. Ein Tiger in einem dunklen Zimmer ist ein Ungeheuer. Wenn man das Licht einschaltet, ist er nur ein Tier. Cadmann hat für uns die Lichter angeschaltet.*

Zack hielt ihr die Tür auf, als sie den Speisesaal betrat. „Wie geht es Carlos?" fragte sie ihn.

„Schläft seinen Rausch aus."

Nahezu alle Männer und die Hälfte der Frauen drängten sich im Raum zusammen. Die Wände und die Decke des Saales waren mit Ansichten der Kolonie erleuchtet. Cadmann stand vorne im Raum. In einigem Abstand standen zehn Kolonisten, sein Jagdteam.

Ein Wandvideo flimmerte, und Cadmanns Stimme erklang. „Wir werden eine tragbare Holoanlage einsetzen. Rachel wird sie während des ersten Angriffs bedienen – und ich will, daß sie im Hintergrund bleibt. Hier geht es darum, ein Verfahren zu vervollkommnen. Wenn wir Fehler begehen, soll das Lager sofort darüber Bescheid wissen. Wenn wir es richtig machen, können wir sicher sein, daß die Leute von *National Geographic* daran interessiert sein werden. Die Informationen werden zusammen mit den Daten über Grendels zur Erde gesendet werden. George, Jill, ihr werdet hier und hier am Teich Posten beziehen."

Sylvia betrachtete die Karten. Die größten Lachsansammlungen waren hervorgehoben worden. Vier Wasserlöcher hatte man als wahrscheinliche Verstecke markiert. Sie verfügten über große Lachspopulationen und hatten keine heißen Quellen in der Nähe. Grendels würden kaltes Wasser bevorzugen, um ihre Körperwärme abzuleiten. Die Entfernung von den anderen Löchern stellte einen wichtigen Faktor dar. Ein derart gefräßiges Geschöpf wie ein Grendel benötigte ein großes Jagdgebiet.

Sylvias Blicke kehrten immer wieder zur Karte der Kolonie zurück. Ein kleines Gebiet. Schrecklich klein, wenn man es mit der gesamten Insel verglich. Kaum zwei Quadratkilometer. Die Kinder der Erde waren vermessen gewesen. Vielleicht würde diese neue Welt, diese schrecklich alte Welt sie und ihre Torheiten verschlucken und nichts als Knochen übriglassen? Knochen und einige zur Erde gesendete Filme, die vielleicht oder vielleicht auch nicht andere hierherlocken würden. Die Erde war reich und müde.

Sie betastete ihren Bauch und versuchte, das darin schlummernde Leben zu erspüren. Es drehte sich, trat um sich, und auf einmal fühlte sie sich winzig klein und verwundbar. Was machte sie hier? Was taten sie alle eigentlich hier? Alles, woran sie denken konnte, war das Bild jenes häßlichen Tieres, das vorwärts jagte. In Feuer gebadet, die Haut mit geliertem Benzin bedeckt. Nach menschlichem Ermessen tot, aber immer noch lebendig.

Doch es gab auch die Ritter von Avalon, Männer und Frauen, die in die Höhlen hinabstiegen und in der Finsternis eine größere, stärkere Abart des ersten Tieres stellten. Die mit besseren Waffen, größerem Wissen und noch etwas gerüstet waren: dem tollkühnen Mut, der seit undenklicher Zeit die Menschen aus dem Schatten hervorgelockt hatte.

Jetzt warteten vierzig entschlossene und bewaffnete Männer und Frauen darauf, dem einzigen wahren Krieger des Lagers in die Hölle zu folgen, um sich zwischen Sylvias ungeborenes Kind und dieses Ungeheuer zu stellen.

„Gott sei mit dir, Cadmann", murmelte Sylvia beschwörend.

Carlos wischte sich über die Stirn und stellte sein Kehlkopfmikrofon ein. „Hier Martinez. Bin in Position."

Das Wasserloch lag rund hundert Kilometer nördlich der Kolonie, was einer Stunde Skeeterflugzeit entsprach. Es lag versteckt zwischen Büschen, war nicht mehr als zwölf Meter lang und halb so breit; er hätte nie gedacht, daß es zwanzig Meter tief sein könnte. Irgendwann in grauer Vorzeit hatte seismische Tätigkeit den Felsen auseinandergerissen, und der Miskatonic hatte das Loch gefüllt. Jetzt lauerte dort vermutlich ein Monster.

In wenigen Minuten würden sie Bescheid wissen. Carlos starrte in die kühlen Tiefen. Grendel, bist du da? Grendel, wir sind gekommen, um dich zu töten, dachte er.

„Bist du in Ordnung, amigo?" fragte Hendrick Sills.

Carlos lächelte seinem Begleiter kurz zu. *„Sí, compadre."*

Diesmal gibt es keine Fehler, dachte er. Zwanzig Männer und Frauen haben das Loch umstellt. Wir haben genug Waffen, um einen Tyrannosaurus umzubringen.

Das Sprengteam stand bereit. Drei Männer: Auf ein Zeichen würden sie losrennen, um acht Kilogramm Explosivstoff in das Loch zu werfen, und dann fortlaufen, bis entweder der Tiefen- oder der Zeitzünder die Detonation auslöste. Der hydrostatische Schock würde den Grendel entweder umbringen oder aus dem Loch treiben. Es gab keinen anderen Ausgang.

Und dann? Cadmann hatte es gut ausgearbeitet und Ausdrücke wie „Schußfeld" und „Kampfplatz" verwendet. Carlos hatte diese Worte noch nie gehört, aber sie klangen genau richtig und beruhigten ihn mehr als jedes Gebet.

„Ist das nicht verrückt?" meinte Hendrick. „Zehn Lichtjahre von zu Hause weg. Als unsere Großeltern das Sonnensystem in Besitz nahmen, mußten wir so etwas nicht bekämpfen. Kaum haben wir einen anderen Stern, stehen wir da wie ein Steinzeitstamm, der gegen einen Tiger antritt."

Carlos' Komkarte meldete sich. „Carlos, hier Cadmann. Alles bereit?"

„Alles klar, amigo."

„Dann los. An alle Einheiten: allgemeine Bereitschaft. Fertig."

Der Halbkreis aus Männern und Frauen überprüfte die Waffen.

„Team Alpha, los!"

Drei Männer rannten los. Drei Meter vor dem Abflußloch kamen sie zum Stehen. Ein Mann hielt seinen Flammenwerfer bereit, während die beiden anderen die schwere Packtasche zwischen sich schwangen. „Eins, zwei, drei, los!" Die dunkelbraune Kiste segelte auf das sumpfige Loch zu. „Das war's!" rief der Gruppenführer. „Ab!"

Die Bombe schlug auf das dunkle Wasser auf und verschwand.

„Eins. Zwei . . ." Carlos zählte mit „. . . zehn, elf . . ." WUMM!

Wie immer wurde Carlos davon überrascht, wie sehr er sich auch darauf vorzubereiten versuchte. Das Wasser schoß gen Himmel, Wasser und Lachse und kleine Schalentiere und Schlamm.

Jetzt warten . . . Etwa vier Sekunden lang.

Ein zweites Mal explodierte das Wasser, als eine Vierteltonne Muskeln und Schuppen die Oberfläche durchbrach. Mit unglaublicher Geschwindigkeit raste der Grendel über den Rand des Abflußlochs. Sobald er festen Tritt faßte, hielt er inne; sein schwarzer Körper glänzte im Nachmittagslicht. Seine riesigen Unterwasseraugen funkelten sie an . . .

Und richteten sich direkt auf Carlos, und er erstarrte vor Angst und ohnmächtigem Schrecken.

„Feuer frei!" befahl Cadmann.

Automatisch feuerte jemand. Dann noch jemand.

Carlos zwang sich dazu, den Grendel ins Visier zu nehmen.

Jetzt befand er sich außerhalb des Loches, raste auf sie zu, bewegte sich in einem Tempo, das ein Tier unmöglich erreichen konnte, bewegte sich so schnell, daß alles zugleich passierte – und Carlos drückte auf den Abzug.

Carlos' Geschoß explodierte in den Büschen hinter dem Geschöpf. Drei weitere trafen. Der Grendel schrie, als er vorzupreschen versuchte und über sein eigenes abgeschlagenes Vorderbein stolperte.

Selbst dann starb er noch nicht. Er zog sich auf die Felsen hinauf und startete wie ein Rennwagen durch, weg von den Schmerzen, weg von dem schäumenden, rauchenden Wasser und den stechenden Lanzen, rannte nach Osten zum schutzgewährenden Miskatonic.

Wie Cadmann es vorhergesagt hatte.

„Runter!" Cadmanns Stimme klang ruhig und zuversichtlich, und Carlos ging runter. Eine Sekunde später ertönte ein Knall, und Steine und Erdklumpen prasselten herab.

„Alles bestens." Cadmann klang fröhlich. „Mit dem ist es vorbei."

„Wie gesagt, kein Verstand", sagte Hendrick. „Die laufen immer zum Fluß. Wir graben dort ein paar Minen ein und warten ab . . ."

„Hättest du daran gedacht?"

„Ich weiß nicht."

„Ich auch nicht", sagte Carlos.

Hendrick erhob sich und schüttelte den Dreck von seinem Overall. „Komm, laß uns nachsehen, was wir angerichtet haben."

Carlos stand auf. „Schauen wir mal unseren Grendel an."

Es gab nicht viel zu sehen: einen tiefen Krater, zerfetztes Fleisch und Knochen, einen abgetrennten Schwanz.

Zwanzig Jäger erhoben sich aus ihren Stellungen. Sie hatten keinen einzigen Mann verloren, und der Grendel war mausetot.

„Wir wollen sichergehen", befahl Cadmann. „Alle Einheiten in Bereitschaft. Team Alpha, los."

Erneut setzten sich drei Männer in Bewegung. Einer hielt seinen Flammenwerfer bereit, als die anderen die Sprengladung in das Wasserloch warfen. WUMM!

Schlamm, Wasser und Lachse prasselten auf die Umgebung herunter. Carlos lauerte angespannt . . . Und nichts passierte.

„Alles in Ordnung", sagte Cadmann endlich.

Carlos begann plötzlich zu schreien, ein langer Schrei des Triumphs. Die anderen schlossen sich begeistert an. Zwanzig Jäger brüllten ihren Sieg zum wolkenverhangenen Himmel hinauf, als wären sie Wilde.

Sie lebten, und der Feind war tot. Dies war der Augenblick, in dem vor Urzeiten die Schamanen, die alten Männer und die Frauen des Dorfes, hinter den Felsen hervorgekommen waren, um die Länge der gewundenen Eingeweide zu untersuchen, um in die vernarbten und leblosen Augen eines Gegners zu starren und von den Zeichen darin zu sprechen. Carlos begriff jedoch, daß er keine Wahrsager brauchte, die ihm die Zukunft prophezeiten.

Auf Avalon gehörte dem Menschengeschlecht die Zukunft.

Sobald das Verfahren entwickelt worden war, wurden die Tötungen beinahe zur Routine. Das Gefühl der Befriedigung gab es zwar noch, aber die Erfahrung hatte die wirkliche Gefahr durch Vorsicht und Ordnung ersetzt.

Denn die Grendels waren sterblich. Sie hatten die gleichen Schwächen wie alle anderen Geschöpfe aus Protoplasma. Sie waren für die gleichen Tötungstechniken verwundbar, die schon auf der Erde gewirkt hatten.

Scheuche das Tier auf. Begrenze seine Fluchtroute. Keßle es ein und töte es.

Das zweite Jagdteam verwendete eine besondere Methode. Es gab eine – wenngleich auch sehr geringe – Chance, daß ein Grendel sich außerhalb des Wassers verbarg oder einen zusätzlichen Ausgang finden und sie von hinten angreifen konnte. Weitere Flankenbeobachter wurden aufgestellt; auf zwei Jäger am Kampfplatz kam ein Aufpasser. Zwei Skeeter schwebten über der Szenerie und hielten nach Grendels Ausschau.

Es gab nur zwölf Plätze auf der gesamten Insel mit einer Wahrscheinlichkeit von über dreißig Prozent.

Zwölf Löcher. Eines pro Tag, während sich die Kolonie die ganze Zeit in voller Bereitschaft hielt.

Es würde kein weiterer Siedler sein Leben lassen.

Es war gut, ein System zu haben. Einen Skeeter in der Luft, und eine erste Gruppe schwärmte aus, während die Ingenieure das Minenfeld entwarfen und gemeinsam mit Cadmann das Schußfeld bestimmten, durch das der Grendel am schnellsten getötet werden konnte.

Wenn natürliche Felswände nicht ausreichten, wurden Feuerwände verwendet: Flammenwerfer, hinter denen Männer und Frauen mit Gewehren und Harpunen standen.

Und immer, immer wieder ein auffallender Fluchtweg. Eine Richtung, wohin ein vor Schmerz rasendes Geschöpf in die Sicherheit, in die Freiheit rennen konnte . . .

In den sicheren Tod.

So starb der vierte Grendel, der zuerst in zwei Teile gesprengt und dann von geliertem Feuer geröstet wurde.

Der fünfte war bereits tot, bevor er das Minenfeld erreichte; er hatte Carlos' Harpune in den Schädel bekommen. Carlos war nicht stolz darauf: Er hatte auf das Herz gezielt.

Und stets war Cadmann es, der sie immer wieder mit seiner eigenen schier unerschöpflichen Energie vorantrieb.

NUMMER sechs war der letzte. Alle anderen Schlupflöcher waren mit Ködern versehen, alle weiteren unterirdischen Flüsse kartographiert worden. Wenn es noch einen Grendel auf Avalon gab, hatte er kein

Interesse an Blut, keine Angst vor hydrostatischem Schock. Nein, dieser war der letzte, und Cadmann empfand hier im Hochland, auf dem südlichsten Punkt der Insel, fast ein Gefühl des Verlustes.

Er befand sich am Rand eines Steilhangs, der über einem Bach oberhalb einer der größten heißen Quellen aufragte. Der Hitzegradient hatte die Taster der *Geographic* eine Zeitlang verwirrt und dem letzten Monster einen Aufschub verschafft.

Skeeter zwei hatte es mit Grendelblut und frischem Fleisch hervorgelockt. Schnüffelnd war das Monster hervorgekrochen und hatte schwach zum Skeeter hochgeknurrt, bevor es sich gierig die rohe Rinderkeule schnappte. Es sah verhungert aus und verhielt sich auch so.

Die Aufzeichnung des Skeeters war in der Kolonie abgespielt worden. Das Bild eines hageren, hohlbrüstigen Reptils, das am Fleisch riß, als ob es eine Woche lang nichts gefressen hätte, stand Cadmann noch immer vor Augen.

Jerry hatte für das Leben des Monsters gekämpft.

„Wir wissen nicht, ob wir auf dem Festland noch mehr davon finden. Denkt darüber nach – ein Geschöpf, das ein hochwirksames organisches Oxydationsmittel produzieren kann. Stellt euch eine Herde vor. Wir könnten ihnen die Beine zusammenbinden oder amputieren und sie darauf züchten, dieses sauerstoffbindende Zeug, dieses Superhämoglobin, zu geben wie Kühe die Milch."

Grendels, die den Menschen dienten? Vielleicht. Sie würden es versuchen . . . irgendwann.

Aber Cadmann dachte über sich nach, über die sonderbare Trauer, die er empfand. Was, wenn dies der letzte Grendel im Universum war? Schließlich gab es irdische Spezies, die auf einen einzigen Subkontinent oder eine Inselgruppe beschränkt waren.

Auf dem Festland gab es Monster. Große Biester, so groß wie Saurier; Geschöpfe, die an Tyrannosaurus rex erinnerten, Tiere, die der Mensch nur mit Robotern und fortgeschrittenen Waffen jagen würde. Im Infrarot glühten sie.

Es war zu vermuten, daß es auch kleine, schnelle Wesen gab. Grendels, die infrarot aufflammten und dann verschwanden, bevor ein Teleskop die Quellen finden konnte.

Cadmann versuchte, sich Jerrys Lieblingsszenario vorzustellen: eine einzelne schwangere Süßwassergrendelin, die sich an einem Stück Treibholz festklammerte, nachdem eine Naturkatastrophe sie auf das Meer getrieben hatte; in ihrem Körper oder einem äußeren Behälter befand sich geschützt ein Eiergelege, das in sicherem Revier abgelegt werden würde.

Es mußte sich um Süßwassergeschöpfe handeln. In den Ozeanen hatte man nichts gefunden, das sich gegen einen Grendel hätte behaupten können, und in den Meeren gab es reichlich Nahrung. Die Eier würden an der Flußmündung ausgebrütet werden und eine Schar irrwitzig aggressiver Monster hervorbringen, die miteinander um die Hauptjagdgründe kämpften und ihre schwächeren Geschwister weiter und weiter nach Süden trieben.

Irgendwie leuchtete es nicht ganz ein. Aber wenn es einmal geschehen war, dann konnte es wieder passieren.

Das Festland war einen Blick wert. Jerry arbeitete gerade an einer Möglichkeit. Vielleicht konnte man einen Grendel durch bestimmte Geräusche oder den Geruch eines Angreifers dazu veranlassen, sein Superhämoglobin freizusetzen. Dann würde er sich selbst kochen, bevor er ein verwundbares Ziel erreichte.

Wenn Jerry einen Test durchzuführen hatte, würden sie die Grendels auf dem Festland aufsuchen. Nur für Untersuchungen. Das Festland gehörte einer anderen Generation.

Ein schwangerer Grendel auf einem Stück Treibholz! Was war mit diesem Bild nicht in Ordnung? Warum fehlte da ein Puzzlestück? Tiefschlafinstabilität?

Verdammt, da war sie – die Möglichkeit, die er so lange von sich ferngehalten hatte. Alle konnten unter Tiefschlafinstabilität leiden. Alle außer Cadmann Weyland.

Er lenkte seine Aufmerksamkeit erneut auf die Flußbiegung. Das Loch war schwer zu entdecken. Es hätte ein tieferer Schatten sein können, aber es war mehr.

Das letzte Monster . . .

Sie würden versuchen, es lebend zurückzubringen. Und wenn sich die leiseste Gefahr für einen Menschen ergab, würden sie es sofort töten. Kein Siedler sollte mehr sein Leben verlieren.

„Stufe eins", flüsterte Cadmann in sein Mikrofon.

Die Skeeter zwei und vier erhoben sich; sie trugen das Netz zwischen sich. Sie ließen es in das Wasser hinunter, wo seine beschwerten Enden rasch auf den Boden sanken.

Beutel mit Grendelblut wurden durchstochen und flußaufwärts vom Loch in das Wasser geworfen. Als der dunkle Fleck sich ausbreitete, begann Cadmann langsam zu zählen. „Eins . . . zwei . . . drei . . . vi–"

Das Wasser spritzte auf. Ein Dämon fuhr aus den Tiefen. Beide Skeeter schwankten heftig, als er auf die Netze auftraf.

Stus Funkstimme schrie triumphierend aus Skeeter Zwei: „Wir haben ihn!"

Die Motoren dröhnten schrill. Die Skeeter zerrten das Geschöpf aus dem Wasser. Cadmann sah aufmerksam zu, jederzeit bereit, einen Befehl zu brüllen: Wenn das Gezappel des Grendels die Skeeter gefährdete, würde er ausgeklinkt, im Netz fallen gelassen und mit den Flammenwerfern eingeäschert werden.

Zuerst schwankten und tanzten die Skeeter wie Papierflugzeuge. Dann gewann Stu Ellington meisterhaft die Beherrschung über seine Maschine zurück, und der Grendel war gesichert. Behutsam setzten die Skeeter das Geschöpf am anderen Ufer ab.

In den Boden waren bereits Pflöcke geschlagen worden, die einen Kreis um das im Netz gefangene Geschöpf bildeten. An jedem Pflock waren mit Haken versehene Kabel befestigt. Von seiner Stellung auf dem Steilhang sah Cadmann, wie seine Mannschaft herbeilief und die Kabel mit dem Netz verband, um es zu stabilisieren. Die Skeeter wurden abgehängt, und Stu flog über den Fluß zurück, schwebte über Cadmann und ließ sein Zugkabel herunter.

Cadmann schlang das Kabel um seinen Arm und befestigte den Karabinerhaken an seiner Gürtelschnalle. „Alles klar, Stu. Hoch damit." Stu stieg auf.

Als er über den Bach hinüberschwang, schloß sich der Kreis der Kolonisten um den gefangenen Grendel. Jerry eilte mit einer Betäubungspistole herbei. Seine Hand ruckte, als er feuerte.

Das Geschöpf zuckte zusammen, als der Pfeil es traf, dann verfiel es wieder in rasende Bewegungen.

Stu ließ Cadmann herunter, und er schnallte sich los. Der Grendel schlug unaufhörlich und immer verzweifelter um sich.

„Was meinst du?" schrie Cadmann.

„Ich kann ihn nur mit Beruhigungsmitteln vollpumpen", brüllte Jerry. „So können wir ihn nicht transportieren."

Als ob er Cadmanns Frage beantworten wollte, sprang der Grendel auf sie zu. Ein Pfahl wurde aus dem Boden gerissen. Cadmann hatte sein Gewehr instinktiv in Anschlag gebracht und den Sicherungshebel umgelegt.

Aber die anderen Pflöcke hielten. Das Biest zischte und schlug wie wild um sich, aber es konnte nicht näher kommen.

Jerrys Augen verengten sich. „Er wird nicht ruhiger . . ."

Er lud einen weiteren Betäubungspfeil in seine Waffe, dann noch einen. Mit einem dumpfen Geräusch trafen sie den Grendel. Er kreischte und wand sich immer heftiger, riß mit seinen Klauen Furchen in den steinigen Boden und schnappte um sich.

Jerry schüttelte den Kopf. „In jedem war genug Somazin, um ein Nashorn außer Gefecht zu setzen. Ich begreife es nicht."

Das Tier fauchte und sprang sie an; Felsbruchstücke wirbelten durch die Luft. Ein weiterer Pflock wurde aus dem Boden gerissen. Von seinem Körper stieg die Hitze in sichtbaren Wellen auf, aber der Grendel schien nur sich selbst gefährlich werden zu können.

„Er stirbt", sagte Jerry leise.

„Können wir etwas tun?" fragte Cadmann.

„Wir können ihn laufen lassen."

„Nein, danke."

Die Bewegungen des großen Körpers wurden jetzt krampfhaft, und er zitterte; es war ein verzweifelter Todeskampf.

Das unglaubliche Aufbäumen ging immer weiter, als ob das Geschöpf seine letzten Kräfte aufbot, um doch noch fliehen zu können.

Dann lag es still. Nur sein Schwanz zuckte. Die Jagdmannschaft kam näher und verankerte die gelösten Kabel. Jerry stubste mit einem langen Stock den Schwanz des Tieres. Er zuckte reflexhaft.

„Er ist tot." Jerry winkte die Skeeter herunter.

Das Netz wurde gelöst, die Lastkabel wieder befestigt. Cadmann beobachtete, wie die Skeeter den Körper, der vor Hitze beinahe Blasen schlug, in die Luft hoben.

Cadmann gehörte zu den letzten, die in das Lager zurückkehrten. Er überwachte die Entschärfung sämtlicher Minen und überprüfte die Waffen. Dann bestieg er einen Skeeter und zog ihn zum ewigen grauen Wolkenbett hoch. Die Lagerfeuer waren gelöscht, die Zelte gepackt und verstaut. In wenigen Wochen würde das Unterholz wieder nachgewachsen sein und ihre Spuren verdecken.

Am Landeplatz stand Mary Ann. Sie war ein wenig runder geworden.

Sie küßten sich unter dem Dröhnen ersterbender Skeetermotoren. Die peitschende Luft begann sich zu legen, und endlich konnte er ihre geflüsterten Worte verstehen.

„. . . dich so sehr", sagte sie und küßte ihn erneut. Sie sah zu ihm hoch. Ihre Augen strahlten vor Stolz und Erleichterung. „Du hast es geschafft", sagte sie.

„Ja."

„Dann laß uns nach Hause gehen."

Diesmal küßte er sie und staunte über die Freude, die er dabei empfand. „Laß uns nach Hause gehen."

10

DIDELDUM bellte und wedelte, um Cadmanns Aufmerksamkeit zu erlangen.

Cadmann lachte nachsichtig und zeigte auf die Arbeiter, die sich mit der Erweiterung seines Vorhofs mühten. „So wie die Planung jetzt steht, wird das Haus an die hundertzehn Quadratmeter groß, das Gewächshaus vielleicht weitere dreihundertsiebzig Quadratmeter."

Ein warmer Südwind hatte die Nebel fortgeweht. Die Sicht war unendlich weit; sie reichte bis zu den Gebirgen auf dem Kontinent. Es war, als ob er den ganzen Planeten übersehen könnte.

Carlos Martinez nickte ernst. Die Rolle des Video-Moderators war ihm auf den Leib geschneidert. „Ich kann es nicht glauben, wie weit du in den letzten fünf Monaten vorangekommen bist."

„Es war eine Menge Arbeit, aber mit genügend Zeit und Arbeitskräften ist beinahe alles möglich . . ."

„Halt, Cad!" rief Sylvia vom Hügel über ihnen herunter. „Der Fokussierer ist aus."

Cadmann unterdrückte seinen Ärger, während Carlos hinaufkletterte, um Sylvia bei der Einstellung der Videoanlage zu helfen.

Vor zehn Lichtjahren hatte das Erstellen einer Dokumentation noch wie eine hervorragende Idee geklungen. Es war nur recht und billig. Der Bau eines interstellaren Raumschiffs hatte die *National Geographic Society* in schwere Schulden gestürzt. Sie hatte ein Recht auf Ergebnisse. Man würde von den Fehlern der ersten Expedition lernen. Verkäufe auf der Erde würden bei der Finanzierung einer zweiten Expedition helfen.

In der Praxis war die Dokumentation zu einer lästigen Angelegenheit geworden. Cadmann machte nur weiter, weil er dadurch Gelegenheit bekam, seine beiden Freunde zu sehen.

Er sah den Hügel hinab, wo Mary Ann mit Sylvias sieben Wochen altem Sohn Justin saß, und seine Gereiztheit legte sich ein wenig. Sie hatte noch drei Monate Schwangerschaft vor sich, und er war glücklich, sie so entspannt zu sehen.

Seine Feldfrüchte gediehen, und die Käfige waren mit Joes gefüllt. Er war stolz auf seine Leistung, aber seine wahre Freude war die Erweiterung seiner Heimstätte.

In den dreieinhalb Monaten seit dem Tod des sechsten Grendels hatte die Kolonie ihre Dankbarkeit auf die einzige Weise gezeigt, die ihr möglich war – indem sie Zeit und Arbeitskraft beisteuerte. Und so wurde Erde aufgebrochen, wurden Felsen bewegt, Mauern hochgezogen und Decken erweitert.

Carlos kam wieder herunter. „Das Ganze noch einmal."

„Hör auf, Carlos. Mir reicht's allmählich."

„Sei kein Spielverderber", tadelte ihn Sylvia. „Die Aussicht ist wunderbar. Ich habe das Haus, den Steilhang, die Kolonie, die nördlichen Berge und die Gebirgsspitzen vom Festland drin. Du weißt doch, wie selten sich der Nebel auflöst."

„Das wird die Aufnahme deines Lebens, compadre. *National Geographic* erwartet von uns, daß wir den nach Land hungernden

Menschen der Erde die Freuden der Besiedlung fremder Sterne aufzeigen . . ."

Cadmann lachte angewidert. „Na gut. Dreh das verdammte Ding schon ab, und dann Schluß damit."

Die Kamera lief. Carlos begann feierlich seinen Text zu sprechen. Sie gingen am Rand des gerodeten Rechtecks entlang, auf dem eines Tages das Gewächshaus stehen würde. Im Nordosten kamen sie an einer neuen Aushebung vorbei.

„Und hier", fuhr Carlos fort, „wird sich eines Tages der beste Weinkeller von Camelot befinden. An Bord der *Geographic* befindet sich ein eingefrorener Querschnitt von den besten Weingärten Kaliforniens. Sobald das Getreide regelmäßige Ernten bringt, wird man auch weniger lebenswichtige Nahrungsmittel anbauen." Er räusperte sich. „Natürlich für rein medizinische Zwecke."

Sie gingen den schmalen Pfad neben dem Haus hinunter und am schweren Felsen vorbei, der alles zermalmen würde, was den Versuch unternahm, sich seinen Weg hügelaufwärts zu erzwingen. Cadmann zuckte zusammen, als Carlos vortäuschte, sich dagegen zu lehnen. „Vermutlich ist dies eine unnötige Vorsichtsmaßnahme", erklärte Carlos. „Die Grendels sind tot, sie wurden von Colonel Cadmann Weyland getötet. Trotzdem ist unser Cadmann ein vorsichtiger Bursche."

Cadmann hob protestierend die Hand. „Hör auf, Carlos. Ich mag das nicht, als Beowulf hingestellt zu werden. Ich habe getan, was getan werden mußte."

„Das ist nicht die Realität. Es ist Theater."

„Wenn man es nur auf der Erde sehen würde, von mir aus. Aber du wirst es auch hier in der Kolonie zeigen. Es ist für sie und mich nicht gut."

Cadmann ließ sie stehen, folgte Dideldum den Hügel hinab und hielt bei den Käfigen der Joes an. Ihre Zahl hatte sich auf zwanzig erhöht, und Carlos hatte einen Modulkäfig für Mary Ann entworfen, den man mit einfachen Handgriffen erweitern konnte. Cadmann freute sich über den neuen Entwurf, und sein Anblick versöhnte ihn ein wenig.

Mary Ann stand plötzlich neben ihm; sie hielt Justin im Arm, als wäre er ihr eigenes Kind. Das Bild würde den Leuten auf der Erde gefallen. Er beugte sich vor und küßte sie zärtlich. „Fütterungszeit?"

„Gleich. Justin ist ein hübsches Baby", flüsterte sie, „aber unseres wird noch viel schöner werden."

„Psst." Cadmann grinste, als Carlos und Sylvia zu ihnen aufschlossen. „Für heute reicht's mit der Filmerei", entschied er.

Mary Ann reichte Justin an Sylvia zurück. „Gib die Kamera Carlos, und nimm Justin. Ich will mit Cadmann reden."

„Bleiben Carlos und Sylvia zum Essen?" fragte sie Cadmann, als sie ein paar Schritte gegangen waren.

„Natürlich."

Mary Ann nahm ihn an der Hand und ging mit ihm zum Rand des Steilhangs. „Ich mache mir Sorgen", sagte sie. „Es tut mir leid. Aber ich weiß, daß mich irgend etwas noch stört . . . Cad, ich schaue mich um, und etwas stimmt nicht."

„Das ist ein anderer Planet. Hat man dir das schon gesagt? Zwei Monde, ein blaueres Sonnenlicht, Tiere und Pflanzen direkt aus den Oz-Büchern . . ."

Sylvia kam zu ihnen. „Ich weiß, was du meinst", sagte sie. „Wir sind immer noch mit den Kadavern beschäftigt. Ich weiß noch nicht genug über die Grendels. Ich würde alles darum geben, einen lebendig zu bekommen. Wenn wir gewußt hätten, daß sie sich selbst verbrennen können, dann hätten wir den letzten mit Wasser abgekühlt."

„Hitze. Feuer", sagte Mary Ann leise.

„Bitte?"

Mary Ann schmiegte sich an Cadmann. „Mir fällt wieder ein . . . Ich habe einen Studiensommer in den Wäldern von Wyoming verbracht. Und man erzählte uns etwas über Feuer. Es kommt mir vor, als sei es eine Million Jahre her. Ein Waldfeuer, das scheinbar gelöscht ist, kann unter einer Laubschicht weiter schwelen. Man kann es nicht sehen. Oder riechen. Aber es breitet sich unten aus. Es kann dich einschließen. Und dann bricht es zur Oberfläche durch . . ."

„Denk nicht mehr dran."

„Ich bin so froh, daß du hier bist", flüsterte sie. „Ich bin so froh, daß du mir gehörst. Gib acht, daß dir nichts passiert, Cadmann. Ich weiß nicht, ob ich dann weitermachen könnte."

„Komm", sagte er sanft. „Machen wir das Essen für unsere Gäste."

NACH dem Abendessen saßen sie noch eine Weile am Lagerfeuer zusammen. Schließlich erhob sich Carlos. „Ich glaube, für Sylvia und mich wird es Zeit, daß wir uns auf den Rückweg machen", verkündete er.

Sylvia umarmte kurz Cadmann. „Bringt ihr uns zum Skeeter?"

„Sicher. Mary Ann?"

„Ich bin ein wenig müde. Geh nur."

Er raffte sich auf und half Sylvia auf die Beine.

Ein Lufthauch strich über die kniehohen Maisreihen. Cadmann hakte seine beiden Freunde unter.

„Es ist schon nicht schlecht, oder, Cadzie?"

„Wie Carlos vor zwei Monaten sagte: ‚Es ist alles schon viel schlimmer gewesen.' Eigentlich wollte ich das hier aufbauen, um von allem wegzukommen, und ich scheine einen Teil der Kolonie hierher mitgebracht zu haben."

„Du kannst dich nicht von . . .", begann Sylvia, aber Carlos unterbrach sie.

„Wenn du uns nicht hier oben haben willst, dann sag es einfach. Wir lieben dich. Wir sind dir dankbar. Wir schämen uns immer noch wegen des . . . Fiaskos. Hendrick, Greg, die anderen gehen so auf dich ein, wie die Menschen seit Urzeiten auf ihren Anführer eingegangen sind."

„Ich wollte niemals ein Anführer sein."

„Für einige gibt es keine Wahl. Laß sie noch ein bißchen arbeiten, und schick sie dann nach Hause. Du hast dann deine Ruhe, und Greg hat seine Therapie gehabt."

„Na schön. Es war jedenfalls ein guter Tag. Seht zu, daß ihr einen sicheren Heimflug habt."

Er gab Carlos die Hand, Justin einen Kuß und half Sylvia beim Anschnallen. Dann trat Cadmann zurück und legte die Hand schützend vor die Augen, als Carlos den Skeeter abheben ließ und in den Himmel hochzog.

„ICH glaube, er schafft es", sagte Carlos.

„Daran habe ich niemals wirklich gezweifelt." Sylvia sah ihn an. „Was ist mit dir? Den alten Carlos habe ich in letzter Zeit kaum gesehen."

„Hat man ihn vermißt?"

„Sehr. Avalons unverheiratete Schönheiten trauern beinahe jede Nacht."

„Vielleicht sollte ich meine nächtlichen Runden wieder aufnehmen", meinte Carlos. Nachdenklich schwieg er für einen Moment. „Nur die Unverheirateten?"

„Takt, Carlos. Bitte."

„Ich mag zwar nichts sein, aber ich bin taktvoll." Carlos hätte jetzt niedergehen können, aber er hielt den Skeeter in der Luft. „Und was ist mit dir?" fragte er nüchtern. „Terrys Problem ist kein Geheimnis. Ich weiß, was du und Cadmann füreinander empfinden . . ."

„Ich habe es Terry versprochen. Jeder außer Cadmann." Sie seufzte. „Das könnte ich sowieso nicht. Es würde Mary Ann vernichten. Cad und ich . . . haben uns eben zur falschen Zeit getroffen."

Langsam begann Carlos den Landeanflug. „Und was bleibt dann für Señora Faulkner?"

Leise kam die Antwort. „Die Suche nach einem Freund?"

Carlos streckte die Hand aus und ergriff die ihre. Ihre Finger waren so klein, so warm. „Seit der Sache mit Bobbi habe ich nach keiner Beziehung gesucht. Aber auch ich brauche einen Freund. Vielleicht . . ."

„. . . könnten wir beide mit der Suche aufhören?" Sylvia drückte Carlos' Finger, dann zog sie die Hand zurück und preßte Justin an sich.

Als Carlos den Skeeter am Landeplatz aufsetzte, summte er glücklich vor sich hin.

TERRY stellte die letzten Teller in den Schrank unter der Spüle. Als er fertig war, lächelte er zufrieden. „Schläft Justin?"

„Ja", bestätigte Sylvia. „Wie schön, daß du für Ordnung sorgst."

„Ja. Was ich mache, mache ich auch gut. Meine Arme waren noch nie so kräftig. Dabei fällt mir ein . . ."

„Die Expedition."

„Ja. Ich sollte Zack die Pläne geben. Vor fünf oder sechs Jahren wird keiner zum Festland gehen, aber unsere Möglichkeiten werden sich nicht verändert haben. Die Pläne werden dann immer noch gut sein."

„Bestimmt. Hör zu, Terry, ich habe genügend Milch für Justin abgepumpt, falls er aufwacht. Ich werde nur zwei Stunden weg sein. Wir müssen die Bänder überarbeiten und rausschicken. Wir sind mit unserer Sendung schon überfällig."

Terrys schmales Gesicht kam ihr jetzt ungesund hager vor. Sie kniete neben dem Rollstuhl nieder. „Bist du in Ordnung?"

„Oh, mir geht es gut." Sein rasches Lächeln verschwand, und er sah an ihr vorbei. Sein Blick blieb auf Urkunden und Plaketten haften, einem Fotoalbum, zwei Kristallgläsern: den Sachen, die sie von der Erde mitgebracht hatten.

„Woran denkst du, Liebes?"

Sein Lächeln wurde traurig. „So hast du mich schon lange nicht mehr genannt."

„Ich habe es jeden Tag gedacht."

„Du weißt gar nicht, wie sehr ich das glauben möchte. Eine abgedroschene alte Geschichte, nicht wahr? Die Heirat aus Vernunftgründen, aus der sich dann Liebe entwickelt. Zumindest auf einer Seite."

„Terry . . ."

„Und dann entdecke ich, daß sie auf beiden Seiten besteht. Heirate und verliebe dich dann. Es funktioniert tatsächlich. Also geh und mach deine Arbeit fertig. Frage Carlos, ob er mal wieder vorbeikommt. Ich sehe ihn zu selten."

Nach einigen Tagen klaren Wetters hatte sich der Nebel noch stärker auf Camelot gelegt. Auf den Wachtürmen rotierten unaufhörlich die Suchscheinwerfer. Nach einigen Schritten sah Sylvia zu ihrem Haus, ihrem Mann, ihrem Kind zurück. Sie waren fort, im Nebel verschwunden.

Sie zog den Schal fester um ihre Schultern und ging weiter.

Die Elektronikbaracke lag weiter hinten im Lager am Rand des Steilufers. Sie klopfte und trat ein.

Carlos saß in seine Arbeit vertieft am Mischpult. Sie verschloß und verriegelte die Tür.

Die Baracke kam ihr wärmer vor als ihr Haus. Carlos saß auf der anderen Seite des Zimmers, die Holobühne befand sich zwischen ihnen, und er war ihr dennoch erstickend nahe.

„Kaffee?"

„Vielleicht später?"

„Sag Bescheid. Das meiste vom Videoteil haben wir zusammen. Du mußt nur noch einmal die Notizen durchgehen. Schau dir die Aufnahmen an, die wir von der Autopsie und dem Resümee gemacht haben. Hast du noch irgend etwas hinzuzufügen? Ist die letzte Gelegenheit, bevor wir es abschicken."

Sylvia legte ihren Schal ab, setzte sich und richtete ihre Aufmerksamkeit auf das Holo. Mit der Handsteuerung startete sie einen Schnelldurchlauf. „Das Material über die zunehmende Wachstumsgröße der Lachse sollte zu ihren Freßgewohnheiten in Beziehung gebracht werden. Joes und Lachse sind Pflanzenfresser, Pterodons und Grendels fressen Fleisch. Gut."

Sie überflog die Bilder und den Text, versuchte sich zu konzentrieren und wurde von Carlos' Anwesenheit beinahe überwältigt. Er hatte sich zurückgelehnt und nippte an seinem Becher. Warum berührte er sie nicht? Oder sagte zumindest etwas?

Sie hielt das Band bei ihrem Bild an; sie hatte vor drei Wochen an einer Diskussionsrunde über Grendels teilgenommen.

„. . . Salzwasser ist für Grendels nicht giftig", behauptete Marnie. „Die Monster können das Salzwasser zwar nicht trinken, aber es bringt sie nicht um. Bringt ihre Nasengänge durcheinander, das ist alles . . ."

Sylvia hielt das Band an. „Hier will ich eine Notiz eingeben."

„Wenn du meinst."

„Anmerkung zum Vorangegangenen: Der Süßwasserstatus der Grendels wird bestätigt durch Auswertung des Salzgehaltes des Gewebes. Querverweis auf Autopsie."

Carlos nickte. „Alle in der Kolonie haben Gelegenheit gehabt, ihre eigenen Kommentare über Grendels abzugeben."

„Und deiner war?"

„Das Biest war schlau genug, sich ein Floß zu bauen und vom Festland herüberzukommen. Denen traue ich alles zu."

Sylvia sah sich den Rest des Bandes an und zeichnete es dann ab. „Ich glaube, das war's", sagte sie leise.

Carlos nickte und speicherte es. Der Computer bereitete die Daten für die am Morgen stattfindende Übertragung zur *Geographic* vor. Sie würden von dort zur Erde gesendet werden. Zehn Jahre später würden die Daten dort eintreffen.

Carlos wandte sich vom Schaltpult ab und sah sie an. „Ich weiß, chiquita", sagte er. „Das Schreiben von Briefen, das Senden von Nachrichten in dem Wissen, daß niemand, der mich je kannte, sie sehen wird. Fremde, die die Bilder von Fremden sehen, und niemand, dem es etwas ausmacht." Auf einmal war er ihr schrecklich nahe. „Da war einmal jemand, dem es etwas ausmachte, aber ich ließ sie im Stich."

Sylvia hob die Hand und strich über die Stoppeln an seinem Kinn. „Mir macht es etwas aus, Carlos."

Er starrte sie an, und in seinen Augen schienen sich Tränen zu bilden. Er beugte sich vor, und als seine Lippen ihre berührten, schreckte sie zurück, dann schmiegte sie sich an ihn und preßte ihre Lippen auf seine.

Carlos drückte kurz ihre Schultern und schaltete dann die Geräte und das Licht aus. Er verriegelte die Tür hinter ihnen, und gemeinsam gingen sie durch den Nebel auf die Wärme seines Hauses zu. Nach wenigen Schritten war die Funkbaracke im Dunst verschwunden. Es gab scheinbar nichts in der Welt außer ihnen beiden.

SYLVIA warf einen Blick auf die Uhr an der Wand. Drei Uhr früh. „Ich glaube, ich gehe besser."

„Wann werden . . . ach, Mist. *Chula mia,* es ist schwer, jemanden zu haben, der einem wichtig ist, und dann nicht zu wissen, wann man wieder mit ihr zusammensein kann."

„Ich weiß es nicht. Ich bin froh, daß wir diese Nacht hatten."

„Ich auch. Paß auf dich auf, chiquita."

Sie küßte ihn und rollte sich aus seinem Bett. Sie duschte, zog sich an und ging. Carlos schlief schon.

Der Nebel hatte sich ein wenig gelichtet. Der Morgen war noch Stunden entfernt, aber sie hatte ein leichteres und wärmeres Gefühl. Und am wichtigsten war, daß sie wußte, daß sie Terry mit einem reinen Gewissen entgegentreten konnte. Was zwischen ihr und Carlos geschehen war, hatte nichts mit ihrer Ehe oder mit ihrer Liebe zu Terry zu tun.

Im Norden der Kolonie war der Miskatonic aufgestaut worden. Der neue See glitzerte bläulich im verhangenen Licht von Tau Ceti. Einen Kilometer weiter spülte das Wasser über einen Damm. Wenn die Ingenieure die neue Konstruktion vollendet hatten, würde eine hydroelektrische Anlage Strom erzeugen.

Der Damm. Die Solarzellen. Das Fusionskraftwerk. Zusammengenommen würden sie die Kolonisten zu den reichsten Menschen in der Geschichte der Menschheit machen. Sie würden Energie haben und Land und die Lektionen aus dreihundert Jahren Industrie auf der Erde, um sie anzuleiten.

„Herrlich", sagte Cadmann, als er mit Sylvia über den künstlichen See blickte. „Hendrick hat ein Wunder erschaffen. Es ist der einzige See auf dieser Insel, in dem man schwimmen kann."

Zwei Fahrzeuge rasten auf sie zu. Mary Ann und Terry hielten mit ihren elektrischen Rollstühlen ein Rennen ab. Mary Ann lag einen Meter in Führung. Avalons neueste Mutter brauchte nicht unbedingt einen Rollstuhl, aber es machte Spaß, umsorgt zu werden.

Seit Jessicas Geburt schien Cadmann mit der Kolonie seinen Frieden gemacht zu haben. Er blickte über den See hinüber zu den Gipfeln des nördlichen Gebirges, die hochragend die Wolken kitzelten.

„Unsere Arbeit wird niemals beendet sein", sagte er zuversichtlich. „Denke nur daran, was wir allein in unserer kleinen Ecke des Planeten gefunden haben."

„Terry hat Pläne für eine Festlandexpedition ausgearbeitet."

„Sobald wir mit einigen anderen Dingen fertig sind, sollten wir auch gehen. Wir haben viel aufzuholen."

„Ich fühle mich diesem Planeten so verbunden. Ich möchte nie mehr fort", meinte Sylvia.

„Wenn ich Mary Ann sehe, denke ich an unsere Tochter Jessica. Ein Teil von mir wird weiterbestehen, wenn ich fort bin. Und Mary Ann hat mir dieses Geschenk gemacht", sagte Cadmann.

Sylvia zuckte zusammen: Eine Schockwelle rollte über die Ebene, so laut und plötzlich wie ein Donnerschlag.

Mary Ann zeigte zum Himmel. Cadmann hob sein Fernglas. „Da ist sie. Sind Raketenschiffe nicht herrlich?"

Die Minerva setzte zur Landung an. Jetzt konnte man das Raumschiff genauer ausmachen: eine Mischung zwischen einem Flugzeug und einem Versicherungsgebäude. Es traf auf den See auf, flitzte darüber und kam knapp vor dem Ufer zum Stillstand. Dann fuhr es in das Dock und klinkte sich ein.

Einen Augenblick später öffnete sich die Luke, und Hendrick Sills kletterte heraus. „Diesmal war's ein rauher Flug. Vielleicht kriegen wir bald einen Sturm."

„Bring die Post schon mal rüber."

Mary Ann und Terry zogen sich auf das Dock hinauf, während Cadmann auf die Landeplattform sprang und Hendrick herunterhalf. Stu kletterte wenig später mit einer versiegelten Metallkiste heraus.

„Hier haben wir die Sachen", sagte er. „Aber härtere und geduldigere Seelen als ich werden sie abladen und aussortieren müssen."

„Du siehst nicht gerade glücklich aus", stellte Cadmann fest.

„Bin ich vielleicht auch nicht", erwiderte Stu.

„Aus gutem Grund." Carolyn McAndrews tauchte aus der Luke auf, hinter ihr erschien ihre Schwester Phyllis. „Sie haben die e-Eridani-Expedition gestoppt."

„Wie bitte?" fragte Cadmann.

„Sie haben den Flug nach e-Eridani gestrichen", sagte Phyllis leise. „Und alle anderen. Es gibt keine interstellaren Flüge mehr."

„Wir sind also alles, was noch übrig ist", sagte Terry. „Eine schwere Verantwortung. Ich bin ganz froh, daß wir es nicht wußten, bevor wir die Grendels umbrachten. Wenn von mir soviel abhängt, bekomme ich Lampenfieber."

Sylvia hielt ihren Blick auf die Festplatte gerichtet. „Du hast einen Jahreswert an Nachrichten und eine vollständige Lexikonüberarbeitung unterm Arm. Es ist genau das, worauf ich gewartet habe."

„Was meinst du? Wonach suchst du?“

„Ich weiß es nicht. Ich fühle Muster, die sich in meinem Kopf bilden wollen. Computer sind dafür gut zu gebrauchen. Wir werden sehen, was sich ergibt.“

Mary Ann erhob sich aus ihrem Rollstuhl. „Sylvia – brauchst du Hilfe? Bei der Beantwortung deiner Fragen, meine ich. Ich habe Alpträume. Ich weiß, wovon du sprichst. Etwas will heraus. Die Lachse, die Joes, die Grendels machen mir Kopfschmerzen.“

„Na klar.“ Sylvia lächelte. „Komm, sobald Jessica dich entbehren kann. Der Speichername ist GRENDEL – verflixt, der ist übervoll. Ich lege einen neuen an. HEOROT.“

Hendrick kam zurück, um eine weitere Kiste zu holen. Er war ungewöhnlich schweigsam. Cadmann ergriff ihn am Ellbogen und senkte die Stimme. „Ist irgendwas?“

„Nein.“

„Komm schon.“ Cadmann zog ihn von den anderen fort.

„Okay. Ich habe die Schnauze voll, Cadmann.“ Seine Stimme, zuerst leise, hob sich jetzt, und die anderen verfielen in Schweigen. „Die Monster sind tot. Du wirst niemals daran glauben, und das ist gut, denn es bedeutet, daß ich mir freinehmen kann . . .“

„Ich habe keinen gedrängt.“

„Nein, aber alle sind davon angesteckt. Macht nur weiter, macht euch Sorgen. Klar wird es Alpträume geben, und irgendwann werden wir darüber hinwegkommen. Ich für meinen Teil bin fertig. Ich habe eine Menge nachzuholen, und ich nehme mir das Wochenende frei, um angeln zu gehen.“

„In Ordnung. Gehst du allein?“

Phyllis seufzte. „Ich habe einen Haufen Arbeit. Irgendwelche Freiwilligen?“

„Keiner.“ Hendrick küßte sie auf die Wange. „Nur ich und Boogie Boy. Der Schäferhund kriegt wenigstens keine Alpträume. Zack hat es genehmigt.“

„Schön. Geh nur. Ich habe es auch gemacht und mich gut erholt. Nimm dir Zeit, Mann!“

Hendrick nickte. Er schulterte seinen Rucksack und ging über das Dock davon.

Es war spätabends. Jessica war sechs Tage alt und nach allen Untersuchungen aus der Kinderstation entlassen worden. Sie schlief jetzt in einer Dornholzwiege in einer Ecke des biologischen Labors. Mary Ann, Sylvia, Marnie und Zacks Frau Rachel teilten sich eine Kanne Kaffee.

„Cassandra!" rief Sylvia. „O verdammt!"

„Gibt's ein Problem?" fragte Rachel.

„Nichts Ungewöhnliches. Der Computer hat Informationslücken. *Cassandra: Zusatzsuche. Fortpflanzungszyklen. Alles absuchen auf Vergleich zu irdischen Lebensformen.* Übrigens zu Fortpflanzung. Du und Marnie habt es noch nicht probiert."

„Jerry und ich versuchen es . . ."

„Ich bin zu alt", sagte Rachel wehmütig. „Ich bin siebenunddreißig. Zack und ich haben den Gedanken an Kinder aufgegeben."

„Cassandra", rief Sylvia. *„Suche alles über Wettbewerbe im Fortpflanzungszyklus heraus. Joes und Pterodons."*

Wenige Sekunden später blitzte vor ihnen die Mitteilung File not found auf.

Sylvia seufzte. „Ich werde es schon finden. Sie sind dort drin. Ich muß jetzt nur noch die Speichernamen herausfinden."

Rachel runzelte die Stirn. „Ich dachte, daß Cassandra alles finden kann . . ."

„So sollte es auch sein", sagte Sylvia. „Aber der erste Grendel hat Cassie einen Teil ihrer Speicherinhalte zertrümmert, und wir wissen nicht, welche Speicher betroffen sind. Daher hat sie Lücken . . ."

„Ich bin sicher, daß du es schaffst", sagte Rachel.

Mary Ann holte ein abgegriffenes Notizbuch hervor und blätterte darin. „Ich habe einmal etwas gehört und versuche mich daran zu erinnern. Ich habe sogar während der Wehen daran gedacht."

„Es fällt dir schon wieder ein", sagte Rachel.

„Was ist es denn?" fragte Marnie.

„Ich weiß es nicht, verdammt. Ich weiß es einfach nicht."

„Auf diesem Planeten sieht nichts ganz richtig aus", sagte Sylvia. „Es sind fremde Lebensformen. Wir haben Röhrendrüsen in den Lachsen gefunden, in denen sich etwas befindet, das wie lebendes Sperma herumschwimmt, aber es könnte sich auch um eine Art

Phagozyten handeln. Es gibt eine verkümmerte Version von etwas, das aussieht wie eine Gebärmutter und ein Eierstock. Und gerade, als wir damit vorankamen, legte der Grendel das Labor in Schutt und Asche.

Mary Ann sah sie mit großen, vertrauensvollen Augen an. „Die Grendels scheinen alle weiblich zu sein. Vielleicht sind sie parthenogenetisch, aber wir haben nicht die nötige Ausrüstung, um festzustellen, ob es bei ihnen so etwas wie Hoden gibt. Die Pterodons scheinen über beide Geschlechtsorgane zu verfügen, aber die Joes . . ."

„Sie paaren sich wie die Kaninchen." Mary Anns Gesicht war verzerrt.

„Hör auf, es auf diese Weise hervorzwingen zu wollen", sagte Rachel beruhigend. „Mach einen Augenblick die Augen zu. Was siehst du, wenn du die Augen schließt?"

„Joes und Lachse und Grendels, die einander verfolgen. Es gefällt mir nicht, Rachel."

„Jetzt ziehe dich zurück. Stell dir vor, du siehst es in einem Holokino. Laß das Bild verflachen. Schwarz und weiß."

Mary Anns Gesicht entspannte sich. „Das ist besser."

„Denk dir ein wenig Musik im Hintergrund."

Mary Ann lachte. „Das ist es, das ist perfekt. Jetzt sehen sie wie Holztiere auf einem Karussell aus. Im Hintergrund höre ich eine Kirmesorgel."

Rachel nickte. „Jetzt öffne deine Augen. Gut. Was hast du heute morgen zum Frühstück gehabt?"

„Saft und ein Hühneromelett. Cadmann hat es gemacht. Er ist ein guter Koch."

„Gut. Schließe die Augen wieder. Was siehst du?"

„Lachse, Grendels und . . . Frösche." Sie riß die Augen wieder auf. „Das war wirklich seltsam."

„Vielleicht etwas Freudsches, Rachel?" fragte Marnie. „Vielleicht sagt sie dir damit: ‚Ab in den Teich!'"

„Vielleicht. Sagt dir das etwas, Marnie? Irgendeine Verbindung zwischen Joes und Fröschen?"

„Im Verhalten? In der Fortpflanzung? Ökologisch? Vermutlich eine Art Wortspiel."

„Nein, es ist etwas Wirkliches", begehrte Mary Ann auf. „Etwas – ach, ich weiß es einfach nicht."

Sylvias Augen starrten ins Leere. „Verdammt", sagte sie leise. „Du hast recht. Da ist etwas. Frösche. Es gab eine bestimmte Froschart. Ich habe etwas gelesen. Cassandra, Kettensuche – Frösche. Querverweis: Joes, Lachse, Grendels."

„Meine Damen" – Rachel gähnte –, „Zack bekommt Alpträume, wenn ich ihn nicht beim Händchen halte. Ich mach Schluß für heute."

„Ich auch", fügte Marnie hinzu. „Sylvia, Mary Ann, bis morgen. Geht ihr morgen wieder zurück?"

„Ja", sagte Mary Ann mit unsicherer Stimme. „Jetzt will ich bei Sylvia bleiben. Cadmann wird mich abholen."

Rachel und Marnie verließen das Labor.

Sylvia besah sich die flirrenden Holos und hielt ab und zu das Bild an.

Da waren Bilder von Baumfröschen und riesigen afrikanischen Fröschen, die stark genug waren, um einen Menschen umzuwerfen. Bilder von Fröschen, die fraßen und sich paarten.

Sylvias Magen revoltierte. Ein Frosch mit abscheulichen Angewohnheiten. Das erste Mal hatte sie es nicht geglaubt! Aber es paßte, es ergab Sinn!

„Mary Ann", sagte sie mit rauher Stimme. „Ich will mit Cadmann reden. Könntest du ihn bitte suchen und hierherbringen?"

Mary Ann erschrak. „Stimmt etwas nicht?"

„Ich weiß es noch nicht. Es ist eine Chance von eins zu hundert. Ich hoffe, daß ich mich irre. Denn wenn ich recht habe . . ."

11

HENDRICK SILLS flog Skeeter vier nach Süden zum Großen Schmuddelberg. Sein Rücken, seine Schultern und sein Hirn schmerzten, und er hatte eine Pause mehr als nötig.

Südlich vom Großen Schmuddelberg hatte man Welse gesichtet. Und eine Menge Lachse.

Die Monster waren alle tot. Die Arbeit war fertig und gut getan, und es war an der Zeit, sich im Hinterland auszuruhen. Nur er, ein Schäferhund und eine Angel. Eine achtundvierzigstündige Pause, in der er sich erholen konnte. Eine Zeitlang wollte er nichts von Flußgeschwindigkeiten und Frischwasserzugang, Elektrizität, Abwässern und dem Zeugs hören. Er wollte sich nicht mit Cassandra herumplagen. Er wollte kein Team beaufsichtigen, das die beschädigten Gerätschaften der Veterinärklinik zusammenschusterte. „Ich habe die Nase voll davon, deinen Job und noch meinen zu machen, Carolyn McAndrews!" schrie er.

Er hätte gerne Gesellschaft gehabt. Aber Harry Siep hatte sich einen Knöchel verstaucht, und Phyllis, die schöne Phyllis, hatte leider Dienst.

Hendrick zog die Maschine durch die Wolken und am Großen Schmuddelberg vorbei. Er lenkte sie nach Süden und wurde allmählich schneller. Zwei Tage. Vielleicht würde er nach seiner Rückkehr in das Lager eine Entscheidung über Phyllis treffen.

Babyfieber! Diese Krankheit hatte das gesamte Lager befallen. Selbst die ewige Verlobte Phyllis McAndrews hatte beim Anblick von Jessica Weyland feuchte Augen bekommen. Und in der letzten Nacht, nach einem besonders schönen Abend, hatte Phyllis ganz allgemein auf einen Stromschnellenritt hingewiesen.

Er lachte leise. Die Tragödie, die die Kolonie heimgesucht hatte, zeitigte eine interessante Nebenwirkung. In einer Gemeinschaft von weniger als zweihundert Menschen gab es zehn überzählige Frauen. Hendrick war ernsthaft versucht, ein streunender Junggeselle zu bleiben – dennoch fragte er sich, ob er auf der Erde jemals jemanden wie Phyllis für sich gewonnen hätte.

Dort unten war ihr Lager, das sie bei der Jagd nach den Grendels errichtet hatten. Jetzt war es überwachsen, aber der Boden war eben, und dreißig Meter weiter plätscherte ein Bach. Damals war er voll von fetten Lachsen gewesen.

Mit einem dumpfen Geräusch setzte der Skeeter auf. Er machte Boogie Boy los. Der Schäferhund sprang hinaus und beschnüffelte den Boden, setzte dann seine Vorderpfoten auf den Eingangsrahmen: Hendrick sollte herauskommen und spielen.

Er stellte seine Lampe auf, entrollte die Luftmatratze und zog am Ventil. Die Matratze blies sich auf.

Dann öffnete er sein Angelzeug, überprüfte Rute und Rolle, Haken und Köder und war zufrieden. Morgen würde ein guter Angeltag werden.

Hendrick schlenderte zum Fluß hinunter und ließ den Schein seiner Taschenlampe über das Wasser spielen.

Wunderbar. Das Licht tanzte über die Oberfläche, und unter seinem hellen Oval bewegten sich dicke dunkle Schatten. Er kehrte ins Lager zurück, schlüpfte in seinen Schlafsack und ließ sich in den Schlaf treiben.

JEMAND klopfte zweimal an ihre Tür und brüllte dann: „Verdammt noch mal, macht auf!"

Rachel stieß Zack in die Seite. „Das habe ich nun davon, wenn ich mit dem Boß schlafe."

„Ich glaub das nicht", murmelte Zack gereizt, während er aus dem Bett stieg. Dann zog er sich seinen Hausmantel über, bevor er die Vordertür öffnete.

Mary Ann sah verängstigt, Sylvia und Terry sahen ernst aus. „Es wird dir nicht gefallen", sagte Terry.

Zack zog seinen Mantel fester um sich. „Kommt rein."

„Was ist los?" rief Rachel aus dem Schlafzimmer.

Ihre Stimme brachte Sylvia endlich zum Reden. „Zuerst fiel mir ein afrikanischer Frosch ein. Es war so einfach, daß es keiner von uns gesehen hat."

„Was gesehen?" Zack setzte sich. „Mal langsam, ja?"

„Gut." Sylvia holte tief Luft. „Es gibt einen afrikanischen Frosch mit einem scheußlichen Verhalten."

„Ja, sie fressen ihre Jungen!" rief Mary Ann.

„Sie fressen die Kaulquappen", sagte Sylvia.

Zack wartete. Er hörte, wie Rachel in die Küche ging und Kaffee aufsetzte.

„Es klingt nicht wie eine funktionsfähige Ökologie, ist es aber", fuhr Sylvia fort. „Es ist die einfachste Ökologie, die man sich vorstellen kann. Frösche, Algen und sonst nichts. Die Frösche sind Fleischfresser. Sie können keine Algen fressen, aber die Ökologie ist stabil."

„Kaulquappen fressen Algen", sagte Mary Ann triumphierend.

Sylvia nickte. „Die Frösche legen Eier. Die Eier entwickeln sich zu kleinen Kaulquappen. Diese Kaulquappen fressen den Teichmodder, bis sie zu großen Kaulquappen herangewachsen sind. Die Erwachsenen fressen dann die großen Kaulquappen. Das reicht. Und die großen Kaulquappen, die wendig oder wachsam genug sind, wachsen . . ."

„Du redest doch von Lachsen, oder?"

„Genau, Zack. Lachse sind Kaulquappen. Grendels sind Frösche. Wir hätten es damals auf keinen Fall wissen können, aber mit den Grendels haben wir die Erwachsenen aus dem Bild herausgenommen, und deshalb gibt es eine ganze Menge mehr Lachse, als es eigentlich geben sollte. Und es ist Frühling. Und die Lachse werden groß."

Zack war wie betäubt. „Was haben wir getan? Weißt du es? Gibt es einen Weg, um es herauszufinden?"

„Noch nicht, aber . . ." Sylvia breitete hilflos die Arme aus. „Besser spät als nie."

„Dabei handelt es sich nicht nur um Vermutungen", sagte Sylvia. „Wir wissen, daß die Lachse mit den Grendels verwandt sind. Erinnert ihr euch daran, daß Cadmann mit einem Stück Grendelfleisch zurückkam und die Tests ähnlich wie bei Lachsfleisch ausfielen?"

„Und wir glaubten ihm nicht . . .", sagte Zack.

„Es war meine Schuld", sagte Terry tonlos.

„Und wir haben bis jetzt gebraucht, um es herauszufinden", schloß Sylvia.

„Ja." Zack rieb sich die Augen. „Danke, Liebling." Er ließ sich von Rachel dampfenden Kaffee nachgießen und nippte daran. „Okay. Laßt uns das noch einmal durchgehen . . ."

Rachel war schon halb in der Küche und erstarrte. „Zack?" Sie setzte die Kaffeekanne ab. „Hendrick."

Er ließ beinahe seine Tasse fallen. „Hendrick ist fischen gegangen. Wir sollten besser zur Funkbaracke gehen. Sylvia, vielen Dank für einen schönen Abend."

Hendrick erwachte plötzlich. Etwas stimmte nicht. Er tastete nach Boogie und spürte nur das heruntergedrückte Gras, wo Boogie gelegen hatte. Er hörte den Hund winseln: ein fragender, neugieriger Laut. Als Hendrick sich erhob, hörte er, wie das Winseln in kurzes, scharfes Gekläffe und dann in Knurren überging. Was zum Donner . . .? Hendrick griff nach der Harpune am Kopfende. *Die Monster sind tot!* Aber er ging kein Risiko ein. „Boogie?"

Er zog sich die Hosen an. Boogie kam aus dem Gebüsch gelaufen, bellte Hendrick auffordernd an und verschwand wieder.

Aus dem Gebell wurde plötzlich ein lautes, schmerzerfülltes Winseln, und Hendrick erstarrte. Etwas tötete seinen Hund. Er folgte einem Instinkt und machte zwei Schritte auf die Sträucher zu. Und noch einen . . . Das Funkgerät vom Skeeter vier meldete sich plötzlich. Boogie . . .

Hendrick rannte auf den Skeeter zu. Hinter ihm raschelten Blätter, und im Laufen warf er einen Blick zurück. Ein dunkles Etwas raste auf ihn zu.

Blindlings schlug er mit der Harpune um sich. In seinem Bein flammte Schmerz auf. Er trat nach hinten und traf etwas von der Größe eines Hundes. Es zischte ihn an.

Hendrick wußte, daß er jetzt um sein Leben rannte. Er riß die Tür des Skeeters auf und sprang hinein. Sein Kopf schlug gegen die Instrumentenverkleidung, aber hinter ihm fiel die Tür zu. Einen Augenblick lag er da, dann unterdrückte er die Furcht. An den Skeetertüren gab es keine Verriegelungen. *Was ist dort draußen? Was hat meinen Hund umgebracht?* Er zielte im Liegen mit der Harpune auf die Tür. Etwas kratzte an ihr.

Hendrick schlang einen Sitzgurt durch den Türgriff und zurrte ihn fest. Es mußte reichen. Er zwang sich vom Boden hoch und auf den Pilotensitz. In seinem Bein tobte ein sengender Schmerz. Durch sein zerfetztes Hosenbein triefte Blut.

Das Quäken des Funkgeräts drang durch den Schmerz. Er rappelte sich hoch, packte das Mikrofon, legte mit dem Daumen den Sendeknopf um und schrie: „Mein Bein! Oh, verdammt. Da draußen bringt etwas meinen Hund um."

Die Stimme gehörte Zack. „Verschwinde von dort. Laß den Hund zurück. Sylvia versucht uns gerade zu erklären, daß sich sämtliche Lachse in Grendels verwandeln."

Hendrick lachte schrill. Etwas schlug immer wieder gegen die Tür und ließ den Skeeter erzittern. „Sie hat verdammt recht! Sag ihr, daß es ihr etwas früher hätte einfallen können. Oh, verdammt, das tut weh!"

„Du bist verletzt? Kannst du fliegen? Wir schicken einen Skeeter los . . ."

„Darauf warte ich nicht. Für die zwanzig Minuten, die ich brauche, lege ich am Bein einen Druckverband an. Stellt nur jemanden ab, der mich wieder zusammenflickt."

Hendrick suchte den Erste-Hilfe-Kasten des Skeeters, zog den elastischen Druckverband hervor und schnürte seine Wade oberhalb der Wunde ab. Dann warf er den Motor an, griff nach dem Ventil und hielt inne. Wollte er tatsächlich ohne Beleuchtung starten? Er stellte die Lichter an.

An der Stelle, wo er die Lagervorräte aufgeschichtet hatte, flitzten jetzt dunkle Umrisse in einem Konfettischauer aus zerfetztem Plastik hin und her. Ein halbes Dutzend Monster mußte gegen die Tür geschlagen haben – er konnte sie hören und den Aufprall spüren –, aber noch zehnmal so viele machten sich über seine Vorräte her.

Ein weiteres Mal erzitterte der Skeeter, bevor Hendrick ihn in die Luft brachte. Unter ihm wurde der Lichtkreis größer und schwächer. Irgendwo dort unten wurde Boogie gerade in Stücke gerissen. „Es tut mir leid, mein Alter", flüsterte er. „Wahrscheinlich hast du mir das Leben gerettet."

Die Lichter störten ihn jetzt. Er schaltete sie aus. Mit Hilfe des Kompasses steuerte er den Skeeter nach Norden auf die Kolonie zu.

Seine Gedanken schweiften ab. War es richtig gewesen zu starten? Hätte er am Boden bleiben können, wo unsichtbare Monster über seinen Skeeter herfielen?

Dinge schlugen auf die Hülle; der Skeeter dröhnte unter den Schlägen, und Hendrick schrie auf. Er war eingeschlafen oder hatte das Bewußtsein verloren. Etwas riß seinen Rotor auseinander und peitschte gegen die Kabinenwände.

Die avalonischen Mähnenbäume ragten hoch und schmal empor: die Stämme papierweiß, ein dunkelgrüner Rand, der wie eine Pferdemähne über die Leeseite verlief. Hendricks Skeeter war seitwärts in einen Hain gestürzt. Das Wrack lag im Wasser.

Cadmanns Magen begann zu schmerzen. Er brachte seinen Skeeter in der Nähe des Wracks herunter und ließ seinen Scheinwerfer über die Bäume und das Wasser spielen.

Hinter ihm gab Carlos einige spanische Flüche von sich. Seine Maschinenpistole spie rote Leuchtspurgeschosse in die Dunkelheit. Sie fuhren in die Horde von Minigrendels, die um den Skeeter schwärmten. Kleine Grendels kämpften und fraßen einander.

„Es müssen Tausende sein", sagte Carlos mit rauher Stimme.

„Vielleicht ein-, zweihundert. Spar deine Kugeln."

„Wir können Hendrick nicht dort lassen. Wir müssen ihn zurückbringen."

Cadmann war wie betäubt. „Wir bringen ihn zurück, tot oder lebendig. Wir müssen den Skeeter bergen. Aber ich sehe keine Brüche in der Kabinenwand, und warum kämpfen sie, wenn es keinen Hendrick mehr gibt? Er könnte in Sicherheit sein."

„Warum sind sie denn dort, wenn sie kein Fleisch riechen?"

Cadmann ging erneut herunter und gab Carlos Gelegenheit, sein Magazin zu leeren. „Fühlst du dich jetzt besser? Dann verschwende keine weitere Munition mehr", sagte er grimmig.

Carlos schien jetzt ruhiger zu sein. „Was kommt nun?"

„Wir nehmen das Wrack auf und bringen es nach Hause."

„Können wir es tragen?"

„Den Saft haben wir. In die Skeeter sind Heberinge eingebaut. Oben. Die Haken müssen eingespannt werden. Einer von uns wirft einen Panzer über und klinkt die Hebeseile in die Ringe. Fliegst du?"

„Nein, ich kann nicht fliegen und gleichzeitig schießen. Ich brauche nur einen Augenblick." Carlos stemmte sich aus dem Kopilotensitz hoch und krabbelte nach achtern.

„Fertig, amigo. Jetzt sage mir: Können diese Biester auf das Dach eines zertrümmerten Skeeters springen?"

„Verdammt. Carlos, wir können warten."

„Hendrick kann nicht warten. Du mußt mir Anweisungen geben."

„Okay. Nimm die Kiste von der Wand. In der Mitte ist ein Steuerknüppel. Wenn du ihn hochziehst, ziehst du das Seil an deinem Panzer ein. Wenn du ihn runterdrückst, gibt das Seil nach. Häng dir die Maschinenpistole um den Hals, und dann mach die Kiste an deinem Panzer fest. Wenn du sie verlierst, bist du ein toter Mann."

„Fertig."

„Teste die Seile. Versuche, sie ein- und auszufahren."

Ein schrilles Surren erklang. „Sí. Es funktioniert."

„Okay. Sobald du auf dem Weg nach unten bist, werfe ich die Schleppseile hinab. Direkt vor dem Rotorkopf ist ein Hebering, ein zweiter etwa auf zwei Dritteln der hinteren Länge. Steck die Haken in die Ringe und zieh dich dann wieder hoch. Mach schnell."

„Na sicher. Ich bin fertig. Ich gehe jetzt nach draußen."

Eine leichte Bö zerrte am Skeeter. Automatisch glich Cadmann sie aus. „Okay?" rief er.

„Sí. Ich lasse mich hinunter. Cadmann, da ist eine ganze Menge von den Biestern, aber du hast recht. Sie haben es noch nicht geschafft, in den Skeeter einzudringen. Hendrick könnte noch am Leben sein."

„Wirf eine Granate. Weit weg vom Schiff."

„Okay. Auf geht's."

Fünf Sekunden später erklang ein scharfer Knall.

„Es funktioniert!" rief Carlos. „Sie sammeln sich dort."

„Hier kommen die Schleppseile." Cadmann hob die Schutzverkleidung hoch und klappte die Schalter um.

„Gut gemacht. Mehr nach backbord. Weiter. Weiter. Stopp. Gut. Halt sie so."

Cadmann mühte sich, um das Fahrzeug gegen den böigen Wind vom Bach ruhig zu halten. Beeil dich, mach schon . . .

„Die Achterleine ist fest. Ich gehe jetzt nach vorne und . . ."

Weyland hörte Schüsse. Einen, noch einen, dann Automatikfeuer.

„Carlos! Carlos, melde dich, Carlos . . ."

„Madre de dios . . ." Weitere Schüsse fielen.

Cadmann riß eine Granate von seinem Panzer und zog die Nadel mit den Zähnen heraus. Er hielt sie in der linken Hand und warf sie aus dem Fenster so weit nach links, wie er nur konnte.

„Carlos . . ."

„Fertig. Ich ziehe mich hoch. Flieg los!"

„Nichts lieber als das." Cadmann gab Gas.

„Ich habe sein Gesicht gesehen. Er bewegt sich nicht, aber . . . aber Gott sei Dank fehlt davon nichts."

Cadmann, Jerry, Sylvia und Marnie saßen den versammelten Kolonisten gegenüber. Als Zack sprach, herrschte Schweigen im Raum. „Wir werden es nicht hinter verschlossenen Türen besprechen. Wir alle müssen Entscheidungen treffen. Wir hatten es nicht wissen können . . ."

„Wie geht es Hendrick?" fragte Gregory Clifton.

„Er ist immer noch auf der Intensivstation. Vielleicht verliert er das Bein, der Druckverband war ziemlich lange drauf. Jerry hat uns ein Wunder versprochen. Wir werden sehen. Diesmal haben wir eine längere Warnzeit. Noch ist niemand gestorben." Zack zögerte, dann richtete er sich entschlossen auf. „Die Gerüchte sind euch allen bekannt. Lachse sind Grendelbabys, und die verändern sich jetzt. Wir müssen also mit Schwierigkeiten rechnen. Sylvia und Jerry werden euch zu erklären versuchen, wie groß die Schwierigkeiten sein könnten. Sylvia, bitte!"

Zack verließ das Podium, und Sylvia nahm seinen Platz ein.

Jerry legte ein Video in das Sichtgerät ein, und das schwebende Bild eines Lachses erschien vor der Wand des Speisesaals. „Lachse", sagte Sylvia. „Ein bis sechzig Zentimeter lang. Keine nennenswerten Zähne. Reine Wassertiere. Genießbar."

Ein zweites Bild erschien neben dem schwebenden Lachs. „Das hier hing an Hendricks Skeeter. Wir haben es totgeschlagen. Es ist das besterhaltene Exemplar, das wir erwischt haben. Ihr könnt erkennen, daß es über einen Meter lang ist. Achtet darauf, daß sich die Rückenflossen zurückgebildet haben; die Bauchflossen haben sich verdickt und begonnen, sich zu Beinen zu entwickeln. Die biegsamen Schnabelkiefer haben sich zu Zähnen entwickelt. Die Tempodrüse hinter den Lungen beginnt, sich aufzublähen. Die Zähne und die verstärkten Knochen sind nur durch einen beispiellos hohen Kalziumtransport zu erklären."

Das dritte Bild stellte Cassandras graphische Darstellung eines erwachsenen Grendels dar.

Sylvia räusperte sich. „In unseren Unterlagen finden sich einige Gleichungen. Wir haben sie Cassie eingegeben und einige Resultate erhalten. Etliche Zahlen entgehen uns, aber das Szenario ist eindeutig genug. Erwachsene Grendels sind immer weiblichen Geschlechts. Kaulquappen sind männlich. Die meisten werden aufgefressen. Die Grendels legen eine ganze Menge Eier. Die Eier verwandeln sich in kleine Lachse. Die kleinen Lachse fressen so lange Schlamm, bis sie sich in große Lachse verwandeln. Die Grendels fressen große Lachse. Nun sagt uns jedoch die Evolution, daß es mehr Grendels geben würde, wenn die Grendels etwas anderes als ihre eigenen Kinder fräßen. Die Grendels fressen alles lieber als Lachse. Lange vor unserer Ankunft müssen sie alle Tiere im Bereich des Wassers ausgelöscht haben. Sie waren darauf angewiesen, nur noch Lachse zu fressen. Diese Lage ist Jahrhunderte oder Jahrtausende oder vielleicht sogar Jahrmillionen stabil gewesen. Die Flugtiere haben Zeit gehabt, sich daran anzupassen, und auch das hätten wir bemerken sollen."

„Ja!" rief Mary Ann. „Die Flugtiere. Natürlich!"

Sylvia sprach weiter. „Wir haben die gesamte Ökologie versaut. Zuerst führten wir neue Nahrungsquellen ein. Von den Welsen werden wir nicht mehr viele finden. Dann haben wir alle ausgewachsenen Grendels umgebracht. Niemand war da, um die Lachse zu fressen. Jetzt haben wir Frühling, und sämtliche Lachse verwandeln sich nach und nach in Grendels. Die Anzahl der heranwachsenden Grendels wird weit größer sein, als es eine ausgeglichene Bevölkerung zuläßt."

Es war totenstill.

„Sylvia!" sagte Mary Ann. „Die Grendels fressen ununterbrochen."

„Was?" Sylvia rieb sich die Schläfen. „Natürlich. Sie brauchen eine ständige Nahrungsquelle, also müssen sie auch ständig Eier legen. Es hätte zu jeder Jahreszeit passieren könen. Wir haben alle Erwachsenen herausgenommen, also werden jetzt alle Lachse groß."

„Mit wie vielen Grendels werden wir es zu tun haben?" fragte Greg nervös.

„Das ist schwer zu sagen. Wir kennen die Rate nicht, mit der sich

Grendels gegenseitig umbringen. Wir wissen nur sicher, daß wir durch die Tötung der Grendels eine weit schlimmere Bedrohung losgelassen haben. Aber: Erstens fressen Grendels sich gegenseitig auf. Außerdem werden sie um Gebiete kämpfen. Sie würden lieber die Kinder von jemand anderem als die eigenen fressen. Zweitens haben wir die nähere Umgebung leer gefischt. Die Mehrzahl der heranwachsenden Grendels hat uns noch nicht entdeckt. Das wird sie aber, und das ist Cadmanns Problem."

Zack ging wieder zum Pult.

„Wir haben zahlreiche Beweise dafür, daß die Lachse und die Grendels selbst nach abgeschlossener Verwandlung auf Wasser angewiesen sind. Ich schlage den Einsatz eines biologisch abbaubaren Giftes vor. Wir bergen die Welse, die wir kriegen können, und verwenden unser derzeitiges Zuchtbecken als Wasserversorgung. Wir vergiften den Miskatonic im Quellgebiet . . ."

Jerry schüttelte den Kopf. „Eine großartige Idee, Zack. Dummerweise sind wir aber nicht hierhergekommen, um Avalon zu vergiften, und wir sind dafür auch gar nicht ausgerüstet. Bestenfalls könnten wir einige der Schwermetallabläufe in das Wasser pumpen. Das wird sie nicht schnell, uns aber dafür langsam umbringen. Das ist keine Lösung."

„Was ist mit der *Geographic?*" Carolyn McAndrews' Stimme klang brüchig. „Können wir nach dorthin evakuieren? Wir haben alle gesehen, was ein einziger Grendel uns angetan hat. Warum machen wir uns etwas vor? Wir können sie nicht bekämpfen. Wir sollten aufgeben."

„Aufgeben?" fragte Phyllis leise. „Aufgeben und was dann?"

Carolyn sah sich im Raum um und wirkte wie ein kleines Mädchen, das sich verlaufen hat. „Wir gehen nach Hause. Wir könnten immer noch nach Hause gehen . . ."

Stu erhob sich. „Das können wir nicht, Carolyn. Die *Geographic* kann zwanzig Kolonisten eine Woche lang mit Luft versorgen. Danach sind die Sauerstoffprozessoren im Eimer. Du vergißt, daß wir das Schiff seit fast zwei Jahren Stück für Stück demontieren . . ."

„Die Kryogenanlagen. Wir könnten uns einfrieren . . ." Dann traf sie die Erkenntnis. „O nein. Die Tiefschlafinstabilität."

Zack ergriff das Wort. „Das ist alles, Carolyn. Kein Fort Apache, das wir erreichen könnten. Wir kämpfen und gewinnen, oder wir sterben. Und jetzt sollten wir auf die Experten zurückgreifen. Colonel Weyland?"

Cadmann stand schwerfällig auf. Er schien sich seiner Verantwortung nur zu bewußt zu sein. „Sir."

„Bitte kommen Sie zum Pult."

„Ja, Sir." *Meine Aufgabe. Was sollen wir jetzt machen? Das Wichtigste zuerst.* „Morgen früh werden die Minervas als Fähren eingesetzt und in dreistündigen Intervallen nach oben gebracht und wieder zurückgeführt. Zuerst die schwangeren Frauen und die Kinder. Dann unsere wichtigsten Leute. Zack und Rachel zum Beispiel. Wenn dann immer noch Platz ist, kommen die Verletzten an die Reihe. In der Zwischenzeit werden sämtliche Verteidigungsmaßnahmen der Kolonie intensiviert. Alle übrigen Frauen werden sich mit Werkzeugen und Ausrüstung zum Steilhang zurückziehen, um die Befestigungen zu verbessern. Fangt mit dem Packen an."

„Ohne die Ernte hier werden wir verhungern", sagte Jerry.

„In der *Geographic* gibt es Nahrung. Im Hochland haben wir einige eßbare Dinge gefunden. Wichtig ist, daß wir die nächsten paar Wochen überstehen." *Danach werden wir nicht mehr so viele Mäuler zu stopfen haben.*

Sylvia hob die Hand. „Wir müssen einige Grendels einfangen und sie zur *Geographic* bringen, um an biologischen Waffen zu arbeiten."

„Bist du sicher, daß du mit einem lebenden Grendel fertig wirst?"

„Wir werden Käfige entwerfen. Vielleicht können wir Lachse fangen, die sich gerade verwandeln. Wir brauchen die Informationen."

„Einverstanden. Stu – du kümmerst dich darum, ja? Erstatte mir Bericht, bevor wir etwas unternehmen. Ohne meine Zustimmung werden die Minervas oder das Schiff nicht in Gefahr gebracht. Von niemandem. Zack, würdest du das bestätigen?"

„Ja, er hat recht."

„Was soll das?" schrie Carolyn plötzlich. „Alles, was wir tun, macht es doch nur noch schlimmer. Warum sollen wir kämpfen? Sicherheit gibt es nicht . . ." Tränen strömten über ihr Gesicht.

Mary Ann stand auf und musterte die Versammelten. „Nein, das stimmt nicht." Sie preßte Jessica fest an sich.

„Woher weißt du das?" rief Carolyn. „Du bist wie ich, Mary Ann! Du kannst dich nicht auf deine Gedanken verlassen."

„Manchmal kann ich es", sagte Mary Ann. „Carolyn, denke nach. Wir haben Joes. Sie leben."

„Mein Gott", sagte Sylvia. „Sie hat recht. Das bedeutet . . ."

Mary Ann strahlte. „Daß die Grendels nicht so hoch klettern können."

„Sie bewegen sich nicht weit vom Wasser fort", fügte Jerry hinzu. „Sie würden sich sonst selbst kochen. Wir haben gesehen, welche Hitze ihre Körper abgeben, wenn sie auf Tempo gehen. Es gibt mehr als nur Hoffnung – solange wir nicht in Panik verfallen."

„Also", sagte Zack bestimmt, „wir müssen jetzt einige Entscheidungen treffen. Zuallererst: Colonel Weyland übernimmt den Befehl über die Verteidigungsmaßnahmen, und wir befinden uns im Kriegszustand. Wenn ihr dazu etwas zu sagen habt, sagt es jetzt."

„Was heißt: ‚Übernimmt den Befehl'?" fragte Omar.

„Damit meine ich: Du folgst genau seinen Anweisungen", sagte Zack. Sieh dir die Verträge an, die wir alle unterzeichnet haben; darin steht, daß im Falle einer Bedrohung der Kolonie die üblichen Regeln außer Kraft treten und der Administrator über die alleinige Autorität verfügt. Also, wir werden diesen Ort evakuieren müssen. Sobald dieses Treffen aufgelöst ist, fangt ihr mit dem Packen an. Jerry, du hast die technischen Dinge unter Kontrolle. Mary Ann, bring ihn zum Steilhang. Sylvia geht ebenfalls mit. Ihr werdet an den Verteidigungsstellungen arbeiten."

„Warum ausgerechnet dein Haus?" wollte jemand wissen.

„Das ist der Platz auf der Insel, der am besten zu verteidigen ist", sagte Carlos.

„Stu Ellington kümmert sich um die Minervas. Sie sind unsere wichtigsten Güter. Stu, wir müssen Pläne ausarbeiten, aber das Allerwichtigste ist, daß wir niemals beide Minervas aufs Spiel setzen."

„Genau", sagte Ellington.

„Bei der leisesten Gefährdung einer Minerva verschwindet das Schiff", fuhr Cadmann fort. „Das bedeutet, daß wir Vorsichtsmaßnahmen beim Be- und Entladen zu beachten haben. Plant so, als ob das Schiff jederzeit starte. Selbst wenn Leute darauf warten, an Bord zu gehen."

„In Ordnung", sagte Stu.

„Donovan. Wir werden eine Verbindung zwischen dem Steilhang, der Siedlung und der *Geographic* brauchen. Eine ständige Datenübermittlung von *Geographics* Teleskop und den Skeetern."

„Mach ich."

„Halte die Skeeter am Laufen und auf Patrouille. Transportiere das Wrack zum Steilhang." Cadmann fuhr sich mit der Hand durch das Haar. „Nach diesem Treffen brauche ich eine Stabszusammenkunft. Alle Abteilungsleiter. Wir haben eine Menge Details zu planen. Gibt es Fragen?"

„Nur eine", sagte Zack. „Ich stelle sie für uns alle. Du redest, als ob wir die Kolonie aufgeben müßten. Bist du sicher?"

„Sicher bin ich nicht. Aber wir sollten davon ausgehen. Ihr wißt, was ein einzelner Grendel angerichtet hat. Jetzt denkt mal an Tausende. Wenn es eine Möglichkeit gibt, die Kolonie gegen diese Bedrohung zu verteidigen, kenne ich sie nicht. Hat jemand einen Vorschlag?"

Schweigen. Aus der Stille erhob sich eine Stimme. „Flüssiger Wasserstoff. Wir verbrennen sie."

Interessant, dachte Cadmann. „Jerry?"

„Wir haben nicht viel davon, und die Minervas werden ihn brauchen. Die Idee gefällt mir, aber es gibt Schwierigkeiten."

„Denke darüber nach", sagte Cadmann. „Was noch?"

„Kommt schon, Leute, das sind nur Tiere", sagte Terry. Seine verkrampften Hände umklammerten die Lehnen seines Rollstuhls. „Wir sind über zehn Lichtjahre hierhergekommen, und wir kamen als Eroberer! Es ist . . . es ist komisch: Sternenfahrer, die von Tieren gehetzt werden."

Cadmann musterte die Versammelten nüchtern. Wie viele von diesen Leuten würden in einer Woche noch am Leben sein? Einen Augenblick lang erkannte er die sehr reale Möglichkeit, daß nichts, was sie tun würden, sie schützen konnte. Daß ihre Verteidigungsstellungen unter dem Ansturm der Grendels zusammenbrechen würden.

Zack kam wieder nach vorn. „Cadmann, du möchtest dich bestimmt auf das Stabstreffen vorbereiten. Hört mal, Leute, ich weiß, es ist ein Schock . . ."

„Ein Schock?" Jerry brach in Gelächter aus. „Zack, wie viele Schocks werden wir denn bekommen?"

„Glücklicherweise war das der letzte", versicherte Zack. „Wir schaffen es. Bevor wir die Erde verlassen hatten, wußten wir nicht, was uns erwartet. Jetzt wissen wir um die großen Gefahren, und es ist nicht so schlimm, wie einige von uns angenommen haben! Es sind nur Tiere.

Wir müssen einander vertrauen. Jeder von uns kennt sich in zwei lebenswichtigen Fertigkeiten aus. Einige von uns beherrschen drei oder vier. Ich erwarte von euch bedingungslosen Einsatz. Springt für jeden ein, der am Ausflippen ist. Wenn ihr selbst durchdreht, sucht euch erst einen Ersatz, dann könnt ihr hysterisch werden."

„Aber laßt es euch vorher von Cadmann genehmigen", scherzte Carlos. „Unerlaubte Hysterie ist streng verboten."

„Es reicht", sagte Zack. „Das Stabstreffen findet in einer halben Stunde statt. Der Rest kann gehen."

Die Veränderungen des Schwimmers ereigneten sich mit verwirrender Schnelligkeit. In seinem Körper war Hitze. Sein Maul schmerzte. Das Schwimmen bereitete ihm Mühe.

Es gab nichts mehr zu essen. Die grünen Fäden, die er sein Leben lang gefressen hatte, rochen nicht mehr nach Nahrung. Etwas fehlte. Ein Gefühl – ein Unbehagen, das zu Panik und Schmerz anwuchs – trieb ihn aus dem Wasser.

Er wand sich auf der Stelle. Neue Muskeln spannten und entspannten sich, und Feuer tropfte in seine neuen Lungen. Die Panik wich. Die schwerfällig gewordenen Flossen offenbarten jetzt ihren neuen Zweck.

Mit großer Anstrengung stieß sich das, was einmal ein Schwimmer gewesen war, vom Boden ab und erhob sich auf unsicheren Beinen, versuchte das Gleichgewicht zu bewahren. Seine Flanken bebten, pumpten Luft herein und hinaus. Er sah auf die Welt über dem Wasser.

Dieser Ort war einem Schwimmer vollkommen fremd. Aus seinen Tränendrüsen sonderte sich ölige Flüssigkeit ab, die seine Augen feucht hielt. Zum ersten Mal in seinem Leben empfand er den Druck seines eigenen Gewichtes. Wie konnte er sich zur gleichen Zeit schwächer und stärker fühlen?

Etwas noch Sonderbareres geschah. Etwas kam auf ihn zu und hatte stumpfe schwarze Augen mit hungrigem Blick auf ihn gerichtet. Es roch falsch . . . roch richtig. Im Schwimmer erwachte etwas zum Leben. Plötzlich fühlte er sich gewichtslos, nicht mehr schwerfällig . . .

Das andere sprang los. Alle Gedanken verschwanden hinter einer überwältigenden Reaktion. Der Schwimmer hüpfte beiseite, und der Hieb des anderen traf nur Luft. Der Kopf des Schwimmers ruckte herum, und neue scharfe Zähne senkten sich in die Flanke des Angreifers.

Noch nie zuvor hatte er jemanden der eigenen Art bekämpft. Die einzige Erinnerung bestand in der Anstrengung, dem Großen auszuweichen, dem Einen, das Schwimmer fraß. Das Große war viele Male gekommen, und der Schwimmer hatte sich schnell bewegt.

Das andere versuchte, sich jetzt zurückzuziehen, aber der Schwimmer war auf einmal wie ausgehungert. Er hatte etwas geschmeckt, das köstlicher war als aller grüner Schlamm der Welt. Immer wieder schlug er zu.

Andere Wesen schlossen sich an. Sie rissen und zerrten. Der Blutgeruch erfüllte seine Sinne. Die Todeszuckungen des anderen ließen nach.

DER Sumpf unter Cadmann wimmelte von Grendels. Einzelne Monster konnte er noch nicht ausmachen, aber überall erzitterten Bäume und Büsche.

Carlos rieb sich mit der Hand über die Magengegend. „Der Streß macht keinen Spaß. Aber ich werde nicht mehr so viele Fehler machen."

„Na also. Ab jetzt können wir uns sowieso keine Fehler mehr leisten." Cadmann führte den Skeeter etwas niedriger an den Fluß heran. Jetzt konnte er einzelne Grendels erkennen. Sie drängten sich am Wasser wie Welse im Zuchtteich zusammen, wanden sich und schnappten nacheinander.

„Carlos, du bist ein besserer Mathematiker als ich. Wie groß muß die Bevölkerung unserer Kolonie sein, wenn sie überleben will?"

„Ich habe mal einen Artikel darüber gelesen. Mindestvarianz der Gene, Mindestfächerung der Talente. Wir hatten das Minimum an Erwachsenen und dreimal so viele Föten. Wenn allerdings jemand auf das Buch der Bücher vertraut, könnten ein Mann und eine Frau den Planeten bevölkern."

„In diesen Zeiten ist Glauben keine schlechte Idee", sagte Cadmann und richtete die Kamera des Skeeters auf das Knäuel sich windender Grendels unter ihnen.

„Freßwahn. Ihr eigener Anblick löst ihn aus. Mal sehen, wie Jerrys Idee funktioniert." Carlos kappte einen Draht, der auf der Innenseite der Tür befestigt war. Einer der Säcke, die an der Seite des Skeeters hingen, fiel hinab. Kalbsblut floß in das Wasser.

Die Grendels drehten durch. Trunken vor Blutlust schnappten sie in die Luft. Das Wasser kochte vor schwarzen Leibern.

„Verdammt, sind die blöd."

„Ja, aber die Überlebenden werden schlauer sein – und unser Nachschub an Kalbsblut ist nicht unbegrenzt. Der Reflex existiert allerdings. Das ist ermutigend. Wir haben eine kreative Mannschaft. Jemand wird sich noch etwas Besseres ausdenken."

Sie starben zu Hunderten. Angefressene Kadaver stiegen an die Oberfläche. Andere kamen heran, um zu fressen.

„Sie kämpfen nicht mehr", sagte Carlos.

„Nein. Es gibt genug zu fressen. Trotzdem haben wir eine Menge erwischt." Cadmann lächelte grimmig. „Auf geht's. Wir haben viel zu tun."

Als sie die Kolonie wieder anflogen, stieg gerade Minerva zwei auf einer Säule aus Schaum und Dunst auf. Tausende Liter Wasser fielen donnernd in den See.

Das Fahrzeug war im Nebel verschwunden, bevor sich das Donnern veränderte, als das Triebwerk ansprang.

„Ich glaube nicht, daß ich mich hinter einer Minerva aufhalten möchte, wenn sie startet", sagte Carlos.

„Ich auch nicht. Wie können wir die Grendels dazu bringen, sich darunter zu versammeln?"

„Daran dachte ich gerade . . ."

„Wenn dir etwas einfällt, vergewissere dich, daß es sicher ist. Ohne die Minervas sind wir erledigt."

Sie umkreisten das Lager. Seine Befestigungen lagen wie ein Reliefmodell unter ihnen ausgebreitet.

Innerhalb des Minengürtels befand sich ein neuer elektrischer Doppelzaun.

Die äußeren Felder waren abgesperrt und ihre Erträge zum Steilhang überführt worden. Auf den öden Feldern bewegten sich jetzt nur noch mit Fernsteuerung kontrollierte Traktoren. Cadmann konnte die Flammenwerfermündung vor den Befeuchtern und den Kultivatoren ausmachen.

Die Schweißlaser, die Fackeln, die Plasmabohrer waren als Waffen eingesetzt. Nahezu jedes Werkzeug war für die Verteidigung der Kolonie umfunktioniert worden.

Er konnte auch die Schützen sehen. Skeeter flogen herum, stießen hinab, um Grendels unter Beschuß zu nehmen. Es waren noch nicht viele, aber sie mußten aufgehalten werden, bevor sie die Zäune erreichten.

„Ich meine immer noch, daß es riskant ist", murmelte Cadmann. „Beide Minervas sind im Einsatz. Während dieser Zeit haben wir keinen Saft für die Zäune. Wenn wir beide verlieren, sind wir erledigt."

„Warum hast du sie dann beide starten lassen?"

„Wegen des Zeitplans. Manchmal muß man etwas riskieren."

Sie kreisten über Haufen aus Dornholz, die in Abständen errichtet und mit Zündungen versehen worden waren. „Ich hoffe, daß es funktioniert", sagte Cadmann.

Carlos zuckte die Achseln. „Jerry und Marnie schwören darauf. Vertraust du ihnen?"

„Ich vertraue der Überlegung. Erhitze einen bereits überhitzten Grendel, und sieh dir an, wie er kocht."

Die Vieh- und Pferdeverschläge waren leer. Cadmann konnte die Tiere sehen, die sich hügelaufwärts bewegten, während berittene

Männer und Frauen die Herde zusammenhielten. Alte Filme kamen ihm in den Sinn.

Er setzte den Flieger behutsam auf dem Landefeld auf. Als er sich losschnallte, öffnete Zack die Tür.

„Ich dachte, daß du mittlerweile schon oben an Bord der *Geographic* bist."

„Noch nicht", sagte Zack. „Eigentlich will ich gar nicht gehen."

„Sicher, und eigentlich will ich gar nicht hierbleiben. Leute wie du und ich haben im Leben kaum eine Wahl. Wie läuft es?"

„Rachel sagt, daß die Arbeitsschichten gerade rechtzeitig eingesetzt wurden. Sie sind alle so müde, daß sie noch keine Chance hatten, über ihre Furcht nachzugrübeln."

Ein lautes unglückliches Wiehern aus der Mitte des Lagers erregte Cadmanns Aufmerksamkeit. „Verdammt!"

„Was ist das?"

„Die Pferde. Laßt sie laufen. Die Grendels sind noch nicht voll ausgewachsen. Die Pferde könnten ihnen vielleicht davonlaufen. Einige könnten überleben."

„Reichlich unwahrscheinlich."

„Stimmt, aber wie mal jemand gesagt hat – die Grendels rennen um ihr Mittagessen . . ."

„Die Pferde rennen um ihr Leben. Schon verstanden", sagte Carlos. „Außerdem bin ich sicher, daß sie lieber im Laufen sterben, als in einem Pferch eingesperrt zu sein." Einen Augenblick machte er ein nachdenkliches Gesicht. „Sie würden eine bessere Chance haben, wenn jemand mit ihnen ginge. Sie anleitet. Sie so weit wie möglich nach oben bringt."

„Stimmt", sagte Cadmann. „Aber wer? Jemand, der reiten kann. Carolyn. Sie soll die Pferde übernehmen."

„Sie neigt zur Panik", sagte Zack.

„Genau. Im Kampf ist sie nicht zu gebrauchen. Aber sie kann laufen. Schick sie los."

„Ich sage es ihr", meinte Carlos.

„Warum du? Oh. In Ordnung. Wie sieht es mit der großen Überraschung aus, Zack?"

„In jedem der vier Vorratstanks haben wir tausend Liter flüssigen

Wasserstoff. Das reicht nicht, aber mehr können wir nicht entbehren. Wir müssen abwarten, was es bringt."

„Was machen die Grendels?"

„Pro Stunde erwischen wir jetzt zehn. Die beste Schätzung lautet, daß sich diese Zahl etwa alle zwei Stunden verdoppeln wird, bis die Welle kommt. Wenn Minerva zwei landet, bleibt sie unten. Wir sollten die Zäune bald unter Strom setzen. Die Hauptwelle hat uns noch nicht erreicht, aber vor einer halben Stunde ist ein Grendel durch den nördlichen Zaun gebrochen."

„Wird er repariert?"

„Ist schon gemacht. Wir müssen jetzt Minerva zwei an die Kraftanlagen anschließen, aber wir müssen sie auch beladen. Diese Zäune halten nicht ewig . . ."

„Sobald die Zäune brechen, startet die Minerva. Das haben wir schon besprochen. Du solltest besser zum Damm gehen." Cadmann warf einen Blick nach oben. Minerva zwei kehrte zurück.

Zack seufzte. „Weißt du, Cadmann, es war einfach keine Zeit. Ich . . . du hättest mir die Kolonie wegnehmen können."

„Das ist Blödsinn."

Zack wandte sich ab und ließ Cadmann und Carlos zurück.

„Die Tugenden des Kriegers", murmelte Carlos. „Seit uralten Zeiten lauten sie: die Unschuldigen beschützen, Mut im Kampf zeigen. Die größte Tugend war die Treue zum König."

„Zack ist tatsächlich der einzige König, den wir haben", meinte Cadmann mit einem Lachen. „Komm. Wir haben noch eine Menge zu tun."

Die Funkbaracke summte vor Aktivität. Marnie und Jerry überwachten Verbindungen und koordinierten Wärmekurven von der *Geographic*. Farbige Keile zeigten den Vormarsch der Grendels an.

Eine „Welle" gab es nicht. Entlang sämtlicher Bäche von Camelot erhöhte sich die Wärmedichte, rubinrot entlang des Miskatonic. Um die Kolonie herum war noch ein Loch, das sich aber allmählich schloß, während die Grendels in freies Gebiet vorstießen.

„Wie lange noch?" fragte Carlos ruhig.

„Höchstens noch zwanzig Stunden", antwortete Marnie.

Jerry nickte. „Das wird hart auf hart gehen, aber ich denke, wir können es bis dahin schaffen."

Gewehrfeuer ertönte: mehrere Gewehre gleichzeitig. Carlos beobachtete einen Videoschirm. In den Maisstoppeln tanzten kleine Grendels – drei, vier.

Carlos verzog das Gesicht. „Sie werden größer."

„Anzunehmen", sagte Jerry. „O ihr Götter, diese Wachstumsrate – ich habe sie selbst ausgearbeitet und nicht daran geglaubt."

„Sie haben ja auch einen ganz schönen Wachstumsanreiz."

Cadmann unterbrach sie: „Holt mir den Steilhang herein."

„Kein Problem." Jerry stellte die Verbindung her.

Cadmann schaltete sein Kehlkopfmikrofon ein. „Ist Mary Ann da?"

„Eine Minute."

Nach etwa dreißig Sekunden erschien Mary Ann auf dem Monitor. Sie sah ziemlich müde, aber nicht niedergeschlagen oder verängstigt aus.

„Mary Ann. Das ist vielleicht die letzte Gelegenheit. Willst du wirklich nicht zur *Geographic* hoch?"

„Niemand kennt den Steilhang so wie ich. Ich muß allen zeigen, wo sich was befindet. Wenn Sylvia auf Jessica aufpassen könnte, wäre ich froh."

„Mir wäre wohler, wenn du von dort verschwändest."

„Nein. Man braucht mich hier. Wenn die Grendels hier alle töten, wird es nichts geben, wohin ich zurückkehren könnte."

„In Ordnung. Ich mußte einfach fragen."

„Und ich mußte so antworten." Sie lachte leise.

Vor der Funkbaracke verstärkte sich der Geruch nach kleinen Grendels, die von Flammenwerfern geröstet wurden. Der Gestank hing wie ein Leichentuch in der Luft.

Cadmann und Carlos gingen zum Zaun über dem Miskatonic. Carlos deutete auf einen schwarzen Umriß, der aus dem Wasser unter ihnen watschelte. Langsam und suchend drehte er seinen Kopf, als könne er sie riechen. Er versuchte den Hang zu erklettern, fiel aber ins Wasser zurück.

Im Süden spie ein Skeeter Feuer. Am Boden raste ein brennender Grendel auf den Fluß zu, irrte ab und kam schließlich zum Stehen.

„Cadmann? Carlos?“

Sylvia. Sie wandte sich um und gab dadurch den Blick auf das Tragegestell frei, in dem Jessica saß.

Terry rollte neben ihr heran. Er trug Justin auf dem Schoß.

Cadmann spürte, wie die alte Sehnsucht erwachte. Die sehr reale Möglichkeit, daß er Sylvia nie wiedersehen würde, verlieh dem Gefühl eine beinahe unerträgliche Intensität.

Sylvia umarmte Cadmann und küßte ihn. „Viel Glück.“

Carlos stand ruhig daneben. Sylvia flüsterte ihm etwas zu und gab ihm dann einen langen Kuß.

Schließlich nahm sie Terry Justin ab und trat wieder zurück. „Meine drei liebsten Männer in der Welt“, sagte sie ruhig. „Gott segne und behüte euch. Behütet einander.“

Sie kniete bei Terry nieder und küßte ihn. Zunächst leicht, dann mit heftigem Verlangen. Justin begann zu weinen. Sylvia drückte das Kind an ihre Brust. Ohne ein weiteres Wort wandte sie sich ab und rannte auf das Skeeterfeld zu.

Cadmann zögerte und sagte dann: „Ich würde sie gern selbst hinüberbringen. Macht es dir etwas aus?“

„Keineswegs.“ Terrys Stimme schwankte.

Die Skeeterfähre wurde von Stu betreut. Cadmann packte ihn am Arm und führte ihn beiseite. „Stu – tu uns beiden einen Gefallen, und hol dir einen Kaffee, ja?“

„Geht schon, Cad. Noch klappt es recht gut . . .“ Er warf einen Blick auf Sylvia und dann wieder zu Cadmann. „In Ordnung.“

Cadmann hielt Sylvia die Tür auf und ging dann zur Pilotenseite. Sie gab keinen Ton von sich, bis sie starteten, dann seufzte sie.

„Ich hätte wissen sollen, daß es Carlos sein würde“, sagte er.

„Du verstehst es, oder?“

„Wie könnte ich es nicht verstehen? Ich wünsche mir nur . . .“

„Sag es nicht, Cad. Wir haben das alles schon besprochen. Werden wir es schaffen, Cad?“

„Die Antwort lautet, ja. Wir haben Fehler begangen, schlimme Fehler. Was mich nicht überrascht – mit einer fremden Ökologie hat es noch niemand zu tun gehabt.“

„Aber, Cad . . .“

„Diesmal gibt es kein Aber." Er setzte den Skeeter auf dem Asphalt ab, der den Damm umgab. Minerva eins wartete dort auf sie. Cadmann drehte sich ihr zu. „Ich schwöre es dir – Justin und Jessica werden weiterleben. Sie werden einen Platz haben, wo sie heranwachsen können. Sie werden diesen Planeten erben."

Sylvia lag an seiner Brust. Ihr Gesicht war nur einen Hauch von seinem entfernt. Er beugte sich zum Kuß hinunter.

„Du bist unsere einzige Hoffnung, Cadmann. Bitte."

Er küßte Jessica und dann Justin, als ob beide seine Kinder wären.

Sylvia stieg aus dem Skeeter und schloß die Tür hinter sich.

Reglos wartete er, bis sie in die Minerva stieg. Mit einem letzten Winken verschwand sie in der Schleuse.

Die *Geographic* hatte sich nicht verändert. Die Hülle wies Narben von jahrzehntelangen Bombardements durch kosmische Strahlen und Mikrometeoriten auf. Die Oberflächenspannung hatte den leeren Treibstofftank auf die Hälfte seiner ursprünglichen Größe zusammenschrumpfen lassen. Und die *Geographic* war kein interstellares Raumschiff mehr. Ihre Elektronik, Hydroponik, Lebenserhaltungssysteme, Computer – alles, was unten verwendet werden konnte – waren nach Avalon verschifft worden.

Die Luftaufbereitungsanlagen können nicht mehr als dreißig Leute für zweiundsiebzig Stunden versorgen, dachte Sylvia. *Nach fünfzig Stunden werden wir Suppe atmen.* „Sie ist tot", sagte sie laut.

„Nein. Sie schläft", widersprach Rachel.

„Genau." Zack machte ein finsteres Gesicht. „Wir werden es alle noch erleben, wie wir sie zu den Planeten hinausbringen . . ."

„Wir gehören immer noch zum *Homo interstellaris*", betonte Rachel. „Jetzt sind wir sogar die einzigen. Wenn wir versagen, welche Lehre haben wir dann für das Sonnensystem? Ein weiteres Schiff wird es vielleicht nie mehr geben. Wenn wir das hier durchstehen, werden wir sämtliche Lachse in den Flüssen von Avalon essen, während unsere Ernte heranreift. Mein Gott, ich wünschte mir, daß ich das aufgezeichnet hätte!"

Zack lachte. „Ich auch! Rachel, mit so einer Rede hätte ich für jeden Posten gewählt werden können!"

UNTER ihnen wallte der Nebel. Mary Ann stand am Steilhang und versuchte etwas zu erkennen. Die Kolonie war nicht mehr als ein verwaschener Fleck. Wenig später kam die Brise wieder auf, einen Augenblick lang teilten sich die Nebel. Im Augenblick war alles ruhig und friedlich. Grendels waren nicht zu sehen.

Plötzlich spürte Mary Ann große Hände auf ihren Schultern, die sie massierten. Hitzewellen spülten die Müdigkeit fort. Sie drehte den Kopf. „Wunderbar, Jerry."

„Wenn du Weyland abblitzen läßt, sind wir dran. Geht es dir gut?"

„Mein Körper verlangt nach Jessica." Sie berührte ihre Brüste. „Aber wir haben oben sechs Frauen, die ihr Milch geben können. Es wird ihr gutgehen." Sie hakte sich bei Jerry unter. Gemeinsam gingen sie zum Haus zurück.

Die Veränderungen waren schon von weitem zu erkennen. Dreizehn Leute hatten die Fundamente vertieft und ausgeweitet und das Dach und die Mauern mit dicken Metallverkleidungen versehen.

Die gleichen Männer ernteten jetzt, gruben, fuhren Traktoren mit Gerät, das nicht zu Waffen umgebaut werden konnte.

Wenn das Hauptlager fiel, würde Cadmanns Steilhang der Ort auf der Insel sein, der am besten zu verteidigen war.

In den Käfigen waren die Joes unruhig geworden. Etwa zwanzig quiekten und drückten die Nasen gegen die Drähte. Die vielen Menschen versetzten sie in Aufregung.

Mary Ann nahm zusammengefaltete Zettel aus ihrer Tasche. Sie waren mit Diagrammen in Cadmanns breiter, kräftiger Handschrift beschrieben.

Sie betrachtete seine Zeichnungen und verglich sie mit dem Plateau, das sich jetzt unter ihnen befand. Der Boden war in dunkle feuchte Flecken umgegraben worden; ein einzelner, drei Meter breiter Pfad führte im Zickzack hindurch. „Minen – in Halbmondanordnung." Sie zeigte auf das Feld. „Mit Ausnahme des Pfades, der mit Pfählen abgesteckt ist. Die Minen sind jetzt scharf."

Jerry nahm die Zeichnungen. „Zu schade, daß wir keinen Treibstoff für einen Graben haben. Das hätte gewirkt. Aber zum Glück reagieren Grendels in festgelegten Mustern. Ihre Angriffsarten sind genetisch determiniert."

„Meistens jedenfalls." Mary Ann runzelte die Stirn. „Doch es gibt auch das, was man Streuung nennt."

„Zufallshandlungen, ja. Die Evolution funktioniert besser, wenn Zufallselemente eingebaut sind. Die meisten Grendels werden auf das programmiert sein, was in der Vergangenheit geklappt hat. Nicht alle. Wir müssen darauf achten." Er vertiefte sich wieder in die Skizzen. „Das Minenfeld läßt sie hochgehen. Der Blutgeruch treibt sie in den Freßwahn. Sie werden einander genauso wütend angreifen wie uns. Allerdings . . ."

„Was meinst du?"

„Sie sollten die Minen eigentlich gar nicht erreichen. Sie werden sich zehn Kilometer oberhalb ihrer Wasserzufuhr befinden. Ihre Hitze sollte sie umbringen, bevor sie auf Tempo schalten."

„Sie haben uns schon vorher zum Narren gehalten."

„Ja. Wenn sie es bis hierher schaffen, haben sie uns wieder hereingelegt. Was machen sie dann? Riechen sie die Minen? Oder lernen sie fliegen?"

Mary Ann zuckte zusammen, als Minerva eins das Tal mit ihrem Donner erzittern ließ. Der Shuttle flog am Rand des Plateaus vorbei und verschwand. „Wie lange noch?"

„Für die Kolonie? Vielleicht noch acht Stunden, bis der erste Zaun zusammenbricht. Dann wird Cadmann das Minenfeld einschalten, und das Feuerwerk geht los. Wenn wir es nicht sehen können, werden wir es hören. Vielleicht wird der zweite Zaun gar nicht fallen."

„Bete zu Gott. Aber er wird fallen, oder nicht?"

„Ich weiß es nicht. Wirklich nicht."

Gemeinsam gingen sie zur Festung, der letzten Hoffnung der Menschen auf Avalon.

12

ENTLANG den Bächen bewegten sie sich nach Norden. Wenn sie sich zu dicht sammelten, gab es Kämpfe. Die Schwächeren oder die Wachsameren hielten sich vom Wasser fern, sprangen hinunter, wenn sie keine Artgenossen sahen, tauchten in das Wasser und rasten die Böschung hinauf, bevor sie entdeckt wurden. Einige hatten herausgefunden, daß sie bei langsamer Bewegung die Höhen erreichen konnten, auf denen die Flugwesen ihre Eier legten.

Die größten Grendels wuchsen immer noch, erreichten Längen bis zu anderthalb Metern und wuchsen immer weiter. Sie mußten näher am Wasser bleiben. Einige ihrer kleineren Artgenossen hatten es gelernt, anzugreifen, wenn sie andere angreifen sahen. Größere Grendels wurden von gemeinsam angreifenden Grendels in Fetzen gerissen.

Sie sahen nicht wie Angreifer aus, sie waren Flüchtlinge. Sie bewegten sich nach Norden und folgten dem leer gefischten Miskatonic, bis Wind und Wasser ihnen eine Fülle von Gerüchen aus dem Gebiet brachten, das früher Weideland gewesen war.

Dann wandten sie sich alle in die gleiche Richtung.

Sie waren die gefährlichsten Fleischfresser, die Avalon jemals gesehen hatte.

DER Fluß und seine Ufer wimmelten von dunklen Schatten, die sich stromaufwärts bewegten. „Ich fange jetzt an", sagte Carlos über Funk. In kurzen Salven gab er sorgfältig gezielte Schüsse auf weit auseinanderliegende Grendelhorden ab.

Unter ihm explodierte das Wasser. Grendels sprangen heraus. Weitere folgten ihnen.

Allmählich färbte das Wasser sich rot.

„Es klappt", sagte Carlos. „Sterbt!" Er feuerte erneut. Ein Leuchtspurgeschoß traf den Rücken eines größeren Grendels. Die Temposäcke ergaben einen herrlichen Brennstoff. Der Grendel raste auf den Fluß zu, sein Rücken brannte wie Thermit und loderte weiter, als er schon im Fluß war.

Greg zog den Skeeter zum Anflug herum. „Bei Gott, es funktioniert! Es macht sie verrückt! Wir wenden ihre eigenen verdammten Vorverdichter gegen sie an!"

Der Skeeter tauchte zwischen den Bäumen unter. „Sterbt, Grendels, sterbt!" Kurze Salven, ermahnte er sich. Spare die Munition, wir werden sie brauchen.

„Der Saft geht uns aus", sagte Greg. „Ich bringe uns zum Lager zurück. Mittlerweile müßten sie Minerva zwei anschließen. Wir können dann wieder aufladen."

„ACHTUNG! Achtung!" Um das Lager herum dröhnte Cadmanns Stimme aus den Lautsprechern. „Der elektrische Zaun wird in zehn Minuten eingeschaltet. Noch zehn Minuten für den Elektrozaun."

Carlos warf einen Blick auf die Uhr. Cadmann würde natürlich bis zur letzten Tageslichtminute warten, bevor er den Zaun unter Strom setzte. Sie brauchten Energie, um die Skeeter aufzuladen, für die Fahrzeuge, für die Erzeugung von Wasserstoff. In diesem Licht konnte man gerade noch sehen – aber sie hätten noch eine Stunde bis zum Sonnenuntergang haben sollen.

Aus dem Osten zogen dicke schwarze Wolken heran.

„He, Kumpel!" rief Greg. „Bist du schon außer Puste?"

„Nein." Carlos machte sich wieder daran, Hendricks zerstörten Skeeter zu beladen. Kleine Kisten. Decken. Schlafsäcke. Bevor ein Gegenstand in das Wrack verladen wurde, kam er auf die Waage.

Cassandra zeigte die Gesamtmasse an, die sie an Bord gebracht hatten. „Da paßt noch was rein", sagte Greg.

„Ja." Müde streckte Carlos seine Arme und reckte sich. „Leider."

Im Kraftraum arbeitete ein halbes Dutzend Männer fieberhaft daran, das Blockhaus mit Ziegelsteinen, Mörtel und verschweißten Riegeln zu versiegeln. Andere füllten das Blockhaus mit Gütern, die für einen Transport zur *Geographic* oder einen Flug zum Steilhang zu schwer waren. Falls das Blockhaus heil blieb, würde der Wiederaufbau der Zivilisation um Monate verkürzt werden können. Wenn nicht . . .

Carlos ging zur Gemeinschaftsküche zurück, um weitere Fracht aufzunehmen. Sämtliche Nahrung würde zum Steilhang verladen werden.

Minerva zwei mußte mit dem Aufladen der beiden Skeeter fast fertig sein. Der dritte befand sich in den Hügeln außerhalb der Reichweite der Grendels. George Merriott hatte zuviel Zeit mit dem Abschießen der Grendels verbracht – bis es zu spät gewesen war, zur Kolonie zurückzukehren. Er hatte den Skeeter so hoch geflogen, wie es ihm noch möglich gewesen war, bevor die Kraftzellen den Geist aufgaben. Cadmann hatte einen Wutanfall bekommen.

Jetzt waren nur noch zwei Skeeter einsatzbereit, und es gab Arbeit für zehn. *Aber wir werden George auf jeden Fall noch zum Steilhang hinaufbringen.*

Alles, was zur *Geographic* verladen werden konnte, befand sich an Bord der Minerva zwei. Leichte Gegenstände und die Nahrung wurden in Hendricks Skeeter gebracht; sie würden ihn zum Steilhang schleppen.

In der Computerbaracke waren die Geräte ausgeräumt worden. Cassandra stand vor dem Gebäude, und es befanden sich jetzt Erinnerungsstücke darin; alle Kolonisten durften je zehn Kilogramm dort unterbringen.

Sie würden die Baracke zumauern, um Avalons Erinnerungen an die Zivilisation zu bewahren, aber nur, wenn ihnen die Grendels dafür Zeit ließen. Carlos setzte seine Last im zerstörten Skeeter ab und taumelte wieder hinaus. Sie waren beinahe mit dem Zumauern der Kraftanlage fertig. Als nächstes würde die Computerbaracke an der Reihe sein, und Carlos wollte dabei helfen.

Der hölzerne Turm stand neben dem Haupteingang der Großkraftanlage. Am Boden tanzten helle blaue Flammen, als die Schweißer ihre Arbeiten an der Tür des Blockhauses beendeten.

„Achtung. In dreißig Sekunden steht der Zaun unter Strom. Zieht euch von den Zäunen zurück." Cadmann legte das Mikrofon beiseite und suchte mit dem Fernglas die Außenbezirke ab. Keine Leuchtkugeln. Keine Raketen. Er nahm das Mikrofon wieder auf. „Okay, Zaun unter Strom."

Auf dem Pult vor ihm wechselten Lichter von Grün zu Rot. „Das sollte sie aufhalten", sagte Joe Sikes. „Die kleinen Biester werden geröstet."

„Und ein paar große", sagte Cadmann. „Aber nicht für lange."

„Wie lange, glaubst du?" fragte Sikes.

„Wenn wir Glück haben, bis morgen, aber ich bin schon zufrieden, wenn es bis heute nacht reicht. Okay, bring die letzte Fuhre zur Minerva. Was hast du dabei?"

„Hauptsächlich Cassandra."

„In Ordnung." Cassandra konnte sich genausogut an Bord der *Geographic* befinden. Sie verbrauchte keinen Sauerstoff, und der Wiederaufbau würde sich ohne sie verdammt schwierig gestalten.

Skeeter eins stieg auf. Unter ihm baumelte der dunkle Umriß von Skeeter vier, Hendricks zerstörter Maschine. Der Strahl seines Scheinwerfers stach nach unten, kreiste und zog über das Maisfeld.

Die Felder lebten, Pflanzen verschwanden unter großen Gestalten.

„Heiliger Mist", sagte Joe Sikes. „Davon werden wir wohl eine Zeitlang nichts essen . . ."

Cadmann nahm sein Gewehr von der Schulter. „Richte den Turmscheinwerfer auf die Mitte des Feldes", wies er Sikes an.

Er nahm die Stelle ins Visier, wo er in der Dunkelheit Bewegung wahrnehmen konnte, und feuerte. Einen Augenblick geschah gar nichts: Dann ertönte ein wilder Schrei aus dem Feld. Weitere Schreie, und das Gebiet wimmelte von Grendels. Cadmann lächelte in grimmiger Befriedigung. „Suche mir noch so einen Knoten."

Eine Bö blies ihm den Nebel entgegen. Cadmann verzog das Gesicht. „Joe, richte den Strahl mal nach oben."

Der Strahl schwenkte nach oben und zeigte eine schwere Wolkendecke.

„Es würde uns nicht gerade helfen, wenn es regnet", sagte Cadmann.

„SIE kommen!"

Blaue Lichtbögen flammten auf. Der Geruch nach verbranntem Fleisch erfüllte die Luft. Sie kamen, eine Armee von Grendels.

„Hier!" schrie jemand. Blaue Bögen flammten ganz in der Nähe auf. Der Scheinwerfer des Turmes schwang herum.

Ein Grendel hatte sich gegen alle Wahrscheinlichkeit durch den Außenzaun gerissen, war am Minenfeld vorbeigekommen und gegen den Innenzaun gefallen. Er war tot, aber die beiden, die gefolgt waren, waren auf Tempo.

Cadmann legte sein Gewehr an und wartete. Der Zaun blitzte. Ein Grendel sprang zurück. Ein zweiter sprang hinterher. Cadmann lächelte grimmig. „Spart die Munition!" rief er den anderen zu.

Der Scheinwerferstrahl tanzte zum äußeren Zaun. Ein Dutzend Grendels oder mehr hatten sich auf den aufgeladenen Zaun geworfen, aber weitere Grendels kletterten über den Leichenberg. Andere setzten ihre Schwänze ein, um tote Artgenossen fortzuziehen.

„Eine Szene wie aus dem Inferno, amigo."

Cadmann drehte sich nicht um. „Ich hatte gedacht, daß der Außenzaun länger halten würde."

Er zog seine Komkarte hervor. „Funkbude, hier Cadmann. Legt mich auf die Lautsprecher."

Einen Augenblick später dröhnte seine Stimme aus den Lautsprechern auf den Gebäuden der Kolonie. „Achtung. Eröffnet jetzt das Feuer. Versucht sie im Bereich zwischen den Zäunen zu erwischen. Ende."

Carlos nahm sein Gewehr von der Schulter und kniete neben Cadmann nieder. Er feuerte seine Schüsse langsam und gezielt ab. Anderswo erklangen wilde Salven. Cadmann verzog das Gesicht. „Ich gehe in den Turm. Bleibt hier."

Cadmann eilte zum Turm. *Ein Bruch am Zaun. Sie werden dort hineinstürmen.* Von der anderen Seite des Geländes waren Schüsse zu vernehmen.

Er hängte sich das Gewehr um und kletterte rasch den Turm hinauf.

„Hallo." Greg klang recht ruhig. Cadmann nickte und übernahm den Scheinwerfer. Er schwenkte den Strahl zum Durchbruch . . .

Über ihre toten Artgenossen kamen Grendels heran, aber nur einzeln. Sie strömten nicht durch die Lücke, wie es jede anständige Armee getan hätte.

„Wie ich es mir gedacht habe", sagte Cadmann. „Wenn man genug von ihnen umbringt, werden die meisten anhalten, um sich den Bauch vollzuschlagen. Sie sind keine Armee."

„Nein. Gott sei Dank nicht."

Cadmann steckte seine Komkarte an seinen Jackenkragen. „Skeeter eins. Seid ihr mit dem Aufladen fertig?"

„Volle Ladung, Cad." Stus Stimme klang müde.

„Gut. Bringt das Kerosin in die Luft. Abwurf zwischen den Zäunen und um das Loch im Außenzaun. Ich werde sie hinauszutreiben versuchen, damit wir das Loch reparieren können."

„Wer soll das denn machen? Okay, bin schon unterwegs."

In den Minenfeldern schrien Grendels mit abgerissenen Gliedern. Andere zischten, während sie kämpften und starben. Immer noch kamen Grendels durch das Loch im Außenzaun, aber einzeln oder zu zweit, und trennten sich dann, um in der Finsternis zwischen den beiden Zäunen zu verschwinden.

Die Felder jenseits des Außenzauns waren völlig verwüstet, der Boden aufgewühlt. *Sie haben ihn für die nächste Saat umgepflügt.* Cadmann lachte.

In den Minenfeldern dröhnten weitere Explosionen.

„Cadmann! Minerva ruft Cadmann!"

Cadmann runzelte die Stirn. „Hier Cadmann."

„Ich muß starten!"

„Was?"

„Ich höre sie! Sie sind dort draußen, im See . . ."

„Natürlich sind sie im See, Marty. Es sind Lachse . . ."

„Nein, ich meine, sie sind jetzt genau hier, ich höre sie gegen die Verkleidung schlagen. Cadmann, sie werden in die Luftsauger eindringen! Wir werden die Minerva verlieren! Ich werde starten . . ."

Cadmann holte tief Luft. „Nein. Du wirst nicht starten. Wenn du startest, verlieren wir die gesamte Energie. Unsere Zäune werden zusammenbrechen. Wir können die Skeeter nicht mehr aufladen. Alle im Lager werden sterben. Du bleibst unten, bis man dir etwas anderes sagt."

„Wir müssen die Minervas behalten! Was geschieht mit den Leuten an Bord der Geographic*? Ich muß hier raus!"*

„Bleib unten", sagte Cadmann. Skeeter eins erhob sich aus der Mitte des Koloniegeländes. „Wir haben hier zu tun. Ich rufe zurück, sobald es geht. Halte durch."

Der Skeeter erreichte den Bereich zwischen den Zäunen. Cadmann ließ das Turmlicht um die Lücke im Außenzaun spielen. Weitere Lichter bewegten sich im Gebiet zwischen den Zäunen. Die Grendels versuchten, die Lichter anzugreifen.

Der Skeeter drehte sich in engen Kreisen. Zwei Männer und eine Frau lehnten sich aus der Tür und gossen Kerosin hinunter. Die Rotorblätter zerstreuten die ölige Flüssigkeit. Der Gestank vermischte sich mit brennendem Fleisch und den schweren Nebelschwaden von Avalon.

„Noch drei Kanister, dann sind wir fertig", gab Stu durch.

Der Skeeter befand sich zwölf Meter über dem Boden. Ein Grendel, der auf den Kadavern am Zaun stand, sprang in die Höhe und stürzte knapp am Skeeter vorbei.

„Steigt höher!" brüllte Cadmann. „Ich schwöre, Stu . . ."

„Ich weiß. Ida hat es gesehen. Die sind noch nicht einmal ausgewachsen!"

„Was macht das Kerosin?"

„Sie hat den Kanister dem Ungeheuer an den Kopf geworfen. Wir sind fertig."

„Hoch mit euch." Cadmann legte einen Schalter um. Seine Stimme dröhnte aus den Lautsprechern. „Leuchtkugeln. Carlos, Isfahan. Nehmt die Leuchtkugeln. Seid vorsichtig."

„Cadmann! Verdammt, sie sind da draußen!"

„Marty, um Himmels willen!" brüllte Cadmann. „Wir müssen Skeeter eins wieder aufladen, und wir müssen die Zäune halten, und ich muß nachdenken! Halt's Maul und reiß dich zusammen!"

„Ich höre sie. Sie kommen durch die Heckdüse!"

„Dort gibt es nichts zu fressen. Marty, ich habe keine Zeit für so etwas. Ende."

Greg lud eine selbstgebaute Armbrust mit einem Leuchtkugelpfeil. Der Bolzen zog eine rauchende Spur bis zum Durchbruch im Außenzaun.

Flammen stiegen empor.

„Was ist mit der Minerva?" fragte Greg. „Hat er nicht recht? Je länger du wartest, desto größer ist die Chance, daß ein Grendel eindringt. Wie wird sich das auf das Triebwerk auswirken?"

„Das weiß ich nicht."

„Du weißt es nicht? Verdammt noch mal . . ."

„Ich weiß nur eines: Wenn wir ohne Kampf sterben, dann fällt der Steilhang. Und was ist dann?"

Greg starrte ihn einen Augenblick an, dann ging er zum Scheinwerfer zurück.

Über der Kolonie lag dichter Rauch. Zwischen den Zäunen brannten immer noch einige kleine Feuer. Cadmann sprach in die Komkarte. „Amigo, die Freiwilligen sollen sich bei Mary Anns alter Wohnung versammeln."

„Wenn da draußen noch etwas am Leben ist, kann ich es nicht entdecken", sagte Greg. „Cadmann – ist das klug?"

„Ich glaube schon. Wir wollen tote Grendels sehen. Eine Menge tote Grendels. Je mehr wir hier umbringen . . ."

„Ja, das sehe ich ein. Zu dumm, daß ich den Scheinwerfer bedienen muß . . ."

„Das kann ich übernehmen." Jill tauchte am Rand der Plattform auf. Ihr linker Arm steckte in einem Mullverband. „Ich habe mich an einem Flammenwerfer verletzt. Zum Schlafen tut es zu sehr weh, und – und ich möchte mich nicht in der Nähe von Feuer aufhalten. Ich kann den Scheinwerfer bedienen."

„Okay. Greg, also los."

Das Haus hatte Mary Ann gehört. Als Cadmann dort ankam, warteten sechs Männer auf ihn. Alle hatten sich mit Waffen und Werkzeugen gerüstet.

„In Ordnung", sagte Cadmann. „Flammenwerfer. Deckt die Flanken. Und bleibt wachsam. Laßt euch nicht ablenken. Greg, du beobachtest, was sich hinter uns tut. Bis dir jemand sagt, daß du dich umdrehen sollst. Ich erwarte keine Schwierigkeiten; wenn sich Grendels zwischen den Zäunen aufhalten, halten sie sich bedeckt. Sie sind überhitzt und hoffen sich abkühlen zu können; wenn wir sie in Ruhe lassen, werden sie uns nicht angreifen."

„Wenn nicht, werden wir uns mit ihnen unterhalten", sagte Carlos. Er hielt eine gespannte Harpune im Anschlag.

„Dann los." Cadmann nahm seine Komkarte. „Schaltet den Saft ab." Er wartete. „In Ordnung. Folgt mir."

Es war ziemlich ruhig. In der Ferne erklang der Schrei eines Grendels und erstarb.

Jenseits des Außenzaunes versammelten sich Grendels in den Schatten und schlugen sich die Bäuche voll.

„Jetzt kommt der schwierige Teil", sagte Cadmann. Seine Taschenlampe fuhr über den Außenzaun. Dort brannten immer noch Feuer,

D. Rottermund 1991

die ein gelbes, flackerndes Licht in die nebeldurchzogene Dunkelheit sandten.

„Feuer mögen sie nicht", sagte Carlos.

„Das gibt uns eine Chance." Cadmann schaltete seine Komkarte wieder ein. „Gebt Energie auf den Innenzaun. Der Außenzaun wird abgeschaltet. Wiederholen." Er lauschte. „Greg, paß auf unsere Rükkendeckung auf. Carlos, du übernimmst die Vorderseite. Legt die Drähte um die Kadaver herum. Verspleißt sie auf beiden Seiten. Wenigstens gibt es dann keinen Kurzschluß. Und beeilt euch . . ."

„Cadmann!" schrie Carlos. Er feuerte seine Harpune in die Dunkelheit ab. Sie explodierte zwischen fauchenden Grendels.

„Skeeter eins. Wir brauchen Feuerschutz", sagte Cadmann.

„Sind unterwegs." Der Skeeter tauchte über ihnen auf. Seine Lichter strichen über den Bereich hinter dem Zaun.

„Cadmann." Stus Stimme klang drängend. „Da draußen müssen Tausende sein. Keine hundert Meter von euch. Verschwindet."

„Nein, erst wenn wir den Zaun repariert haben. Bewegen sie sich in unsere Richtung?"

„Noch nicht . . ."

„Sag uns Bescheid. Harry, sieh zu, daß dieser verdammte Zaun fertig wird!"

Eine blitzartige Bewegung in der Nähe des Zaunes. Eine Flamme leckte danach und erfaßte den Grendel mitten im Sprung. Er wurde von Flammen eingehüllt, schoß auf die verwüsteten Felder davon. Endlich lag er auf der Seite, und seine Kiefer schnappten reflexhaft nach seinen eigenen Gliedern. Seine hungrigen Artgenossen warteten geduldig auf das Verlöschen des Feuers.

Harry bediente die Meßgeräte. „Hier verschweißen", sagte er. Mits Kobukuns Brenner flammte kurz auf. „Und dort."

„Ihr könnt euch ein wenig beeilen", sagte Greg.

„Verdammt noch mal, ich tue, was ich kann . . ."

„Ruhe." Cadmann versuchte alles zugleich im Auge zu behalten. Harry und seine Meßinstrumente. Mits und seinen Kleinbrenner. Greg, der hinten aufpaßte. Carlos und . . .

„Sie kommen!" rief Stu. „Cadmann . . ."

„Ich hab's", flüsterte Harry. „Fertig!"

„Dann laßt uns hier schleunigst abhauen. Weg vom Zaun. Seid ihr alle da?" Er berührte seine Komkarte. „Außenzaun aktivieren."

„Was ist mit dem Innenzaun?"

„Laßt ihn an. Pack mich auf die Lautsprecher. ‚Achtung, beide Zäune stehen unter Strom. Wer sie anfaßt, ist ein toter Mann.' Okay, jetzt ab. Greg, du übernimmst die Spitze. Paß vorne auf. Carlos, du achtest auf unsere Rückendeckung. Los jetzt."

Cadmann starrte auf seine Uhr. Mitternacht! Bis zum Tagesanbruch würde es noch Stunden dauern.

Neben ihm spuckte Gregs Gewehr Feuer. „Noch einen erwischt."

Der Außenzaun hielt immer noch. Grendels mußten von anderen Grendels gelernt haben: Es hatte keinen weiteren Massenangriff auf den Zaun gegeben. Sie kamen immer noch einzeln oder zu zweit über den Haufen von Kadavern, aber fast keiner kam lebend durch: Zwei Scheinwerfer und ein halbes Dutzend Gewehre bewachten den Durchbruch.

Es konnte nicht lange gutgehen. Gebt mir eine halbe Stunde, flehte Cadmann innerlich. Er bekam zwanzig Minuten.

Cadmann war im Stehen eingeschlafen. Unregelmäßiges Gewehrfeuer ließ ihn wieder erwachen.

„Tausende!" schrie Greg. Der Scheinwerfer zuckte wild hin und her. Schwarze Umrisse schossen über die Kadaver, die am Durchbruch aufgehäuft lagen.

Der Strahl schwang herum. Zwanzig Meter zur Linken entfernt lagen Kadaver, die immer noch rauchten. Grendels setzten darüber hinweg.

„Südseite. Zaunbruch an der Südseite."

„Durchbruch an der Westseite."

„Der Außenzaun ist kurzgeschlossen. Auf dem Außenzaun liegt kein Strom mehr. Alle Sicherungen sind rausgeflogen."

Die Scheinwerferstrahlen glitten durch das Niemandsland zwischen den Zäunen, das jetzt von Grendels wimmelte. Minen detonierten. Feuersäulen erhoben sich aus eingegrabenen Kerosinkanistern. Wild feuerten Gewehre.

Sie umgehen einander, sie greifen das gleiche Ziel an, aber sie arbeiten nicht zusammen. Keine Strategie . . . Wenn die Übermacht zu groß ist, spielt Strategie keine Rolle mehr.

Bei den Innenzäunen glühten Lichtbögen. Carlos richtete die Flammenwerfer durch die Zaunbrüche hindurch.

„Stu. Zeit für deinen Auftritt", sagte Cadmann.

„Okay, aber das war's dann mit dem Kerosin. Und meine Batterien sind fast leer."

„Du kriegst deine Aufladung schon. Der Außenzaun zieht keine Kraft mehr ab. Jetzt geh, bevor wir alle gehen. Schütze den inneren Zaun."

„Roger."

Der Skeeter glitt in das Sichtfeld. Stu mußte in dem Augenblick aufgestiegen sein, in dem er Cadmanns Stimme vernommen hatte.

Erneut fegte der Skeeter um die innere Peripherie, während die Mannschaft Kerosin und andere brennbare Materialien abwarf.

„Leuchtkugeln!" befahl Cadmann.

Die Feuer flammten auf. Grendels verbissen sich ineinander, rannten vor den Flammen davon, sprangen den Zaun an. Und allmählich ließen die Lichtbögen an den Zäunen nach.

„Cadmann", meldete sich Marty wieder. „Ich höre sie. Sie sind da draußen. Wir werden die Minerva verlieren, und es ist nur deine Schuld."

„Marty." Eine andere Stimme. Nach einem Moment begriff Cadmann: Die *Geographic* war über dem Horizont aufgetaucht, und Rachel war dran. „Marty, bleib ruhig. Cadmann weiß, was er tut."

„Stu."

„Ja?" Stu klang erschöpft.

„Fang damit an, die Leute auszufliegen. Die Frauen und die Verwundeten zuerst. Bring sie zum Steilhang."

DER Außenzaun war gefallen, aber der innere hielt, und der Außenzaun hatte lange genug gehalten, um Hunderte, vielleicht Tausende von Grendels zu töten. Jenseits des inneren Elektrozaunes lagen überall geschwärzte, rauchende Kadaver. Vielen war das Fleisch bis auf die Knochen heruntergerissen worden. Das Summen winziger Insekten erfüllte die Luft. Bei Tagesanbruch würde das Lager verseucht sein. In einigen Tagen würde der Gestank verfaulenden Fleisches das Tal verpesten.

„Alles ruhig", sagte Greg.

Im Moment hatten die Grendels wenig Veranlassung, einen Durchbruch des Innenzaunes zu versuchen. Wenn Lichter sie trafen, schauten sie neugierig auf. Wenn jemand auf sie schoß, lief der verletzte Grendel Amok, bis er andere so in Wut gebracht hatte, daß sie ihn angriffen.

Cadmann war mit der Inspektion des Zauns fertig und nahm die Gelegenheit wahr, sich hinzusetzen. Er war erschöpft. Er zerrte ein Faß zum Zaun und ließ sich darauf nieder.

Ein schläfriger, vollgefressener Grendel kroch zum Zaun. Der Strahl des Turmscheinwerfers glitt über das Minenfeld und erfaßte sie, Mensch und Grendel, in seinem hellen gelblichen Oval.

Das Monster starrte Cadmann mit dem distanzierten Interesse eines Wesens an, das sich Fressen für den morgigen Tag auswählt. Müde grinsend zeigte Cadmann die Zähne. „Mit dir bin ich noch nicht fertig. Warte nur."

Der Grendel kam näher und streifte den Zaun. Er scheute zurück und hieb mit dem Stachelschwanz nach Cadmann. Der Zaun schlug Funken. Der Grendel schoß davon.

Dann summte Cadmanns Kopfhörer. Jerrys Stimme erklang. „Cadmann . . . Sylvia möchte dich sprechen. Bleib dran."

„Cad?"

„Hier bin ich, Lady. Dein Signal ist ein bißchen schwach."

„Wie läuft es bei euch?"

„Bisher recht gut. Wir evakuieren jetzt das Hauptlager. Ein paar Verletzungen, keine Verluste."

Vor dem Zaun wanderten Grendels umher, ihre Bäuche hingen schwer herunter. Mißtrauisch beobachteten sie einander.

„Seht zu, daß ihr verschwindet", meldete sich Sylvia wieder. „Ein schwerer Sturm kommt auf euch zu. Wenn es regnet, könnt ihr die Zäune nicht unter Strom setzen, oder?"

„Nein. Wieviel Zeit haben wir noch?"

„Eine Stunde. Danach wird es Tage dauern."

„Regen! Ihr werdet mich nicht brauchen!" fiel Martys Stimme ein.

„Richtig. Wir werden dich nicht brauchen", sagte Cadmann müde. „Aber wir müssen die Skeeter wieder auf volle Ladung bringen. Und die Zusatzenergiezellen. Marty, wenn die Zäune fallen, kannst du verschwinden. Wir nicht."

„Marty . . ." Sylvias Stimme klang gepreßt.

„He, hört mal", sagte er. „Verdammt, ich werde meine Pflicht tun! Aber Teufel auch, Cadmann, ich weiß noch nicht mal, ob ich noch Triebwerke habe, und ihr könnt euch nicht halten, wenn es regnet!"

„Ich weiß, und es ist kaum eine Überraschung. Wir schicken schon die ersten Leute raus. Willst du noch was?"

„Nein."

„Dann halt mal eine Zeitlang das Maul. Sylvia, hast du auch gute Nachrichten?"

„Die habe ich tatsächlich. Das ‚Superhämoglobin' in den Säcken oberhalb ihrer Lungen ermöglicht den Grendels ihre Geschwindigkeit. Diese Geschwindigkeit ist der Angriffsmodus – für die Jagd und zur Verteidigung gegen andere Grendels."

„Stimmt."

„Wir wissen, daß sie auf Blutgeruch reagieren. Diese Aufgabe wird im Wasser zweifellos ebenfalls von den Stoffwechselprodukten des Superhämoglobins übernommen. Beinahe sicher handelt es sich dabei um eine unwillkürliche Reaktion. Sammelt also Grendelleichen ein, schneidet die Säcke heraus, löst die Flüssigkeit in Wasser auf und leitet sie durch einen Getreidesprüher an den Skeetern. Versprüht das Zeug über einem Haufen Grendels. Es sollte sie zur Raserei treiben."

Trotz seiner Müdigkeit grinste Cadmann. „Danke, mein Engel. Das könnte klappen."

„Keine Ursache. Cadmann . . ., wie hält sich Terry?"

„Es geht ihm gut. Er ist schon oben am Steilhang."

Die Flutlichter flackerten, wurden schwächer und wieder heller. „Wir müssen Schluß machen, Sylvia. Die Lichter gehen aus."

„Wie viele von euch sind noch übrig?"

„Siebzehn. Noch drei Fuhren. Solange sollte es eigentlich klappen. Die Grendels sind im Augenblick träge. Wir reden später miteinander. Jerry? Bist du da?"

„Wo sonst?"

„Jemand soll die Ausrüstungsgegenstände durchsehen. Wir brauchen irgendeinen Mischer. Und die Sprühaufsätze für die Skeeter. Beides muß in einer Stunde bereitstehen."

„Wird gemacht."

Skeeter zwei war beladen. Die Männer gaben ihre Posten auf und gingen zum improvisierten Landeplatz. Zwei kletterten in die Kabine. Drei drängten sich auf der Verladebühne darunter zusammen.

Skeeter zwei hob ab. Skeeter eins landete gerade. Cadmann zählte rasch nach. Nur noch sechs Mann, die schnell und in aller Ruhe die Maschinengewehre abbauten.

„Ricky", rief Cadmann leise. Der kleine Maschinist kam zu ihm geeilt.

Cadmann betrachtete einen Zaunabschnitt, der sich unter der Last toter Grendels verbog. „Ich möchte hier ein Stück herausschneiden. Können wir den Strom umleiten, ein Loch in den Zaun schneiden und einige Ungeheuer hindurchziehen?"

„Das geht. Was hast du vor?"

„Schlächterei. Ich brauche einen Mann, der mit dem Flammenwerfer Wache steht. Einen, der den Zaun durchschneidet und den Strom überwacht. Einen, der sie hindurchzieht. Den Rest mache ich. Das sind vier. Zwei weitere an der Süd- und an der Nordecke des Lagers, um Warnungen durchzugeben. Du suchst die Mannschaft aus. Beeil dich."

Ricky hastete von Mann zu Mann. Einer nach dem anderen verließ seinen Posten und schloß sich Cadmann an. Wie durch Zauberei tauchten Werkzeuge, Draht und ein Spannungsmesser auf.

„Jetzt", flüsterte Ricky und schaltete den Strom ab. Die Lagerlichter wurden heller, als die überbeanspruchten Batterien entlastet wurden. Zwei Männer arbeiteten schnell und schweigend, legten ein Kabel von einem Zaunpfosten zum nächsten, trennten elektrische Leitungen durch und verspleißten sie wieder. Sie nickten, und Ricky legte den Schalter wieder um.

Sie überprüften den Zaunabschnitt: Der Spannungsmesser rührte sich nicht.

Cadmann nahm eine Zange und durchtrennte die Zaunverbindungen. Ein Draht nach dem anderen fiel, bis sie einen Halbkreis von einem halben Meter Durchmesser herausgeschnitten hatten.

Ein Grendelkopf ragte durch die Öffnung. Cadmann versenkte einen Bootshaken in seinen Hals und zerrte ihn herein.

„Mit einem lebenden Grendel würdest du das nicht machen wollen", sagte Ricky gelassen. „Klopf ihm zuerst mit einem Stock auf den Schwanz und sieh nach, ob der noch zuckt."

„Der hier hat keinen Schwanz mehr." Cadmann ging zurück, um noch einen zu holen, aber zuerst griff er sich einen Stock.

Nacheinander wurden die Kadaver hindurchgezogen und mit einer Machete in Stücke gehackt. Cadmann schnitt die Drüsen heraus und warf sie in einen Eimer.

„Das war's", flüsterte er schließlich. „Mein Arm fällt mir ab."

Skeeter eins schwebte über dem Lager ein. Sie montierten die letzten Batterien ab und verankerten sie an der Trageplattform des Skeeters. Zwei Männer zwängten sich in die Kabine, der Skeeter erhob sich und verschwand im Nebel.

Cadmann, Ricky und zwei weitere Männer standen in der Mitte des Lagers. Cadmann aktivierte die Komkarte. „Greg! Komm schon."

„Ja." Weit unten am Innenzaun löste sich ein Schatten und begann auf die Lichter zuzulaufen.

„Verdammt, sie sind jetzt so ruhig", sagte Ricky. Er entsicherte seinen Flammenwerfer und testete ihn. Feuer schoß heraus.

„Nicht für lange. Jetzt sind sie vollgefressen. Bis morgen sind ihre Bäuche wieder leer. Mit den Überlebenden hier und denen, die immer noch nach Norden kommen, werden wir alle Hände voll zu tun haben."

„Trotzdem . . ., es ist viel zu ruhig."

Skeeter zwei kam zurück.

„Such mir ein leeres Faß", sagte Cadmann zu Ricky. „Füll es zur Hälfte mit Wasser."

Der kleine Mann überprüfte zwei Behälter, nahm dann einen dritten. „Das hier geht." Er steckte einen Schlauch hinein. Wasser trommelte gegen die Faßwand.

Cadmann kippte einen halben Eimer Drüsenflüssigkeit in das Faß und rührte die Brühe mit einem Stock um. Wie das Zeug stank!

„Also los. Ihr beide quetscht euch in die Kabine. Ricky, wir gehen auf die Ladebühne."

Carlos lehnte sich aus dem Skeeter. „Was hast du vor, amigo?"

„Hol uns ganz sanft hoch. Bleib über dem Zaun stehen. Ich habe ein unschönes Geschenk für unsere Freunde."

Cadmann berührte sein Kehlkopfmikrofon. „Jerry, haben wir alle beieinander?"

„Das gesamte Lager. Wir haben keinen Mann verloren. Sieh zu, daß du dort rauskommst, ja?"

Wir haben es geschafft! Keine Toten. „Marty!"

„Ja."

„Wir verschwinden. Gib uns fünf Minuten, und die Minerva gehört dir. Fünf Minuten, danach kannst du jederzeit hoch."

„Okay! Cad – hör mal, ich wollte dir keine Last sein . . ."

„Na prima. Ende. Hoch damit, Carlos."

Zwei Schatten bewegten sich mit unwirklicher Geschwindigkeit. Der erste Grendel, die Beute, traf auf den Innenzaun und starb in einem blauen Funkenregen. Im gleichen Augenblick schmetterte der zweite in ihn hinein. Der Zaun barst. Der zweite Grendel rollte herum, fand sein Gleichgewicht wieder, seine Beine verwischten sich . . .

Er raste direkt auf ihn zu. Cadmann versuchte, sein Gewehr hochzunehmen.

Zwanzig Meter von ihm entfernt kam der Grendel zum Stehen. Er kreischte ihm eine Herausforderung entgegen.

Im gleichen Augenblick feuerte Greg neben ihm.

Der Grendel warf sich herum und rannte in einen zweiten Kugelhagel hinein. Er traf Greg, versetzte ihm einen furchtbaren Hieb und raste wieder auf Cadmann zu, als ihn drei Feuerstöße in Stücke rissen.

Ricky rannte zu Greg. Cadmann brüllte: „Ricky! Zurück!"

Ricky sah sich um, entdeckte zwei Grendels und rannte los.

Cadmann packte das Faß. Keuchend ergriff Ricky die andere Seite. Sie kletterten auf die Ladebühne und hielten das Faß zwischen sich fest.

„Noch ein paar letzte Worte?" fragte Ricky bitter.

Der Skeeter flog über den Zaun. Sein Licht enthüllte ein Dutzend

Grendels, die sich in einen Haufen Kadaver hineingruben. Drei waren bei Greg, der längst tot war.

„Ja", sagte Cadmann tonlos. „Runter mit dem Zeug." Sie kippten das Faß um, und die blutige Flüssigkeit ergoß sich auf die Grendels.

Unter ihnen gerieten die Ungeheuer in Raserei. Tempotrunkene Grendels stürmten von allen Seiten heran und ballten sich in einer zischenden Masse zusammen. Er konnte die Schreie selbst über das Peitschen der Rotoren vernehmen.

Cadmann erbrach sich. „Carlos, bring uns hier raus. Ich habe zu tun."

Carlos zog den Skeeter herum und strebte der massigen Silhouette des Großen Schmuddelbergs zu.

Mary Ann beobachtete, wie die Sonne hinter Sturmwolken aufging. Hinter sich hörte sie ein leises Tappen.

Hendrick ging an Krücken. Ein Bein war geschient, um den verletzten Unterschenkel ruhigzustellen. „Ich dachte, wir hätten dich ins Bett geschickt", sagte er.

Mary Ann schüttelte den Kopf. „Ich sollte mich ausruhen."

„Ruhst du dich aus?"

„Ja. Was macht Terry?"

„Schiebt Wache. Wir haben ihn auf den großen Felsen gesetzt, den du Schneckenkopf nennst. Du kannst ihn von hier aus sehen."

Sie spähte hinab. Ja, ein Mann saß auf einem großen weißen Felsklotz, das Gewehr im Schoß.

Ein halbes Dutzend Kolonisten grub die Minen aus, veränderte ihre Anordnung und grub sie wieder ein. Die Minen waren darauf eingestellt gewesen, für einen Hund harmlos und für einen erwachsenen Grendel tödlich zu sein. Jetzt mußten sie neu justiert und die Hunde eingesperrt werden.

Ein weiterer Skeeter landete. „Ich mach's schon", sagte Hendrick. Sie hörte, wie er davontappte.

„Ich zeige es ihnen", sagte sie, aber er war schon unterwegs, und sie bestand nicht darauf. Es war ihr Haus, aber sie war müde.

Hendrick, Jerry und andere kümmerten sich um die Verteidigungseinrichtungen, vergrößerten die Latrine, sorgten sich um das

Vieh. Andere hielten die Sprechverbindungen mit der *Geographic*, den Minervas, den Skeeters aufrecht. Wenn eine Skeeterfuhre eintraf, mußte Platz für die Flüchtlinge gefunden werden.

Das Wohnzimmerstockwerk, durch das der kleine Bach floß, war der Männerschlafraum. Die anderen Räume waren nicht so groß, daher schliefen die Frauen in kleinen Gruppen. Den Neuankömmlingen mußte alles gezeigt werden. „Wir müssen uns einschränken. Wenn es Probleme gibt, redet mit Cadmann. Die Latrine ist dort unten, man muß durch die Minenfelder hindurchgehen. Folgt den Markierungen. Wir haben Karten angefertigt und kopiert, und sie hängen an allen Wänden. Wascht euch bei den großen Bottichen draußen. Das Wasser kommt vom Bach über dem Haus. Es ist kalt, aber sauber."

Offenbar war außer Mary Ann niemand in der Lage, etwas zu finden. Hendrick hatte sie in der Küche angetroffen, wo sie Bestecke zusammensuchte. Sie hatten sie ins Bett geschickt und zu ihrer Tür gebracht, bevor Terry seinen Posten bezog.

Ihr Bett war groß. Sie hatten es in eine Abstellkammer gebracht, die es beinahe ausfüllte.

Endlich war sie allein, während Cadmann noch immer unten im Nebel war, umgeben von Grendels.

Die Minerva brach in einem 45-Grad-Winkel aus den Wolken heraus. Mary Ann hielt den Atem an, als sie das Fahrzeug beschleunigen sah. Sie hatte die Panik in Martys Stimme gehört. Die Minerva stieg höher.

Es gab eine Nebelwolke, als sie in den überschallschnellen Flug überging . . . Der Kondensstreifen veränderte sich, als das Atomstaustrahltriebwerk ansprang . . .

Keine Explosion. Keine Grendels in den Düsen. Und die Minerva war fort. Kein Strom mehr, keine Zäune. Cadmann mußte jetzt kommen. Wo steckst du, Held von Avalon?

Die Wolken verzogen sich, und sie sah den Skeeter auftauchen. Sie stieg zur Terrasse empor. Den ersten, den sie traf, fragte sie. „Lebt er?"

Es war Joe Sikes. „Ich hab Carlos drangehabt. Er sagt, daß sie Greg verloren hätten. Sonst keinen."

„Greg . . ." Sie schüttelte den Kopf. Seine junge Frau war an Bord der *Geographic. Sie wird es früh genug erfahren.* „Dann ist es vorbei. Gott sei Dank." Sie ging ins Bett.

CAROLYN sah unter sich die Sonne aufgehen. Gestern mittag war sie aus dem sich zusammenziehenden Nebel geritten, hatte sich nach Südwesten, den Hügeln und dem Gletscher zugewandt und war bis zum Einbruch der Nacht weitergeritten. Sie hatte die Pferde die Nacht hindurch weitergeführt. Das war ein Fehler gewesen. Während sie versucht hatte, ihre Position durchzugeben, hatte sie die Komkarte fallen lassen und war draufgetreten. Jetzt funktionierte sie nicht mehr. Keiner wußte, wo sie sich befand. Vielleicht würden sie einen Skeeter losschicken, um nach ihr zu suchen.

Nach Südwesten, die Berge hinauf. Dort würde man nach ihr suchen, und das war der sicherste Ort, den sie finden konnte.

Heute erhob sich die Sonne über ein Meer aus Dunst. Vom Meer waren Wolken herangezogen, die die Kolonie einhüllten. Carolyn und die Pferde befanden sich weit nordwestlich von Cadmanns Festung, die im Nebel lag.

Die Pferde waren Einjährige oder jünger. Selbst Weißer Blitz, der Leithengst, war nicht viel älter, aber Carolyn war von kleiner Statur. Das Pferd trug sie mit Leichtigkeit.

Während sie ritt, schäumte sie innerlich vor Wut. *Sie wollten mich nicht dabeihaben! Cadmann Weyland kämpft mit seiner handverlesenen Truppe, und ich bin nicht dabei. Sie wollten Phyllis haben, Phyllis, die Perfekte, aber nicht mich.*

Sie atmete tief durch und sah hinter sich. Der Nebel kam heran, und im Dunst lauerten Grendels. In den Wolken konnte sie Blitze sehen. *Regen. Die Grendels mögen ihn. Vielleicht kommen sie nicht heraus.*

Bisher hatte sie Wasserläufe vermieden. Das konnte sie nicht ewig machen. Pferde kamen eine lange Zeit ohne Futter, aber nicht ohne Wasser aus. Sie führte sie zum Gletscher an der Seite des Großen Schmuddelberges. Dort würde es Bäche und Quellen geben.

Sie sah hinter sich.

Noch bevor sie nach dem Fernglas griff, wußte sie, was es war. Sie war beinahe erleichtert. Auf diese Entfernung sah es wie eine schwarze Kaulquappe aus: ein Minigrendel, der sich auf schnellen kurzen Beinen bewegte. Einen Meter lang, dachte sie; keiner von den großen. Augen, die sie beobachteten. Er blickte sie an . . .

„Charlie", sagte sie, als ob einem Wesen einen Namen zu geben auch bedeutete, es zu verstehen und zu beherrschen. Sie reckte die Harpune in die Luft. „Charlie, ist es für Friedensverhandlungen schon zu spät?" Der Grendel beobachtete sie.

Sie entschied, daß es sinnlos war, die Pferde zu größerer Geschwindigkeit anzuhalten. Bergauf war der langsame Trab alles, was sie bringen konnten. Noch hatten sie nichts gerochen.

Der Grendel schien sich nicht beeilen zu wollen.

Man hatte ihr eine Harpune und vier Explosivpfeile mitgegeben. Auf der Ebene gab es einige große Felsen. Carolyn dachte daran, einen Felsen zu besteigen, die Pferde vorauszuschicken und zu warten, bis der Grendel vorbeikam. Aber . . . dort zu warten, während der Grendel sie beobachtete und überlegte . . ., sie würde durchdrehen. Sie wußte es.

Halte die Pferde auf Trab. Wart ab, was auf dich zukommt.

Mary Ann schreckte hoch. Aus dem Flur klang Lärm. Sie zog sich einen Mantel über und ging hinaus.

Cadmann und Hendrick erschienen am anderen Ende.

„Cadmann!" schrie Mary Ann.

Cadmanns Overall war blutbedeckt. Er redete immer noch, als sie auf ihn zulief. „Die Skeeter haben nicht mehr viel Energie. Es muß einen anderen Weg geben, dieses Zeug zu verstreuen. Katapulte? Armbrüste? Eine gute Stahlfederarmbrust, die auf Entfernung gebaut ist . . ."

„Genau", sagte Hendrick. „Wir können Sikes darauf ansetzen. Mit den Harpunen hat er wahre Zauberkunststücke geleistet."

Die Müdigkeit war in tiefen Linien in Cadmanns Gesicht eingegraben, und ein Geruch haftete an ihm, der ihr Ekel bereitete.

Er drückte sie an sich. „Du versaust dir die Sachen, Liebling", sagte er. „Es ist allerdings nicht mein Blut. Was du da riechst, sind die Temposäcke von etlichen Dutzend Grendels."

„Temposäcke?"

„Ich mußte sie selbst aufschneiden. Sonst gab es keinen."

„Ich wasche ihn und bringe ihn dann wieder", sagte Hendrick. „Er muß schlafen. Behalte ihn bei dir. Und keine Sorge, Cad, ich stelle eine Gruppe zusammen, die die Grendelsäcke ausdrückt . . ."

„Gib ihnen Handschuhe und Overalls . . ."

„Weiß Bescheid. Alle Klamotten kommen auf einen getrennten Haufen. Mary Ann, dazu gehört auch dein Morgenmantel. Wenn Grendels nahe genug herankommen, um den Tempoextrakt zu riechen, wollen wir niemanden im Mantel stecken haben."

Sie hatte Schwierigkeiten, sich darauf einen Reim zu machen. Sie nickte und ging wieder in ihr Zimmer. Dort zog sie den Morgenmantel aus und reichte ihn durch die angelehnte Tür. Dann stieg sie nackt ins Bett, zog die Decke hoch und schlief ein.

Als sie etwas berührte, wachte sie auf. Cadmann schien schon zu schlafen. Sein Mund stand offen, er hatte einen Stoppelbart, und er sah schlimmer aus, als wenn er einen bloßen Kater gehabt hätte. Allerdings stank er nicht mehr – und war am Leben.

CHARLIE gehörte zu den ältesten Grendels, und sie wurde gerade weiblich. Was eine dünne Zellschicht in ihrer Bauchwand gewesen war, beinhaltete jetzt winzige Eier, die zur Befruchtung bereit waren. Das Gefühl der inneren Veränderung war geringfügig im Vergleich mit dem, was sie in den letzten zwei Tagen erlebt hatte.

Ihre Artgenossen waren wie das Wasser ein Teil ihrer Umgebung gewesen. Jetzt waren sie Todfeinde. Sie hatte zwei Kämpfe siegreich bestanden, bevor der Geruch nach etwas anderem sie in die Hügel und fort vom Wasser gelockt hatte.

Das Wasser lockte sie, aber im Wasser und in seiner Nähe würden Geschwister sein. Solange der Regen fiel, war sie zufrieden. Der Hunger in ihr wurde stärker; aber sie folgte dem Geruch von Fleisch, der sich von Grendelfleisch völlig unterschied. Manchmal gab es Pflanzen, die sie kauen konnte. Sie stellten sie nicht zufrieden. Sie brauchte Fleisch . . .

Bevor sie den Nebel verlassen hatte, hatte sie nichts erkennen können. Dann . . . waren sie dort. Zwanzig fremde Geschöpfe hoch am Hang, von denen jedes größer war, als ihr Bauch es fassen konnte. Das Größte war mißgestaltet oder trug einen Schmarotzer. Sie sah einem Wesen in die Augen, das . . . das dem Geschöpf ähnelte, das nach einem Dutzend seiner Geschwister Feuer gespuckt hatte.

Fleisch und Gefahr: Tod und Leben. Sie ordnete das merkwürdige einzelne Geschöpf vor ihr in die gleiche Klasse wie ihre Geschwister ein. Aber ihr Hunger wurde stärker.

LANGSAM erwachte Mary Ann. Sie hielt die Augen geschlossen, tastete um sich und versuchte vergeblich, Cadmanns warmen Körper zu finden. Dann setzte sie sich auf und rollte sich aus dem Bett.

Um sie herrschte Stille, während sie sich einen leichten Morgenmantel überwarf. Es war ungewöhnlich ruhig. Keine Hunde, keine Stimmen.

Sie tappte die wenigen Schritte durch die Halle zum Wohnzimmer. Auf dem Boden schliefen vier Männer. Zwei saßen in Decken gehüllt verschlafen da und nippten an ihrem Kaffee.

Sie duschte und genoß die Kälte. Die letzten Reste der Müdigkeit flossen mit dem Seifenwasser von ihr.

Sie trocknete sich ab und zog sich an. Dann ging sie auf die Terrasse. Vor dem Funkpult waren Hendrick und Jerry beinahe eingeschlafen. An der niedrigen Mauer am Rand der Terrasse saß Joe Sikes und spähte durch ein Fernglas den Hügel hinunter.

„Hallo."

Sikes zuckte zusammen, dann wirbelte er herum. „Oh! Du bist es."

Sie unterdrückte ihr Lachen.

Jerry setzte sich auf. „Hallo."

„Die Ruhe hat mich geweckt", erklärte Mary Ann. „Was ist los?"

„Nicht viel", sagte Jerry. „Ein schöner Tag hier oben, aber das siehst du ja selbst." Er entdeckte auf dem Pult eine leere Tasse und bückte sich, um sie im Bach auszuspülen, der durch die Terrasse floß. Dann füllte er sie mit Kaffee aus einer Thermoskanne und drückte sie in ihre Hand. „Cadmann sagte, daß du jetzt wach werden würdest."

„Wo ist er?" Der Kaffee war bitter, stark und heiß. Sie genoß jeden einzelnen Schluck.

Jerry zuckte die Achseln. „Auf Achse. Sucht nach neuen Dingen, um die er sich Sorgen machen kann. Was erwartest du denn sonst?"

„Ich denke, daß wir ohne ihn alle tot wären."

„Ich auch", sagte Jerry fröhlich.

Unterhalb der Terrasse fiel der Boden steil ab. Darunter befanden sich zwei weitere Stockwerke, Schlafräume und Vorratslager. „Wir haben das Haus an den Felskamm herangezogen", hatte Cadmann gesagt.

Hundert Meter tiefer begann das Minenfeld. Zu ihrer Linken verlief ein Bergkamm. Er trennte den Amazonas von dem kleineren Bachlauf, der durch ihr Haus floß. Auf halbem Wege zwischen dem Haus und dem oberen Rand des Minenfeldes befand sich ein großer Felsen. *Schneckenkopf. Terrys Felsen.*

Mary Ann ging hinunter. Terry war immer noch auf dem Felsen zu sehen. Sie konnte seinen Rollstuhl nicht ausmachen. Er mußte ihn im Haus zurückgelassen haben; Hendrick und Terrys kräftige Arme hatten ihn wohl auf den Felsen befördert.

„Terry!" rief sie hinauf.

„Hallo. Der Sonnenaufgang war wunderbar. Ich hoffe, daß du ihn verschlafen hast."

„Doch, ja. War was?"

„Hendrick hat mir Frühstück gebracht. Bisher das wichtigste Tagesereignis."

Sie ging wieder zur Terrasse hinauf und sah sich um. Etwas lag neben dem Bach, dort, wo das Minenfeld endete. Kleidung? Ein Körper?

Sie rannte zu Jerry. „Ist jemand da draußen?"

Er lachte. „Dort liegt Wäsche. Das Zeug, das Ricky und Phyllis angehabt haben, als sie die Drüsensäcke herausschnitten, und Cadmanns Sachen und dein Morgenmantel. Das stinkt alles nach Tempo. Ich hoffe, du hast dich gut abgeduscht. Wenn ein Grendel dich damit wittert . . ."

Das war es also. „Mach dir keine Sorgen. Das Tempozeug. Haben sie schon alles fertig?"

Jerry wies auf eine Stelle hinter der Veranda, wo Stu neben dem improvisierten Skeeterfeld herumlungerte. „Wir haben zwei Tanks voll, die jeden Grendel hysterisch machen werden."

Sie überhörte Jerrys folgende Sätze, weil Cadmann auftauchte. Seine Kleidung war sehr sauber und glatt gebügelt. Er hatte sich rasiert und sah ausgeruhter aus, als es eigentlich der Fall sein konnte.

Sie ging zu ihm. Er legte einen Arm um sie, gab ihr einen Begrüßungskuß und fragte: „Kommst du mit?"

Sie gingen bergab.

„Sie werden nicht hierherkommen", sagte sie. „Warum sollten sie?"

„Ich weiß es nicht. Aber das ist es ja gerade. Wir wissen über Grendels nicht allzuviel."

„Sie wachsen so schnell. Sie müssen viel fressen."

Er nickte zustimmend. „Es gibt aber auch eine Menge zu fressen. Die Artgenossen. Unsere gesamte Ernte. Alles, was sich bewegt. Wir werden uns lange einschränken müssen."

Der Weg führte hinunter, vor dem Haus vorbei und dann zum Schneckenkopfkamm. Cadmann half Mary Ann zum weißen Felsen hinauf, wo Terry immer noch mit dem Gewehr über seinen Knien saß.

„Du bist schon den ganzen Tag hier oben, Terry."

Terry streckte sich. „Es gefällt mir hier. Eine gute Sicht. Ich kann den gesamten Amazonas sehen."

„Terry", sagte Cadmann ruhig, „wenn etwas den Amazonas heraufkommt, wirst du abgeschnitten sein. Du kannst dich nicht schnell genug bewegen . . ."

Terrys Augen huschten von Mary Ann zu Cadmann. „Du weißt genau, daß nichts so weit kommen wird. Sollen sich die verdammten Grendels unten im Flachland gegenseitig umbringen. Während unserer üppigen Freizeit können wir runtergehen, das letzte halbe Dutzend abknallen und wieder unser Gebiet besetzen." Er schwieg einen Moment. „Ich könnte mich natürlich auch im Keller bei den anderen Krüppeln verstecken. Cadmann, sie können nicht kommen. Und wenn sie kommen, werdet ihr Wachtposten brauchen." Er sah ihn ernst an. „Laßt mich hier. Es geht mir gut."

Cadmann nickte zögernd. „Wenn es Ärger gibt, sag Bescheid. Wir schicken jemanden, der dich rausholt."

Terry machte einen erleichterten Eindruck. „Danke."

Cadmann drehte sich um und kletterte wieder die Felsen hinunter.

„Cadmann?" rief Terry.

„Ja?"

„Ich wollte dir nur sagen, daß du ein guter Mann bist, Weyland. Wir hätten es nicht besser machen können."

Die Viehpferche waren in aller Hast errichtet worden. Fünfzig Tiere waren dort zusammengedrängt. Sie muhten und stampften unruhig herum. „Wir werden sie eine Weile schützen können", sagte Cadmann. „Aber da gibt es andere, bei denen wir das auf keinen Fall können."

Mary Ann wußte nicht, was er meinte, bis er mit ihr zu den Käfigen der Joes ging. Missy und ihre Artgenossen starrten Mary Ann durch das Drahtgeflecht der Käfigtüren verängstigt an.

„Du solltest sie freilassen", sagte Cadmann.

Mary Ann öffnete eine Käfigtür nach der anderen. Zuerst blieben die Joes reglos. Dann griff Cadmann hinein, hob Missy sanft hoch und kraulte sie. „Leb wohl, altes Mädchen. Wir werden dich vermissen." Er reichte sie Mary Ann weiter.

Sie setzte Missy auf dem Boden ab. Missy schnupperte, dann rannte sie den Berg hinauf. Die anderen Joes folgten ihr.

„Und was kommt jetzt?" fragte Mary Ann.

„Wir warten und überprüfen die Posten. Oder sehen nach, wie das mit den Armbrüsten läuft. Oder . . ."

„Wir können ein wenig umhergehen."

Sie schritten über den Zickzackpfad durch das Minenfeld bis zur unteren Außenmauer. Über ihnen stieß ein Pterodon herab. Cadmann sah hinter ihm her, als es in den Wolken verschwand. Plötzlich summte seine Komkarte.

„Chef", meldete sich Joes Stimme. „Jerry sagt, daß sich auf der Ebene etwas bewegt."

„Es geht los. Seid ihr sicher?"

„Nein, nicht wirklich. Nur – etwas bewegt sich am Bach. Hätte auch vom Gletscher kommen können. Habt ihr etwas durch euer Wohnzimmer schwimmen sehen?"

Cadmann ging schneller zurück, als Mary Ann folgen konnte. Er sagte: „Gar nichts."

Jerry kam Cadmann entgegen, als sie den Bach überquerten, und reichte ihm ein Fernglas. „Sieh's dir an, Cad."

Vorsichtig ging er durch das Minenfeld und spähte hinab. „Zwei Grendels. Schwer zu erkennen, aber ich meine, daß sie ziemlich klein sind." Er verstellte die Linsen. „Und zwei weitere, die aus dem Miskatonic kommen . . ."

Ein seltsamer Ausdruck legte sich über sein Gesicht. „Verflucht!" sagte er. „Geht ins Haus. Keiner soll im Wohnzimmer baden oder Müll hineinwerfen. Der Amazonas mündet direkt in den Miskatonic . . ."

Jerrys Augen weiteten sich. „Körperschweiß."

„Genau. Dann schickt jemanden, der Terry holt . . ."

Ein Schuß fiel, dann eine Salve. Cadmann wirbelte zum Gletscher herum. Terry winkte ihm zu. „Ein Grendel kam den Amazonas herauf. Ich habe ihn erwischt, aber das bedeutet . . ."

„Terry, hör genau zu. Wo ist die Leiche?"

„Ich habe ihn getroffen, und er ging auf Tempo und wieder in das Wasser. Ich kann ihn sehen. Er sieht tot aus. Er blutet und hängt immer noch im Wasser!"

Jerry und Cadmann wechselten einen entsetzten Blick. „Da haben wir es."

Cadmann brüllte in seine Karte, während er auf den Zickzackpfad zurannte. „Omar, Ricky – holt sofort den Kadaver aus dem Wasser, bevor die anderen Biester angelockt werden!"

Mary Ann lief auf das Haus zu, ihr Herz pochte, und unablässig tönte es in ihrem Kopf: Jetzt ist es soweit, jetzt ist es soweit . . .

13

UNTERHALB von Carolyn befanden sich fünf Grendels. Vier davon waren gerade aus dem Nebel herausgekommen.

„Charlie, weißt du, daß man dir folgt?" Von links nach rechts benannte sie die Eindringlinge. „Ajatollah, Ghaddafi, Jack, Mareta." Mareta Lupoff war der einzige Mensch, der je eine Wasserstoffbombe innerhalb einer Stadt hatte detonieren lassen.

Charlie kam näher. Die Pferde hielten durch, bewegten sich jedoch wegen der Müdigkeit langsamer. Noch hatten sie nichts gerochen.

Zwanzig Pferde, die mit Seilen miteinander verbunden waren. Sollte sie sie losbinden? Sie ihren eigenen Kampf austragen lassen?

Sie arbeiten nicht zusammen. Es sind nur Grendels, die versuchen einander fernzubleiben. Aber dieser eine – Charlie – ist beinahe in Schußweite, und ich kann mir denken, was er will.

Die Felsen vor ihr sahen aus, als wären sie aus dem Gletscher gefallen. Der größte, doppelt so groß wie sie, würde geeignet sein.

Als Weißer Blitz am Felsen angekommen war (und der nächste Grendel sich nur noch einhundertfünfzig Meter unter ihr befand), stieg sie ab.

Sie nahm die Harpune und die vier Geschosse aus den Satteltaschen. Sie gab Blitz einen Klaps, damit er loslief.

Doch Blitz rührte sich nicht.

Geduldig und ohne Panik ging Carolyn zum Ende der Reihe. Sie rief und trieb das letzte Pferd, Gorgeous George, an. Der junge Hengst setzte sich störrisch in Bewegung. Sie versetzte auch ihm einen Klaps, rannte vor ihm her, wiederholte den Klaps beim nächsten Pferd, das bereits weiterlief. Dann lief sie zum Felsen. Die Pferde zogen an ihr vorbei, während sie hinaufkletterte. Der Grendel war noch siebzig Meter entfernt.

Vierzig. Zwanzig. Verdammt, er war auf Tempo. Die Pferde schrien. Carolyn roch es auch, einen Hauch im Wind. Sie hatte den Felsen fast erklettert, als der Grendel die Pferde erreichte.

Sie stemmte sich mit dem Rücken gegen den Stein und hob das Harpunengewehr, während Gorgeous George sich auf die Hinterbeine stellte, um mit den Vorderhufen den unheimlichen Feind anzugreifen.

Ein schwarzer Torpedo raste heran und schnappte nach Georges Knöchel. George wurde so heftig umgeworfen, daß das Seil riß. Bevor Carolyn feuern konnte, war der Grendel hinter dem Felsen. Taumelnd und schreiend stürzte George; sein linkes Hinterbein fehlte unterhalb des Knies. *Wo war der Grendel?*

Kam er über den Felsen hinter ihr heran?

Carolyn sprang. Unversehrt landete sie auf dem Boden. Sie rannte vom Felsen weg und versuchte sowohl den Stein als auch das Pferd im Auge zu behalten . . .

Der Grendel war unten und zerrte an Gorgeous George. George schrie und schlug um sich. Carolyn zielte sorgfältig und feuerte.

Sie hätte das Monster getroffen! Doch Charlie schreckte zurück. Die Harpune explodierte an Georges Brustkasten. Der Grendel sah sie einen winzigen Augenblick an und duckte sich dann hinter das sterbende Pferd.

Die anderen Pferde liefen in wilder Panik davon. Carolyn lud nach. Sollte sie warten? Den Grendel beobachten? Aber sie konnte die Pferde nicht allein lassen.

Sie rannte hinter ihnen her. Wenn sie sie erschreckte, würden sie weiterlaufen.

Hinter ihr lauerte der Tod, und sie sah immer wieder zurück. Wo war der Grendel? Bei seiner Geschwindigkeit konnte er überall sein.

DER Grendel hatte keine Eile. Er war zwar überhitzt, aber es war noch nicht gefährlich.

Das Pferd schmeckte viel besser als Grendelfleisch.

Drei andere Grendels kamen stetig, aber vorsichtig heran, zeigten Furcht voreinander, doch der Hunger, die Gier nach frischem Blut war stärker.

Charlie riß Stücke vom Pferd los und fraß sie hastig. Als sie satt war, riß sie ein Hinterbein vom Pferd los und setzte sich mit ihm wieder in Bewegung. Die anderen Grendels kamen näher.

Sie würden fressen und stark werden. Sollten sie doch. Vielleicht würden sie kämpfen. Aber sie würden sie nicht einholen. In der Zwischenzeit bewegten sich die anderen Tiere mit ihrem fremden Beschützer hangaufwärts.

TERRY nahm das Ziel sorgfältig ins Visier und feuerte einen weiteren Schuß ab, als ein zweiter Grendel seinen Kopf über den Rand des Steilhangs streckte. Er traf ihn mitten zwischen die Augen: Sein Kopf ruckte heftig zurück und verschwand. *Blut im Wasser.* Er wischte sich über die Stirn. *Verdammt, ich habe gewartet. Als ich ihn getroffen habe, ging er natürlich auf Tempo, überhitzte sich und hechtete wieder in den Bach.*

Omar und Ricky kamen zuerst. Sie sahen wie ein Komikerduo aus: Omar war der längste Mensch auf dem Planeten, Ricky der kleinste. Aber es war keineswegs komisch, wie sie dem toten Grendel den Schädel mit einer Axt einschlugen. Sie zerrten ihn aus dem Wasser.

Etwas raste vom Rand des Abhangs heran, und Omar wirbelte mit erhobener Axt herum. Es war pures Glück, daß die Axt den Grendel in das offene Maul traf. Sein Todeszucken riß Omar die Waffe aus der Hand, während er rücklings den Hang hinabstürzte.

Sie rannten den Hügel hinauf. Hinter ihnen schoß ein dunkler Schatten aus dem Wasser. Terry nahm ihn aufs Korn und feuerte instinktiv. Einmal. Zweimal. Der Grendel sprang in die Luft, drehte sich um, sah direkt zu Terry. Mit atemberaubender Geschwindigkeit raste er auf den Schneckenkopf zu. Terry feuerte erneut. Der Grendel raste weiter – und genau in den Felsen hinein. Omar und Ricky hatten die Hälfte der Strecke zum Haus geschafft und rannten weiter.

Alarmsirenen begannen im gesamten Festungsbereich zu schrillen. Oben beim Haus bellten die Hunde. Cadmanns Pferde wieherten. Unten schrien die Grendels vor Wut und Angriffslust.

Terrys Komkarte summte.

„Terry. Verhalte dich ruhig. Vielleicht bemerken sie dich nicht." Joe Sikes versuchte wie Cadmann zu sprechen, aber er schaffte es nicht, diese unheimliche Ruhe zu bewahren. „Sitz einfach still."

„Nicht, wenn ich etwas abschießen kann." Er sah die dunklen Schatten jetzt auf beiden Seiten. „Ich bin abgeschnitten. Achtet auf den Bach. Die kommen zu euch ins Wohnzimmer!"

„Terry, halte durch, wir schicken dir jemanden runter."

„Nein. Ihr habt gleich die Grendels am Hals, du Idiot!" Terry drehte sich um und feuerte. Etwas barst aus dem Wasser. Ein weiterer Umriß schoß vor und packte es. Von der Terrasse ertönte Gewehrfeuer.

Er wandte sich wieder dem Bach zu. „Grendels im Amazonas und auf beiden Ufern. Bei euch wimmelt es von den Biestern!"

„Sind welche auf Tempo?"

Cadmanns Stimme: „Ich kann ein halbes Dutzend ausmachen."

„Ich sehe Schatten", gab Terry durch. „Die, die ihr nicht sehen könnt, sind nicht auf Tempo. Fünfzig, und das sind nur die in der Nähe des Hauses."

„Wir schicken den Skeeter. Terry . . ."

„Ich habe darüber nachgedacht, Cadmann. Ohne dich überlebt keiner. Ich seh dich in der Hölle, Meister. Sag Sylvia . . ." Er verzog das Gesicht. „Sag ihr, was du willst. Ende." Er legte die Komkarte auf den Felsen und zielte. Zwanzig Meter entfernt rottete sich ein halbes Dutzend Grendels im Wasser zusammen; er konnte sie nicht verfehlen.

Ein Grendel zuckte unter dem Einschlag zusammen. Sofort ging er auf Tempo und raste aus dem Wasser. Die übrigen stürmten hinterher, rissen ihn auseinander und zerrten den Artgenossen in den Bach. Das Wasser schäumte rot auf. Terry nahm die Karte wieder zur Hand. „Links vom Wasser befinden sich etwa vierzig. Einige kämpfen miteinander, einige kommen in eure Richtung. Hört ihr?"

„Wir hören", bestätigte Joe Sikes.

Terry bog seine Komkarte mittendurch und zerstörte sie.

Oben erklang Gewehrfeuer. An den Seiten waren weitere Grendels, Grendels auf Tempo. Grendels, die den Steilhang emporrasten. Weitere Schatten lagen ruhig im Wasser und mieden einander. Und zwei Grendels, die flußaufwärts auf ihn zukamen. Einer sah hoch. Sah ihm in die Augen. Dann preschte er heran.

Terry feuerte einen Schuß ab, dann einen zweiten: keine Wirkung. Er legte den Schalthebel auf Vollautomatik um und drückte den Abzug durch. Schüsse ratterten. Der Lauf wurde heiß. Der Grendel sprang hoch in die Luft, Blut strömte ihm aus Rücken und Schultern. Zwei andere schnappten nach ihm und begannen dann in Kreisen umherzujagen. Andere kamen den Bach herauf.

Terry zielte und zog durch. Nichts. Er sah nach dem Magazin. Es war leer.

Unter ihm waren jetzt noch mehr Grendels. Sie kämpften miteinander. Die kämpfen darum, wer mich kriegt, dachte er. Er wünschte sich, daß es eine Möglichkeit gäbe, sie zu enttäuschen. Er wünschte sich, daß er verlangt hätte, daß sie ihn zur *Geographic* und zu Sylvia brächten.

Ein Grendel hatte den Kampf gewonnen.

Er kam den Felsen hinauf. Terry wollte ihn nicht ansehen. Er wandte sich um und sah zum Haus. In der Nähe stieg gerade Skeeter eins auf.

DER Skeeter glitt den Hang hinab. Stu hielt ihn so niedrig, daß er den Aufwind ausnutzen konnte.

Mits saß hinter ihm auf einem Kanister mit Tempobrühe. „Sag mir, wann ich loslegen soll", meinte er.

„Noch nicht."

Dreißig oder vierzig Grendels schossen auf Tempo aus dem Wasser, schnappten nach toten Grendels, schnappten nacheinander, bogen wieder zum Bach ab.

Einige versammelten sich um einen weißen Stein. Terry mußte schon tot sein.

„Behalt klaren Kopf, Mits", sagte Stu. „Wir wollen nicht, daß Grendels in der Nähe des Hauses auf Tempo gehen. Wir wollen sie unten auf Tempo haben, damit sie sich selbst ausbrennen."

„Ja. Der verflixte Bach kocht förmlich. Ich hätte alles gewettet, daß er zu klein für sie sei."

Stu warf einen Blick zurück. Grendels befanden sich jetzt im Minenfeld. Er konnte die Explosionen sehen – und eine Reihe Grendels, die in Zickzackkursen den sicheren Pfad entlangrasten. Den Markierungen folgten. Dem Geruch folgten, den Menschen hinterlassen hatten.

Immer mehr Grendels waren jetzt im Wasser. Einige waren dem Geschmack menschlicher Abfälle im Wasser gefolgt, aber der Rest war von Grendelblut angelockt worden.

„Jetzt", befahl Stu.

Der Gestank sagte ihm, was er wissen mußte: Mits hatte den Stöpsel abgenommen und versprühte die Brühe den Fluß entlang. Die Skeeterblätter verstreuten das Zeug: Es mußte sich auf einen Weg von hundert Meter Breite erstrecken.

Grendels strömten aus dem Wasser. Es klappte! Die eine Hälfte der Grendels brachte die andere um! Nun, vielleicht nicht ganz. Stu machte eine Hand frei, um seine Komkarte zu berühren.

„Ist da jemand?"

„Wir sind ein wenig beschäftigt“, sagte Joe Sikes. „Sie kommen direkt durch das Minenfeld.“

„Ich bin auf halber Höhe vor dem Steilhang. Wir versprühen den Saft. Die Grendels sind alle auf Tempo. Das Zeug wirkt Wunder. Ich würde sagen, daß nur etwa die Hälfte darauf reagiert, aber sie haben die anderen mitgerissen. Wir werden etwa zwei Drittel von ihnen in einer Mordorgie abschreiben können.“

„Gute Nachrichten.“

„Die schlechte Nachricht lautet, daß etwa ein Drittel voreinander wegläuft. Ich schätze, daß etwa vierhundert miteinander kämpfen und daß zweihundert nur ausschwärmen; von diesen zweihundert gehen die meisten nach oben. Auf euch zu.“

„Verstanden.“

„Wir kommen nahe an den Abgrund heran, und . . . die Batterien zeigen null an. Ich glaube . . .“

Aus dem Heck erklang Mits’ Stimme. „Ich habe den zweiten Tank am Laufen.“

„Alles klar. Joe, wir bleiben so lange wie möglich in der Luft und versuchen dann, vom Bach wegzukommen.“

„Verstanden. Meinst du, daß die Skeeterkabine halten wird?“

„Na klar.“

„Stu, Mits . . . äh . . . im Namen von uns allen und der Weltzivilisation möchte ich euch unseren Dank aussprechen.“

„Red nicht so geschwollen, Joe. Spar dir das lieber für die Siegesfeier.“

Joe schrie etwas Unverständliches. Dann war nur noch das Knallen des Gewehrfeuers zu hören.

Die Grendels rasten in einer regelrechten Mordorgie. Einige der wachsameren Grendels waren vom Wasser fortgerannt, bevor sie der Sprühdunst erreicht hatte. Weit vom Bach entfernt, beobachteten sie den Skeeter.

Die Batterien mußten jeden Moment am Ende sein. Stu zog den Skeeter nach links, fort vom Bach und den Hügel hinauf. Grendels, die untätig zugesehen hatten, lagen auf einmal im Sprühkegel. Stu grinste: Etwa die Hälfte von ihnen raste davon und entkam, aber dazu mußten sie auf Tempo gehen.

Dann war die Energie verbraucht. „Schmeiß es raus!" schrie Stu. Der Kanister stürzte hinab.

Hart setzten sie auf dem Boden auf.

„Halt die Türen zu." Er hatte getan, was er konnte. Die restliche Tempobrühe sickerte aus dem Kanister auf einen Quadratmeter Boden, der sich zwischen dem Amazonas und dem Skeeter befand. Bevor sie hierherkamen, würden die Grendels durchdrehen. Vielleicht reichte das aus.

Cadmann drückte Mary Ann ein Gewehr in die Hand und drehte sie zur Treppe hin. „Geh in das verdammte Haus!"

Im Wohnzimmer hielt sich ein Dutzend Schwache und Verwundete auf, die durch die Jalousieschlitze starrten.

„Alle weg vom Bach!" schrie Mary Ann. „Zur anderen Wand!"

Sie drängten sich an der Wand zusammen. Das Haus erzitterte: Die Grendels kamen über die Mauer! Steine prasselten auf das Dach. Ein Grendelbein rutschte durch die Jalousien und fiel vor ihnen zu Boden. Es zuckte.

Neben ihr schrie Jill unaufhörlich. Mary Ann holte aus und traf sie voll mit dem Handrücken ins Gesicht. Jill taumelte zurück.

Mary Ann strich über ihre schmerzende Hand. Dann hockte sie sich hin, legte den Gewehrkolben an ihre Schulter und wartete.

Die Pferde begannen langsamer zu werden. Innerlich verfluchte Carolyn die dummen Tiere. Der Durst brannte in ihrer Kehle, und ihre schmerzenden Beine drohten jeden Moment unter ihr zusammenzubrechen.

Von Zeit zu Zeit stolperten die Pferde. Sie mußte ihnen die Seile abnehmen, wenn sie überhaupt eine Chance zum Überleben haben sollten.

Sie schwenkten nach links ab. Carolyn folgte ihnen.

Der Bach überraschte sie. Er war klein und verlief in Kurven. Von unten hatte sie ihn nicht gesehen. Vielleicht bog er nach Süden ab und mündete in den Amazonas. Jetzt konnte sie ihn plätschern hören, und sie kam beinahe um vor Durst.

Die Pferde begannen zu saufen. Sie schloß sich ihnen an. Sie hatte zwei Hände Wasser geschluckt, bevor sie bemerkte, wie dreckig es war. Die Pferde hatten es bereits verschmutzt.

Der Durst war immer noch vorhanden, aber sie nahm sich die Zeit, die Pferde von den Seilen zu befreien. Sie klopfte ihre Hälse, nannte sie bei ihren Namen, ging um sie herum und zwischen sie und kniete sich hin, um weiter oben am Bach Wasser zu trinken – und rettete so ihr Leben.

Als ihr Durst gestillt war, stand sie auf und sah sich um.

Weit unten erhob sich eine spritzende Wolke aus dem Bach.

Etwas Dunkles kam heraus. Schnell. Charlie hatte zuerst ebenfalls getrunken, aber jetzt war sie auf Tempo und jagte den Pferden nach. Carolyn zog sich hinter einen kleinen Felsen zurück. Sie konzentrierte sich auf das Laden der Harpune und sah erst auf, als sie die Waffe bereit hatte.

Nur ihre Augen starrten über den Rand des Felsens.

Bis auf Stella hatten sich alle Pferde verstreut. Stella war dreißig Meter weit gekommen, als das Monster sie ansprang. Die Stute erschauerte und brach dann mit einem schrillen Wiehern zusammen. Der Grendel versuchte, sie mit seinem Schwanz in den Bach zu zerren.

Carolyn erhob sich und trat vor. Vor einem Grendel konnte man nicht weglaufen. Charlie war beschäftigt, und der Augenblick war günstig.

Die Pferde hatten sie verborgen, dann der Felsen, aber jetzt . . . Charlie mußte sie sofort gesehen haben. Der Grendel hielt direkt auf sie zu, zog das tote Pferd hinter sich her und kam deshalb nicht schnell genug voran. Er erkannte die Gefahr und hielt an, um das Pferd abzuschütteln.

Carolyn schoß aus sechs Meter Entfernung auf ihn. Die Harpune explodierte in Charlies breitem Gesicht.

Der Grendel griff Carolyn an. Er beschleunigte fast wie ein Skeeter. Das Monster fegte mit einem Luftzug an ihr vorbei, der sie taumeln ließ, und sie sah, wie es gegen den Felsblock stürzte, torkelnd landete, sich umwandte . . .

Die Explosion hatte ihm das gesamte Gesicht weggerissen, überall klebte Blut.

In Carolyns Mund war ebenfalls Blut. Sie hatte sich auf die Unterlippe gebissen. Blut netzte auch ihre Hosenbeine, und oberhalb des Knies spürte sie einen quälenden Schmerz: Der Schwanz des Monsters mußte sie gestreift haben. Sie senkte die Harpune und spürte die Erschöpfung in ihren verkrampften Händen. „Das war sehr dumm, Charlie", flüsterte sie. „Ein Pferd durch die Gegend zu schleifen! Ich hoffe, deine Schwestern sind genauso dumm."

Charlies Schwanz peitschte durch die Luft. Ohne zu überlegen, lief Carolyn los. Nur durch Zufall rannte sie in den Bach hinein. Sie hielt inne, tauchte und kam wieder hoch, um Luft zu holen.

Wo waren die anderen Grendels? Sie konnte sie nicht sehen; der Boden war sehr wellig, aber sie mußten sich noch mindestens mehrere hundert Meter hangabwärts befinden. Drei Grendels – und zwei Harpunen übrig. Sie kniete nieder, trank erneut, dann machte sie sich auf den Weg, um sich den Pferden anzuschließen.

DER Nebel war dünner geworden. Die Sonne hatte ihn weggebrannt und ihnen einen warmen Nachmittag beschert. Grendels, die auf Tempo waren, würden sich durch diese Hitze bewegen müssen.

Die Grendels hatten sich ineinander verbissen. Wo Mits den spritzenden Kanister mit Tempobrühe abgeworfen hatte, herrschte Krieg. Lediglich sieben Grendels hatten den Skeeter erreicht.

Sie brüllten einander herausfordernd an, umkreisten einander und schlugen abwechselnd auf die Kabine ein; aber keiner starb.

Mits saß im Frachtraum und hielt eine Axt in der Hand. Er sah, wie sich der Stahl unter den Schlägen einbeulte. „Ich muß zugeben, daß es mir an die Nieren geht", sagte er.

„Die einzige Unterhaltung, die wir haben", sagte Stu. Er zerschlug ein Fenster und klemmte seine Komkarte hinein, deren Festplattenspeicher er auf Aufnahme eingestellt hatte. „Und das hier ist für die *National Geographic Society.*"

„Du bist verrückt", sagte Mits.

Vielleicht hat er recht, dachte Stu. Aber der heutige Tag würde das Ende einer Spezies erleben. Grendel oder Mensch. Die letzten Kampfgeräusche würden für die Nachwelt erhalten bleiben.

Egal, um welche Nachwelt es sich handelte.

Cadmann kniete am Westrand der Terrasse. Er feuerte sorgfältig, so daß jeder Schuß ein Treffer war. Und doch würde die Munition nicht ausreichen. Weder für die Gewehre noch für die Harpunen.

„Gespannt", sagte Jerry neben ihm.

„Fertig", sagte Joe Sikes. Der Armbrustbolzen sauste über den Rand des Steilhangs und versprühte eine Flasche Tempoextrakt. Von unten ertönte ein Schrei. Jerry grinste. „Spanne nach."

„Paß auf!" schrie Carlos. Er feuerte seine Harpune ab: Ein Grendel war über die niedrige Terrassenmauer gekommen. Das Explosivgeschoß erwischte ihn und warf ihn zurück.

Im Augenblick kamen keine neuen Grendels. „Paß eine Minute auf", sagte Cadmann. Carlos nickte. Cadmann sprintete über die Terrasse dorthin, wo Omar und Ricky ein Maschinengewehr aufgestellt hatten. Fünf Gewehrschützen standen bei ihnen.

„Bringt das Gewehr zu Carlos rüber, und stellt es dort auf."

„In Ordnung." Ricky beugte sich vor, um das Gewehr anzuheben.

„Nicht am Lauf", sagte Cadmann.

„Oh!" Der Lauf glühte noch nicht, aber er war heiß genug zum Wasserkochen.

Cadmann stand auf der Mauer und suchte mit seinem Fernglas den unteren Bachbereich ab. Auf der gesamten Länge des Amazonas waren Grendels. Zu viele. Aber auf jeden Grendel im Wasser kamen sechs an Land. Zu zweit und zu dritt taumelten sie unter der inneren Hitze; zu zweit und zu dritt griffen sie die Verteidiger des Bachs an und starben oder gewannen – und wenn sie gewannen, wurden sie die neuen Verteidiger. Grendels auf Tempo, Grendels, die sich selbst von innen heraus kochten, konnten nicht an das Wasser heran, weil andere Grendels sie davon abhielten. Und keiner davon bedrohte gegenwärtig das Haus.

Aber Angreifer gab es genug.

Wenn sie weit entfernt gestoppt werden könnten . . . Aber das war nicht möglich. Cadmann berührte Zahlen auf seiner Komkarte. „Ida. Wie sieht es bei dir aus?"

Die Stimme der Zahnärztin war gespannt. „Der Skeeter hat für vielleicht noch fünf Minuten Strom. Mehr nicht."

Fünf Minuten. Sie hatten die Solarplatten ausgelegt, aber die Sonne war nicht rechtzeitig genug hervorgekommen. „Das reicht nicht. Lade das Tempoextrakt aus. Nimm das Kerosin an Bord."

„Ich soll mit fünf Minuten Flugzeit mit Kerosin durch die Gegend fliegen?"

„Ja."

„Und was dann?"

„Die nächste Welle könnte durchbrechen. Wenn das geschieht, sind du und dein Kerosin lebenswichtig. Versprüh es um das Haus, gerade unterhalb der Veranda. Dann wirf Leuchtkugeln in die Suppe. Dann flieg den Hügel hinauf und lande."

„Und bete, daß ich weit genug vom Feuer entfernt bin."

„Okay. Machst du es?"

„Ja, ich denke schon . . ."

Explosionen erschütterten das Plateau. Das Vieh, das im Osten eingepfercht war, muhte und stampfte. Und lockte die Grendels an.

Einige rasten um den Rand herum. Cadmann bemerkte, wie ein paar zusammenbrachen, bevor sie das Vieh erreichen konnten. Kein Tempo mehr. Sie brannten aus.

Klügere, stärkere Artgenossen versenkten ihre Stacheln in die zukkenden Kadaver und zerrten sie weg.

Überall starben Grendels, aber das Totenfeld rückte immer näher an das Haus heran. Grendels kämpften miteinander, zerrten sich gegenseitig fort, kletterten über die eigenen toten Artgenossen.

Ein Haufen Grendels brach aus dem Gewimmel heraus und raste auf die Herde zu. Omar Isfahan erkletterte den Hügel. Er hob eine Harpune und zielte mit unsicheren Händen.

Sein Schuß verfehlte sein Ziel. Plötzlich wurde den Grendels seine Gegenwart bewußt, und sie rasten auf ihn zu. Bevor Cadmann einen Warnruf ausstoßen konnte, lag Isfahan am Boden, und drei Grendels waren über ihm. Er schrie einmal auf, dann hörte man nichts mehr von ihm.

„Jerry! Ins Haus!" befahl Cadmann.

Einen Augenblick lang zögerte der Arzt. „In Ordnung. Schon unterwegs."

Die Rinder drehten durch. Sie durchbrachen die Pferche und stoben auseinander. Die Grendels brachten eins ums andere zur

Strecke. Viele der Monster starben an Hitzeauszehrung, während sie versuchten, getötete Rinder in Sicherheit zu zerren, oder ihnen ging das Tempo aus, und sie wurden von den Hufen der Herde zermalmt.

Das Vieh rannte zur niedrigen Mauer, setzte hinüber und den Berghang hinunter. Die Grendels folgten ihnen.

Als ob ein Signal gegeben worden sei, stürmten die Grendels vor und den Hügel hinauf. Einige Grendels explodierten im Minenfeld, aber andere stürmten den sicheren Pfad entlang. Einige wurden von Kugeln getroffen; andere hielten kurz inne und suchten nach einem Feind. Zu viele kamen heran.

Aus dem Haus wurde auf sie gefeuert. Und Grendels starben. Flammenwerfer versprühten die letzten Reste Benzin, und brennende Ungeheuer fegten davon und auf den Bach zu.

Die Monster strömten den Hügel hinauf.

„Ida? Jetzt."

„Ich brauche noch etwa zwei Minuten. Ich muß diesen verdammten Wassertank herausnehmen . . ."

„In Ordnung. Aber starte, sobald du kannst." Cadmann lief über die Terrasse. „Die Rollfalle!" brüllte er.

„Sí." Carlos folgte ihm. Sie sprangen von der Terrasse und rannten den Hügel hinab.

Die Rollfalle: ein riesiger Findling, der mit großen Keilen zurückgehalten wurde. Darüber befanden sich mehrere Dutzend kleinerer Steine, die den Pfad entlang durch das Minenfeld herunterstürzen sollten.

Vor den Keilen, die den Findling festhielten, krümmte sich ein sterbender Grendel.

„Verdammter Mist!" brüllte Cadmann.

Carlos grinste und feuerte. Das Explosionsgeschoß traf den Grendel in den Rumpf. Er sprang in die Höhe, krachte mit dem Kopf an den Felsen über ihm und fiel wieder herunter. Er blockierte die Keile immer noch.

„Mist!" schimpfte Carlos.

„Genau. Hier." Cadmann reichte ihm das Gewehr. „Halte sie auf, während ich ihn freiziehe."

Der Kadaver wog vielleicht achtzig Kilo. Nicht zu schwer zum

Ziehen, aber ziemlich unförmig. Cadmann griff nach dem Schwanz. Er peitschte auf. Cadmanns Schenkel wurde von Stacheln getroffen. Er fiel schwer gegen den Felsen.

Weitere Grendels kamen heran. Verzweifelt griff Cadmann nach den Seilen, die die Keile festhielten. „Ich hab's. Geh aus dem Weg."

Er zog heftig an den Seilen. Ein Keil bewegte sich leicht. Er zog ein zweites Mal. Es war schwierig, das unverletzte Bein gegen die Felsen zu stemmen und dabei das Seil im Griff zu behalten. Er zog noch einmal. Die Leiche rührte sich. Als er diesesmal zog, bewegten sich die Keile . . .

Carlos hatte jetzt auf Schnellfeuer geschaltet.

Ein letzter Ruck. Die Keile flogen heraus. Dann begann der Findling zu rollen, und weitere Felsbrocken folgten ihm.

Cadmann und Carlos schrien triumphierend auf.

Ein Grendel sprang über den großen Klotz und zwischen die kleineren Steine, doch dann traf ihn ein kleinerer spitzer Stein in die Seite. Carlos landete zwei weitere Treffer. Dennoch warf das Ungeheuer sich nach vorn, auf Cadmann zu, der vor ihm lag. Das Monster kroch heran, Cadmann wand und krümmte sich. Der Grendel fiel auf sein unverletztes Bein. Etwas brach. Schmerz überschwemmte ihn.

Carlos starrte ihn mit wilden Augen an. Unter ihnen waren Grendels. Er konnte Cadmann nicht tragen und gleichzeitig schießen. Die Frage stand ihm im Gesicht geschrieben.

„Verdammt, ich weiß es auch nicht", sagte Cadmann. Er war überrascht, wie sanft seine Stimme klang. Der Grendel hatte sich nicht bewegt. Sechzig Kilo totes Fleisch. Beide Beine schrien ihren Schmerz heraus; er konnte kaum noch etwas um sich herum wahrnehmen.

Carlos feuerte zweimal. Cadmann konnte nicht sehen, worauf er geschossen hatte.

WIE Flöhe sprangen die Grendels zwischen den polternden Steinen umher. Die Rollfalle machte sich bezahlt. Carlos konnte zermalmte Grendels sehen, er konnte die Schreie von Grendels hören, die sich dem Tod gegenübersahen.

Die Grendels sprangen, und Carlos erwischte sie an der Spitze der

Sprungbahnen, eine Schnellfeuerübung mit Zielen, die man abschoß und wieder vergaß.

Es war vorüber. Der Erdrutsch ging weiter, eine Horde Steine unter einer Horde Grendels, die den Bach überquerte und weiterpolterte. Wie lange ging das schon? Eine Minute? Weniger?

Jetzt hatte er Zeit, seinem Freund zu helfen.

Cadmann war kaum mehr bei Bewußtsein. Ein Bein war zermalmt, das andere sah aus, als wäre es gebrochen. Carlos griff unter ihn, hob Cadmann hoch und setzte sich in Bewegung. Waffenlos. Er brauchte beide Hände.

Der Gestank nach Tempo hing wie dicker Dunst in der Luft und vernebelte ihm den Verstand. Es gab sowieso nichts, worüber er jetzt nachdenken mußte. Nimm Cadmann, und gehe so lange, bis du das Haus erreicht hast. Verlaß dich auf die Kraft der Verzweiflung. Jeder Grendel, der vorbeikommt, muß sich um sich selbst kümmern.

Ein großer Grendel kletterte auf einen Stein, der von der Rollfalle zurückgelassen worden war, und sah zu ihnen herüber. Carlos achtete nicht auf ihn; er mußte auf seine Füße aufpassen; mit einem neunzig Kilogramm schweren Mann auf den Schultern hatte er unsicheren Halt. Der Grendel kletterte wieder herunter, versenkte seine Stacheln in dem zerfetzten Kadaver einer Kuh und machte sich davon.

Joe Sikes war vor ihm und stemmte sich gegen ihn. Als Cadmanns Gewicht von ihm genommen wurde, verlor Carlos vor Erleichterung beinahe das Bewußtsein. Dann traten sie ins Haus, Harry Siep schloß die Tür hinter ihnen, und Mary Ann fluchte, als sie Cadmann auf den Boden niederließen.

Mary Ann reichte der ruhig gewordenen Jill ihr Gewehr und ging zu Cadmann. Er war nur halb bei Bewußtsein. Mit schmerzgeweiteten Pupillen blickte er zu ihr auf, versuchte, etwas zu sagen. „Ida", brachte er mühsam hervor.

Carlos nahm seine Komkarte heraus. „Ida. Cadmann sagt, du sollst jetzt starten."

Keine Antwort.

„Ich sehe nach", sagte Joe Sikes.

„Wir haben getan, was wir konnten", erklärte Carlos.

Cadmann starrte ihn einen Moment an und nickte dann. Seine Kraft schien auf einmal aus ihm herauszuströmen.

Mary Ann beugte sich vor. Carlos half ihr beim Auftrennen der Hosenbeine. „Trümmerbruch", sagte er.

Aus dem rechten Schenkel floß Blut. „Die Venen", sagte Carlos. „Es spritzt nicht, es fließt. Jill – komm, hilf uns hier mal, bitte."

Cadmanns Mund bewegte sich. Worte kamen nicht, aber er hustete, und auf seinen Lippen bildeten sich blutige Blasen.

„Prellungen. Vielleicht eine verletzte Lunge. Das Monster ist auf ihn gestürzt", erklärte Carlos.

„Du hast das Kommando", murmelte Cadmann. „Geh nach draußen."

„Ich hole Jerry . . .", sagte Carlos hilflos.

„Er ist hinten", meinte Mary Ann. „Ich weiß nicht, was du tun sollst, aber es ist jetzt deine Aufgabe. Wir suchen Jerry."

ETWAS kam durch den Bach heraufgekrochen. Drei Hunde stellten das Wesen. Der geschwächte Grendel schaffte es noch, seine Zähne in Dideldeis Hals zu versenken, bevor die anderen Hunde ihn in Stücke rissen. Dideldum wandte sich von der Leiche ab, leckte seiner Schwester die Wunden. Sie winselte leise und starb.

Stu rannte mit dem Gewehr in der Hand in den Raum. „Der Skeeter ist gestartet! Sie brennen! Sie brennen und laufen davon . . ."

Plötzlich erklangen draußen Gewehrsalven und Schreie von Menschen und Grendels.

Das Dach gab nach und neigte sich nach innen. Zwei Grendels versuchten, sich gegenseitig durch das Oberlicht zu stoßen.

Jill packte eine Harpune und stieß sie einem Grendel in die Kehle. Er wand sich, schlug mit dem Schwanz, und sie schreckte zurück. Die Harpune blieb in der Wunde stecken.

Der Grendel fiel in das Wohnzimmer. Er versuchte auf Tempo zu gehen, aber er hatte keine Reserven mehr. Sie schlugen auf ihn ein, alle erschlugen ihn, die Hunde sprangen hinzu.

Das Dach stürzte ein, und zwei weitere Grendels fielen herunter. Einer landete beinahe auf Jill und hatte seine Zähne in ihrem Bein, bevor jemand reagieren konnte.

Mary Ann schoß auf ihn, schoß ein zweites Mal und drehte sich um, als sie ein Platschen hörte. Weitere Grendels. Immer mehr. Sie kamen durch das Bachbett herauf, das Bachbett, das durch ihr Wohnzimmer verlief.

Sie feuerte mit Vollautomatik. Beinahe sofort erstarb das Gewehr. Keine Munition mehr. Die Grendels kamen immer noch. Sie sah zu Cadmann . . .

Ein Strom aus Feuer floß bergab. Er floß aus dem Schlafraum, in das Wohnzimmer, unter den Erdmauern des Hauses hervor. Flammen tanzten über das Wasser, und Mary Ann glaubte, daß sie den Verstand verloren hätte.

„Sikes!" schrie Carlos. „Er hat das Kerosin in den Fluß geschüttet!"

Das Feuer erfaßte die Grendels. Sie flohen in wilder Panik den Bach hinab.

Dann herrschte Schweigen, das nur durch gelegentliches Husten unterbrochen wurde. Im Haus gab es keine lebenden Grendels mehr.

Cadmann starrte Carlos an und versuchte, etwas zu sagen.

„Madre de Dios", sagte Carlos. „Halt doch mal einen Augenblick den Mund!"

Im Raum war es sehr ruhig.

Die Terrasse war mit Blut bedeckt. Vier Männer, eine Frau, drei Grendels; alle tot.

Unterhalb der Terrasse und den Hang hinunter war das Plateau mit Leichen übersät. Menschen, Hunde und Vieh; aber vor allem Grendels. Tausende von Grendels.

Zwanzig Meter von der Terrasse entfernt brannten immer noch kleine Feuer. Ida hatte die Flammen wirklich dicht herangebracht.

Jetzt kamen weitere Leute aus dem Haus und vom Dach herunter. Oberhalb des Hauses erklangen drei Schüsse, dann herrschte wieder Stille. Ricky Erin hielt eine blutige Harpune in der Hand. Er reckte sie in die Höhe und schüttelte sie trotzig.

Die Sprechanlage war vom Tisch geschleudert worden. Hendrick hinkte herbei, hob sie hoch und stellte sie ein. Er berührte die Hebel, und Lichter glühten auf.

Carlos humpelte zum Rand des Plateaus und spähte hinab. Der

Nebel hatte sich aufgelöst. Er hielt nach Grendels Ausschau. Hier und dort zerrte ein Grendel einen toten Grendel oder ein Rind zum Wasser. Dort wurden sie von anderen Grendels aus dem Wasser gestellt und in Stücke gerissen.

Etwas war geschehen. Etwas hatte sich verändert. Die Grendels wußten Bescheid!

Die Menschen gehörten nicht mehr zu den Beutetieren. Der Mensch war das größte Raubtier auf Avalon. Grendels waren klug genug, um zu lernen und diese Lektion zu begreifen. Die Überlebenden lauerten jetzt einander anstatt den Fremden von den Sternen auf, den Geschöpfen, die über Tausende der früheren Herren Avalons den Tod gebracht hatten.

„Geographic . . ."

„Wir sind hier. Seid ihr in Ordnung?"

Hendrick sah Carlos an. Sein Gesicht war hager und dreckverschmiert, seine Augen strahlten. „Was soll ich ihnen sagen?"

„Sag ihnen, daß wir gewonnen haben!"

14

An einem Bach, der in den Miskatonic floß und nicht viel breiter als Cadmanns Amazonas war, befand sich ein kleiner Teich. Zwar war er mit dem Bach verbunden, aber es gab keine Strömung. Am unteren Ende waren Steine aufgehäuft. Mits Kokubun gaben diese Steine Rätsel auf. Konnten sie von Grendels aufgestapelt worden sein? Biber konnten Dämme errichten. Warum nicht auch Grendels?

Über dem Teich ragte ein Felsaufbau empor. Es war ein guter Platz, hoch und steil genug, daß jeder Grendel Probleme mit dem Aufstieg haben würde. Mits suchte die Umgebung des Teichs mit dem Fernglas ab. „Immer noch nichts."

„Der halbe Vormittag ist rum", schimpfte Joe Sikes. „Was braucht man denn dazu, um das Vieh hervorzulocken?"

„Einige kommen eben einfach nicht heraus, um sich zu schlagen." Mits tippte auf seine Komkarte. „Stu. Immer noch nichts."

„Er ist aber dort. Im Teich sind Lachse, und die *Geographic* hat den

Schatten fotografiert. Die Biester sollten mehr Respekt vor unserer Sprengstoffknappheit haben. Ich versuche es mit der Tempobrühe."

„Na gut, aber ich glaube nicht, daß es etwas bringt."

„Na und? Wir haben mehr Tempo als Sprengstoff. Paßt auf."

Sie warteten. Einen Augenblick später glitt Skeeter eins in zwanzig Meter Höhe über dem Teich heran. Die Kabine sah zerschlagen und eingebeult aus, aber er flog noch. Ein dünner rosiger Nebel regnete herab und wurde in den Teich und auf die Steine am Ufer geblasen.

Sie warteten. Nichts passierte.

„Das war euer Skeeter", sagte Sikes.

„Ja."

„Wie war das?" fragte Sikes. „Ich meine . . ."

„Ich weiß, was du meinst. Was soll ich dazu sagen? Stu und ich saßen darin, während die Biester die Wände einbeulten. Als es gerade anfing, langweilig zu werden, hämmerte eins von den Viechern mit dem Kopf hindurch und erwischte fast meinen Fuß. Ich gab ihm eins mit der Axt. Er versuchte, seinen Kopf herauszuziehen, aber er blieb an der aufgerissenen Metallhülle hängen, und dann fingen die anderen draußen an, ihn zu fressen. Sie haben ihn bei lebendigem Leib aufgefressen."

Die Komkarte quäkte. „War nichts, oder?"

„Absolut nichts", gab Mits zur Antwort. „Laß uns weitermachen."

„In Ordnung. Ich nehme eine Bombe. Ich muß erst nachfragen. Bleibt dran."

„Bei unserem Glück haben sie bestimmt alle zu tun", sagte Sikes.

„Glaube ich nicht. Die haben zuviel Hunger, um zu arbeiten. Frische Lachse."

„Ich habe von frischen Lachsen die Nase voll."

„Besser als Grendels." Mits suchte mit seinem Fernglas den Rand des Teichs ab. Nichts. Noch nicht einmal Buschwerk. Grendels würden vor Lachsen alles andere fressen. Erst als letzten Ausweg fraßen sie Lachse.

„Genehmigt", erklang Stus Stimme aus der Komkarte. „Seid ihr bereit?"

„Alles klar. Stell sie auf Maximaltiefe ein. Glaub mir, das verdammte Biest versteckt sich am Grund."

Das Rotorengeräusch wurde lauter. Das Luftfahrzeug erschien über dem niedrigen Rand des Felsbassins, das den Teich umgab. Über der Mitte des Teichs verharrte es in der Luft, und ein dunkles Faß fiel aus einer Öffnung. „Die Bombe ist unterwegs. Ich auch", sagte Stu. Der Skeeter schoß in westliche Richtung davon.

Der Teich wurde zu einem Geysir. Mits wartete und zählte die Sekunden.

Aus dem Wasser schoß ein halbausgewachsener Grendel heraus. Er stolperte ans Ufer und rannte benommen im Kreis herum. Aus seinem Maul tropfte Blut. Er kippte um, fand wieder Halt, lief los, kippte erneut.

„*Sayonara*, du Idiot", zischte Mits. Er zielte auf den Bereich hinter dem Kopf, auf den zentralen Nervenknotenpunkt. Dann feuerte er. Der Grendel machte einen Satz und starb.

Mits drückte die Komkarte. „Sag Bescheid, daß es Fleisch gibt!"

Sie kamen auf Traktoren, in Jeeps und zu Fuß. Eine Gruppe spannte unterhalb des Teiches Netze über den Bach. Andere pumpten Boote auf und fuhren auf den Teich hinaus. Sie legten Netze aus. Der Teich würde immer wieder durchkämmt werden.

Tote Lachse trieben im Wasser. Sie waren nicht besonders groß (nicht länger als einen halben Meter), aber fünfzig waren zu sehen.

Skeeter drei brachte eine vorgefertigte Räucherei. Kolonisten, die Feuerholz trugen, kamen aus den Hügeln. Hendrick Sills bewegte sich zwischen den verschiedenen Gruppen. „Ladet die Skeeter voll, sobald sie eintreffen. Einige werden nach Hause laufen müssen, damit Platz bleibt. Wenn die Skeeter beladen sind, können wir mit dem Betrieb der Räucherei anfangen."

Die Chance, auf einen Grendel zu stoßen, war nicht besonders groß. Die Teiche bachabwärts waren alle gesäubert worden. Seit der Schlacht waren hundert Tage vergangen. Die Grendels hatten sich ihre Bereiche abgesteckt und kämpften um sie. Wie bei siamesischen Kampffischen gab es nur einen Grendel pro Teich. Aber im Gegensatz zu den Fischen, die nur so lange kämpften, bis sich einer zurückzog, töteten die Grendels einander.

Es gab eine Menge Lachse. Eine schöne Entdeckung. Es war nicht zu befürchten, daß das Fleisch gefressen werden würde – solange die Pterodons unter Kontrolle gehalten werden konnten.

Die Luft stank nach Tempobrühe, und auf den Booten spielten Recorder die Aufnahme ab, die Stu während des letzten Angriffs gemacht hatte. Trotz- und Todesschreie der Grendels zerrissen die Luft. Die Pterodons schwebten über dem Teich und hatten Angst herunterzukommen.

Es war gut, daß sie für die Pterodons keine Kugeln verwenden mußten. Es gab zuwenig Kugeln. Wenn die Menschen fertig waren, konnten sich die Pterodons an dem toten Grendel gütlich tun. Hendrick hatte selbst einmal Grendelfleisch probiert – der Hungertod war vorzuziehen.

Skeeter drei stieg auf und trug die Mahlzeit des heutigen Abends davon.

Sylvia unterstrich einen Abschnitt in dem alten Bericht, den Terry geschrieben hatte, mit einem Marker. Es war ein wenig seltsam, Cassandras alte Aufzeichnungen abzurufen. Alte Anmerkungen über eine Festlandexpedition aus den Tagen, als es keine Grendels auf Avalon gab und alles ganz wunderbar war. *Wir können es beinahe so machen, wie Terry es vorgeschlagen hat* – und dann ein kurzer Stich der Trauer: *Terry . . .*

„Es ist nicht fair", sagte Carolyn.

Mary Ann hielt beim Windelwechseln inne. „Was ist nicht fair?"

„Du hast Männer. Du baust dir ein Monopol auf."

„Ach", sagte Marnie. „Mach es mir doch nicht zum Vorwurf, wenn Jerry meinen Körper deinem vorzieht."

„Zuzüglich der Tatsache, daß du ihm wochenlang das Leben zur Hölle machen wirst", sagte Mary Ann.

„Und wenn ich Cadmann verführe?" fragte Carolyn.

„Drehe ich dir den Hals um." Mary Ann war mit den Windeln fertig. „Wenn du ihn allerdings heiraten möchtest . . ."

„Wie bitte?" fragte Carolyn ungläubig.

„Ich könnte eine Unterfrau gebrauchen", sagte Mary Ann. Ihre Augen nahmen einen träumerischen Ausdruck an.

„Wir kommen vom Thema ab", sagte Marnie. „Carolyn, die nächste Sendung ist vermutlich die letzte Chance, etwas im Sonnensystem zu verändern. Wenn sie diese Nachricht erhalten, werden zwanzig Jahre verstrichen sein, seit ihr interstellares Programm eingestellt wurde. Vermutlich ist man dort zu Tode gelangweilt und hängt an unseren Lippen. Haben wir die Grendels besiegt? Die Spannung muß sie fast umbringen. Das gesamte Sonnensystem wird zuhören! Milliarden Menschen, die zusahen, während die interstellaren Schiffe nicht gebaut wurden, werden noch am Leben sein, und vielleicht werden sie von den alten Zeiten schwärmen. Sie werden älter und fragen sich, wo die Spannung geblieben ist. Deshalb wollen wir unsere Forderungen klarstellen, während wir sie am Haken haben! Sylvia, was hast du auf dem Bildschirm?"

„Terrys Festlandexpedition. Das werden wir ihnen natürlich senden. Selbst auf Avalon ruft das Abenteuer! Wir haben jetzt einen Skeeter weniger, und der Auftrag hat sich ein wenig geändert, weil wir Hunger haben. Wir werden eine Minerva in einer Bucht verankern und dann die Skeeter auf die halbe Höhe irgendeines Berges schaffen, wo die Grendels sie nicht erreichen können. Wir sammeln ein paar Joes ein, wenn wir nichts anderes finden, und beleben die Insel wieder."

„Können wir da irgendwelche Bilder einfließen lassen?"

„Bilder wovon? Vielleicht von Joes . . ."

„Faß noch einmal die Notizen für die Sendung zusammen."

„Ja." Sylvia drückte auf Tasten. Sie las von der Liste ab: „Sämtliche Einzelheiten zu Grendelangriff. Langeweile auf der Erde? Kommt zum romantischen Avalon und entdeckt das Abenteuer. Betonen, daß wir gesiegt haben. Wir beherrschen die Grendels. Aufzeigen durch die Aufnahme, wie wir einen Grendelteich ausräuchern. Spielt den Hunger herunter. Spielt die Verluste herunter. Aber wir können über die Geschmacksrichtungen der örtlichen Lebensformen reden, Joes und Lachse."

„Joes sind niedlich", sagte Mary Ann. „Sagt ihnen nicht, daß wir sie essen . . ."

„Machen wir auch nicht. Jedenfalls – bereitet sie auf den Streifzug zum Festland vor. Ich wette meinen Hintern, daß wir dort etwas Bizarres, Interessantes finden werden. Was frißt Grendels?"

„Brrrr", sagte Carolyn, und sie erschauerte. Sylvia zog vor, es nicht zu bemerken. Einen Augenblick lang war Carolyn an einem anderen Ort. Für wenige Sekunden war sie nicht Carolyn, sie war Phyllis, die unter den Klauen eines Grendels starb.

Rachel hatte sich um Carolyn ganz besonders bemüht. Sie alle hatten daran gearbeitet, sie wieder in die Gemeinschaft einzubeziehen, und kümmerten sich um sie, wie sie es nie getan hatten, als ihre Zwillingsschwester noch am Leben gewesen war. Sie brauchte sie jetzt wahrscheinlich mehr, als es einer von ihnen überhaupt verstand.

„Wir kommen nicht darum herum", sagte Sylvia. „Wir müssen der Erde mitteilen, wie viele von uns gestorben sind, aber wir können daraus eine nüchterne Auflistung machen. Und wir werden ihnen eine Liste der Dinge geben, die wir benötigen. Wir müßten bessere Computer als Cassandra haben. Wir haben auch einige Lebensformen verloren. Ich möchte eine hinreichend lange Liste haben, damit deutlich wird, daß Besucher willkommen sind. Und wir müssen darauf herumreiten, wie wir die Grendels geschlagen haben. Wir haben es mit einem und zwei und sechs und dann mit zehntausend aufgenommen, und wir werden sie in allen Details niedermetzeln. Carolyn, du mußt deine Geschichte in aller Ausführlichkeit erzählen!"

„Carlos sagt das auch", gab Carolyn zu. „Aber ich will nicht."

„Warum nicht?" fragte Marnie.

Carolyn sah auf ihre Hände hinunter.

Mary Ann begriff, daß sie von schrecklichen Erinnerungen übermannt wurde. „Es ist uns wichtig. Der Erde wird es auch wichtig sein. Und Phyllis wäre so stolz auf dich."

Carolyn lächelte schwach. „Es war eine so kleine Geschichte im Vergleich zum letzten Gefecht an Cadmanns Steilhang."

Sylvia schüttelte den Kopf. „Marnie und ich sind so neidisch auf dich . . ."

„Neidisch?"

„Natürlich. Wir saßen oben in der *Geographic* warm und trocken, und du brachtest Grendels um!"

„Das meinst du nicht ernst. Das sagst du nur . . ."

„Das habe ich nie ernster gemeint."

„Aber, Mary Ann . . .“

„Du hast die Pferde gerettet“, sagte Marnie. „Und das ist eine Menge mehr als das, was ich getan habe. Erzähle ihnen deine Geschichte! Erzähle sie uns. Jetzt. Dann wird es einfacher sein, wenn du sie für die Erde erzählst.“

„Ja, erzähle sie uns“, sagte Mary Ann.

Carolyn sah sie an und begriff, daß sie es ernst meinten und daß sie es verstanden. „Nun gut“, begann sie vorsichtig. „Hatte ich euch schon erzählt, daß ich ihnen Namen gegeben hatte?“

„Ja“, sagte Marnie. „Cassandra, Aufnahme.“

„Nein!“ begehrte Carolyn auf.

„Cassandra. Aufnahme. Probelauf.“ Marnie grinste. „Sicher hältst du Cassie nicht für einen Lauscher! Auch sie ist deine Freundin.“

„Ja, das glaube ich auch.“ Carolyn setzte sich zurecht. „Ich hatte sie alle mit Namen benannt. Den ersten habe ich nach Charlie Manson benannt.“ Plötzlich lächelte Carolyn. Sie hatte schon vorher vor Kameras gestanden. „Charlie mußte an Tiefschlafinstabilität gelitten haben. Er kam durch das Wasser auf mich zu und zerrte ein halbes Pferd hinter sich her! Ich stand einfach hinter einem Felsen auf und habe ihn erschossen.

Dann hatte ich noch drei Grendels und zwei Harpunen. Ich fing an, vorsichtig zu werden, aber ich hatte es auch eilig. Ich hatte die Pferde bis zum Rand des Gletschers gebracht. Dann konnte ich sehen, daß die Grendels den toten Charlie erreicht hatten. Einer war zu feige, um sich näher heranzutrauen. Das war Mareta. Sie blieb zurück und fraß die Überreste, während die anderen beiden weiter herankamen. Ich ging den Gletscher hinauf und ließ die Pferde zurück. Ich war fünfzig Meter hochgeklettert, als Ghaddafi auf Tempo ging und auf mich zuraste. Er kam auf das Eis. Das überraschte ihn, aber er kämpfte sich weiter voran, die Beine flitzten nur so, das Eis flog durch die Luft, und er wurde immer langsamer, während das Eis immer steiler wurde. Als ich ihn abschoß, lief er auf der Stelle.

Ich dachte, daß der Platz eigentlich ganz gut sei, und blieb da. Zu essen hatte ich nichts, aber es gab jede Menge Wasser. Mareta und der Ajatollah starrten mich einige Zeit an, aber keiner wollte es versuchen. Nach einer Weile fand mich Joe Sikes. Wir haben zehn

Pferde mit nach unten gebracht. Der Rest ist immer noch mit zwei Grendels oben. Es wäre nicht sehr sinnvoll, Mareta und dem Ajatollah hinterherzujagen."

„Ja, das stimmt", sagte Sylvia. „In den Hügeln müssen jetzt viele Grendels sein, aber sie werden keine befruchteten Eier legen können. Die Lachse sind die Männchen. Dazu werden sie herunterkommen müssen."

„Das ist jedenfalls passiert", sagte Carolyn. „Das war schon schaurig genug, aber . . . es war ein so gutes Gefühl, diese Biester zu erschießen, vor denen ich solche Angst hatte."

„Cassandra. Ende der Aufnahme", sagte Marnie.

„Wunderbar", lobte Mary Ann. „Eine wirklich gute Geschichte."

„Meinen Job geben sie mir trotzdem nicht wieder."

„Nein", sagte Sylvia. „Würdest du Mary Ann irgend etwas anvertrauen?"

Carolyn schluckte und schwieg.

„Ich nicht", sagte Mary Ann. „Ich weiß, daß ich immer noch schlau bin, aber es gibt Dinge, die ich nicht weiß und die ich wissen sollte. Ich traue mir nicht."

„Cadmann tut es", sagte Carolyn.

„Er vertraut meinen Instinkten." Mary Ann küßte Jessica.

„Außerdem ist er in dich verliebt", sagte Sylvia.

Mary Ann saß auf der niedrigen Mauer und spähte hinab.

Die neue Kolonie war eine Festung. Betonmauern umgaben die Wohnbereiche. Zäune und Minenfelder umschlossen die Erntefelder. Innerhalb des Geländes befanden sich Stellen verbrannten Bodens, aber die meisten wurden überbaut oder unterpflügt. In einem Jahr würde es keine Spuren mehr geben.

Mits und Stu hatten einen Grendel gefunden. Nachdem Cadmann, Zack und Rachel sie verstanden hatten, stellten Grendels weniger eine Gefahr als eine Ressource dar. Mit den Grendels kamen die Lachse und die üppigen Feste.

Es war nicht ganz einfach, sich das ins Gedächtnis zu rufen. Grendels legten Eier, die zu Lachsen ausschlüpften. Aber Lachse waren Grendelmännchen. Sie fraßen Teichschlamm. Erwachsene

Lachse waren Grendelweibchen, und sie fraßen alles, aber wenn es nichts gab, fraßen sie auch Lachse. Wenn sie die Grendels dazu bringen konnten, sämtliche Lachse aufzufressen, würde es keine Grendels mehr geben. Also durfte es in den Bächen und Flüssen nichts anderes mehr zu fressen geben.

Der Nebel war dünn genug, daß Mary Ann die Getreidefelder und die Tierpferche erkennen konnte, in denen die Pferde und das Jungvieh weideten. Die Kolonie würde wieder neu aufgebaut werden, und das war gut so; aber Cadmann würde niemals dort leben. *Dies ist sein Heim. Unser Heim. Cadmanns Steilhang.*

Sie wandte sich um, als sie Cadmanns Schritte hörte. Er war halbnackt, und sein muskulöser Körper glänzte vor Schweiß. Er zuckte nicht mehr zusammen, wenn sein linkes Bein auf dem Boden aufsetzte.

Das künstliche Glied war stark genug, daß er seine Runden um das Plateau drehen konnte. Dideldum rannte neben ihm her.

Der Skeeter schwebte über den Westrand des Plateaus herauf und landete auf dem Feld aus Beton, das Hendrick vor einer Woche angelegt hatte. Cadmann joggte eine Minute auf der Stelle, dann wischte er sich über das Gesicht und ging zum Feld.

Sylvia kletterte aus der Kabine, hob dann Justin heraus und stellte ihn auf den Boden. Der Junge lief auf sie zu.

Mary Ann sah Trauer in Cadmanns Augen aufblitzen, die sofort wieder verschwand. Er umarmte Justin voll Zärtlichkeit.

„Amigo", sagte Carlos und gab Cadmann die Hand. „Das Bein arbeitet gut?"

„Oh, es funktioniert. Ich laß es mir wieder nachwachsen, wenn sie das Krankenhaus in Gang haben. Diese Expedition werden wir doch noch machen. Aber heute abend – ihr wolltet uns abholen?"

„Aber natürlich!"

Sylvia hielt Justin an der Hand. Ihre Figur verriet, daß sie wieder schwanger war. Carlos' Kind? Sylvia hatte es niemals gesagt, aber Mary Ann dachte es sich.

Liebevoll strich sie sich über den Bauch. „Egal, ob Junge oder Mädchen, das Kind wird Terry heißen."

Carlos nickte zustimmend.

Mary Ann lächelte leicht. Ihre Gedanken waren ein einziges Durcheinander: Sylvia ist immer noch schön. Cadmann wird niemals über sie hinwegkommen. Na und? Er gehört mir. Nicht ihr. Mir.

„Du hast hier eine Menge geschaffen", sagte Sylvia. Ihre Hand beschrieb einen weiten Bogen, der die neuen Mauern, Joekäfige, Viehpferche, Befestigungen, selbst eine neue Rollfalle einschloß. Dann legte sie ihre Hand auf Mary Anns Schulter. „Du hast den großen Preis gewonnen, Lady."

Mary Ann versuchte zu lächeln und konnte es nicht. „Sylvia – was soll ich sagen? Ich wäre auf dich niemals eifersüchtig!"

„Das glaube ich dir. Das ist nicht wichtig. Verstehst du nicht, Mary Ann? Der Mann betet dich an."

„He", sagte Cadmann.

„Halt dich da raus", versetzte Sylvia. „Wir reden über dich und haben nicht nach Beiträgen gefragt."

„Können wir dann das Thema wechseln?"

Die vier sahen sich an, und dann lagen sie sich plötzlich lachend in den Armen.

„Ich kann es immer noch nicht glauben, daß wir in Sicherheit sind!" rief Sylvia.

„Vielleicht ist das ganz gut", sagte Cadmann. „Vielleicht sind wir nur so lange sicher, wie wir ein wenig Angst haben."

„Schließlich tötete Beowulf Grendel", Carlos lachte befreit. „Allerdings hat der Drache am Ende Beowulf erwischt . . ."

Sylvia funkelte ihn böse an. „Du hast absolut kein Taktgefühl."

„Das hast du aber sonst nicht gesagt . . ." Sie stieß ihm den Ellenbogen in die Rippen. „Au! Aber jedenfalls ist diese Geschichte schon geschrieben worden. Diese hier erschaffen wir, während wir leben. Komm schon. Laß uns essen gehen. Hey, amigo – dieses Bein könnte ein ausreichendes Handicap sein. Ein Rennen?"

Cadmann bückte sich in Startstellung. „Der Verlierer macht einen Lachs sauber. Mit den Zähnen." Als Carlos lachte, nutzte Cadmann den Vorteil zu einem fliegenden Start aus.

„He!"

Sylvia und Mary Ann sahen zu, wie die beiden Freunde durch das ausgeschaltete Minenfeld rannten und Seite an Seite den Hügel erreichten. „Sie sehen so stark aus", sagte Sylvia leise. „Manchmal ist es schwer zu glauben, wie gefährdet das Leben ist. Wie kostbar."

Wer weiß, was wir auf dem Festland finden werden . . .?

„Beowulf wurde vom Drachen getötet", murmelte Mary Ann. „Warum kann Cadmann nicht hierbleiben? Haben wir nicht genug bezahlt?"

Sie sah ihm unter Tränen hinterher. Er war groß und stark, das Grau in seinem Haar hatte sich vermehrt. Das Herz wollte ihr brechen.

Sie spürte, wie Sylvia sie am Arm berührte. „Was sein wird, wird sein, Liebes. Wir sind alle gekommen, um hier zu sterben. Was zählt, ist, wie wir leben."

Mary Ann nahm Jessica in den Arm und gab ihr einen Kuß. Gemeinsam folgten sie und Sylvia den Männern, die sie liebten, zum Haus hinauf.

Für jeden von ihnen war es zu spät, sich zu ändern.

Und vielleicht, nur vielleicht, gab es gar keinen Drachen.

Larry Niven, Jerry Pournelle und Steven Barnes

Ein Roman als Gemeinschaftswerk dreier Autoren – das ist äußerst ungewöhnlich und war im Falle von „Der Held von Avalon" wohl auch nur möglich, weil **Larry Niven** bei anderen Projekten bereits im Duo mit Jerry Pournelle beziehungsweise Steven Barnes gearbeitet hatte. Zweifellos ist Larry Niven (sein eigentlicher Name lautet Lawrence van Cott Niven) der renommierteste der drei – ein Autor, der die begehrtesten Preise des SF-Genres errungen hat und seit der Veröffentlichung des Bestsellers „Ringwelt" als Erneuerer der Space Opera gilt. 1938 in Los Angeles geboren, studierte Niven Mathematik und Physik in Kansas, wandte sich aber schon bald nach Ende des Studiums allein dem Schreiben zu. Obwohl Niven im ersten Jahr als freier Schriftsteller immer wieder vergeblich versuchte, seine Manuskripte bei einem Verlag unterzubringen, brauchte er sich als Erbe eines Millionenvermögens (sein Großvater hatte einst auf seiner Farm in Texas Öl entdeckt) nicht um seine Finanzen zu sorgen. 1964 wurde „The Coldest Place", Nivens erste Story, veröffentlicht, und danach reihte er Erfolg an Erfolg, wobei neben den „Ringwelt"-Publikationen insbesondere die Romane „Die fliegenden Zauberer" (zusammen mit David Gerrold) und „Der Splitter im Auge Gottes" (mit Jerry Pournelle) aus seinem Werk herausragen.

Jerry Pournelle, 1933 in Shreveport/Louisiana geboren, absolvierte ebenfalls ein Studium der Mathematik und kann daneben Abschlüsse in Psychologie und Politischen Wissenschaften aufweisen. Neben der erfolgreichen Zusammenarbeit mit Larry Niven ist er vor allem als Sachbuchautor und Verfasser wissenschaftlicher Artikel hervorgetreten. Dank seiner breitgefächerten Ausbildung kann er bei gemeinsamen Romanprojekten wertvolles Faktenwissen beisteuern.

Steven Barnes, 1952 in Los Angeles geboren und als Autor hauptberuflich für Film und Fernsehen tätig, verdiente sich erste Sporen im SF-Bereich durch Drehbücher zu Stanislaw Lems „Der Test" sowie H. Beam Pipers „Die kleinen Fuzzies". Ab 1981 wurde er einem größeren Leserkreis durch Koproduktionen mit Larry Niven bekannt.

60
60

Raumstation Abercrombie

VON JACK VANCE

INS DEUTSCHE ÜBERTRAGEN
VON TONY WESTERMAYR

TITELILLUSTRATION
VON BLAIR-WILKINS

1

DER Türsteher war ein großer, ungesund aussehender Mann mit einem finsteren Pferdegesicht und einer Haut wie verätztes Zink. Zwei Mädchen sprachen ihn an und stellten kokette Fragen.

Jean hörte, wie er unverbindlich knurrte: „Bleibt da, ich kann nichts verraten." Er zeigte auf das Mädchen neben Jean, eine Blondine, die sehr flott gekleidet war. Sie stand auf; der Türsteher schob die Tür zurück. Das blonde Mädchen betrat mit schnellen Schritten den inneren Raum; die Tür ging hinter ihr wieder zu.

Das Mädchen trat zögernd vor und blieb stehen.

Ein Mann saß still auf einer altmodischen Ledersitzbank und sah sie aus halb geschlossenen Augen an.

Nichts Erschreckendes, war ihr erster Eindruck. Er war jung – vier- oder fünfundzwanzig. Durchschnitt, dachte sie, weder groß noch klein, weder dick noch mager. Sein Haar war unauffällig, seine Kleidung unaufdringlich, und seine Züge waren ohne Besonderheit.

Er bewegte sich, öffnete die Augen weiter. Das blonde Mädchen spürte einen Stich. Vielleicht hatte sie sich geirrt.

„Wie alt sind Sie?"

„Ich bin – zwanzig."

„Ziehen Sie sich aus."

Sie starrte ihn an, die Hände verkrampft mit weißen Knöcheln um ihre Handtasche. Die Intuition kam ganz plötzlich; sie atmete rasch und flach ein. *Gehorch ihm ein einziges Mal, gib ihm nur einmal nach, und er wird dein Herr sein, solange du lebst.*

„Nein . . . nein, das tue ich nicht."

Sie drehte sich schnell um und griff nach der Türklinke. Er sagte ausdruckslos: „Sie sind ohnehin zu alt."

Die Tür ruckte zur Seite; die Blondine ging rasch durch den Vorraum, ohne nach links oder rechts zu sehen.

Eine Hand berührte ihren Arm. Sie blieb stehen und blickte in ein Gesicht, das nett war, helles Rosa, Elfenbein. Ein junges Gesicht mit einem Ausdruck von Lebenskraft und Intelligenz: schwarze Augen, kurze schwarze Haare, eine wunderbar reine Haut, die Lippen ohne Schminke.

Jean fragte: „Was ist los? Was für ein Posten ist es?"

Das blonde Mädchen entgegnete gepreßt: „Ich weiß es nicht. Ich bin nicht geblieben, um das festzustellen. Es ist nichts Erfreuliches." Sie wandte sich ab und ging hinaus.

Jean sank auf den Sessel zurück und spitzte nachdenklich die Lippen. Eine Minute verging. Ein anderes Mädchen mit geweiteten Nasenflügeln kam aus dem Innenraum und ging zur Tür, ohne nach links oder rechts zu blicken.

Jean lächelte schwach. Sie hatte einen breiten Mund und muntere Züge. Ihre Zähne waren klein, weiß, sehr scharf.

Der Türsteher winkte ihr. Sie sprang auf und betrat den Innenraum.

Der stille Mann rauchte. Ein silbriges Wölkchen schwebte an seinem Gesicht vorbei und zerging in der Luft über seinem Kopf. Seine völlige Regungslosigkeit hat etwas Sonderbares, dachte Jean. Er ist zu verkrampft, zu angespannt.

Sie wartete, beobachtete ihn scharf.

„Wie alt sind Sie?"

Das war eine Frage, der auszuweichen sie in der Regel für klug hielt. Sie legte lächelnd den Kopf auf die Seite, eine Eigenart, die ihr ein wildes, unbekümmertes Aussehen verlieh.

„Für wie alt halten Sie mich?"

„Sechzehn oder siebzehn."

„Ziemlich nah."

Er nickte. „Wie heißen Sie?"

„Jean Parlier."

„Bei wem leben Sie?"

„Bei niemandem. Ich lebe allein."

„Vater? Mutter?"

„Tot."

„Großeltern? Vormund?"

„Ich bin allein."

Er nickte. „Irgendwelche Schwierigkeiten mit der Polizei deshalb?"

Sie sah ihn argwöhnisch an. „Nein."

Er bewegte den Kopf so, daß eine Welle durch die Rauchkräuselung verlief.

„Ziehen Sie sich aus."

„Warum?"

„Das ist ein schneller Weg, Ihre Eignung zu prüfen."

„Hm – ja. In gewisser Beziehung stimmt das wohl . . . körperlich oder moralisch?"

Er gab keine Antwort, saß da und sah sie ausdruckslos an, während der Rauchfaden an seinem Gesicht vorbeizog.

Sie zuckte mit den Schultern, führte die Hände an die Seiten, an den Hals, an die Hüften, an die Beine und stand ohne Kleidung da.

Er steckte die Zigarette in den Mund, paffte, setzte sich auf, drückte die Zigarette aus, stand auf und trat langsam vor.

Er versucht, mir angst zu machen, dachte sie und lächelte vor sich hin. Soll er es ruhig versuchen.

Er blieb einen Meter vor ihr stehen und blickte ihr in die Augen. „Sie wollen wirklich eine Million Dollar?"

„Deshalb bin ich hier."

„Sie haben die Anzeige wörtlich genommen?"

„Gibt es eine andere Methode?"

„Sie hätten die Ausdrucksweise verstehen können als – Metapher, als Hyperbel."

Sie grinste und zeigte ihre weißen Zähne. „Ich weiß nicht, was diese Worte bedeuten. Jedenfalls bin ich hier. Wenn die Anzeige nur dazu dienen sollte, daß Sie mich nackt sehen können, gehe ich wieder."

Sein Ausdruck veränderte sich nicht. Seltsam, dachte Jean, wie sein Körper sich bewegt, sein Kopf sich dreht, seine Augen indessen immer starr zu bleiben scheinen.

Er sagte, als hätte er sie nicht gehört: „Sehr viele Mädchen haben sich nicht gemeldet."

„Das betrifft mich nicht. Ich will eine Million Dollar. Was ist es? Erpressung? Darstellen einer anderen Person?"

Er überging ihre Frage. „Was würden Sie mit einer Million machen, wenn Sie sie hätten?"

„Ich weiß nicht . . . Darüber zerbreche ich mir den Kopf, wenn ich sie habe. Haben Sie meine Eignung überprüft? Mir wird kalt."

Er drehte sich rasch um, ging zur Sitzbank und ließ sich nieder. Sie zog sich an, ging ebenfalls zur Sitzbank und setzte sich zögernd.

„Sie sind fast zu gut geeignet", sagte er trocken.

„Wie das?"

„Unwichtig."

Jean legte den Kopf zurück und lachte. Sie sah aus wie eine gesunde, sehr hübsche Oberschülerin, die mehr Sonne vertragen konnte.

„Verraten Sie mir, was ich tun muß, um eine Million Dollar zu verdienen."

„Sie sollen einen jungen Mann heiraten, der an einer – sagen wir, unheilbaren Krankheit leidet. Wenn er stirbt, bekommen Sie sein Vermögen. Sie werden es mir für eine Million Dollar verkaufen."

„Offenkundig ist es mehr wert als eine Million Dollar."

Er war sich bewußt, daß sie eine unausgesprochene Frage gestellt hatte. „Es geht um beinahe eine Milliarde."

„Was für eine Krankheit hat er? Ich könnte mich anstecken."

„Darum kümmere ich mich. Sie stecken sich nicht an, wenn Sie aufpassen."

„Oh – oh, ich verstehe. Erzählen Sie mir mehr von ihm. Ist er gutaussehend? Groß? Kräftig? Vielleicht tut es mir leid, wenn er stirbt."

„Er ist achtzehn Jahre alt. Sein Hauptinteresse ist Sammeln." Zynisch fügte er hinzu: „Zoologie liebt er auch. Er ist ein hervorragender Zoologe. Er heißt Earl Abercrombie. Er besitzt" – er deutete nach oben – „die Raumstation Abercrombie."

Jean riß die Augen auf und lachte schwach. „Eine mühsame Art, eine Million Dollar zu verdienen . . . Earl Abercrombie . . ."

„Zimperlich?"

„Nicht, wenn ich wach bin. Aber ich habe Alpträume."

„Entschließen Sie sich!"

Sie blickte bescheiden auf ihre im Schoß gefalteten Hände. „Eine Million ist kein sehr großer Anteil von einer Milliarde."

Er sah sie beinahe wohlwollend an. „Nein."

Sie stand auf, schlank wie eine Tänzerin. „Sie unterschreiben lediglich einen Scheck. Ich muß ihn heiraten und mit ihm ins Bett gehen."

„In der Station Abercrombie werden keine Betten verwendet."

„Da er auf Abercrombie lebt, könnte es sein, daß er an mir nicht interessiert ist."

„Earl ist anders", sagte der stille Mann. „Earl schätzt Schwerkraft-Mädchen."

„Sie müssen sich darüber im klaren sein, daß Sie nach seinem Tod gezwungen wären, das zu nehmen, was ich Ihnen zu geben beliebe. Oder der Besitz könnte einem Treuhänder übergeben werden."

„Nicht unbedingt. Die zivilrechtliche Regelung für Abercrombie läßt zu, daß Besitz von jedem kontrolliert wird, der sechzehn und darüber ist. Earl ist achtzehn. Er übt vollständige Kontrolle über die Station aus und ist nur wenigen unwichtigen Beschränkungen unterworfen. Um diese Dinge kümmere ich mich." Er ging zur Tür und schob sie auf. „Hammond!"

Der Mann mit dem langen Gesicht kam wortlos an die Tür.

„Ich habe sie. Schicken Sie die anderen heim." Er schloß die Tür und wandte sich Jean zu. „Ich möchte, daß Sie mit mir zu Abend essen."

„Dafür bin ich nicht angezogen."

„Ich schicke den Modeschöpfer herauf. Versuchen Sie, in einer Stunde fertig zu sein."

Er verließ das Zimmer. Die Tür ging zu. Jean reckte sich, warf ihren Kopf zurück, öffnete den Mund zu einem lautlosen, triumphierenden Lachen. Sie streckte die Arme über den Kopf, trat einen Schritt vor, schlug biegsam ein Rad über den Teppich, landete vor dem Fenster auf den Beinen.

Sie kniete nieder, legte den Kopf auf die Hände, blickte auf Metropolis hinaus. Die Dämmerung war herabgesunken. Der riesige graugoldene Himmel füllte drei Viertel ihres Gesichtsfeldes aus. Dreihundert Meter unter ihr lag das blasse, blaßgraue, violette und schwarze Gekrümel von Gebäuden. Auf den farblosen Straßen strömten goldene Pünktchen. Auf der rechten Seite glitten Flugzeuge lautlos an Kraftschienen entlang zu den Bergvororten – müde, normale Leute, unterwegs zu behaglichen, normalen Häusern. Was würden sie denken, wenn sie wüßten, daß sie, Jean Parlier, zusah? Zum Beispiel der Mann, der den glänzenden Flugwagen mit den hellgrünen Winkeln steuerte . . . Sie stellte sich ihn vor: dicklich, die Stirn sorgenzerfurcht. Er würde nach Hause eilen zu seiner Frau, die duldsam zuhörte, während er prahlte oder klagte. Kühe, dachte Jean ohne Groll, Kühe. Welcher Mann konnte sie, Jean, niederringen? Wo war der Mann, der wild und hart und klug genug war? . . . Sie dachte an ihren neuen Posten und schnitt eine Grimasse. Mrs. Earl Abercrombie. Sie schaute zum Himmel hinauf. Die Sterne waren noch nicht herausgekommen, und die Lichter der Station Abercrombie konnte man noch nicht sehen.

Eine Million Dollar, stell dir das vor! „Was werden Sie mit einer Million Dollar tun?" hatte ihr neuer Arbeitgeber gefragt, und wenn sie jetzt darüber nachdachte, war der Gedanke unbehaglich, wie ein Kloß in der Kehle.

Was würde sie empfinden? Wie würde sie . . . Ihr Denken entfernte sich von dem Thema, zuckte zurück mit einem ganz leichten Anflug von Zorn, als sei das etwas, womit man sich nicht befassen durfte.

„Quatsch", sagte Jean. „Zeit genug, darüber nachzudenken, wenn ich sie habe . . . Eine Million Dollar. Kein sehr großer Anteil von einer Milliarde eigentlich. Zwei Millionen wären besser." Ihr Blick folgte einem schlanken roten Flugboot, das in einer engen Kurve zum Parkgebiet hinabtauchte: ein funkelnagelneuer Marshall-Mondjäger. So etwas brauchte sie. So etwas würde sie sich gleich als erstes kaufen.

Die Tür ging auf; Hammond, der Türsteher, schaute kurz herein. Dann kam der Modeschöpfer. Er schob einen Wagen vor sich her, ein schlanker blonder Mann mit topasfarbenen Augen. Die Tür ging zu.

Jean drehte sich vom Fenster weg. Der Modeschöpfer – auf der Lackierung des Wagens stand „André" – ließ mit seiner Stimme mehr Licht aufleuchten, ging um sie herum, während sein Blick an ihrem Körper auf und ab huschte.

„Ja", murmelte er, die Lippen zusammenpressend und spitzend. „Ah, ja . . . Also, woran denken die Dame?"

„An ein kleines Abendkleid."

Er nickte. „Mr. Fotheringay sprach von formeller Abendkleidung."

So hieß er also – Fotheringay.

André ließ eine Leinwand hochschnellen. „Betrachten Sie freundlicherweise einige meiner Effekte, vielleicht finden Sie etwas, das Ihnen gefällt."

Auf dem Schirm erschienen Mannequins, traten hervor, lächelten, gingen davon.

„So etwas", sagte Jean.

André machte eine Geste der Zustimmung und schnippte mit den Fingern. „Mademoiselle hat einen guten Geschmack. Und jetzt wollen wir sehen . . ., wenn Mademoiselle sich helfen lassen möchte . . ." Er öffnete geschickt die Reißverschlüsse ihrer Kleidung und legte die Sachen auf die Sitzbank.

„Aber zuerst erfrischen wir uns."

Er nahm ein Gerät aus seinem Wagen, hielt ihr Handgelenk zart mit Daumen und Zeigefinger fest, besprühte ihre Arme mit kühlem Nebel, dann mit warmer, parfümierter Luft. Ihre Haut prickelte, frisch, neu belebt.

André tippte auf sein Kinn. „Nun zur Grundlage."

Sie stand da, die Augen halb geschlossen, während er um sie herumhuschte, davonschritt, Bemerkungen vor sich hin flüsterte und rasche Gesten machte, die nur er verstand.

Er besprühte sie mit graugrünem Geflecht, griff hin und zog daran, als die Stränge sich verfestigten. Er drehte Knöpfe an den Enden eines biegsamen Rohres, drückte dieses um ihre Hüften, nahm es weg, und es zog glänzende, schwarzgrüne Seide hinter sich her. Er drehte und bog das Rohr kunstvoll. Er legte den Rahmen in den Wagen zurück, zog und drehte und kniff, während die Seide erstarrte.

Er besprühte sie mit blassem Weiß, sprang rasch hin, faltete, formte, drückte, zog und knüllte, und der Stoff fiel in verdrehten Bändern von ihren Schultern hinab zu einem weiten, raschelnden Rock.

„Nun – lange Handschuhe." Er bedeckte ihre Arme und Hände mit einem warmen schwarzgrünen Brei, der zu glitzerndem Samt erstarrte, schnippelte geschickt mit einer Schere, um ihren Handrükken freizulegen.

„Abendschuhe.“ Schwarzer Satin, durchflochten mit smaragdgrünem Leuchten.

„Jetzt der Schmuck.“ Er hängte ein rotes Schmuckstück an ihr rechtes Ohr und schob einen Cabochon-Rubin auf ihre rechte Hand.

„Duft – eine Spur. Das Levailleur, eindeutig.“ Er behauchte sie mit einem Duft, der an eine zentralasiatische Blumenwiese denken ließ. „Und Mademoiselle ist angezogen. Überaus schön, wenn ich das sagen darf.“ Er verbeugte sich mit einem Schnörkel.

Schließlich griff er nach seinem Wagen. Eine Seite klappte weg. Ein Spiegel wand sich hoch.

Jean betrachtete sich. Najade, lebendig. Wenn sie die Million Dollar bekam – zwei Millionen Dollar wären besser –, würde sie André auf ihre Gehaltsliste setzen.

André murmelte noch immer Komplimente. „. . . höchster Elan. Sie ist zauberhaft. Eine überaus auffallende Erscheinung. Alle Blicke wird sie auf sich ziehen . . .“

Die Tür ging auf. Fotheringay kam herein. André verbeugte sich tief und preßte die Hände zusammen.

Fotheringay warf einen Blick auf sie. „Sie sind fertig. Gut. Kommen Sie.“

Am besten klären wir das gleich, dachte Jean. „Wohin?“

Er zog die Brauen ein wenig zusammen und trat zur Seite, während André seinen Wagen hinausschob.

„Ich bin aus freien Stücken hergekommen“, sagte Jean. „Ich habe von selbst dieses Zimmer betreten. Beide Male wußte ich, wohin ich ging. Jetzt sagen Sie: ‚Kommen Sie.‘ Zuerst möchte ich wissen, wohin, dann entscheide ich, ob ich mitgehen will oder nicht.“

„Sie wollen die Million Dollar nicht sehr dringend.“

„Zwei Millionen. Ich will sie so dringend, daß ich einen ganzen Nachmittag mit Erkundigungen vergeude . . . Aber – wenn ich sie heute nicht bekomme, dann morgen. Oder nächste Woche. Auf irgendeine Weise kriege ich sie. Ich habe das vor langer Zeit beschlossen. Also?“ Sie machte einen spöttischen Knicks.

Seine Pupillen verengten sich. Er sagte mit gleichmütiger Stimme: „Also gut, zwei Millionen. Ich führe Sie jetzt zum Abendessen aufs Dach, wo ich Ihnen Ihre Anweisungen geben werde.“

2

Sie schwebten unter der Kuppel in einer grünen Plastikkugel. Unter ihnen breitete sich das kommerzielle Phantasiegebilde einer außerirdischen Landschaft aus: grauer Rasen; knorrige rote und grüne Bäume, die theatralisch-schwarze Schatten warfen; ein Teich voll leuchtendgrüner Flüssigkeit; Beete mit exotischen Blumen; Schwammflächen.

Die Kugel trieb mühelos, scheinbar ziellos dahin, einmal hoch unter der beinahe unsichtbaren Kuppel, dann wieder tief im Laub. Aus der Mitte des Tisches kam ein Gang nach dem anderen, zusammen mit Wein und eisgekühltem Punsch.

Wunderbar und üppig, dachte Jean. Aber weshalb sollte Fotheringay sein Geld für sie ausgeben? Vielleicht hatte er Romantisches im Sinn . . . Sie spielte mit dem Gedanken und beobachtete ihn verstohlen . . . Dem Gedanken mangelte es an Überzeugungskraft. Fotheringay schien keinen der üblichen ersten Schritte zu unternehmen. Er versuchte weder, sie mit seinem Charme zu faszinieren, noch, sie in gekünstelter Männlichkeit zu ertränken. Sosehr Jean sich ärgerte, das einräumen zu müssen, er wirkte – gleichgültig.

Jean preßte die Lippen zusammen. Der Gedanke war beunruhigend. Sie versuchte ein schwaches Lächeln, einen Seitenblick unter gesenkten Lidern.

„Sparen Sie sich das", sagte Fotheringay. „Das brauchen Sie alles, wenn Sie oben bei Abercrombie sind."

Jean befaßte sich wieder mit ihrem Teller. Nach einer Weile sagte sie ruhig: „Ich war – neugierig."

„Jetzt wissen Sie Bescheid."

Jean kam auf den Gedanken, ihn auszuhorchen. „Worüber?"

„Darüber, was Sie neugierig gemacht hat."

„Pah! Die Männer sind fast alle gleich. Sie haben alle denselben Knopf. Wenn man ihn drückt, springen sie alle in dieselbe Richtung."

Fotheringay runzelte die Stirn und sah sie aus verengten Augen an. „Vielleicht sind Sie doch nicht so frühreif."

Jean verkrampfte sich. Auf seltsam undefinierbare Weise war das Thema überaus wichtig, so, als hinge das Überleben vom Vertrauen auf ihre eigene Geschicklichkeit und Anpassungsfähigkeit ab. „Was meinen Sie damit?"

„Sie unterstellen dasselbe wie die meisten hübschen Mädchen", sagte er mit einem Anflug von Verachtung. „Ich habe Sie für schlauer gehalten."

Jean zog die Brauen zusammen. Abstraktes Denken war bei ihr nicht an der Tagesordnung gewesen. „Nun, ich mußte es mir nie anders zurechtlegen. Allerdings gebe ich zu, daß es Ausnahmen gibt . . . Es ist eine Art Spiel. Ich habe noch nie verloren. Auch wenn ich mir etwas vormache, es hat bis jetzt keine große Rolle gespielt."

Fotheringay atmete auf. „Sie haben Glück gehabt."

Jean reckte die Arme, wölbte ihren Körper und lächelte wie über ein Geheimnis. „Nennen wir es Glück."

„Das haben Sie gesagt. Ich glaube, es ist – nun – Können."

Jean sah ihn stirnrunzelnd an.

„Sie überlegen, wie Sie am besten die Frage stellen sollen: ‚Was ist seltsam an mir?'", sagte er kühl.

„Ich brauche Sie nicht, um zu erfahren, was an mir seltsam ist", fauchte sie. „Das weiß ich selbst."

Fotheringay sagte nichts dazu.

„Ich stehe völlig allein", sagte Jean. „Im ganzen Universum gibt es keine Menschenseele, die mir irgend etwas bedeutet. Ich mache genau das, was mir paßt." Sie beobachtete ihn sorgfältig. Er nickte gleichgültig. Jean unterdrückte ihren Ärger, lehnte sich zurück und betrachtete ihn, als befände er sich in einer Glasvitrine . . . Ein sonderbarer junger Mann. Ob er jemals lächelte? Sie dachte an die Fibraten von Capella, die sich nach gängigem Aberglauben am Rükkenmark eines Menschen festsetzen und seinen Verstand steuern können. Fotheringay strahlte eine Kälte von solcher Fremdartigkeit aus, daß sie an eine derartige Besessenheit dachte . . . Ein Capellaner konnte nicht beide Hände gleichzeitig bewegen. Fotheringay hatte in der einen Hand ein Messer und in der anderen eine Gabel und bewegte beide Hände gleichzeitig. Soviel dazu.

Er sagte leise: „Ich habe Ihre Hände auch beobachtet."

Jean warf den Kopf zurück und lachte – ein gesundes Teenager-Lachen. Fotheringay betrachtete sie ohne erkennbaren Ausdruck.

„In Wirklichkeit möchten Sie Bescheid wissen über mich", fuhr Jean fort, „aber Sie sind zu eigensinnig, um zu fragen."

„Sie sind in Angel City auf Codiron geboren worden", erwiderte Fotheringay. „Ihre Mutter setzte Sie in einer Kneipe aus, ein Spieler namens Joe Parlier kümmerte sich um Sie, bis Sie zehn Jahre alt waren, als Sie ihn und drei andere Männer umbrachten und als blinder Passagier auf dem Gray-Line-Schiff *Bucyrus* fortflogen. Man brachte Sie zum Waisenhaus in Paie auf Bella's Pride. Sie liefen davon, und die Direktorin wurde tot aufgefunden . . . Soll ich weitersprechen? Es kommen noch fünf Jahre."

Jean schlürfte ihren Wein, keineswegs aus der Fassung gebracht. „Sie haben schnell gearbeitet . . . Aber Sie stellen es falsch dar. Sie sagen: ‚Es kommen noch fünf Jahre, soll ich weitersprechen?', so, als könnten Sie das. Sie wissen nichts über die nächsten fünf Jahre."

Fotheringays Miene veränderte sich nicht. Er fügte hinzu, so, als hätte sie gar nichts erwidert: „Hören Sie jetzt genau zu. Auf folgendes müssen Sie achten . . ."

„Ich bin ganz Ohr." Sie lehnte sich zurück. Eine kluge Methode, unwillkommene Dinge so zu behandeln, als wären sie nicht vorhanden. Um das erfolgreich zu bewerkstelligen, bedurfte es natürlich einer bestimmten Gemütsart. Ein kalter Brocken wie Fotheringay konnte das sehr gut.

„Heute abend treffen wir uns hier mit einem Mann namens Webbard. Er ist Chefsteward in der Station Abercrombie. Ich bin zufällig in der Lage, bestimmte Handlungen von ihm zu steuern. Er wird Sie mit nach Abercrombie hinaufnehmen und als Dienstmädchen in Abercrombies Privaträumen einsetzen."

Jean rümpfte die Nase. „Dienstmädchen? Warum kann ich nicht als zahlender Gast hinauffliegen?"

„Das wäre nicht natürlich. Ein Mädchen wie Sie würde nach Capricorn oder Vega fliegen. Earl Abercrombie ist außerordentlich argwöhnisch. Er würde Ihnen ganz bestimmt aus dem Weg gehen. Seine Mutter, die alte Mrs. Clara, hat ein scharfes Auge auf ihn und schärft ihm ein, daß alle Mädchen auf Abercrombie hinter seinem

Geld her sind. Als Dienstmädchen werden Sie Gelegenheit haben, ihm unter intimen Umständen zu begegnen. Er verläßt sein Arbeitszimmer selten; er ist völlig in seine Sammelleidenschaft verstrickt."

„Du meine Güte", murmelte Jean. „Was sammelt er denn?"

„Alles, was man sich denken kann", entgegnete Fotheringay und schnitt eine Grimasse, die beinahe einem Lächeln glich. „Von Webbard erfahre ich aber, daß er ziemlich romantisch veranlagt ist und mit den Mädchen der Station schon zahlreiche Flirts hatte."

Jean verzog voll Verachtung den Mund. Fotheringay beobachtete sie leidenschaftslos.

„Wann – fange ich an?"

„Webbard fliegt morgen mit der Frachtfähre hinauf. Sie begleiten ihn."

Der Hauch eines Geräusches – der Summer. Fotheringay drückte auf den Knopf. „Ja?"

„Mr. Webbard für Sie, Sir."

Fotheringay lenkte die durchsichtige Kugel zur Landebühne hinunter.

Webbard wartete schon, der fetteste Mann, den Jean je gesehen hatte.

DAS Schild an der Tür trug die Aufschrift RICHARD MYCROFT, RECHTSANWALT. Irgendwo in der fernen Vergangenheit hatte jemand in Jeans Beisein gesagt, Richard Mycroft sei ein guter Anwalt.

Die Sekretärin war eine dunkelhaarige Frau Mitte Dreißig mit stechendem Blick. „Haben Sie einen Termin?"

„Nein", sagte Jean. „Ich habe es sehr eilig."

Die Sekretärin zögerte kurz, dann beugte sie sich über die Gegensprechanlage. „Eine junge Dame – Miß Jean Parlier – für Sie. Neue Sache."

„Gut."

Die Sekretärin wies mit einem Nicken zur Tür. „Sie können reingehen", sagte sie kurz.

Sie mag mich nicht, dachte Jean. Weil ich bin, was sie war und wieder sein möchte.

Mycroft war ein vierschrötiger Mann mit freundlichem Gesicht.

Jean entschloß sich, ihm wachsam zu begegnen. Wenn man jemanden mochte und er das wußte, fühlte er sich verpflichtet, nicht nur zu beraten, sondern auch einzugreifen.

Sie wollte weder Rat noch Einmischung. Sie wollte zwei Millionen Dollar.

„Also, junge Dame", begann Mycroft. „Was kann ich für Sie tun?"

Er behandelt mich wie ein Kind, dachte Jean. Vielleicht komme ich ihm vor wie ein Kind. „Es geht um eine Beratung", erwiderte sie. „Vom Honorar verstehe ich nicht viel. Ich kann mir leisten, Ihnen hundert Dollar zu zahlen. Wenn Sie mich für hundert Dollar beraten haben, sagen Sie es mir, dann gehe ich."

„Mit hundert Dollar kann man viel kaufen", sagte Mycroft. „Rat ist billig."

„Nicht bei einem Anwalt."

Mycroft kam zur Sache. „Was haben Sie für Probleme?"

„Steht fest, daß das alles vertraulich bleibt?"

„Gewiß." Mycrofts Lächeln gefror zu einer höflichen Grimasse.

„Es ist nichts Ungesetzliches – was mich betrifft –, aber ich möchte nicht, daß Sie heimlich Hinweise an Leute geben, die interessiert sein könnten."

Mycroft richtete sich auf. „Jeder Anwalt hat das vertraulich zu behandeln, was er von seinen Klienten erfährt."

„Schön . . . Also, es ist so . . ." Sie erzählte ihm von Fotheringay, von Earl Abercrombie und der Station. Sie sagte, Earl Abercrombie leide an einer unheilbaren Krankheit. Von Fotheringays Ansichten dazu erwähnte sie nichts. Diese Sache verdrängte sie in ihrem Denken sorgfältig. Fotheringay hatte sie engagiert. Er hatte ihr gesagt, was sie tun sollte, ihr mitgeteilt, daß Earl Abercrombie krank sei. Das genügte ihr. Wenn sie zu viele Fragen gestellt hätte und auf Dinge gestoßen wäre, die sogar in ihrer Vorstellung zu arg gewesen wären, hätte Fotheringay ein weniger wißbegieriges Mädchen vorgezogen . . . Sie umging die genaue Art von Abercrombies Leiden. Sie kannte es auch gar nicht näher und wollte nichts davon wissen.

Mycroft hörte aufmerksam und stumm zu.

„Ich möchte wissen, ob die Frau auf Abercrombie ganz bestimmt erbt", sagte Jean. „Ich will mir nicht die ganze Mühe umsonst machen. Und Earl ist ja noch nicht einmal einundzwanzig. Ich hielt es für das beste, mich für den Fall seines Todes – nun, erst einmal zu vergewissern."

Mycroft blieb kurze Zeit regungslos sitzen und sah sie prüfend an. Dann stopfte er Tabak in seine Pfeife. „Jean", sagte er, „ich werde Ihnen einen Rat geben. Er kostet nichts. Keine Bedingungen."

„Geschenkt", erwiderte Jean. „Ich will keinen Rat, der nichts kostet. Ich will einen, für den ich bezahlen muß."

Mycroft verzog den Mund. „Sie sind ein erstaunlich kluges Kind."

„Das mußte ich sein . . . Und wenn Sie mich noch so oft Kind nennen."

„Was wollen Sie mit einer Million Dollar überhaupt anfangen? Oder mit zwei Millionen, die es sein müssen, soviel ich verstanden habe?"

Jean glotzte ihn an. Die Antwort war doch wohl sonnenklar . . . oder nicht? Aber als sie nach einer Antwort suchte, stellte sich nichts ein. „Na ja", meinte sie vage, „ich möchte ein Flugboot, schöne Kleider und vielleicht . . ." In ihrer Vorstellung sah sie sich umringt von Freunden. Von netten Menschen, wie Mr. Mycroft einer war.

„Wenn ich Psychologe wäre und nicht Anwalt", sagte Mycroft, „würde ich vermuten, Sie sehnten sich viel mehr nach Mutter und Vater als nach zwei Millionen Dollar."

Jean erregte sich sehr. „Nein, nein! Die will ich überhaupt nicht! Sie sind tot!" Für sie waren sie tot. Sie waren für sie gestorben, als sie die kleine Jean auf Parliers Billardtisch in der alten „Aztec-Tavern" zurückgelassen hatten.

„Mr. Mycroft, ich weiß, Sie meinen es gut", sagte Jean empört, „aber sagen Sie mir, was ich wissen möchte."

„Gerne", gab Mycroft zurück, „weil es ein anderer täte, wenn ich mich weigerte. Soviel ich weiß, ist der Besitz von Abercrombie durch eigene gesetzliche Vorschriften erfaßt . . . Mal sehen –" Er drehte sich im Sessel herum und drückte Tasten.

Auf dem Bildschirm erschien das Register der juristischen Hauptbibliothek. Mycroft traf eine immer engere Auswahl, bis er einige Sekunden später die gewünschte Information erhielt.

„Die Verfügungsgewalt über den Besitz beginnt mit sechzehn

Jahren. Die Witwe erbt mindestens die Hälfte und das gesamte Vermögen dann, wenn in der letztwilligen Verfügung nicht ausdrücklich etwas anderes angegeben ist."

„Gut", sagte Jean. Sie sprang auf. „Da wollte ich Gewißheit haben."

„Wann fliegen Sie?" fragte Mycroft.

„Heute nachmittag."

„Ich brauche Ihnen nicht zu sagen, daß die Idee hinter dem Plan nicht – moralisch ist."

„Mr. Mycroft, Sie sind lieb, aber ich bin nicht moralisch."

Er legte den Kopf ein wenig zur Seite, zog die Schultern hoch und paffte. „Sind Sie sicher?"

„Hm – ja." Jean überlegte kurz. „Ich denke schon. Wollen Sie, daß ich in die Einzelheiten gehe?"

„Nein. Ich glaube, ich wollte sagen: Sind Sie sicher, daß Sie wissen, was Sie vom Leben erwarten?"

„Gewiß. Viel Geld."

Mycroft grinste. „Das ist eigentlich keine richtige Antwort. Was wollen Sie mit Ihrem Geld kaufen?"

Jean spürte, wie unbegründbarer Zorn in ihr hochstieg. „Ach – alles mögliche." Sie stand auf. „Was bin ich Ihnen schuldig, Mr. Mycroft?"

„Na – zehn Dollar. Geben Sie Ruth das Geld."

„Danke, Mr. Mycroft." Sie ging hinaus.

Als sie durch den Flur marschierte, entdeckte sie verwundert, daß sie sich nicht nur über Mr. Mycroft ärgerte, sondern auch wütend auf sich selbst war. Er hatte kein Recht, die Menschen zu zwingen, daß sie über sich selbst nachdachten. Es wäre nicht so schlimm gewesen, wenn sie nicht schon vorher damit angefangen hätte.

Alles Unsinn. Zwei Millionen Dollar waren zwei Millionen Dollar. Wenn sie reich war, würde sie Mr. Mycroft besuchen und ihn auf Ehr' und Gewissen fragen, ob er nicht der Meinung sei, daß sich ein paar Entgleisungen dafür lohnten.

Und heute – hinauf zur Station Abercrombie! Sie verspürte plötzlich Erregung.

3

Der Pilot der Abercrombie-Frachtfähre gab sich eindringlich. „Nein, Sir, ich glaube, Sie machen einen Fehler, ein nettes Mädel wie sie."

Er war ein untersetzter Mann Mitte Dreißig, verbissen und entschieden. Schütteres blondes Haar klebte an seinem Kopf, tiefe Furchen verliehen seinem Mund einen zynischen Zug. Webbard, der Chefsteward von Abercrombie, war achtern untergebracht, im Lagerraum für Sonderfracht. Das übliche Gurtzeug reichte nicht aus, seine Fettmassen zu umspannen; er schwamm bis zum Kinn in einem Tank voll Emulsion vom selben spezifischen Gewicht wie sein Körper.

Eine Passagierkabine gab es nicht. Jean hatte sich auf dem Sitz neben dem Piloten niedergelassen. Sie trug ein schlichtes weißes Kleid, ein weißes Barett, eine grau-schwarz gestreifte Jacke.

Der Pilot hatte über die Station Abercrombie nur wenig Gutes zu sagen. „Das nenne ich wahrhaftig eine Schande, ein junges Ding wie Sie als Dienstmädchen für diese Typen . . . Warum nehmen sie nicht jemanden von ihrem Schlag? Da wären beide Seiten glücklicher."

Jean erklärte unschuldig: „Ich fliege nur für kurze Zeit hinauf."

„Meinen Sie? Das steckt an. In einem Jahr werden Sie sein wie die anderen. Die Luft allein macht schon krank. Ich geh nicht raus aus der Fähre, wenn ich nicht muß."

„Glauben Sie, da bin ich – sicher?" Sie schaute auf und warf ihm ihren unbekümmerten Seitenblick zu.

Er leckte sich die Lippen und rutschte hin und her. „Ah, sicher sind Sie schon", murmelte er. „Jedenfalls vor denen, die schon 'ne Zeit oben sind. Sie müssen vielleicht ein paar von den Kerlen ausweichen, die frisch von der Erde gekommen sind . . . Wenn die aber eine Weile in der Station gelebt haben, ändern sich ihre Anschauungen, und sie spucken nicht mal auf ein Mädchen von der Erde."

„Hm." Jean preßte die Lippen zusammen. Earl Abercrombie war in der Station geboren.

„Aber daran habe ich nicht mal so sehr gedacht", fuhr der Pilot fort. Es war schwer, glaubte er, mit einem so jungen und unerfahrenen

Mädchen vernünftig zu reden. „Ich meine, in der Atmosphäre dort neigt man dazu, sich gehenzulassen. Sie werden bald aussehen wie die anderen und nie mehr weggehen wollen. Manche können gar nicht weg – sie könnten es unten auf der Erde nicht mehr aushalten."

„Ach, das glaube ich nicht. Nicht von mir."

„Es ist ansteckend", sagte der Pilot nachdrücklich. „Hören Sie, ich weiß Bescheid. Ich bin schon in allen Stationen gewesen, ich hab sie kommen und gehen sehn. Jede Station hat ihre eigene unheimliche Art, und von der kann man sich nicht freihalten." Er lachte verlegen in sich hinein. „Vielleicht bin ich deshalb so bekloppt . . . Nehmen Sie Station Madeira. Homos." Er machte eine gezierte Bewegung mit den Fingern. „Das ist Madeira. Davon wissen Sie natürlich kaum etwas . . . Aber nehmen Sie Horst Balchester, nehmen Sie das Tal von Merlin, nehmen Sie das Sternenheim –"

„Aber manche sind doch nur Ferienorte, oder?"

Der Pilot gab widerwillig zu, daß von den zweiundzwanzig Feriensatelliten volle fünfzig Prozent so alltäglich waren wie Miami Beach. „Aber die anderen – du ahnst es nicht!" Er rollte mit den Augen. „Und Abercrombie ist am schlimmsten."

In der Kabine herrschte Stille. Die Erde erschien als riesige Kugel aus Grün, Blau, Weiß und Schwarz über Jeans Schultern. Die Sonne machte ein gleißendes Loch in den Himmel darunter. Voraus lagen die Sterne – und eine Reihe blauer und roter Lichter.

„Ist das Abercrombie?"

„Nein. Abercrombie liegt weiter draußen." Er sah sie aus den Augenwinkeln schüchtern an. „Hören Sie mal. Sie dürfen nicht glauben, daß ich frech werde. Oder vielleicht doch. Aber wenn Sie dringend eine Stellung brauchen – warum fliegen Sie nicht mit mir zur Erde zurück? Ich habe in Long Beach eine recht nette Hütte – nichts Elegantes –, aber sie steht am Strand, und das ist immer noch besser, als für einen Haufen Mißgeburten zu arbeiten."

Jean antwortete zerstreut: „Nein, danke."

Der Pilot zog das Kinn ein und die Ellenbogen nah an den Körper, während er finster vor sich hinstarrte.

Eine Stunde verging. Hinten klapperte es, dann wurde eine kleine Klappe beiseite geschoben. Webbards fettes Gesicht erschien in der

Öffnung. Die Fähre flog im freien Fall, die Schwerkraft war aufgehoben.

„Direkt voraus. Eine gute halbe Stunde, dann sind wir angedockt."

Webbard gab einen Brummlaut von sich und zog sich zurück.

Vor ihnen blinkten gelbe und grüne Lichter.

„Das ist Abercrombie", sagte der Pilot. Er griff nach einem Hebel. „Festhalten." Er zog ihn zurück. Hinter ihnen fegten hellblaue Brems-Jetströme hinaus.

Hinter der Wand gab es ein Poltern, dann hörte man einen zornigen Fluch. Der Pilot grinste. „Schön erwischt." Die Düsen brüllten eine Minute lang und verstummten. „Bei jedem Flug dasselbe. In einer Minute wird er den Kopf reinstrecken und mich beschimpfen."

Die Klappe wurde weggeschoben, und Webbard zeigte sein empörtes Gesicht. „Warum, zum Donner, warnen Sie mich nicht, bevor Sie bremsen? Ich hab eben einen Schlag abbekommen, bei dem ich mir was hätte brechen können. Sie sind kein guter Pilot, wenn Sie solche Verletzungen riskieren."

Der Pilot erwiderte mit spaßiger Stimme: „Tut mir leid, Sir, tut mir wirklich leid. Wird nicht wieder vorkommen."

„Wird auch gut sein. Wenn es noch mal passiert, sorge ich dafür, daß Sie entlassen werden."

Die Klappe wurde wieder zugestoßen.

„Manchmal erwische ich ihn besser als sonst", sagte der Pilot. „Diesmal war es gut. Das merkt man an der Wucht." Er drehte sich auf dem Sitz herum, legte den Arm um Jeans Schultern und zog sie an sich.

„Gib mal ein Küßchen, bevor wir andocken."

Jean beugte sich vor und streckte den Arm aus. Er sah ihr Gesicht auf sich zukommen – ein strahlendes, wunderschönes Gesicht, Onyx, blasses Rosa, Elfenbein, lächelnd, glühend vor Leben . . . Sie griff an ihm vorbei und öffnete das Bremsventil. Vier Düsen brüllten auf. Die Fähre ruckte. Der Pilot stürzte an die Instrumententafel, komische Überraschung im Gesicht.

Hinter ihnen krachte es laut.

Der Pilot zog sich auf seinen Sitz zurück und schloß das Ventil. Aus seinem Kinn quoll Blut, und es bildete sich eine kleine rote

Geschwulst. Hinter ihnen wurde die Klappe aufgerissen. Webbards Gesicht, violett vor Zorn, schaute heraus.

Als er endlich fertig war und die Klappe sich wieder geschlossen hatte, sah der Pilot Jean an, die still auf ihrem Sitz saß, die Mundwinkel verträumt hochgezogen.

Er sagte mit tiefer, kehliger Stimme: „Wenn ich allein mit dir wär, würd ich dich halb totschlagen."

Jean zog die Knie unters Kinn, umschlang sie mit den Armen und blickte stumm hinaus.

Die Raumstation Abercrombie war nach dem Fitch-Zylinder-Prinzip erbaut: ein Energie- und Versorgungskern, eine Reihe von Runddecks, eine durchsichtige Hülle. Das ursprüngliche Baumuster war um eine Reihe von Verbesserungen und Anbauten ergänzt worden. Ein Außendeck umgab den Zylinder; es war aus Stahlblech; so wurden die Magnetgreifer von kleinen Booten, Frachtklammern, Magnetschuhen, all dem festgehalten, was für längere oder kürzere Zeit an Ort und Stelle bleiben sollte. An beiden Enden des Zylinders führten Röhren zu Verbindungsbauten. Der erste, eine Kugel, war die Privatunterkunft der Abercrombies, der zweite, ein Zylinder, rotierte so schnell, daß er das Wasser im Innern bei einer Tiefe von dreieinhalb Metern gleichmäßig an die Innenfläche drückte: das Schwimmbecken der Station, eine Einrichtung, die es nur auf drei der Feriensatelliten gab.

Die Fähre schob sich an das Deck heran und stieß dagegen. Vier Männer befestigten an Ringen in der Rumpfwand Schließzeug und zogen die Fähre zum Versorgungsdeck. Die Rakete glitt in den Anschluß, Greifhaken schnellten heraus, die Röhre öffnete sich.

Chefsteward Webbard kochte immer noch, aber Zorn zu zeigen lag nun unter seiner Würde. Er verzichtete hochmütig auf Magnetschuhe, schob sich zum Eingang und winkte Jean. „Nehmen Sie Ihr Gepäck mit."

Jean ging zu ihrem flotten kleinen Koffer, riß ihn hoch und torkelte im Frachtraum hilflos durch die Luft. Webbard kam ungeduldig mit Magnetclips für ihre Schuhe zurück und half ihr, den Koffer in die Station zu bugsieren.

Sie atmete die schwere Luft. In der Fährrakete hatte es nach Ozon,

Schmierfett, Hanfsäcken gerochen, aber in der Station . . . Ohne bewußt zu versuchen, den Geruch zu erkennen, dachte Jean an Waffeln mit Butter und Sirup, vermischt mit Körperpuder.

Webbard schwebte vor ihr dahin, ein eindrucksvoller Anblick. Sein Fett hing nicht mehr in dicken Falten herab; es blähte sich überall gleichmäßig. Sein Gesicht war glatt wie eine Wassermelone, und man hatte den Eindruck, als seien seine Züge eingeritzt, gemeißelt. Er richtete die Augen auf eine Stelle über ihrem schwarzhaarigen Kopf. „Wir sollten lieber etwas klarstellen, junge Dame."

„Gewiß, Mr. Webbard."

„Als Gefälligkeit für meinen Freund, Mr. Fotheringay, habe ich Sie hier zum Arbeiten mit heraufgebracht. Über diese eine Handlung hinaus bin ich nicht mehr für Sie verantwortlich. Ich bin nicht Ihr Pate. Mr. Fotheringay hat Sie sehr empfohlen, also achten Sie darauf, daß Sie ihn zufriedenstellen. Ihre unmittelbare Vorgesetzte wird Mrs. Blaiskell sein, und Sie müssen ihr in allem gehorchen. Wir haben hier auf Abercrombie strenge Regeln – gute Behandlung und gute Bezahlung –, aber das müssen Sie sich verdienen. Ihre Leistung muß für sich selbst sprechen, und eine Bevorzugung können Sie nicht erwarten." Er hustete. „Wenn ich so sagen darf, können Sie sogar von Glück reden, hier eine Anstellung zu finden; gewöhnlich stellen wir Leute eher von unserer eigenen Art ein, das fördert die Harmonie."

Jean wartete mit bescheiden gesenktem Kopf. Webbard sprach weiter und äußerte bestimmte Warnungen, Ermahnungen, Verbote.

Jean nickte pflichtgemäß. Es hatte keinen Sinn, sich den aufgeblasenen alten Webbard zum Feind zu machen. Und Webbard glaubte, eine respektvolle junge Dame vor sich zu haben, eine magere und sehr junge, mit einem sonderbaren starken Funkeln in den Augen, aber von seiner Bedeutung gehörig beeindruckt . . . Die Hautfarbe nicht schlecht. Angenehme Züge. Wenn sie nur hundert Kilogramm mehr an ihre Knochen brächte, hätte sie ihm gefallen können.

„Dann hier herüber", sagte Webbard. Er schwebte voraus und vermochte durch eine großartige innere Kraft weiterhin den Eindruck unerbittlicher Würde zu erwecken, selbst während er mit dem Kopf voraus durch den Korridor flog.

Jean bewegte sich gemächlicher, auf ihren Magnetclips gehend, und schob den Koffer so mühelos, als sei er leicht wie eine Papiertüte.

Sie erreichten den Mittelkern, und Webbard stieß sich, nachdem er über seine dick gepolsterte Schulter geblickt hatte, ab und den Schacht hinauf.

Scheiben in der Kernwand gestatteten den Blick auf verschiedene Vorzimmer, Aufenthaltsräume, Speisesäle und Salons. Jean blieb vor einem Raum stehen, der mit roten Plüschvorhängen und Marmorstatuen ausgestattet war. Sie riß die Augen auf, zunächst erstaunt, dann belustigt.

Webbard rief ungeduldig: „Kommen Sie schon, Miß!"

Jean schob sich von der Scheibe weg. „Ich habe mir die Gäste angesehen. Sie sehen aus wie –" Sie begann plötzlich zu kichern.

Webbard runzelte die Stirn und spitzte die Lippen. Jean glaubte schon, er wolle nach dem Anlaß für ihre Heiterkeit fragen, aber offenbar schien das unter seiner Würde zu sein. „Kommen Sie jetzt!" rief er. „Ich kann Ihnen nur einen Augenblick widmen!"

Sie warf einen letzten Blick in den Raum und lachte laut auf.

Fette Frauen, wie Kugelfische in einem Aquarium. Fette Frauen, rund und zart wie gelbe Birnen. Fette Frauen, in der Schwerelosigkeit wundersam beweglich und graziös. Der Anlaß schien ein Nachmittagskonzert zu sein. Die Halle war überfüllt mit Kugeln aus rosigem Fleisch, gehüllt in Blusen und Pluderhosen aus weißem, hellblauem und gelbem Stoff.

Die derzeitige Abercrombie-Mode schien den Zweck zu haben, die runden Leiber zu betonen. Flache Bänder wie Patronengurte formten die Brüste unter den Armen nach unten und außen. Das Haar war in der Mitte gescheitelt, nach hinten glattgezogen und zu einer kleinen Rolle im Nacken gebunden. Fleisch, Knollen von zartem Fleisch, glatte, glänzende Ballons. Kleine zuckende Münder, tanzende Finger und Zehen, Augen und Lippen auffällig bemalt. Auf der Erde hätte jede dieser Frauen regungslos dagesessen, ein Berg erschlafften, schwitzenden Gewebes. In der Station Abercrombie bewegten sie sich mit der Leichtigkeit von Löwenzahnflaum, und ihre Gesichter und Körper waren glatt wie Butterkugeln.

„Los, los, los!" knurrte Webbard. „In Abercrombie wird nicht getrödelt!"

Jean widerstand der Versuchung, ihren Koffer den Kernschacht hinauf in Webbards rundliches Gesäß zu rammen, das eine verlokkende Zielscheibe gewesen wäre.

Er erwartete sie am anderen Ende des Korridors. „Mr. Webbard", sagte sie nachdenklich, „wieviel wiegt Earl Abercrombie?"

Webbard legte den Kopf zurück und funkelte sie böse an. „Solche Intimitäten gelten hier nicht als höfliches Gesprächsthema, Miß."

„Ich habe mir nur überlegt, ob er ebenso – nun, eindrucksvoll ist wie Sie", sagte Jean.

Webbard rümpfte die Nase. „Mr. Abercrombie ist eine Person von hohen Fähigkeiten. Seine Präsenz ist kein Thema, das müssen Sie lernen. Es ist nicht schicklich, es gehört sich nicht."

„Danke, Mr. Webbard", sagte sie bescheiden.

„Sie lernen das schon. Sie werden noch ein braves Mädchen. Also, ab durch die Röhre, dann bringe ich Sie zu Mrs. Blaiskell."

Mrs. Blaiskell war klein und gedrungen wie eine Kumquatfrucht. Ihr Kopf war stahlgrau und das Haar modisch straff zurückgezogen. Sie trug einen engen schwarzen Spielanzug, die Uniform des Personals in der Station, wie Jean erfuhr.

Jean vermutete, daß sie einen dürftigen Eindruck auf Mrs. Blaiskell machte. Sie spürte, wie die Frau sie mit ihren scharfen grauen Augen von Kopf bis Fuß musterte, und hielt ihren Blick bescheiden gesenkt.

Webbard erklärte, daß Jean als Dienstmädchen ausgebildet werden sollte, und schlug vor, daß Mrs. Blaiskell sie im „Erholer" und in den Schlafzimmern einsetzte.

Mrs. Blaiskell nickte. „Gute Idee. Der junge Herr ist eigen, wie jeder weiß, aber in der letzten Zeit belästigt er die Mädchen und unterbricht sie bei ihrer Arbeit; es ist klug, eine wie Sie dort zu haben – nichts für ungut, Miß, ich meine nur, das liegt an der Schwerkraft –, die nicht so ins Auge fällt."

Webbard gab ihr ein Zeichen, und sie schwebten ein Stück davon, um sich flüsternd zu unterhalten.

Jeans Mundwinkel zuckten. Die alten Narren!

Fünf Minuten vergingen. Jean wurde unruhig. Warum unternahmen sie nichts? Brachten sie irgendwohin? Sie unterdrückte ihre Rastlosigkeit. Leben! Wie gut, wie reizvoll! Werde ich dieselbe Lust verspüren, wenn ich zwanzig bin? fragte sie sich. Oder mit dreißig, mit vierzig? Sie zog die Mundwinkel zurück. Natürlich werde ich das! Ich lasse nie zu, daß ich mich verändere . . . Aber das Leben muß ausgekostet werden. Jede Zuckung von Leidenschaft und Erregung muß herausgequetscht und genossen werden. Sie grinste. Da schwebte sie und atmete die überreife Luft der Station Abercrombie. In einer Beziehung war das ein Abenteuer. Es wurde gut bezahlt – zwei Millionen Dollar für die einfache Aufgabe, einen Achtzehnjährigen zu verführen, ihn zu heiraten – was machte das für einen Unterschied? Natürlich war er Earl Abercrombie, und wenn er so eindrucksvoll aussah wie Mr. Webbard . . . Sie betrachtete reumütig Webbards Riesenleib. Nun gut, zwei Millionen waren zwei Millionen. Wenn es allzu schlimm werden sollte, mochte der Preis steigen. Vielleicht zehn Millionen. Kein zu großer Anteil von einer Milliarde.

Webbard entfernte sich und sank gewandt den Kern hinunter.

„Kommen Sie", sagte Mrs. Blaiskell. „Ich zeige Ihnen Ihr Zimmer. Morgen führe ich Sie herum."

4

Mrs. Blaiskell blickte unverhohlen kritisch drein, während Jean den schwarzen Spielanzug anzog.

„Der Herr sei gnädig, aber das darf an der Taille nicht so eng sitzen. Sie sind rachitisch und dünn wie eine Verhungernde, armes Kind; das dürfen Sie nicht noch betonen. Vielleicht finden wir ein paar Aufblashilfen, um Sie runder zu machen; nicht, daß das unbedingt nötig wäre, weiß Gott, weil Sie nur zum Abstauben da sind. Es ist für einen Haushalt aber immer gut, wenn das Personal aus hübschen Mädchen besteht, und der junge Earl, das muß man ihm bei seiner ganzen Seltsamkeit lassen, weiß eine gutaussehende Frau zu schätzen . . . Also, Ihr Busen, da müssen wir etwas tun; er ist ja völlig flach. Sehen Sie, es gibt keinen Platz für eine hübsche Verzierung unter den Armen, sehen Sie?" Sie wies auf ihre eigenen umfangreichen Speckfalten. „Vielleicht rollen wir nur ein Polster schön zusammen und –"

„Nein", entgegnete Jean mit zitternder Stimme. War es möglich, daß man sie für so häßlich hielt? „Ich trage keine Polster."

Mrs. Blaiskell rümpfte die Nase. „Sie selbst sollen davon profitieren, meine Liebe. Ich arme, eingeschrumpfte Frau gewiß nicht."

Jean beugte sich über ihre schwarzen Slipper. „Nein, Sie sind sehr glatt."

Mrs. Blaiskell nickte stolz. „Ich halte mich gut in Form, und das kann nur gut sein. Ich war nicht so, als ich in Ihrem Alter gewesen bin, Miß, das kann ich Ihnen sagen; damals war ich auf der Erde –"

„Ach, Sie sind nicht hier geboren?"

„Nein, Miß, ich gehörte zu den armen Seelen, die von der Schwerkraft niedergedrückt und gepeinigt werden, und ich habe meinen Körper mit der ganzen Mühe weggebrannt. Nein, ich bin in Sydney, Australien, geboren, als Kind anständiger, guter Leute, aber sie waren zu arm, um mir einen Platz auf Abercrombie zu kaufen. Ich hatte das große Glück, einen Posten zu finden wie Sie, und zwar während der Zeit, als Mr. Justus und die alte Mrs. Eva, seine Mutter – also Earls Großmutter –, noch lebten. Ich bin seitdem nicht mehr auf der Erde gewesen. Ich werde sie nie wieder betreten."

„Vermissen Sie denn nicht die Feste, die großartigen Bauwerke und die herrlichen Landschaften überall?"

„Pah!" fauchte Mrs. Blaiskell. „Um zu gräßlichen Wülsten und Falten zusammengepreßt zu werden? In einem Rollstuhl zu fahren und von den Einheimischen angestarrt und belacht zu werden? Dünn wie Zündhölzer sind sie mit ihrer dauernden Sorge und dem Kampf gegen die Anziehungskraft des Bodens. Nein, Miß, wir haben unsere eigenen Aussichten und Feste; morgen abend gibt es eine Pavane, eine große Maskenpantomime, eine Schau schöner Frauen, alles noch in diesem Monat. Und das schönste ist, daß ich unter meinesgleichen bin, unter den Runden, und nie eine Falte im Gesicht bekomme. Ich bin frisch und rundlich, und ich möchte mit keiner unten auf der Erde tauschen."

Jean zog die Schultern hoch. „Wenn Sie glücklich sind, kommt es auf nichts anderes an."

Sie betrachtete sich zufrieden im Spiegel. Selbst wenn die fette Mrs. Blaiskell anderer Ansicht war, sah der schwarze Spielanzug an ihr gut aus, wenn sie ihn glatt um Hüften und Taille trug. Ihre Beine – schlank und rund, schimmerndes Elfenbein – waren wohlgeformt, das wußte sie. Selbst wenn der unheimliche Mr. Webbard und die seltsame Mrs. Blaiskell anders dachten. Sollten sie nur warten, bis sie ihre Waffen beim jungen Earl einsetzte. Er zog Schwerkraft-Mädchen vor, das hatte Fotheringay selbst gesagt. Und trotzdem – Webbard und Mrs. Blaiskell hatten anderes angedeutet. Vielleicht mochte er beide Sorten? Jean lächelte ein wenig unsicher. Wenn Earl beide Sorten mochte, würde er fast alles begehren, was warm war, sich bewegte und atmete. Und dazu gehörte ganz gewiß auch sie.

Wenn sie Mrs. Blaiskell rundheraus fragte, würde die bestürzt und entsetzt sein. Die brave, anständige Mrs. Blaiskell. Eine mütterliche Seele, nicht wie die Hausmütter in den verschiedenen Heimen und Waisenhäusern ihrer Kindheit. Das waren feste, große Frauen gewesen – praktisch und mit schnellen Händen . . . Aber Mrs. Blaiskell war nett; sie hätte ihr Kind nie auf einem Billardtisch liegenlassen. Mrs. Blaiskell hätte gerackert und gehungert, um ihr Kind behalten zu können, und sie hätte es gut aufgezogen . . . Jean überlegte müßig, wie es wäre, Mrs. Blaiskell zur Mutter zu haben. Und Mr. Mycroft als Vater. Das rief ein seltsam kribbelndes Gefühl in ihr hervor und ganz tief in ihrem Innersten aus irgendeinem Grund einen düsteren, dumpfen Groll, vermischt mit Zorn.

Jean bewegte unsicher und verdrossen die Schultern. Laß den Unfug! Du bist eine Einzelgängerin. Was wolltest du mit Verwandten anfangen? Die sind doch nur ein vermaledeiter Hemmschuh! Dieses Abenteuer hier oben in der Station Abercrombie hätte man ihr nie erlaubt . . . Auf der anderen Seite hätte es mit Verwandten viel weniger Probleme gegeben, wenn es darum ging, zwei Millionen Dollar unter die Leute zu bringen.

Jean seufzte. Ihre eigene Mutter war nicht so gütig wie Mrs. Blaiskell. Sie konnte es nicht gewesen sein, und die ganze Frage war ohne praktischen Nutzen. Vergiß das, denk nicht mehr daran.

Mrs. Blaiskell brachte Arbeitsschuhe, wie sie von jedem in der Station getragen wurden: Slipper mit Magnetspulen in den Sohlen. Drähte führten zu einer Energiequelle am Gürtel. Durch die Betätigung eines Reglers konnte man jede Stärke von Magnetismus erzielen.

„Wenn eine Person arbeitet, muß sie fest stehen“, erklärte Mrs. Blaiskell. „Natürlich gibt es nicht viel zu tun, wenn man sich auskennt. Das Saubermachen ist einfach bei unseren guten Filteranlagen, aber manchmal setzt sich doch Staub und stets eine dünne Ölschicht aus der Luft ab.“

Jean richtete sich auf. „Gut, Mrs. Blaiskell, ich bin soweit. Wo fangen wir an?“

Mrs. Blaiskell zog angesichts der Vertraulichkeit ihre Brauen hoch, war aber nicht ernsthaft ungehalten. Im Grunde schien das Mädchen respektvoll, bereitwillig und intelligent zu sein. Und auch nicht – worauf es besonders ankam – von der Art, Unruhe bei Mr. Earl zu erregen.

Sie stieß sich mit der Zehe von der Wand ab und schwebte den Korridor hinunter, wurde aufgehalten von einer weißen Tür, schob eine Klappe auf.

Sie betraten den Raum wie von der Decke herab. Jean verspürte einen kurzen Schwindel und stieß sich mit dem Kopf voraus dahin ab, wo ein Boden zu sein schien.

Mrs. Blaiskell ergriff geschickt einen Stuhl, schwang ihren Körper herum, stellte die Füße auf das, was dem Namen nach der Boden war. Jean schloß sich ihr an. Sie standen in einem großen, runden Raum, der quer durch das ganze Gebäude verlief. Fenster gingen auf den Weltraum hinaus, von allen Seiten leuchteten Sterne herein; mit einem Rundblick war der ganze Sternkreis zu erfassen.

Von unten drang Sonnenlicht ins Innere und leuchtete an die Decke. In einem Quadranten abseits hing der Halbmond, scharf gezeichnet wie eine neue Münze. Der Raum war für Jeans Geschmack zu üppig ausgestattet. Sie war sich einer überwältigenden Flut senfgelben Teppichbodens bewußt, einer weißen Holztäfelung mit goldenen Arabesken, dazu eines runden, am Boden verschraubten Tisches, umgeben von Stühlen mit Magnetrollen. Ein Kristallüster hing starr herunter; pausbäckige Amoretten guckten in Abständen aus dem Winkel zwischen Wand und Decke.

„Der ‚Erholer‘“, sagte Mrs. Blaiskell. „Sie machen jeden Morgen hier als erstes sauber.“ Sie beschrieb Jeans Pflichten in allen Einzelheiten. „Dann gehen wir weiter zu –" Sie stieß Jean an. „Da ist die alte Mrs. Clara, Earls Mutter. Senken Sie den Kopf wie ich."

Eine in Rosa und Purpur gekleidete Frau schwebte herein. Sie zeigte einen Ausdruck zerstreuter Arroganz, so, als gäbe es im ganzen Universum keinerlei Zweifel, Ungewißheit oder Doppelsinn. Sie war kugelrund, so breit wie hoch und hatte silberweiße Haare. Ihr Gesicht war eine kleinere Kugel von glattem Fleisch, offenbar wahllos mit Rouge bemalt. Sie hatte sich mit Edelsteinen geschmückt, die fünfzehn Zentimeter über ihrem hervorquellenden Busen hingen.

Mrs. Blaiskell neigte den Kopf. „Mrs. Clara, meine Liebe, erlauben Sie, daß ich Ihnen das neue Stubenmädchen vorstelle; sie ist eben von der Erde heraufgekommen und sehr nützlich."

Mrs. Clara Abercrombie warf Jean blitzschnell einen Blick zu. „Ausgezehrtes Ding!"

„Oh, die wird schon gesund", säuselte Mrs. Blaiskell. „Viel gutes Essen und harte Arbeit werden Wunder bei ihr wirken. Sie ist ja noch ein Kind."

„Mmmpf. Kaum. Das liegt am Blut, Blaiskell, wie Sie ganz genau wissen."

„Hm, ja, natürlich, Mrs. Clara."

Mrs. Clara warf Blicke um sich und fuhr mit blecherner Stimme fort: „Entweder hat man gutes Blut oder Essig in den Adern. Das Mädchen da wird sich nie richtig wohl fühlen, das sehe ich. Es liegt ihr nicht im Blut."

„Nein, Madame, Sie haben völlig recht."

„Earl liegt es auch nicht im Blut. Um ihn mache ich mir Sorgen. Hugo war der Feste, aber sein Bruder Lionel, der arme, liebe Lionel, und –"

„Was ist mit Lionel?" fragte eine rauhe Stimme. Jean drehte sich um. Das war Earl. „Wer hat etwas von Lionel gehört?"

„Niemand, Liebster. Er ist fort, er wird nie wiederkommen. Ich habe nur davon gesprochen, daß keiner von euch beiden je richtig herangewachsen ist. Man sieht nur Knochen bei euch."

Earl blickte finster vorbei an seiner Mutter und Mrs. Blaiskell, bis sein Blick auf Jean fiel.

„Was ist das? Wieder Personal? Wir brauchen sie nicht. Schickt sie weg! Immer neue Kosten, das ist alles, woran ihr denkt!"

„Sie ist für deine Zimmer gedacht, Earl", sagte seine Mutter.

„Wo ist Jessy? Was war mit Jessy nicht in Ordnung?"

Mrs. Clara und Mrs. Blaiskell tauschten nachsichtige Blicke. Jean warf Earl einen trägen, koketten Blick zu. Er blinzelte, dann runzelte er die Stirn.

Jean ließ den Blick sinken und zeichnete mit der Zehe Umrisse auf den Teppich. Das war eine Tätigkeit, die an ihrem Bein interessante Bewegungen hervorrief, wie sie wußte. Die zwei Millionen Dollar zu verdienen würde nicht so beschwerlich sein, wie sie befürchtet hatte. Earl war nämlich nicht im mindesten fett. Er war stämmig, kräftig, mit muskulösen Schultern und einem Stiernacken. Er hatte dichte, kurzgeschorene blonde Locken, ein gerötetes Gesicht, eine große wächserne Nase, ein starkes Kinn. Sein Mund war gut gezeichnet und wirkte im Augenblick mürrisch.

Nicht gerade attraktiv, dachte Jean. Auf der Erde hätte sie ihn nicht beachtet oder, wenn er hartnäckig gewesen wäre, mit einer Folge von Beleidigungen zur Raserei gebracht. Aber sie hatte viel Schlimmeres erwartet: ein aufgedunsenes Wesen wie Webbard, einen menschlichen Ballon . . . Natürlich gab es keinen zwingenden Grund für Earl, dick zu sein; die Kinder von dicken Leuten konnten ebenso normalen Umfang haben.

Mrs. Clara gab Mrs. Blaiskell Anweisungen für den Tag, Mrs. Blaiskell nickte genau bei jedem sechsten Wort und zählte die Punkte an ihren dicken, kleinen Fingern ab. Mrs. Clara war fertig, und Mrs. Blaiskell nickte Jean zu. „Kommen Sie, Miß, es gibt zu tun."

Earl rief ihnen nach: „Aber in mein Arbeitszimmer kommt keiner, merkt euch das!"

„Warum soll niemand sein Arbeitszimmer betreten?" fragte Jean neugierig.

„Da bewahrt er seine Sammlungen auf. Er will nicht, daß etwas angerührt wird. Manchmal ist er sehr seltsam, unser Mr. Earl. Sie müssen das eben berücksichtigen und sehr brav sein. In mancher Beziehung ist er schwerer zufriedenzustellen als Mrs. Clara."

„Earl ist hier geboren?"

Mrs. Blaiskell nickte. „Er war noch nie auf der Erde. Da leben nur Verrückte, sagt er, und er hat, weiß Gott, sehr recht."

„Wo sind Hugo und Lionel?"

„Das sind die zwei Ältesten. Hugo ist tot, der Herr hab ihn selig, und Lionel macht weite Reisen. Nach Earl kommen dann noch Harper und Dauphin und Millicent und Clarise. Das sind alle Kinder von Mrs. Clara, alle sehr stolz und stattlich. Earl ist der dürrste von allen, und großes Glück hat er auch gehabt, denn als Hugo starb, war Lionel irgendwo unterwegs, und damit erbte Earl . . . Also, hier ist seine Suite, und wie das wieder aussieht!"

Während sie arbeiteten, äußerte sich Mrs. Blaiskell zu verschiedenen Eigenheiten des Raumes. „Dieses Bett da! Earl gab sich nicht damit zufrieden, unter einem Sattelgurt zu schlafen wie wir, nein! Er trägt Schlafanzüge aus magnetisiertem Stoff, und das drückt ihn auf die Matratze . . . Und sein Lesen und Studieren, also wirklich, es gibt einfach nichts, was dem Jungen nicht einfällt! Und sein Teleskop! Er sitzt stundenlang in der Kuppel und beäugt die Erde!"

„Vielleicht möchte er sie besuchen?"

Mrs. Blaiskell nickte. „Sollte mich nicht wundern, wenn Sie da richtig tippen. Sie hat eine schreckliche Anziehungskraft auf ihn. Aber er kann Abercrombie nicht verlassen, wissen Sie."

„Das ist aber merkwürdig. Warum denn nicht?"

Mrs. Blaiskell sah sie vielsagend an. „Weil er dann seines Erbes verlustig ginge. So steht es in der Originalurkunde, daß der Besitzer an Ort und Stelle bleiben muß." Sie wies auf eine graue Tür. „Das da ist sein Arbeitszimmer. Und ich lass' Sie jetzt kurz hineinschauen, damit Sie nicht von Neugier verzehrt werden und sich vielleicht in Schwierigkeiten bringen, wenn ich nicht dabei bin und aufpassen kann. Regen Sie sich aber nicht auf bei dem, was Sie sehen. Da gibt es nichts, was Ihnen gefährlich werden kann."

Mit dem Gehabe einer Priesterin, die Mysterien enthüllt, tastete Mrs. Blaiskell am Türschieber herum und betätigte ihn auf eine Weise, die Jean nicht verfolgen konnte.

Die Tür ging auf. Mrs. Blaiskell schmunzelte, als Jean entsetzt zurückzuckte. „Na, na, keine Aufregung, ich sagte doch, daß Ihnen nichts gefährlich werden kann. Das ist eines der zoologischen Exemplare von Mr. Earl, und er hat sich enorme Mühe und Kosten auferlegt, um –"

Jean seufzte tief und schaute sich das gehörnte schwarze Wesen genauer an, das auf zwei Beinen gleich hinter der Tür stand, gereckt und vorgebeugt, als wollte es den Eindringling mit ledrigen schwarzen Armen umfassen.

„Das ist das schrecklichste Stück", stellte Mrs. Blaiskell mit stiller Befriedigung fest. „Da drüben hat er seine Insekten und Käfer" – sie deutete hin –, „hier seine Edelsteine, da die alten Schallplatten, seine Briefmarken, die Bücher auf der anderen Seite. Scheußliches Zeug, da schäm ich mich für ihn. Lassen Sie sich ja nicht erwischen, daß Sie in die schmutzigen Bücher gucken, in die Mr. Earl hineinglotzt."

„Nein, Mrs. Blaiskell", beteuerte Jean demütig. „So etwas interessiert mich nicht. Wenn es das ist, was ich meine."

Mrs. Blaiskell nickte nachdrücklich. „Das ist es, und noch schlimmer." Sie ließ sich über den Grund ihrer Vertrautheit mit den Büchern nicht aus, und Jean hielt es nicht für angebracht, danach zu fragen.

Earl stand hinter ihnen. „Na?" bemerkte er mit schwerfälliger, sarkastischer Stimme. „Seht ihr euch satt?" Er stieß sich ab und schwebte durch das Zimmer herein; hinter ihm knallte die Tür zu.

Mrs. Blaiskell erklärte in versöhnlichem Ton: „Also, Mr. Earl, ich habe dem neuen Mädchen nur gezeigt, was sie meiden und nicht ansehen soll. Ich wollte nicht, daß sie mit einem Herzversagen umkippt, wenn sie aus Versehen hineinguckt."

Earl gab einen Brummlaut von sich. „Wenn sie hineinguckt, während ich da bin, kippt sie von etwas anderem als Herzversagen um."

„Ich bin auch eine gute Köchin", sagte Jean. Sie wandte sich ab. „Kommen Sie, Mrs. Blaiskell, gehen wir, bis Mr. Earl sich wieder beruhigt hat. Ich erlaube nicht, daß er Ihre Gefühle verletzt."

Mrs. Blaiskell stammelte: „Also nein! Es ist doch gewiß nichts dabei . . ."

Sie verstummte. Earl war in seinem Arbeitszimmer verschwunden und hatte die Tür zugeworfen.

Mrs. Blaiskells Augen schimmerten tränenvoll. „Ach, meine Liebe, ich hasse grobe Worte so . . ."

Sie arbeiteten stumm und machten das Schlafzimmer sauber. Als sie an der Tür standen, sagte Mrs. Blaiskell vertraulich in Jeans Ohr: „Warum, glauben Sie, ist Earl so barsch und mürrisch?"

„Ich habe keine Ahnung", hauchte Jean. „Überhaupt keine."

„Tja", raunte Mrs. Blaiskell vorsichtig, „es läuft letztlich darauf hinaus: auf sein Äußeres. Er kann es nicht ertragen, daß ihn jemand sieht; er meint, man verhöhne ihn. Ich habe ihn das zu Mrs. Clara sagen hören. Selbstverständlich stimmt das gar nicht; er tut den Leuten nur leid. Er ißt wie ein Pferd, er nimmt Hormonpillen, aber er bleibt trotzdem spindeldürr, vollbepackt mit harten, verkrampften Muskeln." Sie betrachtete Jean gründlich. „Ich glaube, wir machen es mit Ihnen genauso, dann wollen wir mal sehen, ob wir nicht eine hübschere Frau aus Ihnen machen können." Dann schüttelte sie zweifelnd den Kopf und schnalzte mit der Zunge. „Es könnte sein, daß es Ihnen nicht im Blut liegt, wie Mrs. Clara meint . . ."

5

AN JEANS Slippern waren kleine rote Bändchen befestigt, in ihrem Haar war ein rotes Band eingeflochten, an ihrer Wange klebte ein kokettes Schönheitspflästerchen. Sie hatte ihren Spielanzug so umgenäht, daß er unauffällig Hüften und Taille umspannte.

Bevor sie das Zimmer verließ, betrachtete sie sich im Spiegel. Vielleicht bin ich es, die aus dem Tritt ist? Wie würde ich mit hundert Kilogramm Fleisch mehr aussehen? Nein. Doch wohl nichts. Ich bin ein knabenhafter Typ. Mit sechzig werde ich aussehen wie eine Wölfin, aber in den nächsten vierzig Jahren – bloß aufpassen!

Sie schwebte durch den Korridor, vorbei am Erholer, den Musikzimmern, dem großen Salon, dem Speisesaal, hinauf in die Schlafräume. Sie hielt vor Earls Tür, riß sie auf, schob sich hinein. Den elektrostatischen Staubfänger schob sie vor sich her.

Das Zimmer war dunkel; die Transparentwände wurden vom Zerhackerfeld undurchsichtig gehalten. Jean fand den Reglerknopf und drehte das Licht an. Earl war wach. Er lag auf der Seite, von seinem gelben Magnetschlafanzug auf die Matratze gepreßt. Eine hellblaue Steppdecke war bis zu seinen Schultern hinaufgezogen, sein Arm lag auf dem Gesicht. Unter dem Arm blickte er hervor, funkelte Jean böse an. Er blieb regungslos liegen, zu aufgebracht, um sich bewegen zu können.

Jean stemmte die Hände in die Hüften und sagte mit ihrer klaren, jungen Stimme: „Aufstehen, Sie Faulpelz! Sie werden so fett wie die anderen, wenn Sie die ganze Zeit herumliegen!"

Die Stille war bedrohlich. Jean beugte sich vor, um unter Earls Arm zu blicken. „Leben Sie noch?"

Earl antwortete, ohne sich zu bewegen, mit rauher, leiser Stimme: „Was bilden Sie sich eigentlich ein?"

„Ich erfülle meine Pflichten. Mit dem Erholer bin ich fertig. Jetzt kommt Ihr Zimmer dran."

Sein Blick ging zu einer Uhr. „Um sieben Uhr morgens?"

„Warum nicht? Je früher ich fertig bin, desto eher kann ich mich mit meinen eigenen Angelegenheiten befassen."

„Ihre eigenen Angelegenheiten interessieren mich einen Dreck! Verschwinden Sie, bevor Ihnen etwas passiert!"

„Nein, Sir. Ich bin ein Wesen mit Selbstbestimmung. Sobald meine Arbeit getan ist, gibt es nichts Wichtigeres, als die eigene Persönlichkeit zum Ausdruck zu bringen."

„Hinaus!"

„Ich bin Künstlerin, ich male. Oder vielleicht werde ich dieses Jahr Dichterin sein. Oder Tänzerin. Ich wäre eine großartige Ballerina. Schauen Sie." Sie vollführte eine Pirouette, aber der Schwung führte sie an die Decke hinauf – nicht ohne Anmut, dafür sorgte sie.

Sie schob sich wieder hinunter.

„Wenn ich Magnetslipper hätte, könnte ich eineinhalb Stunden lang umherwirbeln. Weite Sprünge sind leicht . . ."

Er schob sich auf einen Ellenbogen hoch und blinzelte wütend, als stehe er im Begriff, sich auf sie zu stürzen. „Sie sind entweder verrückt – oder so unverschämt, daß es auf dasselbe hinausläuft."

„Durchaus nicht", widersprach Jean. „Ich bin sehr höflich. Es könnte eine Meinungsverschiedenheit bestehen, aber damit haben Sie immer noch nicht automatisch recht."

Er sank auf das Bett zurück. „Streiten Sie mit dem alten Webbard", sagte er gepreßt. „Und jetzt zum letztenmal – hinaus!"

„Ich gehe", erwiderte Jean, „aber das wird Ihnen leid tun."

„Leid?" Seine Stimme stieg. „Weshalb sollte mir das leid tun?"

„Was wäre, wenn ich mich von Ihrer Grobheit beleidigt fühlte und Mr. Webbard mitteilte, daß ich kündigen möchte?"

Earl entgegnete verbissen: „Ich werde heute mit Mr. Webbard reden, dann wird man Sie vielleicht bitten zu kündigen . . . Wunderbar!" fügte er bitter hinzu. „Eine Vogelscheuche als Dienstmädchen, die bei Sonnenaufgang hereinplatzt . . ."

Jean starrte ihn überrascht an. „Vogelscheuche? Ich? Auf der Erde gelte ich als sehr hübsches Mädchen. Ich kann mir solche Sachen erlauben und Leute belästigen, weil ich hübsch bin."

„Das ist die Station Abercrombie", erklärte Earl trocken. „Gott sei Dank!"

„Sie sehen auch sehr gut aus", sagte Jean versuchsweise.

Earl setzte sich auf, zornrot im Gesicht. „Verschwinden Sie!" schrie er. „Sie sind entlassen!"

„Ach was", sagte Jean. „Sie würden nicht wagen, mich zu entlassen."

„Ich würde es nicht wagen?" fragte Earl drohend. „Warum würde ich es nicht wagen?"

„Weil ich klüger bin als Sie."

Earl gab einen unartikulierten Laut von sich. „Und wie kommen Sie darauf?"

Jean lachte. „Sie wären sehr nett, Earl, wenn Sie nicht so empfindlich wären."

„Also gut, befassen wir uns zuerst damit. Warum bin ich so empfindlich?"

Jean zog die Schultern hoch. „Ich sagte, Sie sähen gut aus, und bei Ihnen ist eine Sicherung durchgebrannt." Sie blies ein imaginäres Staubflöckchen von ihrem Handrücken. „Das nenne ich Empfindlichkeit."

Earl zeigte ein grimmiges Lächeln, das Jean an Fotheringay erinnerte. Earl mochte hart werden, wenn man ihn bedrängte. Aber nicht so hart wie etwa Ansel Clellan. Oder Fiorenzo. Oder Party McClure. Oder Fotheringay. Oder übrigens auch sie selbst.

Er starrte sie an, als sähe er sie zum erstenmal. Genau das wollte sie.

„Weshalb halten Sie sich also für klüger?"

„Ach, ich weiß nicht . . . Sind Sie klug?"

Sein Blick zuckte zu den Türen, die in sein Arbeitszimmer führten; ein kurzes Beben der Befriedigung huschte über sein Gesicht. „Ja, ich bin klug."

„Können Sie Schach spielen?"

„Natürlich spiele ich Schach", sagte er herausfordernd. „Ich bin einer der besten Schachspieler, die es gibt."

„Ich könnte Sie mit einer Hand schlagen." Jean hatte in ihrem ganzen Leben viermal Schach gespielt.

„Wenn Sie nur etwas hätten, das ich haben möchte", sagte er langsam. „Ich würde es Ihnen wegnehmen."

Jean warf ihm einen koketten Blick zu. „Machen wir ein Pfänderspiel."

„Nein!"

„Ha!" Sie lachte. Ihre Augen glitzerten.

Er wurde rot. „Also gut."

Jean griff nach ihrem Staubfänger. „Aber nicht jetzt." Sie hatte mehr erreicht, als zu hoffen gewesen war. Sie blickte betont über ihre Schulter. „Ich muß arbeiten. Wenn Mrs. Blaiskell mich hier findet, wirft sie Ihnen vor, daß Sie mich verführen wollten."

Er schnaubte mit schiefem Mund. Er sieht aus wie ein zorniger blonder Eber, dachte Jean. Aber zwei Millionen Dollar waren zwei Millionen Dollar. Und es war nicht so schlimm, als wenn er fett gewesen wäre. Der Gedanke hatte sich bei ihm eingenistet.

„Denken Sie an das Pfänderspiel", sagte Jean. „Ich muß arbeiten."

Sie verließ das Zimmer und warf ihm über die Schulter einen letzten Blick zu, von dem sie hoffte, daß er rätselhaft war.

Die Personalunterkünfte befanden sich im Hauptzylinder, in der eigentlichen Raumstation also. Jean saß still in einer Ecke des Speisesaals, schaute und hörte zu, während die anderen Bediensteten ihren Vormittagsimbiß einnahmen: Kakao, Schlagsahne, Torten, Sahneeis. Die Unterhaltung klang schrill und nervös. Jean wunderte sich über die Behauptung, dicke Leute seien träge und gemütlich.

Aus dem Augenwinkel sah sie Mr. Webbard in den Raum schweben, dessen Gesicht angespannt und blaß vor Zorn war.

Sie senkte den Kopf über ihren Kakao und beobachtete ihn unter den Wimpern hervor. Webbard sah sie direkt an, seine Lippen waren schmal wie Striche, während seine quellenden Backen zitterten. Einen Augenblick hatte es den Anschein, als würde er auf sie zuschweben, angetrieben von der Kraft seines Zorns, aber er beherrschte sich. Er schaute sich im Saal um, bis er Mrs. Blaiskell entdeckte. Ein Fingerschnippen trieb ihn zu deren Platz am Tischende, wo sie von Magneten an ihrem Spielanzug festgehalten wurde.

Er beugte sich über sie und murmelte ihr etwas ins Ohr. Jean konnte seine Worte nicht hören, sah aber, wie Mrs. Blaiskells Ausdruck sich veränderte und ihr Blick suchend durch den Raum ging.

Mr. Webbard beendete seinen dramatischen Auftritt und fühlte sich wohler. Er wischte sich die Handflächen an seiner dunkelblauen Cordhose ab, drehte sich mit einer raschen Schulterbewegung um und schwebte nach einer kurzen Zehenzuckung zur Tür.

Großartig, dachte Jean, ihre Majestät, die Orbitalmasse von Webbard, im Flug durch die Luft. Das volle Mondgesicht, schwere Lider, Seelenruhe; die rosigen Wangen, Doppelkinn und Hängebacken, aufgedunsen und gebläht, glänzend und ölig, ohne Unreinheit, Makel oder Fältchen; die Halbkugel des Brustkorbs, dann die gegabelte untere Hälfte im satt getönten blauen Cordsamt: das ganze Wunderbild dahingleitend mit dem unaufhaltsamen Schwung eines Erzfrachters.

Jean bemerkte, daß Mrs. Blaiskell ihr von der Tür aus mit rätselhaften kleinen Bewegungen ihrer fetten Finger winkte.

Mrs. Blaiskell wartete in dem kleinen Vorraum, den sie ihr Büro nannte; ihr Gesicht war ein Schauplatz sich wandelnder Gefühle. „Mr. Webbard hat mir ernste Dinge mitgeteilt", sagte sie mit einer Stimme, die streng klingen sollte.

Jean gab sich erschrocken. „Über mich?"

Mrs. Blaiskell nickte entschieden. „Mr. Earl hat sich über Ihr sehr sonderbares Verhalten heute morgen beklagt. Um sieben Uhr oder noch früher . . ."

Jean stockte der Atem. „Ist es möglich, daß Earl die Frechheit besessen hat . . ."

„*Mr.* Earl", verbesserte Mrs. Blaiskell spröde.

„Also, Mrs. Blaiskell, es ging buchstäblich um mein Leben! Ich mußte sehen, wie ich von ihm wegkomme!"

Mrs. Blaiskell blinzelte unsicher. „Mr. Webbard hat es nicht ganz so ausgedrückt. Er sagte, Sie –"

„Sind seine Angaben wahrscheinlich, Mrs. Blaiskell?"

„Mm – nein", gab Mrs. Blaiskell zu, führte die Hand zum Kinn und klopfte mit einem Fingernagel auf ihre Zähne. „Es hörte sich gewiß merkwürdig an, wenn man genauer darüber nachdenkt." Sie sah Jean an. „Aber wie kommt es, daß –"

„Er rief mich in sein Zimmer, und dann –" Jean hatte nie weinen können, aber sie schlug die Hände vors Gesicht.

„Na, na", sagte Mrs. Blaiskell. „Ich habe Mr. Webbard ohnehin nicht geglaubt. Hat er – hat er –" Sie war nicht imstande, die Frage auszusprechen.

Jean schüttelte den Kopf. „So weit kam es nicht, aber er hat es versucht."

„Da sieht man es wieder", murmelte Mrs. Blaiskell. „Und ich dachte, er wäre über diesen Unsinn hinausgewachsen."

„Unsinn?" Sie gab dem Wort einen gewissen Beiklang, der es aus dem Zusammenhang hob.

Mrs. Blaiskell war verlegen. Sie senkte den Blick. „Earl hat mehrere Stadien durchlaufen, und ich weiß nicht recht, welches das ärgerlichste war . . . Vor ein, zwei Jahren – zwei Jahre, weil Hugo da noch lebte und die Familie beieinander war – sah er so viele Filme von der Erde, daß er anfing, Frauen von der Erde zu bewundern, und wir machten uns alle Sorgen. Zum Glück hat er diese ungesunde Einstellung wieder völlig abgelegt, aber dadurch ist er nur um so scheuer und gehemmter geworden." Sie seufzte. „Wenn ihn nur eines der hübschen Mädchen in der Station um seiner selbst willen lieben würde, um seines brillanten Geistes willen . . . aber nein, sie achten mehr auf einen runden Körper und festes Fleisch, und der arme, knorrige Earl ist überzeugt davon, daß, wenn ihn eine anlächelt, sie es auf sein Geld abgesehen hat, und das wird wohl auch stimmen."

Sie sah Jean prüfend an. „Mir ist eben der Gedanke gekommen, daß Earl einen Rückfall in seine alte Seltsamkeit erlitten haben könnte. Nicht, daß Sie kein nettes Wesen hätten, Sie meinen es gut, ganz gewiß."

So, so, dachte Jean bedrückt. Offenbar hatte sie an diesem Morgen doch nicht soviel erreicht, wie sie angenommen hatte. Aber schließlich gab es bei jedem Feldzug Rückschläge.

„Jedenfalls hat Mr. Webbard verlangt, daß ich Ihnen andere Pflichten übertrage und Sie von Mr. Earl fernhalte, weil er offenbar eine Aversion gegen Sie entwickelt hat . . . Und nach diesem Morgen bin ich sicher, daß Sie nichts dagegen haben."

„Natürlich nicht", antwortete Jean zerstreut. Earl, dieser voreingenommene, verkorkste Jammerbrocken von einem jungen Mann!

„Heute kümmern Sie sich nur um den Erholer, erneuern die Zeitschriften und gießen die Atriumpflanzen. Morgen – nun, da werden wir sehen."

Jean nickte und wandte sich zum Gehen.

„Noch etwas", sagte Mrs. Blaiskell mit zögernder Stimme.

Jean blieb stehen. Mrs. Blaiskell schien nicht die richtigen Worte zu finden. Plötzlich kamen sie jedoch hervorgesprudelt, ohne Zwischenpause. „Passen Sie ein bißchen auf sich auf, vor allem wenn Sie in Mr. Earls Nähe allein sind. Das ist die Station Abercrombie, wissen Sie, und er ist Earl Abercrombie und zugleich Oberrichter, und es passieren sehr seltsame Dinge . . ."

„Körperliche Gewalt, Mrs. Blaiskell?" flüsterte Jean entsetzt.

Mrs. Blaiskell wurde rot. „Ja, so könnte man es nennen . . ." stammelte sie. „Es sind abscheuliche Dinge ans Tageslicht gekommen. Nichts Angenehmes, obwohl ich das zu Ihnen eigentlich nicht sagen dürfte, nachdem Sie doch erst einen Tag bei uns sind. Aber seien Sie vorsichtig. Ich möchte Ihre Seele nicht auf meinem Gewissen haben."

„Ich werde vorsichtig sein", erklärte Jean mit angemessen gedämpfter Stimme.

Mrs. Blaiskell nickte, ein Hinweis darauf, daß das Gespräch beendet war.

JEAN kehrte in den Speisesaal zurück. Wirklich sehr nett von Mrs. Blaiskell, daß sie sich Sorgen um sie machte. Es war beinahe so, als hätte Mrs. Blaiskell Zuneigung zu ihr gefaßt. Jean verzog automatisch den Mund zu einer Hohngrimasse. Das zu erwarten war zuviel. Frauen mochten sie nie, weil ihre Männer nie sicher waren, wenn Jean sich in der Nähe aufhielt. Nicht, daß Jean bewußt mit ihnen flirtete – jedenfalls nicht immer –, aber sie hatte etwas an sich, das Männer interessierte, sogar die alten. Sie gaben Lippenbekenntnisse zu der Meinung ab, Jean sei ein Kind, aber ihre Blicke irrten auf und ab wie die der jungen Männer.

Aber hier draußen auf der Raumstation war das anders. Jean gestand sich reumütig ein, daß niemand auf sie eifersüchtig war, in der ganzen Station niemand. Umgekehrt: Sie wurde als bemitleidenswert betrachtet. Aber es war von Mrs. Blaiskell trotzdem nett, daß sie sie unter ihre Fittiche nahm; Jean überkam dabei ein angenehm warmes Gefühl. Wenn sie die zwei Millionen Dollar bekam, würde sie vielleicht – ihre Gedanken richteten sich auf Earl, und das warme Gefühl verschwand.

Earl, dieser eingebildete Mensch, war aufgebracht, weil sie ihn in seiner Ruhe gestört hatte. Der stiernackige Earl fand sie also knorrig und verkümmert! Jean zog sich zum Sessel. Sie prallte auf den Sitz, griff nach ihrem Kakaoballon und saugte an der Öffnung.

Earl! Sie stellte ihn sich vor: das mürrische Gesicht, das gekräuselte blonde Haar, den überreifen Mund, den stämmigen Körper, den er so verzweifelt mästen wollte. Das war der Mann, den sie zur Ehe verführen sollte. Auf der Erde, auf fast jedem anderen Planeten von dem von Menschen besiedelten Universum wäre das ein Kinderspiel gewesen.

Aber sie befand sich auf der Raumstation Abercrombie.

Sie trank ihren Kakao und überdachte das Problem. Die Aussichten, daß Earl sich in sie verlieben und ihr mit einem ernstgemeinten Heiratsantrag aufwarten würde, erschienen gering. Konnte man ihn in eine Lage bringen, wo er gezwungen sein würde, sie zu heiraten, um das Gesicht oder den Ruf zu wahren? Vermutlich nicht. In dieser Station stellte eine Ehe mit ihr beinahe das Äußerste an Gesichtsverlust dar, erkannte sie.

Immerhin, es gab Wege, die man erforschen mußte. Angenommen, sie besiegte Earl beim Schachspiel – konnte sie eine Heirat als Pfand setzen? Wohl kaum. Earl war zu verschlagen und unehrlich, um zu bezahlen. Es war notwendig, ihn dazu zu bringen, daß er sie heiraten wollte, also mußte sie in seinen Augen begehrenswert erscheinen, was wiederum erforderte, daß Earls ganze Anschauung umgestülpt werden mußte. Er würde als erstes das Gefühl lernen müssen, daß seine eigene Person nicht gänzlich verabscheuenswert war (obwohl das zutraf). Earls geistig-seelische Verfassung mußte aufgebaut werden bis zu einem Punkt, wo er sich allen Insassen der Station überlegen fühlen und stolz darauf sein würde, eine Frau von seiner eigenen Art zu heiraten.

Eine Möglichkeit am Gegenpol: Wenn man Earls Selbstachtung so verringern und zerstören, wenn man ihm das Gefühl verleihen konnte, er sei so abscheulich und untüchtig, daß er sich schämen mußte, den Kopf noch einmal zum Zimmer hinauszuhalten, mochte er sie heiraten, weil sie weit und breit noch die Beste war, die er bekommen konnte . . . Und noch eine weitere Möglichkeit: Rache. Wenn Earl einsah, daß die fetten Mädchen, die ihm schmeichelten, ihn hinter seinem Rücken in Wahrheit verlachten, mochte er sie, Jean, schon aus Trotz heiraten.

Eine letzte Möglichkeit: Zwang. Heirat oder Tod. Sie dachte an Gifte und Gegengifte, Krankheiten und Heilungen, eine Strahlenpistole zwischen den Rippen . . .

Jean warf den leeren Kakaoballon zornig in den Mülltrichter. Hinterlist, Sexualverlockung, Schmeichelei, Einschüchterung, Rache, Furcht – was war am weitesten hergeholt? Lächerlich waren alle diese Maßnahmen. Sie entschied, daß sie mehr Zeit brauchte, mehr Kenntnisse. Vielleicht besaß Earl eine Schwäche, die sie zu nutzen vermochte. Wenn sie über gemeinsame Interessen verfügten, wäre ihr geholfen. Wenn sie sich in seinem Arbeitszimmer umsah, mochte sie einige Hinweise finden.

Ein Gong ertönte, an einem Rufkasten klappte eine Nummer herunter, und eine Stimme sagte: „Erholer."

Mrs. Blaiskell tauchte auf. „Das sind Sie, Miß. Gehen Sie hinein, benehmen Sie sich anständig, und fragen Sie Mrs. Clara, was gewünscht wird, dann haben Sie bis drei Uhr frei."

6

MRS. CLARA ABERCROMBIE war jedoch nicht anwesend. Der Erholer war besetzt von zwanzig oder dreißig jungen Leuten, die mit übermütiger Begeisterung durcheinanderredeten und miteinander diskutierten. Die Mädchen trugen Atlasstoffe in Pastellfarben, Samt, Gazeschleier, eng um ihre rundlichen, rosigen Körper, mit bauschigen kleinen Rüschen und Söckchen, während die jungen Männer elegantes Dunkelgrau und Blau und lohfarbene Beigetöne bevorzugten, in militärischem Stil eingefaßt in Weiß und Scharlachrot.

An einer Wand war ein Dutzend Bühnenbildmodelle aufgereiht. Darüber trug ein Papierstreifen die Aufschrift PANDORA IN ELIS. LIBRETTO VON A. PERCY STEVANIC, MUSIK VON COLLEEN O'CASEY.

Jean schaute sich im Zimmer um und versuchte festzustellen, wer sie gerufen hatte. Earl hob herrisch die Hand. Jean ging auf ihren Magnetschuhen zu der Stelle, wo er vor einem der Bühnenbildmodelle schwebte. Er drehte sich nach verschüttetem Kakao mit Schlagsahne um. Das Zeug klebte an der Wand des Modells – offenbar war ein Ballon geplatzt.

„Putzen Sie das weg!" befahl Earl mit harter Stimme.

Halb will er es mir heimzahlen, halb so tun, als kenne er mich nicht, dachte Jean. Sie nickte ehrerbietig. „Ich hole Behälter und Schwamm."

Als sie zurückkam, befand sich Earl auf der anderen Seite des Raumes und unterhielt sich ernsthaft mit einem Mädchen, dessen kugelförmiger Körper in grellrosa Samt gehüllt war. Sie trug über beiden Ohren Rosenknospen und spielte mit einem lächerlich kleinen Hund, während sie Earl mit gespieltem Interesse zuhörte.

Jean arbeitete so langsam wie möglich und schaute aus den Augenwinkeln zu. Sie hörte Gesprächsfetzen: „Lapwill hat bei den Strichen Großartiges geleistet, aber ich kann nicht erkennen, daß er Myras denselben Spielraum gegeben hätte." – „Wenn die Aufführung zehntausend Dollar Umsatz macht, will Mrs. Clara noch einmal zehntausend für die Baukosten spenden. Stellt euch das vor! Ein Theater ganz für uns." Erregtes und verschwörerisches Flüstern ging durch den Raum. „– und warum lassen wir während der Wasserszene den Chor nicht als Monde am Himmel dahinschweben?"

Jean beobachtete Earl. Er las dem fetten Mädchen die Worte von den Lippen ab und bemühte sich rührend um enge Kameradschaft und Witzigkeit. Das Mädchen nickte höflich und rang sich ein Lächeln ab. Jean bemerkte, daß ihr Blick einem kräftigen jungen Mann folgte, dessen Leib über seine pflaumenfarbenen Breecheshosen hinausquoll, als blähe der Wind einen Spinnaker. Earl wurde sich der Unaufmerksamkeit des Mädchens bewußt. Jean sah ihn kurz ins Stocken geraten, bevor er sich der Schäkerei noch mehr befleißigte. Das fette Mädchen befeuchtete die Lippen, schwang den lächerlichen kleinen Hund an seiner Leine herum und blickte dorthin, wo der junge Mann in der dunkelroten Hose vor Lachen brüllte.

Ein plötzlicher Einfall veranlaßte Jean, ihre Arbeit zu beschleunigen. Earl würde hier ohne Zweifel bis zum Mittagessen beschäftigt sein – also noch zwei Stunden. Und Mrs. Blaiskell hatte sie bis drei Uhr vom Dienst befreit.

Sie verließ den Raum, brachte die Gerätschaften fort und hechtete den Korridor hinauf zu Earls Privaträumen. Vor Mrs. Claras Suite blieb sie stehen und lauschte an der Tür. Schnarchen!

Noch fünfzehn Meter zu Earls Räumen. Sie blickte hastig den Korridor entlang, schob die Tür auf und glitt vorsichtig hinein.

Es war still im Zimmer, als Jean sich rasch orientierte. Auf der einen Seite Schrank und Ankleideraum, auf der anderen das sonnendurchflutete Badezimmer. Auf der gegenüberliegenden Seite die hohe graue Tür zum Arbeitszimmer. An der Tür hing ein Schild, offenbar neu entstanden: PRIVAT – GEFAHR – KEIN ZUTRITT! Jean überlegte. Was für eine Gefahr? Earl mochte raffinierte Fallen eingebaut haben.

Sie untersuchte den Knopf für die Tür. Darüber befand sich eine scheinbar unschuldige Schutzvorrichtung – die eine Alarmanlage auslösen mochte oder auch nicht. Sie drückte ihre Gürtelschnalle an den Schieber, um den Stromkreis aufrechtzuerhalten, zog die Schutzvorrichtung weg und drückte vorsichtig mit dem Fingernagel auf den Knopf. Sie kannte Knöpfe, aus denen Injektionsnadeln schnellten.

Nichts schnurrte. Die Tür blieb geschlossen.

Jean stieß gereizt die Luft zwischen den Zähnen aus. Kein Schlüsselloch, keine Tasten, auf denen man eine Kombination eingeben konnte . . . Mrs. Blaiskell hatte keine Schwierigkeiten gehabt. Jean versuchte sich ins Gedächtnis zu rufen, was sie getan hatte. Sie trat an den Schieber, legte den Kopf so, daß sie die Lichtspiegelung von der Wandlampe sehen konnte . . . Auf der glänzenden Oberfläche war ein kleiner Fleck erkennbar. Sie schaute genau hin, und ein verräterisches Funkeln zeigte ein fotoelektrisches Auge.

Sie legte den Finger auf das Auge und drückte auf den Schieberknopf. Die Tür glitt zur Seite.

Obwohl sie darauf gefaßt war, zuckte Jean vor der grauenhaften schwarzen Gestalt zurück, die sich vorbeugte, als wolle sie den Eindringling packen.

Sie wartete. Einen Augenblick später schloß sich die Tür leise.

Jean kehrte in den Außenkorridor zurück und stellte sich dort auf, wo sie in Mrs. Claras Wohnung huschen konnte, falls eine verdächtige Gestalt auftauchte. Earl mochte sich mit dem Schutz eines elektrischen Geheimschlosses nicht begnügt haben.

Fünf Minuten vergingen. Mrs. Claras eigenes Dienstmädchen kam vorbei, eine kugelrunde kleine Chinesin mit Augen wie zwei glitzernde schwarze Käfer; aber sonst tauchte niemand auf.

Jean schob sich zurück zu Earls Zimmer und gelangte zur Tür in das Arbeitszimmer, warf wieder einen Blick auf das Warnschild.

Sie zögerte. Ich bin sechzehn Jahre alt, fast siebzehn, sagte sie sich. Zu jung zum Sterben. Typisch für den sonderbaren Kauz, sein Arbeitszimmer mit gemeinen Tricks auszustatten. Sie zog die Schultern hoch. Was man für Geld nicht alles tut, dachte sie.

Sie öffnete die Tür und schlüpfte hinein.

Die Tür schloß sich hinter ihr. Sie huschte rasch unter der vorgereckten Dämonengestalt hervor und schaute sich in Earls Heiligtum um, blickte nach rechts, nach links, nach unten und oben.

„Allerhand zu sehen hier", murmelte sie. „Hoffentlich gehen Earl die Schafsaugen für seine fette Angebetete nicht aus, oder er kommt auf die Idee, daß er einen ganz bestimmten Zeitungsausschnitt braucht . . ."

Sie schaltete ihre Sohlenmagneten ein und fragte sich, wo sie anfangen sollte. Der Raum glich eher einem Lagerhaus oder Museum als einem Arbeitszimmer und erweckte den Eindruck wilden Durcheinanders, von einem außerordentlich pedantischen Gemüt eingerichtet, aufgeteilt und angeordnet.

In gewisser Beziehung war es ein wunderschöner Raum, dessen dunkle Holztöne gediegen wirkten. Die gegenüberliegende Wand leuchtete wie geschmolzene Farbe – ein Rosettenfenster aus der alten Kathedrale von Chartres, im Gleißen des Weltraumsonnenlichts in vollem Glanz erstrahlend.

„Nur schade, daß Earl keine Außenwände mehr hatte", sagte sie zu sich selbst. „Eine Sammlung von bemalten Kirchenfenstern braucht sehr viel Platz, und ein Stück ist noch keine Sammlung . . . Vielleicht gibt es noch einen Raum . . . " Das Arbeitszimmer war zwar groß, nahm offenbar aber nur die Hälfte des Raumes ein, der den Ausmaßen von Earls Suite entsprach. „Aber vorerst habe ich hier genug zu sehen."

Regale, Gestelle, Karteien, Kabinettschränke aus Nußbaum, verglast, standen an den Wänden, im Zimmer selbst Glasvitrinen. Auf der linken Seite gab es eine Reihe von Wassertanks. In den ersten schwammen Aale, Hunderte von Aalen: Aale von der Erde, Aale von den anderen Welten. Sie öffnete einen Schrank. Chinesische Münzen hingen an kleinen Haken, jede bezeichnet mit einer jungenhaften Handschrift.

Sie ging im Kreis herum und bestaunte die Fülle.

Es gab Felskristalle von zweiundvierzig verschiedenen Planeten, die Jeans ungeübtem Auge allesamt gleichartig erschienen.

Es gab Papyrusrollen, Maya-Manuskripte, mittelalterliche Pergamente, illuminiert mit Gold und Purpurrot, Ogham-Runen auf modernem Schafleder, Tonzylinder mit Keilschriftzeichen.

Kunstvolle Holzschnitzereien, raffinierte Ketten, Käfige in Käfigen, erstaunliche, miteinander verbundene Kugeln, sieben Brahma-Tempel. Würfel von einem Zentimeter Kantenlänge mit Proben von jedem bekannten Element. Tausende von Briefmarken, in Blätter eingesteckt, konnten aus einem Rundschrank herausgedreht werden.

Es gab Bände von Autogrammen berühmter Verbrecher, zusammen mit ihren Fotografien. Aus einer Ecke drangen die starken Düfte von Parfums – tausend kleine Fläschchen, ganz genau bezeichnet und verschlüsselt, zusammen mit dem Register und der Entschlüsselung, und auch diese hatten ihren Ursprung auf einer Vielzahl von Welten. Es gab Exemplare von Schwammgewächsen aus dem ganzen Universum, und es gab Ständer mit Miniaturschallplatten, Durchmesser zweieinhalb Zentimeter, verkleinert nach den Originalpressungen.

Sie fand Fotografien von Earls Alltagsleben, zusammen mit seinen Gewichts-, Längen- und Umfangmaßen in schwer zu lesender Handschrift, und jedes Bild trug einen farbigen Stern, ein farbiges Quadrat und entweder eine rote oder eine blaue Scheibe. Jean kannte sich inzwischen mit Earls Persönlichkeit aus. In der Nähe würden Register und Erläuterung zu finden sein. Sie entdeckte sie, nicht weit von der Kamera, mit der die Bilder aufgenommen wurden. Die Scheiben bezogen sich auf körperliche Funktionen; die Sterne beschrieben nach einem komplizierten System, das sie nicht ganz zu begreifen vermochte, Earls seelischen Zustand, seine Gemütsverfassung. Die farbigen Quadrate betrafen sein Liebesleben. Jean verzog den Mund zu einem schiefen Grinsen. Sie ging ziellos weiter, betastete die Globen von hundert Planeten, betrachtete Karten und Diagramme.

Die primitiveren Seiten von Earls Persönlichkeit zeigten sich an seiner Sammlung pornographischer Fotografien und an seiner Staffelei mit einer Leinwand, wo Earl eine unzüchtige Studie von sich selbst anfertigte. Jean spitzte spröde die Lippen. Die Aussicht, Earl zu heiraten, verlor immer mehr an Zauber.

Sie fand eine Nische, gefüllt mit kleinen Schachbrettern, auf allen ein Spiel im Gange. Eine numerierte Karte und die Niederschrift der vorangegangenen Züge waren an jedem Brett angebracht. Jean griff nach dem unvermeidlichen Register und blätterte darin. Earl spielte mit Gegnern im ganzen Universum Fernschach. Sie fand seine Liste von Siegen und Niederlagen. Er war in geringem Maß, aber nicht auffällig im Vorteil. Ein Mann, William Angelo in Toronto, schlug ihn regelmäßig. Jean prägte sich die Adresse ein. Wenn Earl ihre Herausforderung, Schach zu spielen, jemals annehmen sollte, wußte sie jetzt, wie sie ihn schlagen konnte. Sie würde Angelo zu einem Spiel verleiten, Earls Züge Angelo als ihre eigenen schicken und Angelos

Gegenzüge gegen Earl spielen. Das mochte zwar etwas umständlich und mühsam sein, aber es war narrensicher – beinahe.

Sie setzte ihre Besichtigung fort. Muscheln, Motten, Libellen, Trilobit-Fossilien, Opale, Folterwerkzeuge, menschliche Schrumpfköpfe. Wenn die Sammlung echtes Wissen widerspiegelte, hätte sie Zeit und Fähigkeiten von vier Genies auf der Erde beansprucht, dachte Jean. Aber das Zusammengeraffte war im Grund hirnlos und mechanisch verstreut, nicht mehr als die Sammlung von Schulwimpeln oder Straßenschildern oder Streichholzschachteln eines Jungen, nur eben in größerem Umfang.

Eine der Wände öffnete sich zu einem rechtwinkligen Flügel, und hier konnte man durch eine Frachtluke in den Weltraum gelangen. Ungeöffnete Kisten, Schachteln, Kästen, Ballen – offenbar Material, das in Earls Archiv erst untergebracht werden mußte – füllten den Raum.

In der Ecke reckte sich noch eine groteske, riesige Gestalt, als wolle sie nach ihr greifen, und Jean empfand ein seltsames Zögern, in ihre Reichweite zu treten. Diese hatte eine Größe von fast zweieinhalb Metern. Sie trug den zottigen Pelz eines Bären und glich von ferne einem Gorilla, obschon das Gesicht lang war und spitz zulief und unter dem Pelz herausblickte wie das eines Zwergpudels.

Jean dachte an Fotheringays Hinweis, Earl sei ein „hervorragender Zoologe". Sie schaute sich im Raum um. Die ausgestopften Tiere, die Aquarien voller Aale, tropischer Fische von der Erde und den Dauerschlänglern von Maniac waren die einzigen zoologischen Exemplare, die man sehen konnte. Doch wohl zuwenig, um Earl als Zoologen auszuzeichnen. Natürlich mußte es noch einen Nebenraum geben . . . Sie hörte ein Geräusch. Ein Klicken der Außentür.

Jean sprang hinter das ausgestopfte Tier. Das Herz klopfte ihr bis zum Hals. Verärgert sagte sie sich: Er ist ein achtzehnjähriger Junge . . . Wenn ich mit ihm nicht fertig werde, ihm nicht beim Diskutieren, Denken, Raufen überlegen bin, dann wird es Zeit für mich, daß ich mir den Lebensunterhalt mit dem Häkeln von Tischdecken verdiene. Trotzdem hielt sie sich weiter versteckt.

Earl stand ruhig in der Tür, die hinter ihm zuging. Sein Gesicht war gerötet und feucht, als hätte er sich eben von Zorn oder Verlegenheit erholt. Seine delftblauen Augen blickten blind vom Dach herab und fanden erst langsam ein Ziel.

Er zog die Brauen zusammen, schaute argwöhnisch nach rechts und links und schnupperte. Jean machte sich hinter dem zottigen Pelz klein. Konnte er sie riechen?

Er zog die Beine an, stieß sich an der Wand ab und schwebte direkt auf sie zu. Unter dem Arm des Wesens sah sie ihn herankommen, größer, immer größer, die Arme an den Körper gelegt, den Kopf gehoben wie ein Taucher. Er stieß an den behaarten Brustkorb des Wesens, stellte die Beine auf den Boden, stand keine zwei Meter entfernt.

Er murmelte etwas vor sich hin. Sie konnte ihn deutlich hören.

„Unverschämte Beleidigung . . . Wenn sie nur wüßte! Ha!" Er lachte laut und verächtlich auf. „Ha!"

Jean atmete auf und seufzte beinahe hörbar. Earl hatte sie nicht gesehen und ahnte nichts von ihrer Anwesenheit.

Er pfiff tonlos durch die Zähne, unentschlossen. Schließlich ging er zur Wand und griff hinter verflochtenes Stabwerk. Eine Klappe schwang heraus, und durch die Öffnung flutete helles Sonnenlicht in das Arbeitszimmer.

Earl pfiff noch immer tonlos vor sich hin. Er betrat den Raum, schloß aber die Tür nicht. Jean huschte hinter ihrem Versteck hervor, schaute hinein, sah sich blitzschnell um. Es mochte sein, daß ihr der Atem stockte.

Earl stand zwei Meter entfernt und überflog eine Liste. Er sah plötzlich auf, und Jean spürte, daß sein Blick sie streifte.

Er bewegte sich nicht . . . Hatte er sie gesehen?

Er gab einen Augenblick keinen Laut von sich, ließ keine Regung erkennen. Dann ging er zur Tür, starrte durch das Arbeitszimmer und blieb zehn, fünfzehn Sekunden lang stehen. Hinter dem ausgestopften Gorillawesen sah Jean, daß seine Lippen sich bewegten, als rechne er im Kopf.

Sie leckte sich die Lippen und dachte an den inneren Raum.

Er ging hinaus in den Alkoven, zu den ungeöffneten Kisten und Ballen. Er zog einige davon hoch und stieß sie zur offenen Tür. Sie schwebten in der Flut des Sonnenlichts dahin. Dann schob er andere

Bündel weg, fand, was er suchte, und schickte einen Packen den anderen Dingen nach.

Schließlich flog er zurück zur Tür, wo er plötzlich angespannt stehenblieb, die Nasenflügel geweitet, die Augen scharfblickend. Er schnupperte. Sein Blick richtete sich auf das ausgestopfte Ungeheuer. Er ging langsam darauf zu. Seine Arme baumelten herab.

Er blickte hinter die Gestalt, stieß zischend den Atem aus und gab einen Knurrlaut von sich. Im Nebenraum dachte Jean: Entweder kann er mich riechen, oder das ist Telepathie! Sie war in den anderen Raum gehuscht, während Earl mit den Kisten rumort hatte, und unter einen breiten Diwan gehechtet. Flach auf dem Bauch liegend, beobachtete sie Earl, wie er das ausgestopfte Tier untersuchte, und ihre Haut kribbelte. Er riecht mich, er fühlt mich, er nimmt mich wahr.

Earl stand an der Tür und schaute sich im Arbeitszimmer um. Dann schloß er ganz langsam und sorgfältig die Tür, schob einen Riegel vor und drehte sich um zu dem inneren Raum.

Fünf Minuten lang beschäftigte er sich mit seinen Kisten, packte aus, stellte den Inhalt, bei dem es sich um Flaschen voll weißem Pulver zu handeln schien, auf Regale.

Jean stieß sich vom Boden ab an die Unterseite des Diwans, so daß sie sehen konnte, ohne gesehen zu werden. Nun begriff sie, weshalb Fotheringay Earl einen hervorragenden Zoologen genannt hatte.

Es gab ein Wort, das besser auf ihn gepaßt hätte, ein seltenes Wort, das Jean nicht auf der Stelle aus dem Gedächtnis hervorholen konnte. Ihr Wortschatz war nicht größer als der anderer Mädchen in ihrem Alter, aber das Wort hatte Eindruck hinterlassen.

Teratologie. Das war es. Earl war Teratologe.

Wie die Gegenstände in seinen anderen Sammlungen waren die Ungeheuer nur solche Wesen, die sich für rasches, beinahe wahlloses Sammeln eigneten. Sie waren ausgestellt in Glasschränken. Türen an den Rückseiten hielten das Sonnenlicht fern, und bei einer Temperatur um den absoluten Nullpunkt würden die Wesen auf unbestimmte Zeit erhalten bleiben.

Sie bildeten eine bunte, wenn auch ungeheuerliche Gruppe. Es gab echte menschliche Monstren, Makro- und Mikrozephale, Hermaphroditen, Wesen mit einer Vielzahl von Gliedmaßen und andere mit keinen, Wesen, aus denen Gewebe sproß wie Keime an einer Hefezelle, verkrümmte Gestalten, gesichtslose Wesen. Dann gab es noch andere ebenso grauenhafte Exemplare, die aber in ihrer eigenen Umwelt normal sein mochten: Vermischtes von hundert Leben tragenden Planeten. Für Jeans Augen war der Gipfel an Zerrbild ein fetter Mann, an auffälliger Stelle plaziert. Möglicherweise hatte er die herausragende Stellung aus eigenem Verdienst erworben. Er war beleibt in einem Ausmaß, das Jean nicht für möglich gehalten hatte. Neben ihm mochte Webbard aktiv und athletisch erscheinen. Wenn man dieses Wesen zur Erde gebracht hätte, wäre es zusammengesackt wie eine Qualle. Hier draußen auf der Raumstation schwebte es in der Luft, aufgedunsen und aufgeblasen wie der Kehlsack eines Ochsenfrosches. Jean betrachtete sein Gesicht – schaute noch einmal hin. Dichte blonde Locken auf dem Kopf . . .

Earl gähnte und reckte sich. Er begann sich auszuziehen. Pudelnackt stand er mitten im Zimmer. Er blickte langsam und träge an den Reihen seiner Sammlung entlang. Schließlich traf er eine Entscheidung und ging lässig zu einer der Zellen. Er drehte einen Schalter.

Jean hörte ein leises melodisches Summen, ein Zischen, roch zu Kopf steigendes Ozon. Ein Augenblick verging. Sie hörte Luft entweichen. Die Innentür einer Glaskabine ging auf. Das Wesen im Inneren bewegte sich schwächlich, schwebte hinaus ins Zimmer . . .

Jean preßte die Lippen fest zusammen, dann blickte sie zur Seite. Earl heiraten? Sie schnitt eine Grimasse. Nein, Mr. Fotheringay. Heiraten Sie ihn selbst, das können Sie so gut wie ich . . . Zwei Millionen Dollar? Sie schauderte. Für fünf Millionen würde sie ihn vielleicht heiraten. Aber nicht mehr. Sie würde den Ring selbst anstecken, einen Brautkuß würde es nicht geben. Sie war Jean Parlier, keine Heiligenfigur aus Gips. Aber genug war genug, und das war zuviel.

7

EARL verließ das Zimmer. Jean blieb liegen und lauschte. Von draußen war kein Geräusch zu hören. Sie mußte vorsichtig sein. Earl würde sie gewiß umbringen, wenn er sie hier fand. Sie wartete fünf Minuten.

Kein Laut drang zu ihr. Vorsichtig schob sie sich unter dem Diwan hervor.

Das Sonnenlicht brannte auf ihrer Haut, aber das spürte sie kaum. Ihre Haut kam ihr befleckt vor; die Luft wirkte verpestet und ätzte ihre Kehle, ihre Lunge. Sie brauchte ein Bad . . . Mit fünf Millionen Dollar konnte man sich viele Bäder leisten. Wo war das Register? Irgendwo mußte es ein Register geben. Es mußte ein Register geben . . . Ja. Sie fand es und schlug unter der richtigen Eintragung nach. Das lieferte ihr viel Stoff zum Nachdenken.

Es gab außerdem einen Eintrag, der den Wiederbelebungsmechanismus beschrieb. Sie betrachtete ihn kurz und verstand wenig. Solche Dinge gab es, das wußte sie. Gewaltige Magnetfelder flossen durch das Protoplasma, erfaßten und banden jedes Einzelatom, und wenn das Wesen auf dem absoluten Nullpunkt gehalten wurde, verringerte sich die Energieabgabe beinahe auf nichts. Das Klammerfeld abschalten, die Partikel mit einer durchdringenden Vibration wieder anregen, und das Wesen kehrte ins Leben zurück.

Sie stellte das Register wieder an seinen Platz und schob sich zur Tür.

Von draußen kam kein Geräusch. Earl mochte schreiben oder die Ereignisse des Tages auf seinem Phonogramm verschlüsselt niederlegen . . . Na und? Sie war nicht hilflos. Sie öffnete die Tür und stieß sich kühn ab.

Das Arbeitszimmer war leer!

Sie flog zur Außentür und lauschte. Entfernt war Wasserrauschen zu hören. Earl stand unter der Dusche. Das war der richtige Augenblick, das Weite zu suchen.

Sie drückte auf den Knopf des Türschiebers. Die Tür glitt zur Seite. Sie trat hinaus in Earls Schlafzimmer und stieß sich ab zur Tür.

Earl kam aus dem Badezimmer, sein stämmiger Rumpf mit der frischen Haut war feucht vom Wasser.

Er blieb wie angewurzelt stehen, dann wickelte er sich hastig ein Handtuch um die Hüften. Sein Gesicht färbte sich plötzlich rot. „Was machen Sie hier?"

„Ich bin da, um nach Ihrer Wäsche zu sehen und ob Sie Handtücher brauchen", erwiderte Jean zuckersüß.

Er antwortete nicht und starrte sie nur an. „Wo sind Sie die letzte Stunde gewesen?“ fragte er rauh.

Jean winkte ab. „Hier und dort. Haben Sie mich gesucht?“

Er trat einen Schritt vor. „Ich habe gute Lust –“

„Wozu?“ Sie tastete hinter sich nach dem Türschieber.

„Zu –“

Die Tür ging auf.

„Warten Sie!“ sagte Earl. Er stieß sich ab.

Jean schlüpfte hinaus in den Korridor, dreißig Zentimeter entfernt von Earls Händen.

„Kommen Sie zurück!“ rief Earl und versuchte sie zu packen.

Hinter ihnen sagte Mrs. Blaiskell mit entsetzter Stimme: „Also, das ist ja –! Mr. Earl!“ Sie war aus Mrs. Claras Räumen gekommen.

Earl wich zurück in sein Zimmer und schien stumm zu fluchen. Jean schaute hinein. „Wenn Sie mich wiedersehen, werden Sie sich wünschen, mit mir Schach gespielt zu haben.“

„Was meinen Sie damit?“ fragte Earl scharf.

Jean hatte keine Ahnung, was sie meinte. Ihr Gehirn arbeitete fieberhaft. Es war wohl besser, dergleichen für sich zu behalten.

„Das sage ich Ihnen morgen früh.“ Sie lachte herausfordernd. „Gegen sechs oder halb sieben.“

„Miß Jean!“ rief Mrs. Blaiskell zornig. „Gehen Sie sofort von der Tür weg!“

Jean beruhigte sich im Personalspeisesaal mit einer Kanne Tee.

Webbard kam herein, fett, gewichtig und geschäftig wie ein Trüffelschwein. Er entdeckte Jean, und seine Stimme stieg zu einem dünnen Oboenton an. „Miß, Miß!“

Jean kannte eine Methode, die erprobt war. Sie schob ihr festes, junges Kinn vor, kniff die Augen zusammen und antwortete mit Schärfe: „Suchen Sie mich?“

„Ja, gewiß“, sagte Webbard. „Wo um alles auf der Welt –“

„Na, ich habe Sie gesucht. Wollen Sie unter vier Augen hören, was ich Ihnen zu sagen habe, oder nicht?“

Webbard blinzelte. „Ihr Tonfall ist unverschämt, Miß. Wenn Sie die Güte hätten –“

„In Ordnung", meinte Jean. „Also gleich hier. Erstens kündige ich. Ich fliege zur Erde zurück. Ich wende mich an –"

Webbard hob erschrocken die Hand und schaute sich im Saal um. Die Gespräche an den Tischen waren verstummt. Ein Dutzend neugieriger Augen beobachtete alles. „Ich spreche in meinem Büro mit Ihnen", sagte Webbard.

DIE Tür glitt hinter ihr zu. Webbard drückte seine Körpermasse in einen Sessel; Magnetfäden in seiner Hose hielten ihn fest.

„Also, was soll das alles? Ich muß darauf hinweisen, daß ernste Klagen gegen Sie vorliegen."

„Geschenkt", sagte Jean angewidert. „Reden Sie vernünftig, Webbard."

Webbard war wie vom Donner gerührt. „Sie sind ein ganz freches Ding!"

„Na schön. Soll ich Earl sagen, wie ich diese Stellung bekommen habe?"

Webbards Gesicht schwabbelte. Sein Unterkiefer klappte herunter; er blinzelte vier- oder fünfmal rasch hintereinander. „Sie würden es nicht wagen –"

Jean sagte geduldig: „Schenken Sie sich die Herr-Knecht-Masche fünf Minuten lang, Webbard. Wir reden hier wie zwei erwachsene Menschen."

„Was wollen Sie?"

„Ich habe Ihnen ein paar Fragen zu stellen."

„Also?"

„Erzählen Sie mir vom alten Mr. Abercrombie, von Mrs. Claras Ehemann."

„Da gibt es nichts zu erzählen. Mr. Justus war ein sehr distinguierter Herr."

„Er und Mrs. Clara hatten wie viele Kinder?"

„Sieben."

„Und das älteste erbt die Station?"

„Das älteste, immer das älteste. Mr. Justus hielt viel von strenger Rangordnung. Den anderen Kindern war hier auf der Station natürlich ein Zuhause garantiert, denen, die bleiben wollten."

„Und Hugo war der Älteste. Wie lange nach Mr. Justus ist er gestorben?“

Webbard fand das Gespräch nicht nach seinem Geschmack. „Das ist alles alberner Unsinn“, knurrte er mit tiefer Stimme.

„Wie lange?“

„Zwei Jahre.“

„Und was geschah mit ihm?“

„Er bekam einen Herzinfarkt“, sagte Webbard knapp. „Also, was soll das mit Ihrem Ausscheiden?“

„Wie lange ist das her?“

„Äh – zwei Jahre.“

„Dann erbte Earl?“

Webbard spitzte die Lippen. „Mr. Lionel war bedauerlicherweise fort, und Mr. Earl wurde gesetzlicher Eigentümer.“

„Von Earls Standpunkt aus sehr günstig gewählt, der Zeitpunkt.“

Webbard blies die Backen auf. „Also, junge Dame, jetzt ist es aber genug! Wenn –“

„Mr. Webbard, wir wollen eines gleich klarstellen. Entweder Sie beantworten meine Fragen und verzichten auf die Großmäuligkeit, oder ich frage jemand anderen. Und wenn ich damit fertig bin, wird dieser Jemand Ihnen Fragen stellen.“

„Sie unverschämtes Stück!“ fauchte Webbard.

Jean wandte sich zur Tür. Webbard gab einen Knurrlaut von sich und stieß sich ab. Jean schüttelte den Arm; aus dem Nichts tauchte eine Klinge aus bebendem Glas in ihrer Hand auf.

Webbard warf sich erschrocken herum. Jean zog den Fuß hoch, trat ihm in den Bauch und stieß ihn zu seinem Sessel zurück.

„Ich möchte ein Bild von der ganzen Familie sehen“, sagte sie.

„Ich habe keine solchen Bilder.“

Jean zuckte die Achseln. „Ich kann zu jeder öffentlichen Bücherei gehen und mir das ‚Who's who‘ geben lassen.“ Sie sah ihn ruhig an, während sie ihr Messer zusammenklappte. Webbard schrumpfte in seinem Sessel zusammen. Vielleicht hielt er sie für eine wahnsinnige Mörderin. Sie war keine Wahnsinnige und mordete auch nicht, außer, man zwang sie dazu. „Entspricht es den Tatsachen, daß Earl eine Milliarde Dollar wert ist?“ fragte sie leichthin.

Webbard schnaubte durch die Nase. „Eine Milliarde Dollar? Lächerlich! Die Familie besitzt nichts als die Station und lebt von ihrem Einkommen. Mit hundert Millionen Dollar könnte man eine doppelt so große und luxuriöse bauen."

„Wo hatte Fotheringay dann die Zahl her?" fragte sie verwundert.

„Keine Ahnung", erwiderte Webbard knapp.

„Wo ist Lionel jetzt?"

Webbard sog verzweifelt die Lippen ein und schob sie wieder hinaus. „Er – erholt sich irgendwo an der Riviera."

„Hm . . . Sie sagen, Sie hätten keine Fotografien?"

Webbard kratzte sich am Kinn. „Ich glaube, es gibt einen Schnappschuß von Lionel . . . Augenblick . . ." Er kramte in seinem Schreibtisch und starrte hinein, bis er endlich ein Foto herauszog. „Mr. Lionel."

Jean betrachtete die Aufnahme mit Interesse. „So, so." Das Gesicht auf dem Foto ähnelte dem des fetten Mannes in Earls zoologischer Sammlung. „So, so." Sie hob ruckartig den Kopf. „Und wie lautet seine Adresse?"

„Die weiß ich wirklich nicht", erwiderte Webbard mit einem Anflug gezierter Würde.

„Hören Sie auf mit dem Quatsch, Webbard!"

„Nun gut – Villa Passe-temps, Juan-les-Pins."

„Das glaube ich, wenn ich Ihr Adressenverzeichnis sehe. Wo ist es?"

Webbard begann schwer zu atmen. „Hören Sie, junge Frau, hier geht es um ernste Dinge."

„Nämlich?"

„Tja –" Webbard senkte die Stimme und blickte verschwörerisch auf die Wände des Zimmers. „In der Station ist bekannt, daß Mr. Earl und Mr. Lionel sich – nun, nicht gut verstehen. Und es gibt ein Gerücht – ein Gerücht, wohlgemerkt –, daß Mr. Earl einen bekannten Verbrecher beauftragt hat, Mr. Lionel zu töten."

Das mußte Fotheringay sein, erriet Jean.

„Sie sehen also, es ist notwendig, daß ich äußerste Vorsicht bekunde", fuhr Webbard fort.

Jean lachte. „Her mit dem Verzeichnis!"

Webbard zeigte schließlich auf eine Kartei.

„Sie wissen, wo das steht. Ziehen Sie die Karte heraus."

Webbard tat es mit düsterer Miene. „Da."

Die Adresse lautete: Hotel Atlantide, Zimmer 3001, Französische Kolonie, Metropolis, Erde.

Jean prägte sich die Adresse ein, dann blieb sie unentschlossen stehen und versuchte, sich weitere Fragen einfallen zu lassen. Webbard lächelte. Jean beachtete ihn nicht und nagte an ihren Fingernägeln. In solchen Augenblicken kam ihr ihre Jugend zum Bewußtsein. Wenn es ums Handeln ging – Kämpfen, Lachen, Spionieren, Spiele treiben, Lieben –, fühlte sie sich völlig sicher, aber das Durchgehen von Möglichkeiten und die Entscheidung, welche wahrscheinlich waren und welche kaum in Frage kamen, führten dazu, daß sie unsicher wurde. Wie jetzt . . .

Der alte Webbard, der Fettkloß, hatte sich beruhigt und feixte. Mochte er sich vergnügen . . . Sie mußte zur Erde zurück. Sie mußte mit Lionel Abercrombie sprechen. Möglicherweise war Fotheringay beauftragt worden, ihn zu töten, vielleicht aber auch nicht. Möglicherweise wußte Fotheringay, wo man ihn finden konnte, vielleicht aber auch nicht. Webbard kannte Fotheringay; vermutlich hatte er als Earls Mittelsmann gedient. Oder Webbard betrieb seine eigenen Pläne. Es war jetzt klar, daß ihre Interessen mit denen von Lionel zusammenfielen, nicht mit denen von Fotheringay, denn eine Heirat mit Earl kam nicht in Frage. Lionel mußte am Leben bleiben. Wenn das bedeutete, Fotheringay zu betrügen, dann hatte Fotheringay eben Pech gehabt. Er hätte ihr mehr über Earls „zoologische Sammlung" verraten sollen, bevor er sie ausgeschickt hatte, damit sie Earl heiratete . . . Natürlich konnte Fotheringay nicht wissen, welch sonderbaren Gebrauch Earl von seinen Exemplaren machte, sagte sie sich.

„Nun?" fragte Webbard mit einem widerlichen Grinsen.

„Wann fliegt das nächste Schiff zur Erde?"

„Die Versorgungsrakete fliegt heute abend zurück."

„Gut, solange nur der Pilot nicht wieder zudringlich wird . . . Sie können mir mein Geld jetzt geben."

„Geld? Sie haben nur einen Tag gearbeitet. Sie schulden der Station Flug, Kleidung, Essen –"

„Ach, lassen Sie!" Jean wandte sich ab, schob sich in den Korridor hinaus, schwebte in ihr Zimmer und packte ihre Sachen.

Mrs. Blaiskell steckte den Kopf herein. „Ah, da sind Sie ja . . ." Sie rümpfte die Nase. „Mr. Earl hat nach Ihnen gefragt. Er möchte Sie sofort sehen." Es war offenkundig, daß sie das mißbilligte.

„Sicher", sagte Jean. „Sofort."

Mrs. Blaiskell entfernte sich.

Jean stieß sich ab und schwebte durch den Korridor zum Verladedeck. Der Frachtpilot half beim Verladen leerer Metallfässer. Er sah Jean, und seine Miene verfinsterte sich. „Sie schon wieder?"

„Ich fliege mit Ihnen zur Erde zurück. Sie hatten recht. Es gefällt mir hier nicht."

Der Pilot nickte mürrisch. „Diesmal fliegen Sie im Frachtraum. Da kann keinem von uns was passieren . . . Ich könnte nichts versprechen, wenn Sie vorne wären."

„Ist mir recht." Jean nickte. „Ich gehe an Bord."

Als Jean das Hotel Atlantide in Metropolis erreichte, trug sie ein schwarzes Kleid und schwarze Pumps; damit kam sie sich älter und erfahrener vor. Sie ging durch die Eingangshalle und hielt Ausschau nach dem Hoteldetektiv. Manchmal waren sie jungen Mädchen ohne Begleitung gegenüber von unerfreulichem Argwohn. Wenn sie feststellten, daß man keinen Vater, keine Mutter, keinen Vormund hatte, dachten sie sofort an irgendeine üble staatliche Anstalt. Bei mehreren Gelegenheiten waren extreme Maßnahmen notwendig gewesen, um ihre Unabhängigkeit zu sichern.

Der Hoteldetektiv im Atlantide achtete aber nicht auf das schwarzhaarige Mädchen, das unauffällig die Halle durchquerte, falls er es überhaupt sah. Der Liftführer stellte fest, daß Jean nervös wirkte, entweder voll angestauter Begeisterung war oder unruhig. Ein Hausdiener im dreißigsten Stockwerk bemerkte, daß sie nach einer Zimmernummer suchte, und erkannte sie als eine Person, die im Hotel nicht Bescheid wußte. Ein Zimmermädchen beobachtete, wie sie vor Suite 3001 auf die Klingel drückte, sah die Tür aufgehen, das Mädchen überrascht zurückzucken und dann langsam eintreten. Seltsam, dachte das Zimmermädchen und wunderte sich kurze Zeit, dann machte es sich daran, die Schaumspender in den öffentlichen Badezimmern aufzufüllen, und vergaß das Gesehene.

Die Suite war geräumig, elegant, teuer eingerichtet. Der Blick durch die Fenster ging hinaus auf den Zentralpark und den Morison-Gleichheitsbau dahinter. Die Einrichtung war das Werk eines Innenarchitekten, harmonisch und steril; ein paar Gegenstände im Raum wiesen auf die Anwesenheit einer Frau hin. Jean sah jedoch keine Frau. Im Zimmer waren nur sie und Fotheringay.

Fotheringay trug einen dunkelgrauen Flanellanzug und eine dunkle Krawatte. In einer Gruppe von zwanzig Menschen wäre er untergegangen.

Nach der ersten Überraschung trat er zurück. „Treten Sie ein."

Jean schaute sich im Zimmer um und rechnete halb mit einem am Boden liegenden fetten Körper. Aber Lionel war vielleicht nicht zu Hause, und Fotheringay wartete auf seine Rückkehr.

„Also", begann er, „was führt Sie her?" Er beobachtete sie verstohlen. „Setzen Sie sich."

Jean sank in einen Sessel und kaute an ihrer Unterlippe. Fotheringay beobachtete sie katzenhaft. Sei vorsichtig! Sie gab sich einen innerlichen Anstoß. Was für einen plausiblen Anlaß hatte sie, Lionel zu besuchen? Vielleicht hatte Fotheringay damit gerechnet, daß sie ihn betrügen würde . . . Wo war Hammond? Ihr Nacken kribbelte. Auf ihren Rücken waren Augen gerichtet. Sie schaute sich hastig um.

In der Diele versuchte jemand wegzuhuschen. Nicht schnell genug. In Jeans Gehirn löste sich eine Schicht der Ahnungslosigkeit auf und gab einer warmen, beruhigenden Flut des Wissens den Weg frei.

Sie lächelte. Ihre scharfen, weißen kleinen Zähne wurden zwischen den Lippen sichtbar. Es war eine fette Frau gewesen, die sie in der Diele gesehen hatte, eine sehr dicke Frau, rosig, erhitzt, schwabbelnd.

„Worüber lächeln Sie?" fragte Fotheringay.

Sie konterte mit einer Gegenfrage. „Können Sie sich denken, wer mir die Adresse gegeben hat?"

„Offensichtlich Webbard."

Jean nickte. „Ist die Dame Ihre Frau?"

Fotheringays Kinn hob sich kaum merklich. „Kommen Sie zur Sache."

„Also gut." Sie schob sich vor. Es bestand noch immer die Möglichkeit, daß, sie einen schrecklichen Fehler beging, aber das Risiko mußte eingegangen werden. Fragen würden ihre Unwissenheit offenbaren, ihre Verhandlungsposition schwächen.

„Wieviel Geld können Sie aufbringen – jetzt sofort? In bar?"

„Zehn- oder zwanzigtausend."

Ihr Gesicht verriet Enttäuschung.

„Nicht genug?"

„Nein. Sie haben mich hereingelegt."

Fotheringay schwieg.

„Earl würde sich eher die Zunge abbeißen, als mir Avancen zu machen. Sein Geschmack an Frauen gleicht eher – dem Ihren."

Fotheringay verriet keine Gereiztheit. „Aber vor zwei Jahren –"

„Dafür gibt es einen Grund." Sie zog spöttisch die Brauen hoch. „Und zwar keinen angenehmen."

„Weiter."

„Er mochte Mädchen von der Erde, weil sie Mißgeburten waren. In seinen Augen, versteht sich. Earl hat eine Vorliebe für Mißgeburten."

Fotheringay rieb sich das Kinn und betrachtete Jean mit leeren, großen Augen. „Daran habe ich nie gedacht."

„Ihr Plan hätte erfolgreich sein können, wenn Earl halbwegs in Ordnung wäre. Aber ich besitze nicht die Qualitäten, die er sucht."

Fotheringay lächelte frostig. „Sie sind nicht hergekommen, um mir das zu sagen."

„Nein. Ich weiß, wie Lionel Abercrombie die Station zurückbekommen kann . . . Natürlich ist Ihr Name Fotheringay."

„Warum sind Sie hierhergekommen? Mich können Sie ja nicht gesucht haben. Sie haben ja selbst gesagt, daß mein Name Fotheringay ist."

Jean lachte fröhlich und laut. „Warum, glauben Sie, suche ich nach Ihnen? Ich suche Lionel Abercrombie. Fotheringay nützt mir nichts, außer ich heirate Earl. Das kann ich nicht. Ich habe nicht genug Gewicht, wissen Sie? Jetzt suche ich Lionel Abercrombie."

8

Fotheringay tippte mit einem manikürten Finger auf sein Knie und sagte leise: „Ich bin Lionel Abercrombie."

Webbard hatte sie also getäuscht, als er ihr das Foto gezeigt hatte!

„Woher weiß ich, daß Sie es wirklich sind?"

Er schob ihr einen Paß hin. Sie warf einen Blick hinein und gab ihn zurück.

„Gut. Sie haben zwanzigtausend Dollar. Das genügt nicht. Ich brauche zwei Millionen . . . Wenn Sie die nicht haben, sind sie eben nicht da. Ich bin nicht unvernünftig. Aber ich möchte sicherstellen, daß ich sie bekomme, sobald Sie sie haben . . . Sie überschreiben mir also einen Titel, ein Dokument, irgend etwas gesetzlich Unangreifbares, das mir Ihren Anteil an der Station Abercrombie zuspricht. Ich erkläre mich bereit, ihn an Sie zurückzuverkaufen, und zwar gegen zwei Millionen Dollar."

Fotheringay schüttelte den Kopf. „Eine solche Vereinbarung ist bindend für mich, aber nicht für Sie. Sie sind minderjährig."

„Je früher ich von der Station loskomme, desto besser ist es für mich", sagte Jean. „Ich bin nicht habgierig. Sie können Ihre Milliarde haben. Ich möchte nur zwei Millionen . . . Wie kommen Sie übrigens auf eine Milliarde? Webbard sagt, das Ganze sei nur hundert Millionen wert."

Lionels Mund verzog sich zu einem freudlosen Lächeln. „Webbard hat den Besitz der Gäste von Abercrombie nicht berücksichtigt. Ein paar sehr reiche Leute sind fett. Je fetter sie werden, desto weniger gefällt ihnen das Leben auf der Erde."

„Sie könnten jederzeit in eine andere Ferienstation gehen."

Lionel schüttelte den Kopf. „Das ist nicht dieselbe Atmosphäre. Abercrombie ist die Welt der fetten Menschen, der einzige Platz im ganzen Universum, wo ein fetter Mensch auf sein Gewicht stolz ist." Seine Stimme klang sehnsüchtig.

„Und Sie sehnen sich nach Abercrombie zurück", sagte Jean leise.

Lionel lächelte grimmig. „Ist das so seltsam?"

Jean richtete sich im Sessel auf. „Wir gehen zu einem Rechtsanwalt. Ich kenne einen guten – Richard Mycroft. Ich möchte, daß es in dem Dokument keine Schlupflöcher gibt. Vielleicht muß ich mir einen Vormund suchen, einen Treuhänder."

„Sie brauchen keinen."

Jean lächelte selbstzufrieden. „Bestimmt nicht."

„Sie haben mir immer noch nicht verraten, wie das vonstatten gehen soll."

„Das sage ich Ihnen, wenn ich die Urkunde habe. Sie verlieren nichts, da Sie ja einen Besitz überschreiben, der Ihnen nicht gehört. Und sobald Sie ihn überschreiben, liegt es in meinem Interesse, dafür zu sorgen, daß Sie ihn bekommen."

Lionel stand auf. „Ihr Plan muß aber wirklich gut sein."

„Ist er auch."

Die dicke Frau kam herein. Sie war offenkundig ein Mädchen von der Erde, verwirrt und erfreut, daß Lionel ihr Beachtung schenkte. Als sie Jean sah, umwölkte sich ihr Gesicht vor Eifersucht.

Draußen im Korridor sagte Jean ruhig: „Wenn Sie sie mit hinaufnehmen, verläßt sie Sie wegen einem von diesen fetten Kerlen."

„Halten Sie den Mund!" erwiderte Lionel mit einer Stimme, als schärfe er eine Sichel.

DER Pilot der Frachtfähre sagte dumpf: „Davon weiß ich nichts."

Lionel fragte still: „Hängen Sie an Ihrer Stellung?"

Der Pilot murmelte etwas vor sich hin, erhob aber keine Einwände mehr gegen die unerwartet zugestiegenen Passagiere. Lionel schnallte sich neben ihm an. Jean, der Mann mit dem Pferdegesicht, der Hammond hieß, und zwei ältere Männer von erfahrenem Aussehen, die unruhig wirkten, waren im Frachtraum untergebracht.

Das Raumschiff löste sich vom Dock, fegte durch die Atmosphäre, flog hinaus zur Umlaufbahn von Abercrombie. Schließlich schwebte die Station vor ihnen, in der Sonne glitzernd.

Der Frachter landete auf dem Anlegedeck, die Arbeiter zogen ihn in seine Anschlußstelle, die Röhre klaffte.

„Los!" sagte Lionel. „Macht schnell! Bringen wir es hinter uns!" Er tippte Jean auf die Schulter. „Sie zuerst!"

Sie führte sie den Kernschacht hinauf. Fette Gäste schwebten an ihnen vorbei hinunter, leicht und rund wie Seifenblasen; auf ihren Gesichtern zeichnete sich Überraschung ab beim Anblick so vieler knochiger Menschen.

Hinauf den Kern, durch die Anschlußröhre in die Räume der Abercrombies. Sie kamen am Erholer vorbei, wo Jean für einen kurzen Augenblick Mrs. Clara sah, fett wie eine Blutwurst, im Gespräch mit dem servilen Webbard.

Sie kamen an Mrs. Blaiskell vorüber. „Aber Mr. Lionel!" stieß sie hervor. „Na so was, na so was!"

Lionel schob sich vorbei, Jean, die über die Schulter in sein Gesicht blickte, kamen Bedenken. In seinen Augen funkelte etwas Dunkles. Triumph, Bösartigkeit, Rachsucht, Grausamkeit. Etwas nicht ganz Menschliches. Jean fühlte sich in Gegenwart außerirdischen Lebens nicht wohl . . . wie jetzt.

„Schnell", sagte Lionel, „beeilen Sie sich!"

Vorbei an der Wohnung von Mrs. Clara zur Tür von Earls Schlafzimmer. Jean drückte auf den Knopf; die Tür ging auf.

Earl stand vor einem Spiegel und knotete eine rote und blaue Seidenkrawatte um seinen Stiernacken. Er trug einen perlgrauen Gabardineanzug, der sehr weit geschnitten und gepolstert war, damit Earls Körper rund und weich aussah. Earl sah Jean im Spiegel, dahinter das aggressive Gesicht seines Bruders Lionel. Er fuhr herum, verlor den Halt, schwebte hilflos durch die Luft.

Lionel lachte. „Holen Sie ihn, Hammond. Nehmen Sie ihn mit."

Earl tobte und wütete. Er sei hier der Herr, meinte er, alle sollten verschwinden. Er werde sie alle einsperren, werde sie töten lassen. Er werde sie selbst umbringen.

Hammond durchsuchte ihn nach Waffen, und die beiden anderen Männer standen verlegen abseits und flüsterten miteinander. „Hören Sie, Mr. Abercrombie", sagte schließlich einer von ihnen. „Wir können nicht zusehen, wie Gewalt . . ."

„Maul halten!" befahl Lionel. „Sie sind hier als Zeugen, als Mediziner. Sie werden bezahlt fürs Zusehen, das ist alles. Wenn Ihnen nicht gefällt, was Sie sehen, ist das Ihr Pech." Er winkte Jean. „Los!"

Jean stieß sich ab zur Tür des Arbeitszimmers. Earl rief laut: „Weg von dort, weg da! Das ist privat, das ist mein privates Arbeitszimmer!"

Jean preßte die Lippen zusammen. Unwillkürlich empfand sie für den armen knorrigen Earl Mitleid. Aber – sie dachte an seine zoologische Sammlung. Sie legte den Finger auf das elektrische Auge und drückte auf den Knopf. Die Tür öffnete sich und zeigte die Pracht des Kirchenfensters; es war wie Feuer, das vom Himmel fiel. Jean stieß sich ab zu dem zweibeinigen Wesen mit dem Pelz. Dort wartete sie.

Earl wollte nicht herein, aber Hammond stieß ihn durch die Tür. Earl stieß einen heiseren Schrei aus, warf sich nach vorn und keuchte wie ein außer Atem geratenes Huhn.

„Laß dich nicht mit Hammond ein, Earl", warnte Lionel. „Er tut den Leuten gern weh."

Die beiden Zeugen murrten zornig. Lionel brachte sie mit einem Blick zum Schweigen. Hammond packte Earl am Hosenboden, hob ihn über seinen Kopf und ging mit seinen Magnetschuhen durch das Zimmer, während Earl hilflos um sich schlug.

Jean tastete im Stabwerk über der Klappe zum Anbau herum.

„Lassen Sie die Hände weg!" kreischte Earl. „Ah, ihr werdet dafür bezahlen, und wie ihr bezahlt!" Seine Stimme wurde immer heiserer. Er brach in Schluchzen aus.

Hammond schüttelte ihn wie ein Terrier eine gefangene Ratte. Earl schluchzte noch lauter.

Das Weinen ging Jean auf die Nerven. Sie runzelte die Stirn, fand den Knopf und drückte. Die Klappe flog auf.

Sie traten alle in den hell beleuchteten Nebenraum, Earl völlig gebrochen, schluchzend und flehend.

„Da ist es", sagte Jean.

Lionel schaute sich nach den Ungeheuern um. Die Wesen von anderen Welten standen herum, die Drachen, Basilisken, Greife, die gepanzerten Insekten, die großäugigen Schlangen, die zusammengerollten Wesen mit Fangzahn, Hirn und Knorpel. Dann die menschlichen Geschöpfe, nicht weniger grotesk. Lionels Blicke blieben an dem fetten Mann haften.

Er sah Earl an, der dumpf und stumm vor sich hinstarrte. „Der arme alte Hugo", sagte Lionel. „Du solltest dich schämen, Earl."

Earl gab ein seufzendes Geräusch von sich.

„Aber Hugo ist tot", sagte Lionel. „So tot wie alle anderen Wesen. Nicht wahr, Earl?" Er sah Jean an. „Richtig?"

„So ist es wohl", erwiderte Jean unsicher. Sie empfand kein Vergnügen dabei, Earl zu verhöhnen.

„Natürlich ist er tot", stieß Earl keuchend hervor.

Jean ging zu dem kleinen Schlüssel, mit dem man das Magnetfeld steuerte.

Earl kreischte: „Du Hexe! Du Hexe!"

Jean drehte den Schlüssel. Es gab ein melodisches Summen, ein Zischen, es roch nach Ozon. Ein Augenblick verging. Luft entwich. Die Zelle öffnete sich mit einem schmatzenden Geräusch. Hugo schwebte herbei. Er zuckte mit den Armen, würgte und hustete, gab einen dünnen Jammerlaut von sich.

Lionel wandte sich den beiden Zeugen zu. „Ist dieser Mann am Leben?"

Sie murmelten erregt: „Ja, ja!"

Lionel drehte sich zu Hugo herum. „Sag ihnen deinen Namen."

Hugo flüsterte schwach, preßte die Ellenbogen an den Körper, zog seine verkümmerten kleinen Beine hoch, versuchte sich zusammenzurollen.

„Ist dieser Mann geistig gesund?" fragte Lionel die beiden Männer.

Sie bewegten sich unruhig. Diese Frage konnten sie natürlich kaum auf Anhieb beantworten. Sie murmelten etwas von Untersuchungen, Enzephalogrammen und Reflexen.

Lionel wartete einen Augenblick. Hugo gurgelte und greinte wie ein Säugling.

„Also – ist er geistig normal?"

„Er leidet an einem schweren Schockzustand", erwiderte einer der Ärzte. „Die Tiefkühlung hat im klassischen Fall die Wirkung, die Synapsen zu beeinflussen –"

„Ist er bei Verstand?" fragte Lionel spöttisch.

„Nun ja – nein."

Lionel nickte. „In diesem Fall haben Sie den neuen Herrn der Station Abercrombie vor sich."

„Damit kommst du nicht durch, Lionel!" schrie Earl. „Er ist schon lange wahnsinnig, und du warst nicht auf der Station!"

Lionel grinste wie ein Wolf. „Möchtest du dich in dieser Sache an das Admiralitätsgericht in Metropolis wenden?"

Earl verstummte. Lionel sah die Ärzte an, die erhitzt miteinander flüsterten. „Sprechen Sie mit ihm", sagte Lionel. „Überzeugen Sie sich, ob er bei Verstand ist oder nicht."

Die Ärzte sprachen pflichtgemäß mit Hugo, der miauende Laute von sich gab. Sie kamen zu einer unbehaglichen, aber klaren Entscheidung.

„Dieser Mann ist offensichtlich nicht in der Lage, sich um seine Angelegenheiten selbst zu kümmern."

Earl riß sich gereizt von Hammond los. „Weg da!"

„Sei lieber vorsichtig", warnte ihn Lionel. „Ich glaube nicht, daß Hammond dich mag."

„Ich mag Hammond auch nicht", antwortete Earl böse. „Ich mag mich nicht einmal selbst." Er starrte in die Zelle, die von Hugo verlassen worden war.

Jean spürte, wie eine Flut der Unbekümmertheit in ihr hochstieg. Sie öffnete den Mund. Aber Earl war schon unterwegs.

Die Zeit stand still. Earl schien sich mit verwirrender Langsamkeit zu bewegen, doch die anderen standen wie zur Salzsäule erstarrt.

Für Jean lief die Zeit weiter. „Ich haue ab!" stieß sie hervor, weil sie wußte, was der seiner Sinne kaum noch mächtige Earl tun würde.

Earl lief an seinen Ungeheuern entlang. Die Magnetschuhe klatschten auf das Deck. Im Laufen drehte er Schalter. Als er fertig war, stand er am anderen Ende des Raumes. Hinter ihm wurden die Wesen lebendig.

Hammond faßte sich und stürzte hinter Jean her. Ein schwarzer Arm, der scheinbar wahllos zugriff, packte sein Bein. Es gab ein dumpf krachendes Geräusch. Hammond kreischte vor Entsetzen auf.

Jean zuckte mit einem gellenden Schrei zurück. Vor ihr stand das zweieinhalb Meter große Gorillawesen mit dem Pudelgesicht. Irgendwo hatte Earl einen Schalter gedreht, der es aus der Magnetstarre befreit hatte. Die schwarzen Augen funkelten, der Mund geiferte, die Hände schlossen und öffneten sich. Jean wich zurück.

Hinter sich hörte sie grauenhafte Geräusche. Earl ächzte in plötzlichem Entsetzen. Sie konnte den Blick von dem Gorillawesen aber nicht abwenden. Es schwebte herein. Die schwarzen Hundeaugen blickten tief in die von Jean. Sie konnte sich nicht bewegen. Ein riesengroßer schwarzer Arm, hirnlos tastend, sank vorbei an Jeans Schulter herab und berührte das Gorillawesen.

Chaos und Geschrei. Jean preßte sich an die Wand. Ein grünes, klatschendes Geschöpf, das sich zusammenrollte und wieder aufbäumte, wand sich ins Arbeitszimmer hinaus, hieb auf Ständer, Bildschirme, Vitrinen ein, schleuderte Bücher, Minerale, Papiere, Geräte, Schränke und Kisten durch die Gegend. Ein rollendes Gewirr von Schwimmhautfüßen, muskulösem Schwanz und menschlichem Körper folgte – Hammond und ein Greif von einer Welt, die den passenden Namen „Pestloch" trug.

Jean hetzte durch die Tür, wollte sich in der Nische verstecken. Draußen auf dem Deck lag Earls Raumboot. Sie stieß sich dorthin ab.

Hinter ihr kam einer der Ärzte dahergeschossen, den Lionel als Zeugen mitgebracht hatte.

„Hierher, hierher!" schrie Jean.

Der Arzt warf sich in das Raumboot.

Jean kauerte an der Luke, entschlossen, sie zuzuschlagen, sobald sich Gefahr näherte . . . Sie seufzte. Alle ihre Hoffnungen und Pläne waren zerstoben, ihre Zukunft dahin. Statt dessen sah sie Tod, Untergang, Katastrophen vor sich.

Sie wandte sich nach dem Arzt um. „Wo ist Ihr Kollege?"

„Tot! O Gott, o Gott, was können wir tun?"

Jean drehte den Kopf und blickte ihn verächtlich an. Dann sah sie ihn in einem neuen, schmeichelhafteren Licht. Ein unbeteiligter Zeuge. Er sah reich aus. Er konnte bezeugen, daß Lionel mindestens dreißig Sekunden lang Herr der Raumstation gewesen war. Dreißig Sekunden genügten, um ihr den Titel zu übertragen. Ob Hugo bei Sinnen war oder nicht, spielte keine Rolle, weil Hugo, dreißig Sekunden bevor der Metallfrosch mit dem messerscharfen Scherenschnabel Lionel an die Kehle gefahren war, den Tod gefunden hatte.

Lieber vergewissern.

„Hören Sie", sagte Jean. „Das könnte wichtig sein. Angenommen, Sie müßten vor Gericht aussagen. Wer war zuerst tot, Hugo oder Lionel?"

Der Arzt saß einen Augenblick regungslos da. „Hugo. Ich habe gesehen, wie ihm das Genick gebrochen wurde, als Lionel noch lebte."

„Sind Sie sicher?"

„O ja." Er versuchte, sich zusammenzunehmen. „Wir müssen etwas tun."

„Gut", sagte Jean. „Was sollen wir tun?"

„Das weiß ich nicht."

Aus dem Arbeitszimmer drang ein gurgelnder Laut. Einen Augenblick später gellte der Schrei einer Frau.

„Mein Gott!" rief Jean. „Die Ungeheuer sind ins Schlafzimmer eingedrungen . . . Was werden sie in der Station anrichten . . ." Sie verlor die Beherrschung und übergab sich an der Rumpfwand.

Ein braunes Gesicht wie das eines Pudels, mit Blut bespritzt, schob sich um die Ecke. Verstohlen näherte sich das Wesen.

Jean sah wie hypnotisiert, daß ihm der Arm abgerissen worden war. Es sprang vor. Jean warf sich zurück und verschloß die Luke. Ein schwerer Leib prallte an das Metall.

Sie waren in Earls Raumboot eingeschlossen. Der Arzt war ohnmächtig geworden.

„Stirb mir bloß nicht weg, Freund", bat Jean. „Du bist viel Geld wert."

Durch das Metall drang undeutlich Krachen und Poltern. Dann hörte man das gedämpfte Zischen von Protonenwaffen.

Die Waffen sprachen mit monotoner Regelmäßigkeit: *fssss . . . fssss . . . fssss . . . fssss . . .*

Dann herrschte wieder Stille.

Jean schob die Luke auf. Der Alkoven war leer. Vor ihren Augen schwebte der zerfetzte Körper des Gorillawesens vorbei.

Jean wagte sich in die Nische, schaute hinaus ins Arbeitszimmer. Zehn Meter entfernt stand Webbard wie der Kapitän eines Piratenschiffs auf seiner Brücke. Sein Gesicht war weiß und fleckig; von seiner Nase zu dem fast unsichtbaren Mund verliefen tiefe Furchen. Er hatte zwei große Protonenpistolen in den Händen; beide Mündungen waren weißglühend.

Er sah Jean an, und seine Augen begannen zu glitzern. „Sie! Sie waren es, die das alles verursacht hat, mit Ihrem Herumschleichen und Spionieren!"

Er riß die Protonenwaffen hoch.

„Nein!" schrie Jean. „Ich kann nichts dafür!"

Lionels Stimme tönte schwach herüber. „Legen Sie die Pistolen weg, Webbard." Lionel war also doch nicht tot! Er faßte sich an die Kehle und schob sich ins Arbeitszimmer. „Das ist die neue Eigentümerin", krächzte er höhnisch. „Sie möchten doch nicht Ihre neue Chefin umbringen, oder?"

Webbard blinzelte fassungslos. „Mr. Lionel!"

„Ja", sagte Lionel. „Wieder zu Hause . . . Und es gibt allerhand aufzuräumen, Webbard."

JEAN blickte in das Sparbuch. Die Zahlen, eingebrannt in Kunststoff, nahmen fast zwei ganze Seiten ein, über die volle Breite hinweg.

„Zwei Millionen Dollar."

Mycroft sog an seiner Pfeife und schaute zum Fenster hinaus. „Sie sollten sich etwas überlegen, wie Sie Ihr Geld anlegen. Allein können Sie das nicht; andere Beteiligte werden darauf bestehen, mit einer verantwortlichen Persönlichkeit zu verhandeln – also mit einem Treuhänder oder Vormund."

„Davon verstehe ich nicht viel", meinte Jean. „Ich – hatte eigentlich angenommen, daß Sie sich darum kümmern."

Mycroft schwieg und klopfte die Pfeife aus.

„Wollen Sie nicht?" fragte Jean.

Mycroft lächelte. „Doch, ich verwalte gern ein Vermögen von zwei Millionen Dollar. Ich werde Ihr gesetzlicher Vertreter sein, bis Sie Volljährigkeit erlangt haben. Die Wirkung davon ist, daß Ihnen die Verfügung über das Geld aus den Händen genommen wird. Wir können aber einen Passus aufnehmen, der Ihnen die gesamten Zinserträge zuspricht – und das wollen Sie doch, nehme ich an. Die würden sich, na ja, im Jahr auf fünfzigtausend Dollar netto belaufen."

„Das paßt mir", sagte Jean teilnahmslos. „Im Augenblick interessiert mich eigentlich gar nichts . . . Ich empfinde eine Art Ernüchterung."

Mycroft nickte. „Das kann ich mir vorstellen."

„Ich habe das Geld", fuhr Jean fort. „Ich wollte es immer haben, und jetzt ist es da. Aber auf einmal –" Sie streckte die Hände aus und zog die Brauen hoch. „Es ist nur eine Ziffer in einem Sparbuch . . . Morgen früh werde ich aufstehen und zu mir sagen: Was soll ich heute tun? Soll ich ein Haus kaufen? Soll ich Garderobe für tausend Dollar bestellen? Soll ich zwei Jahre nach Argo Navis fliegen? Und die Antwort wird lauten: Nein, zum Teufel mit dem ganzen Quatsch!"

„Was Sie brauchen, sind Freunde; nette Mädchen in Ihrem Alter."

Jeans Mund verzog sich zu einem müden Lächeln. „Ich fürchte, wir hätten nicht viel gemeinsam . . . Vermutlich ist das eine gute Idee, aber – es würde nichts daraus werden." Sie saß träge im Sessel, und ihre Mundwinkel hingen tief herab.

Mycroft stellte fest, daß sie bei ihrer ersten Begegnung schöner und fröhlicher gewesen war.

Sie sagte mit leiser Stimme: „Ich werde den Gedanken nicht los, daß ich irgendwo im All einen Vater und eine Mutter habe . . ."

Mycroft rieb sich das Kinn. „Menschen, die ein kleines Kind in einer Kneipe liegenlassen, lohnen das Nachdenken nicht, Jean."

„Ich weiß", antwortete sie traurig. „Ach, Mr. Mycroft, ich bin so einsam . . ." Sie begann zu weinen, das Gesicht auf den Armen.

Mycroft legte unentschlossen die Hand auf ihre Schulter und tätschelte sie verlegen.

Nach kurzer Zeit sagte sie: „Sie halten mich wohl für sehr dumm."

„Nein", entgegnete Mycroft mißmutig. „Durchaus nicht. Wenn ich nur . . ." Er konnte es nicht aussprechen.

Sie nahm sich zusammen und stand auf. „Genug davon . . ." Sie zog seinen Kopf hoch und küßte ihn aufs Kinn. „Sie sind wirklich sehr nett, Mr. Mycroft . . . Aber ich will kein Mitgefühl. Ich bin es gewöhnt, für mich selber zu sorgen."

Mycroft kehrte an seinen Schreibtisch zurück und stopfte die Pfeife, um beschäftigt zu sein. Jean griff nach ihrer kleinen Handtasche. „Ich bin verabredet mit einem Modeschöpfer namens André. Er wird mich einkleiden, daß es nur so rauscht. Und dann werde ich –" Sie verstummte. „Ich sage es Ihnen lieber nicht. Sie wären erschrokken und entsetzt."

„Das nehme ich an."

Sie nickte lebhaft. „Adieu." Dann verließ sie sein Büro.

Mycroft räusperte sich noch einmal, zupfte sein Jackett zurecht, beugte sich wieder über seine Arbeit . . . Aus irgendeinem Grund ödeten ihn seine Akten an, sie wirkten langweilig, trostlos, grau. Sein Kopf schmerzte. „Ich hätte gute Lust, auszugehen und mich zu besaufen", sagte er.

Zehn Minuten vergingen. Die Tür ging auf, Jean schaute herein. „Hallo, Mr. Mycroft."

„Hallo, Jean."

„Ich hab es mir anders überlegt. Ich dachte, es wäre schöner, wenn ich Sie zum Abendessen ausführen würde und wir uns nachher vielleicht irgendein Stück ansehen würden . . . Hätten Sie Lust?"

„Sehr große sogar", erwiderte Mycroft.

Jack Vance

Der amerikanische Schriftsteller Jack Vance wurde am 28. August 1916 in San Francisco geboren. Er wuchs auf einer Farm im San-Joaquin-Tal auf und studierte an der Universität von Kalifornien Bergbau und Physik, später auch Journalismus. Im Zweiten Weltkrieg fuhr er als Matrose der Handelsmarine zur See. In dieser Zeit entstanden seine ersten Erzählungen. Nach der Rückkehr in die Heimat verdiente er seinen Lebensunterhalt als Saisonarbeiter in der Landwirtschaft und als Jazztrompeter.

Eine Zeitlang lebte Vance mit Frau und Sohn auf einem Hausboot, das er mit seinen Schriftstellerkollegen Poul Anderson und Frank Herbert und deren Familien teilte. Heute wohnt er – sofern er sich nicht auf Reisen befindet – in einem alten Haus in Oakland in Kalifornien.

Wie die meisten Science-fiction-Autoren seiner Generation veröffentlichte Jack Vance seine frühen Erzählungen in SF-Zeitschriften. Bekannt wurde er durch sein erstes Buch „The Dying Earth“, eine Sammlung von sechs miteinander verknüpften Geschichten, die 1950 erschien und Vance als bemerkenswerten Stilisten ausweist. Auch sein späteres Werk, das etwa vierzig Romane und Erzählungen umfaßt, zeichnet sich durch atmosphärische Dichte und Detailreichtum aus. Oft überschreitet Vance die Grenze zur Fantasyliteratur. Neben Science-fiction, auf die der Autor sein Hauptaugenmerk legt, schrieb er auch Kriminalromane; sein bekanntestes Pseudonym in diesem Genre lautet Ellery Queen.

Raubsaurier

Die „Grendels“ des Erdmittelalters

Sie waren tonnenschwere Sprinter auf zwei Beinen, konnten Fleischbrocken von der Größe eines Menschen verschlingen und überraschten ihre Beute mit listigen Blitzangriffen. Die neuesten Ergebnisse der Urzeitforschung enthüllen die Lebensgewohnheiten der „Theropoden", der gefährlichen Raubsaurier des Erdmittelalters.

Raubsaurier: blutrünstig und listig zugleich

Viele Augenblicke lang verharrt das Achttonnenmonster zusammengekauert am Boden. Nur der kurze, kräftige, S-förmig gebogene Hals ragt wie ein Kran über Büsche und Bäume hinaus – so versucht das Ungeheuer zu erspähen, ob die ahnungslosen Beutetiere noch in der Nähe sind. Da stehen sie nun schon eine Weile, um sich seelenruhig die Mägen vollzuschlagen mit frischem Grünzeug.

Plötzlich, als ihm der Zeitpunkt günstig erscheint, schießt der gewaltige Räuber aus seinem Versteck hervor. Die Überraschungsattacke hat verheerende Wirkung: Verwirrt und in Panik versetzt, flüchtet die Herde. Die Angriffsstrategie des furchtbaren Räubers funktioniert perfekt, denn nun zeigt die Beute ihrem Verfolger die verletzliche Hinterpartie. Nur so kann das Opfer niedergemetzelt werden.

Ein Frontalangriff wäre nämlich wenig aussichtsreich, denn eine schneepflugartige Panzerplatte aus Horn schützt den Kopf des zehn Tonnen schweren Pflanzenfressers. Und drei gewaltige Spieße auf dem wuchtigen Haupt können selbst dem mächtigsten Angreifer zum Verhängnis werden.

Von hinten aber hat der Räuber leichtes Spiel. Mit einem gewaltigen Kopfstoß schlägt er seine achtzehn Zentimeter langen Zähne in den Leib der Beute. Schwer verletzt und durch wilden Schmerz von Sinnen, verlangsamt der Koloß sein Tempo, bleibt schließlich stehen. Aus der klaffenden Wunde schießen Blutströme, die sich mit dem

Staub des Bodens mischen. Hervorquellende Eingeweide schimmern in der Sonne.

Noch aber hat der verwundete Riese genug Kraft, um sich gegen einen zweiten Angriff wehren zu können. So läßt sich der Räuber viel Zeit, bis er seiner Beute den Gnadenstoß versetzt – falls er nicht sogar abwartet, bis das Opfer in einem stundenlangen Todeskampf verblutet.

Dann aber stürzt sich der Sieger dieser Titanenschlacht gierig auf zehn Tonnen Fleisch und Knochen. Nun folgt eine Freßorgie, die so lange dauert, bis der Magen randvoll ist. Wenn der Räuber dann satt und zufrieden davontrottet, haben kleine, eifrige Kreaturen ihren Auftritt an der Walstatt: Aasfresser, die in Windeseile den Rest der Arbeit besorgen, die Abdecker der Natur. Tags darauf sieht man nur noch einen Haufen Gebeine und einen großen dunklen Fleck.

Wann spielt diese Szene?

Nicht etwa im heutigen Afrika – das Drama fand schon vor hundert Millionen Jahren statt! Ein Tyrannosaurus rex, *der schrecklichste Räuber aller Zeiten, tötet und verschlingt einen nicht minder mächtigen und wehrhaften Pflanzenfresser, einen* Triceratops. *Man findet diese atemberaubende Schilderung in dem Buch „Die Raubsaurier der Welt", dessen Autor der amerikanische Paläontologe Gregory S. Paul ist. Der Wissenschaftler hat darin das Leben der furchterregenden Urzeitmonster neu in Szene gesetzt. Aus der Lektüre des spannend geschriebenen Buches kann der Leser vor allem zwei Schlüsse ziehen.*

Erstens: Im Erdmittelalter lieferten sich Räuber und Beutetiere die hitzigsten Schlachten aller Zeiten. Es gibt heute nichts Vergleichbares – Löwe, Tiger und Jaguar sind im Vergleich zu den Titanen der Saurierzeit kaum mehr als possierliche Kätzchen.

Zweitens: Gegen das herkömmliche Bild grausamer, abgestumpfter Killer, die ihre Opfer allein durch ihre gigantischen Kräfte überwanden, setzt der Paläontologe die Vorstellung von Raubtieren, die ihre Opfer zwar blutrünstig, aber mit List umbrachten.

David und Goliath: Drei kleine Raubsaurier fallen mit ihren messerscharfen Krallen ein Iguanodon an.

Dolchzähne und Adlerfüße

Wie kommt Gregory S. Paul zu seinen sensationellen neuen Entdekkungen über Tyrannosaurus rex, Allosaurus, Velociraptor, Deinonychus *und wie die Beutegreifer unter den Dinos sonst noch alle heißen? Indem er mangels spektakulärer neuer Funde die vorhandenen Überreste – versteinerte Knochen und Fußspuren –, einer neuen, gründlichen Analyse unterzog und daraus revolutionäre Schlußfolgerungen ableitete.*

Ein Beispiel von vielen: Die Raubsaurier, auch Theropoden genannt, besaßen nicht nur extrem lange, spitze Dolchzähne, sondern auch ungewöhnlich kräftige Kiefer (im Falle des Tyrannosaurus rex *maßen sie nicht weniger als 1,50 Meter), die von den größten und dicksten Muskelsträngen aller Zeiten bewegt wurden.*

Die ebenso gut bemuskelten, mit spitzen Krallen bewehrten „Adlerfüße" der vogelartig auf zwei Beinen daherkommenden Raubsaurier machten sie zu den „Rennmaschinen" der Dinozeit. Trotz ihres enormen Gewichts, das sie mit dem langen, kraftvollen Schwanz ausbalancierten, konnten sie nach den Berechnungen von Gregory Paul mit bis zu 75 Stundenkilometern voranpreschen – fast so schnell wie der Gepard, der Spitzensprinter unter den heutigen Raubkatzen.

Beides, die Preßkraft in den Beißwerkzeugen und die Schnellkraft in den Laufwerkzeugen, addierte sich zu der einmaligen Gefährlichkeit, die die Raubsaurier auszeichnete. Doch sie hatten auch entsprechend mächtige Gegner. Ein Tyrannosaurus *konnte seine Beute, etwa den wehrhaften* Triceratops, *nur bezwingen, wenn er überraschend aus einem Hinterhalt hervorstürmte, um den erschrockenen Pflanzenfresser mit einem „Fluchtangriff" zu besiegen. Das hieß im einzelnen: blitzschnell zustoßen und sich dann genauso schnell wieder in Sicherheit bringen. Die spitzen Hörner des Opfers waren sehr wohl geeignet, einem Angreifer tödliche Verletzungen zuzufügen.*

Heute werden gelegentlich Löwen, die sich an Elefanten heranwagen, unter deren wuchtigen Füßen zu Tode getrampelt. Für die kolossalen Raubsaurier gab es diese Gefahr nicht; dafür aber ein anderes Risiko, das nicht minder schwer wog: Sie waren nicht so geschmeidig wie die heutigen Raubkatzen, sondern eher steife, ungelenke Kreaturen. Folglich konnten sie leicht straucheln und sich die Beine brechen, wenn sie mit etwa 70 Stundenkilometern auf ihre Beute losstürzten. Zwar diente der kräftige Schwanz dazu, ihr imposantes Gewicht im Lot zu halten, aber es genügte – ganz ähnlich wie bei einem Hochseilartisten mit seiner Balancierstange – wahrscheinlich eine falsche Bewegung, um den Koloß zu Fall zu bringen.

100 Millionen Jahre alte Fußspuren aus Texas suggerieren verhängnisvolle Fehltritte: Bei der Attacke auf einen Brontosaurus, einen Zweiunddreißigtonner (mit zwanzig Meter Länge), geriet ein Raubsaurier der Gattung Accrosaurus ins Straucheln und wurde von dem Giganten zu Tode geschleift. Das jedenfalls glaubt der populäre amerikanische Paläontologe Robert T. Bakker aus diesen Spuren herauslesen zu können.

Fußspuren, manche faßgroß, sprechen eine deutliche Sprache, wenn man sie richtig interpretieren kann. Sie sind steingewordene Zeugen feurigster Urzeitschlachten. In Bolivien etwa zeigt eine „Dinosaurierstraße", wie fünfzig Theropoden Jagd auf eine große Brontosaurierherde gemacht haben. Es wurden wohl nur die alten und kranken Tiere angegriffen, die keine Gegenwehr mehr leisten konnten.

Schon der erste Biß war tödlich

Auf möglichst bequeme Weise möglichst viel Fleisch zu bekommen – nur so konnte sich ein Raubsaurier durchs Leben schlagen, zieht man in Betracht, daß seine langen, spitzen Beißwerkzeuge trotz aller Muskelkraft, die im Kiefer steckte, von eher schwächlicher Bauart waren. T. rex – so der Kurzname der Fachleute – hatte wie

Amerikanische Forscher beim Ausgraben von Dinosaurierknochen in den Rocky Mountains, wo ganze „Saurierfriedhöfe“ entdeckt wurden.

auch die anderen weder Backenzähne noch Eck- und Schneidezähne, sondern mehr oder weniger regelmäßig stehende Reihen gleichförmiger Lanzen.

Wölfe und Hyänen zum Beispiel benutzen ihre großen, scharfen, kegelförmigen Eckzähne dazu, das Fleisch der Opfer zu durchlöchern und es zugleich festzuhalten. Die Zähne der Dinosaurier dagegen waren keine solchen Präzisionswerkzeuge. Ihre Zähne taugten vor allem dazu, dem Opfer schon mit dem ersten Biß schwerste Verletzungen beizubringen. Sie rissen dicke Fleischklumpen aus der Beute heraus, was ein riesiges, stark blutendes Loch hinterließ, das sich zudem noch leicht infizierte.

Ziel der Überraschungsattacke war auch, die Beinmuskulatur des Beutetiers zu zerfetzen. Eine noch grausamere Jagdmethode: die Zähne in der weichen Unterseite des unglücklichen Opfers versenken, um es buchstäblich auszuweiden. Löwen und Hyänen machen es ganz ähnlich, indem sie Gnus, Zebras und Antilopen noch bei lebendigem Leibe auffressen.

Geht es um die Angriffsstärke, so war gewiß der Velociraptor *(auf deutsch etwa: „Schneller Räuber") der perfekte Theropode – mit siebzig Kilogramm Gewicht und drei Meter Körperlänge ein relativ kleiner Bursche, der sich aber mit einem Riesensatz auf weit größere Beutetiere stürzte. Während er dem Tier seine furchtbaren Zähne ins Fleisch bohrte, bearbeitete er es gleichzeitig mit seinen langen, kräftigen Sichelkrallen. Mit diesen Waffen an Vorder- und Hinterfüßen schlug er dem Opfer tiefe, schmerzhafte Wunden, wobei die Wirkung augenscheinlich noch dadurch verstärkt wurde, daß der* Velociraptor *sie im Tandem einsetzte. Gewiß war dieser schnelle Räuber die klassische Freßmaschine der Dinozeit, der auch der siebenmal so große Pflanzenfresser* Tenontosaurus *wenig entgegenzusetzen hatte, selbst wenn er mit seinem Schnabel gefährlich zurückschlagen konnte.*

Der Velociraptor *stellt auch insofern eine Ausnahme dar, als er als einer der wenigen Dinoräuber beim Beuteschlagen seine Krallenfüße benutzte, während weit größere Kollegen aus diesen Waffen im*

Saurier der Gattung Triceratops: Beim Frontalangriff auf die wehrhaften Pflanzenfresser riskierten die Raubsaurier schwere Verletzungen.

Kampf mit einem Triceratops *wenig Nutzen ziehen konnten. Paläontologe Gregory S. Paul glaubt aber: Ganz überflüssig waren die mit spitzen Krallen besetzten Adlerfüße auch bei den größeren Raubsauriern nicht. Vielmehr hieben sie damit bei Kämpfen in den eigenen Reihen, wenn es um die Hack- und Rangordnung ging, kräftig aufeinander ein.*

Ein seltsam anmutendes Bild: Wenn sich da zwei Giganten – ähnlich wie Känguruhs – mit ihren Krallenfüßen verprügelten, verlagerten sie ihr beachtliches Körpergewicht auf den kompakten Schwanz. Ringkämpfe dürften sich, allein schon wegen drohender tödlicher Verletzungen, von vornherein verboten haben. Traten die Duellanten an, sorgte die „Kriegsbemalung" für die notwendige Schockwirkung. Beim Tyrannosaurus rex *etwa zog sich ein knallroter, breiter Querstreifen über die Stirn. Sonst war der Leib von oben* bis unten grün und braun gesprenkelt – eine Tarnfarbe. Kleinere Hörnchen und Hornbuckel am wuchtigen Haupt verstärkten die einschüchternde Wirkung – wobei sich die Hornhöcker gewiß auch dazu eigneten, beim Zweikampf Kopfstöße auszuteilen.

Wenn zwei Kontrahenten krachend zusammenstießen, dürften sie trotzdem kein Kopfweh bekommen haben. Erstens wegen der Panzerung des Schädels, und zweitens besaßen sie nicht allzuviel Hirnsubstanz – relativ gesehen höchstens soviel wie heute die Vögel.

Ob ein Raubsaurier immer satt wurde? Das hing gewiß stark von saisonalen Einflüssen ab. Die heimischen Pflanzenfresser konnten ja wegen der Unmengen an Grünzeug, die sie verschlangen, nicht allzu zahlreich sein. Die Chance eines Theropoden, sich den Magen auf bequemste Art zu füllen, wuchs aber, wenn große Herden von Iguanodons neue Futterplätze suchten oder wenn sich in der Trokkenzeit die Beutetiere an den wenigen verbliebenen Wasserstellen konzentrierten.

Der Tyrannosaurus rex beispielsweise hatte große Augen mit einer Sehfähigkeit, die etwa der des Hundes entsprochen haben dürfte. So konnte er durchaus bereits in der Morgendämmerung oder kurz nach Sonnenuntergang auf die Jagd gehen, um die Hitze des Tages dösend im Schatten eines Baumes zu überstehen.

Töten, Fressen, Ausruhen – das war wohl der Lebensrhythmus der Raubsaurier. War ihnen das Jagdglück hold, hatten sie besonders viel Zeit zum Faulenzen. Paläontologen haben auffällig viele der markanten Theropodentrittsiegel an Wasserläufen entdeckt. Die Tiere patrouillierten wahrscheinlich an den Flußufern – in der Gewißheit, daß die durstige Beute hier zwangsläufig aufkreuzen mußte.

An erster Stelle muß der Velociraptor genannt werden, wenn man die Nahrungsmenge auswertet: Er verschlang bei einer Mahlzeit etwa ein Viertel seines eigenen Körpergewichts und gewann dabei so viel Energie, daß es eine ganze Weile reichte. Ein aus zwölf Tieren bestehendes Allosaurierrudel war sogar imstande, einen zwanzig Tonnen schweren Brontosaurus niederzumetzeln. Urzeitforscher Gregory S. Paul kalkuliert, daß dieser riesige Fleischberg theoretisch

47 Tagesrationen entsprochen hat. Aber nach so langer Zeit wäre das Fleisch längst verrottet gewesen oder von Aasfressern vertilgt worden. Das hieß in der Praxis: Ein Raubsaurier mußte viel öfter auf die Jagd gehen und sich häufiger dem Risiko aussetzen, selbst schwer verletzt zu werden.

Ähnliches läßt sich von dem nur zwölf Kilo schweren Coelophysis sagen. Seine Zahnreihen waren so mangelhaft ausgebildet, daß es ihm weder gelang, das Fleisch ordentlich von den Knochen zu lösen, noch die Knochen selbst zu zertrümmern. So konnte er nur drei Viertel der Beute fressen.

Ein Fleischbrocken von der Größe eines schwergewichtigen Menschen war dagegen für den Tyrannosaurus rex genau der richtige Bissen. Allein das zeichnet den 5,30 Meter großen Theropoden als den König der Raubsaurier aus. Konkret bedeutet das: Um über die Runden zu kommen, brauchte er täglich fast hundert Kilo Fleisch. Im Laufe von sechzig Jahren – so alt wurde ein Tyrannosaurus rex ungefähr – mußten also rund vierhundert sechs Tonnen schwere Triceratops ihr Leben lassen, um nur einen dieser Giganten zu ernähren.

Mit einem Satz vier Meter weit

Außer solider Fleischkost bekamen die Raubsaurier auch den größten Teil der benötigten Flüssigkeit von ihren Beutetieren. Doch dürften sie nach jeder Hetzjagd so erhitzt gewesen sein, daß sie schleunigst ein Wasserloch aufsuchen mußten. Vermutlich konnten sie das Wasser aber nicht aufsaugen wie die heutigen Säugetiere. Deshalb tauchten sie das Haupt ins Naß, nahmen das Maul voll Wasser und warfen den Kopf dann ruckartig hoch. So rann die Flüssigkeit in ihren Schlund. Der Paläontologe Gregory S. Paul kam diesem Verhalten durch den Vergleich mit noch lebenden Tieren ähnlich primitiven Körperbaus auf die Spur.

Gegen die Überhitzung schützten sich besonders die riesigen

glatthäutigen Spezies wahrscheinlich, indem sie sich im Schlamm wälzten. Das war ihr Sonnenschutz im tropischen Klima des Erdmittelalters. Die Prozedur hatte noch wichtige Nebenwirkungen: Lästige Parasiten wurden von der Schuppenhaut entfernt, eventueller Wundschmerz wurde gelindert.

Noch weiß man wenig über die Kindheit und Jugend der Dinoräuber – außer daß sie wie alle anderen Saurierarten aus Eiern schlüpften. Bis jetzt sind aber leider nicht die dazugehörenden Kinderstuben, die Nester, gefunden worden. Deshalb läßt sich kaum etwas darüber aussagen, ob Raubsaurier so etwas wie elterliche Fürsorge genossen.

Vielleicht war es bei diesen Tieren ganz ähnlich wie bei den pflanzenfressenden Hadrosauriern. *Vor einigen Jahren ist der Paläontologe John Horner im amerikanischen Bundesstaat Montana auf eine Spur gestoßen. Er fand große Brutkolonien – Nester, Eier, Jungtiere dicht an dicht. Das bewog den Forscher zu dem Schluß: Zumindest dieser Dinotyp kümmerte sich um die Aufzucht der Jungen. Seither trägt der Saurier einen zu dieser Eigenschaft passenden Namen:* Maiasaura *– „gute Mutterechse".*

Gregory S. Paul geht davon aus, daß die Brutpflege bei den großen Raubsauriern nicht viel anders verlaufen sein kann. Zog also ein Rudel von Tyrannosauriern *auf die Jagd, wurde der Nachwuchs sorgsam hinter Büschen und Bäumen versteckt. Erst wenn die Beute zur Strecke gebracht war, führte man die Jungen heran. „Piepend vor Vergnügen" (Gregory S. Paul) beteiligten sie sich am Festmahl.*

Mit all seinen kühnen Hypothesen über die Raubsaurier hat sich der Wissenschaftler Paul im Kollegenkreis nicht nur Freunde geschaffen. In der Tat klingen seine neuen Ideen stets auch ein wenig nach einer aktuellen Bestandsaufnahme, bei der Löwen, Hyänen, Elefanten, Giraffen, Antilopen, Gnus und Zebras des afrikanischen Wildparks Serengeti Pate gestanden haben dürften – nur daß bei Gregory S. Paul deren Rollen jeweils von einem der mächtigen Tiere des Erdmittelalters übernommen werden.

Die Kollegenschelte ficht den Paläontologen wenig an. Er gibt

Robotergesteuerte Nachbildung eines Tyrannosaurus rex, die in einer amerikanischen Saurierschau die Besucher das Fürchten lehrt.

freimütig zu, daß vieles Spekulation ist – aber diese sei doch schon immer ein wichtiges Handwerkszeug jedes Forschers gewesen, der sich intensiv mit den faszinierenden Kreaturen beschäftigt, die 160 Millionen Jahre lang unsere Erde beherrschten und so plötzlich von ihr verschwanden.

Daß die Dinosaurier – und speziell die räuberischen unter ihnen – erstaunlich agile, schnellfüßige und auf ihre Weise gewitzte Tiere waren mit einem komplexen Sozialverhalten obendrein, glaubt Gregory S. Paul aus den vorhandenen Fossilfunden ableiten zu können. Dennoch gesteht er ein, daß seine Theorie immer noch sehr lückenhaft ist.

Pauls Lieblingsbeweisstück, mit dem er seine Thesen zu untermauern pflegt, stammt aus Arizona. Es sind die Fußspuren von einem nur zehn Kilo schweren Raubsaurier. Da der Abstand von Trittsiegel

Modell eines Sauriergeleges mit schlüpfendem Jungen. Über das Brutverhalten der ausgestorbenen Kolosse weiß man bisher nur wenig.

zu Trittsiegel vier Meter beträgt, muß der Theropode entsprechend große Schritte gemacht haben. Das aber sei nur bei einem „Renntempo" von 65 Stundenkilometern möglich gewesen.

Auch für seine Behauptung, daß die quicken Raubsaurier raffinierte Jagdmethoden beherrschten, führt Paul gute Gründe an: „Tyrannosaurus rex *war mit seinen 18 Zentimeter langen Zähnen in seinen mächtigen Kiefern ganz gewiß kein Aasfresser. Das waren Tötungswerkzeuge. Bestimmt konnte er auch nicht darauf hoffen, daß sich ihm ein riesiger Pflanzenfresser zu Füßen warf, damit er ihn in aller Seelenruhe verspeisen konnte."*

Am verblüffendsten aber bleibt die Tatsache, daß die blutrünstigen Urzeitmonster sowohl vom Körperbau als auch von ihrem Verhalten her eng mit unseren heutigen Vögeln verwandt sind. So gesehen ist der Unterschied zwischen der zehn Tonnen schweren Freßmaschine Tyrannosaurus rex *und dem winzigen, in der Luft schwirrenden, nektartrinkenden Kolibri gar nicht so groß, wie mancher annehmen würde. Das ist vielleicht eines der anmutigsten Beispiele dafür, was eine zufällige genetische Mutation so alles zuwege bringen kann.*